Michael Palmer studierte Medizin an der Wesleyan-Universität und war Internist in Krankenhäusern in Massachusetts und in Boston. Heute arbeitet er in der Notaufnahme eines Krankenhauses.

Deutsche Erstausgabe 1989

Titel der Originalausgabe »The Sisterhood«

Umschlaggestaltung Manfred Waller
Umschlagfoto Photodesign Mall
Satz MPM, Wasserburg
Druck und Bindung Ebner Ulm
Printed in Germany 5 4 3 2
ISBN 3-426-02025-4

Michael Palmer:
Die unbarmherzigen Schwestern

Ein Medizin-Thriller

Aus dem Amerikanischen vom Kollektiv Druck-Reif

Knaur®

Meinen Söhnen, Matthew und Daniel,
und meinen Eltern
in Liebe gewidmet

DANKSAGUNG

Dem Buch *Die unbarmherzigen Schwestern* stand eine Reihe von Leuten Pate. Diesen sehr außergewöhnlichen Personen schulde ich größeren Dank, als Worte es je ausdrücken könnten. Mein Dank geht an:

— Jane Rotrosen Berkey, meine Agentin und Freundin, die lange vor mir wußte, daß ich es schaffe;
— meine Lektorinnen Linda Grey und Jeanne Bernkopf, die mir mit klugem Rat bei allen Problemen des Schreibens zur Seite standen;
— Donna Prince und Dr. Richard Dugas, die unermüdlich das entstehende Werk mit kritischem Blick probelasen;
— Herrn Rechtsanwalt Mitchell Bonjoya in Boston und Herrn Dr. Steven I. Cohen in Providence, Rhode Island, für ihre fachmännischen Ratschläge;
— Clara und Fred Jewett und all die anderen, die mir beigebracht haben, wie man schreiben kann, ohne dabei das Leben zu vergessen.

Schließlich möchte ich mich noch ganz herzlich bei Jim Landis bedanken, ohne den das Buch nicht entstanden wäre.

M. S. P.
Boston, 1982

PROLOG

»Alles ist gut, Mama ... Ich bin bei dir, Mama ...«
Feingliedrige Finger glitten über den gestärkten Überzug des Krankenhausbettes. Beklommen umfaßten sie eine geschwollene weiße Hand, die mit einem Klebestreifen und einem Lederriemen seitlich am Bett befestigt war.
Auch der andere Arm der Patientin und ihre beiden Beine waren auf ähnliche Weise angebunden. Sie starrte bewegungslos an die mit Rissen durchzogene Zimmerdecke. Das rhythmische Auf und Ab der Bettdecke und die Bewegung der Zunge über die aufgesprungenen Lippen waren die einzigen sichtbaren Lebenszeichen. Das gekräuselte grauschwarze Haar rahmte ein Gesicht, das einst sicherlich hübsch gewesen war.
Jetzt war die Haut straff über die Knochen gespannt, und dunkle Schmerzensringe umschatteten ihre Augen.
Obwohl man sie leicht auf fünfundsechzig hätte schätzen können, lag ihr fünfundvierzigster Geburtstag erst fünf Monate zurück; das war auch der Tag, an dem ihre tödliche Krankheit festgestellt worden war.
Das Mädchen saß neben ihr auf dem Messingbett und drückte ihr fest die Hand. Als eine Träne hervorquoll und ihm über die Wange lief, drehte es den Kopf zur Seite. Es trug einen dicken marineblauen Mantel und Winterstiefel, von denen der schmelzende Schnee auf den

Linoleumboden tropfte und eine kleine Pfütze hinterließ.
Fünf Minuten vergingen so, ohne daß sich etwas bewegte. Nur die Geräusche von anderen Patienten in anderen Zimmern waren zu hören. Schließlich zog das Mädchen seinen Mantel aus, stellte einen Stuhl an das Kopfende des Bettes und sprach wieder zu seiner Mutter: »Mama, kannst du mich hören? Tut es immer noch so weh? Mama, bitte sag mir, was ich, um dir zu helfen, tun kann.«
Eine Minute verging, bevor die Frau antwortete. Obwohl ihre Stimme schwach und heiser war, erfüllte sie den ganzen Raum. »Erlöse mich! Um Gottes willen, bitte töte mich!«
»Mama, sei still. Du weißt nicht, was du da sagst. Ich hole die Schwester. Sie wird dir etwas geben.«
»Nein, Kind. Das hilft nichts. Seit Tagen hat nichts die Schmerzen gelindert. Du kannst mir helfen, du mußt mir helfen.«
Das Mädchen war verwirrter und verängstigter als je zuvor in seinem fünzehnjährigen Leben. Es blickte zu dem Tropfer, dessen klare Flüssigkeit in den Arm seiner Mutter floß. Es stand auf und ging zögernd in Richtung Tür, als die erneute Bitte der alten Frau das Mädchen jäh innehalten ließ.
Langsam drehte es sich um und blieb einige Schritte vom Bett entfernt stehen. Ein qualvoller Schmerzensschrei drang aus einem Zimmer irgendwo weiter hinten am Gang. Dann ein zweiter. Das Mädchen schloß die Augen und biß die Zähne zusammen. Es haßte diesen Ort hier.
»Komm bitte her und hilf mir«, bat die Mutter inständig. »Hilf mir, diesen Schmerz zu beenden. Nur du kannst es. Das Kopfkissen, Kind. Leg es einfach auf mein Ge-

sicht und drück darauf, so stark du kannst. Es wird nicht lange dauern.«

»Mama, ich ...«

»Bitte! Ich liebe dich. Wenn du mich auch liebst, kannst du mich doch nicht so leiden lassen. Alle sagen, es sei hoffnungslos ... Laß deine Mutter nicht noch mehr leiden ...«

»Ich ... Ich liebe dich, Mama. Ich liebe dich.«

Das Mädchen flüsterte dauernd diese Worte, als es den Kopf seiner Mutter anhob und das dünne, feste Kissen hervorzog.

»Ich liebe dich, Mama ...«, sagte es wieder und wieder, als es das Kissen über das schmale Gesicht legte und sich mit all seiner Kraft darauf stemmte. Es holte sich die schönen und glücklichen Zeiten ins Gedächtnis zurück. Das Mädchen erinnerte sich an die langen Frühlingsspaziergänge, an die Backstunden, an die dampfenden Tassen heißer Schokolade an verschneiten Winternachmittagen.

Sein Körper war schmal und zierlich und zeigte die ersten Anzeichen einer reifen Frau. Es rang mit sich, hielt das Kissen fest und nahm seine Knie zu Hilfe. Bei jeder Erinnerung, die ihm durch den Kopf ging, drückte es fester zu. Die holprigen Fahrten zum See, die Picknicks am Ufer, die Wettläufe zum Floß ...

Die Zuckungen unter der Decke wurden schwächer und hörten schließlich ganz auf.

Sein Schluchzen vermischte sich mit dem Prasseln des Hagels gegen das Fenster. Das Mädchen lag da, ohne zu merken, daß es noch den Überzug, der sich vom Kissen gelöst hatte, fest in der Hand hielt.

Nach etwa einer halben Stunde richtete es sich auf, brachte das Kissen in Ordnung und legte es an seinen

Platz zurück. Es küßte die Lippen seiner toten Mutter. Dann drehte es sich um und ging entschlossen durch den Gang, verließ das Krankenhaus und verschwand im naßkalten Winterabend.

Das war am siebzehnten Februar 1932.

KAPITEL I

BOSTON

1. Oktober

Die Strahlen der Morgensonne drangen schon ins Zimmer, als der Radiowecker die ersten Töne von sich gab. David Shelton hielt die Augen geschlossen und lauschte einige Sekunden, bevor er den Titel zu erraten versuchte: Wahrscheinlich Vivaldi, *Die vier Jahreszeiten*, vermutlich das *Sommerconcerto*. Dieses Spiel machte er seit Jahren fast jeden Morgen. Noch waren die Tage selten, an denen er richtig lag. Bei einem Treffer gab es als Belohnung jedesmal eine kleine Feier.

Eine sanfte männliche Stimme, die gut zum Tagesanbruch paßte, erklärte, die Musik sei eine Symphonie von Haydn. David grinste. Ich werde besser. Nicht nur der richtige Kontinent, auch das richtige Jahrhundert.

Er drehte den Kopf zum Fenster und öffnete die Augen einen Spalt, um sich für das nächste Ratespiel bei seinem morgendlichen Ritual vorzubereiten. Diesiges regenbogenfarbenes Sonnenlicht drang durch seine Wimpern.

»Kein Zweifel«, sagte er und zwinkerte mit den Augen, um die Farben zum Flimmern zu bringen.

»Was hast du gesagt?« murmelte die Frau neben ihm schläfrig und schmiegte sich an seinen Körper.

»Ein schöner Herbsttag. Zehn, nein, zwölf Grad. Wolkenlos.« David öffnete die Augen ganz und fand seine Vorhersage bestätigt. Er drehte sich um und schlüpfte mit ei-

ner Hand unter ihren zarten Rücken. »Goldener Oktober«, sagte er und küßte sie auf die Stirn. Gleichzeitig glitt seine freie Hand über ihren Nacken und ihre Brüste.
David betrachtete aufmerksam ihr Gesicht, als sie allmählich wach wurde. Er staunte über ihre natürliche Schönheit: pechschwarzes Haar, hohe Wangenknochen, ein voller, sinnlicher Mund. Lauren Nichols, in jeder Hinsicht eine tolle Frau, auch um sechs Uhr morgens. Für einen Moment blitzte das Gesicht einer anderen Frau in seinen Gedanken auf. Auch Ginny war auf ihre Art am frühen Morgen schön gewesen. Das Bild verblaßte, als er mit den Fingern über den flachen Bauch fuhr und sanft über ihren Schamhügel strich.
»Dreh dich um, David, dann massiere ich dir den Rücken«, sagte Lauren und richtete sich abrupt auf.
Enttäuschung spiegelte sich auf seinem Gesicht, machte aber augenblicklich einem breiten Grinsen Platz. »Damenwahl«, trällerte er, drehte sich um und knüllte das Kissen unter seinem Kopf zusammen. »Letzte Nacht war wundervoll«, fügte er hinzu. Er fühlte, wie sich der kräftige Muskel am Genickansatz durch ihre Berührung entspannte. »Du bist etwas Besonderes, Nichols, weißt du das?«
Ohne daß David es sehen konnte, lächelte sie wie in jugendlicher Begeisterung, der sie eigentlich schon lange entwachsen war. »David«, sagte sie und verstärkte den Druck ihrer Finger, »kannst du dir noch die Haare schneiden lassen, bevor wir nächste Woche auf den Abendball des Kunstvereins gehen?«
Mit einem Schwung drehte er sich auf den Rücken und starrte sie verwirrt und zugleich mißmutig an. »Was hat mein Haar mit unserem Liebesverhältnis zu tun?«

»Entschuldige, Liebling«, antwortete sie. »Es tut mir wirklich leid. Mir schwirren heute tausend Dinge durch den Kopf. Ich fand es auch schön, ehrlich.«
»Schön? Meinst du das wirklich?« fragte David. Sofort kam sein Elan wieder zum Vorschein.
»Da ist noch eine riesige Verspannung in deinem Körper, Doc, aber sie wird jedesmal geringer. Letzte Nacht war bis jetzt aber die beste.«
Bis jetzt die beste. David neigte den Kopf zur Seite und wägte ihre Worte ab: Fortschritt, aber noch keine Perfektion. Er beschloß, nicht weiter zu fragen. Sicher, in den sechs Monaten, die sie sich jetzt kannten, hatte es Fortschritte gegeben.
Ihr Zusammenleben glich oft einer Berg-und-Talbahn, völlig verschieden von den leichten, lockeren Jahren mit Ginny. Dennoch waren ihre Schwierigkeiten nicht unüberwindbar — ihre Freunde vom Gericht, sein Zynismus, die unterschiedliche berufliche Belastung. Mit jeder Krise, die sich anbahnte, die sie austrugen und die vorüberging, spürte David, wie das gegenseitige Vertrauen wuchs. Obwohl er sich wünschte, daß manche Dinge anders wären, war er dennoch dankbar, dieses Vertrauen und den Willen zu spüren, es weiter zu versuchen.
Dieser Wille war es, dachte David, der in ihm vor acht Jahren in Schreien, Scherben und verbogenem Metall erstickt worden war.
Er begriff, daß sie alles gesagt hatte, was sie sagen wollte, und drehte sich um. Sie setzte die Rückenmassage fort. Hoffentlich ist sie bald fertig damit, dachte er. Es wird langsam Zeit. Aber um Gottes willen, Shelton, überstürze nichts. Dräng sie nicht, aber verwöhne sie auch nicht zu sehr. Als er so seine Gefühle in Gedanken

durchspielte, verschwanden die Befürchtungen, die er hatte.

»Weißt du«, sagte er nach einer Weile, »daß du von allen Schätzungen und Wetten, die ich jemals mit mir abgeschlossen habe, das größte Verlustgeschäft bist?«

»Wie das?«

»Ich glaube, es ist an der Zeit, es dir zu sagen. Als wir uns das erste Mal getroffen haben, habe ich mit mir um eine Riesenpizza ›Luigi-Spezial mit allem, außer Sardellen‹ gewettet, daß die Sache sicher nicht länger als eine Woche dauern würde.«

»David!«

»Ich konnte mir nicht vorstellen, über was sich ein naiver, kleinkarierter Chirurg mit einer eleganten, weltgewandten Zeitungsreporterin unterhalten sollte. Das war eigentlich alles.«

»Jetzt weißt du es, richtig?«

»Ich weiß nur, daß mein Körper dich so gereizt hat, daß du schließlich nicht widerstehen konntest, auch den Rest von mir in Kauf zu nehmen.« Er lachte, drehte sich um und umklammerte sie wie ein Äffchen, ein Manöver, das gewöhnlich zu einem ausgewachsenen Ringkampf führte. Als Lauren keine Anstalten machte, mitzuspielen, ließ er ab und stützte sich mit den Ellenbogen ab.

»Was ist los?« fragte er.

»Du hast letzte Nacht geschrien, David. Hattest du wieder einen Alptraum?«

»Ja, ... vermutlich«, antwortete David verunsichert. Er betastete die Wangenmuskulatur und merkte erst jetzt, daß sie völlig verspannt war. »Mein Gesicht schmerzt, das heißt normalerweise, ich hatte die ganze Nacht die Zähne zusammengebissen.«

»Kannst du dich erinnern, welcher es diesmal war?«

»Wohl der, den ich schon mal hatte. Es war wieder der gleiche, nur etwas verschwommener als in anderen Nächten. Aber ich habe ihn nicht mehr so oft wie früher.«

»Was für einen denn?«

David spürte die Sorge in ihrer Stimme, aber in ihr schwang noch etwas anderes mit. Ungeduld? Verärgerung? Er blickte zur Seite. »Die Straße«, sagte er leise. »Es war die Straße.« Tonfall und Rhythmus seiner Worte nahmen eine unheimliche und sonderbare Eigenart an, als sei er in den Alptraum zurückgeglitten. »Alles, was ich jetzt sehe, ist die Windschutzscheibe ... die Scheibenwischer, die sich auf und ab bewegen ... immer schneller und schneller, die mühsam mit dem Regen Schritt halten. Der Mittelstreifen, der sich ständig unter dem Wagen durchschlängeln will. Ich versuche ihn unter den Rädern hervorzuholen. Ginnys Gesicht taucht für einen Augenblick auf ... und Beckys auch ... Beide schlafen ... so friedlich. —« David hatte die Augen geschlossen. Seine Worte brachen ab, aber die Erinnerung strömte unaufhaltsam weiter. Aus der Dunkelheit und dem Regen tauchten die Scheinwerfer auf, immer zwei gleichzeitig. Sie kamen direkt auf ihn zu, teilten sich und blitzten auf, einer auf jeder Seite. Ein verschwommener Lichtstreifen nach dem anderen. Dann sah er über den Lichtern das Gesicht. Dieses schrecklich betrunkene Gesicht, verzerrt und feuerrot. Die Augen glänzten golden in den Flammen. Davids Hände falteten sich inbrünstig zum Gebet, damit die näherkommenden Lichter im letzten Moment zur Seite springen würden. Aber er wußte, sie würden es nicht tun. Sie würden es niemals tun. Dann hörte er die Bremsen quietschen. Er sah, wie Ginny die Augen öffnete und sie vor Panik weit aufriß.

Schließlich hörte er den Schrei. War es ihrer? Seiner? Er würde es niemals sagen können.
»David?«
Laurens Stimme brachte den Schrei zum Verstummen. Er schüttelte sich und wandte sich ihr zu. Schweißperlen standen ihm auf der Stirn. Seine Hände zitterten. Er holte tief Luft und atmete langsam aus. Das Zittern hörte auf. »Ich bin wohl für einen Augenblick in Gedanken versunken gewesen, oder?« Er grinste verschüchtert.
»David, warst du in letzter Zeit beim Arzt? Vielleicht solltest du ihn wieder einmal aufsuchen?« sagte Lauren.
»Den alten Brinker, den Schrumpfkopf? Er hat mich ausgesaugt — den Kopf *und* die Brieftasche —, vor ungefähr drei Monaten. Er meinte, ich hätte Fortschritte gemacht. Was regst du dich auf? Es ist doch nur ein Alptraum. Brinker meint, das sei in einer Situation wie meiner normal.«
»Ich mache mir nur Sorgen. Das ist alles.«
»Lauren Nichols, Sie haben ja nur Angst, daß ich während des Banketts des Kunstvereins ausflippe und Ihre Mitgliedschaft gefährde!«
Lauren war mit der Antwort nicht zufrieden. Nach wenigen Sekunden brach sie das Lachen ab, mit dem sie seinem Sinn für Humor Tribut zollte. »David, gibt es eigentlich irgend etwas, das du ernst nimmst? In nahezu jedem Satz nimmst du mich dafür auf den Arm, daß ich um deine Gesundheit besorgt bin und mich als aktives Mitglied des Kunstvereins viel mit Kunst beschäftige. Was ist los mit dir?«
David wollte sich entschuldigen, schluckte aber die Worte hinunter. Der Ausdruck in ihren Augen machte ihm die Tatsache bewußt, daß ein sehr tiefgehendes Problem am Gären war. Mit einem simplen »Es tut mir leid« war

es jetzt nicht getan. Es war mehr gefordert. Sie starrten sich an. Die Sekunden des Schweigens dauerten fast eine Ewigkeit.
Schließlich zuckte er mit den Schultern und sagte: »Also noch mal von vorne, ja? Schnoddrig daherzureden ist natürlich einfacher, als sich zu seinen Gefühlen zu bekennen. Ich will das ja auch tun, aber manchmal reicht das Wollen allein nicht aus. Sieh doch, Lauren, was ich gesagt habe, war nicht böse gemeint. Wirklich nicht. Die Alpträume verfolgen mich noch immer. Es ist schwer für mich, das durchzustehen. Gut?«
Lauren war noch nicht zufrieden. »Du hast meine Frage nicht beantwortet, David. Gibt es etwas, das dir wichtig genug ist, um darüber keine Witze zu reißen?«
»Nüchtern betrachtet sind mir die meisten Dinge wichtig«, antwortete er. »Verflucht, das müßtest du eigentlich wissen.«
»Aber nur du weißt, welche Dinge das sind, richtig?«
»Verdammt noch mal, Lauren. Ich bin Arzt — Chirurg — und ein verdammt guter dazu. Natürlich gibt es Dinge, die mir wichtig sind. Natürlich mache ich mir Gedanken. Ich sorge mich um Menschen, um deren Kummer und Leid, um deren Leben. Meine Welt ist voll von Ungerechtigkeit, Krankheit und unlösbaren Aufgaben. Ab dem Tag, an dem ich nicht mehr lachen kann, werde ich auch nicht mehr kämpfen können.« Er unterdrückte den Wunsch, noch mehr zu sagen, denn er fühlte sich schuldig, bei ihrer morgendlichen Kabbelei mit dem Holzhammer gekämpft zu haben.
»Ich gehe duschen«, sagte Lauren nach einer Weile. Sie war bereits aufgestanden und hatte sich einen blauen, samtenen Morgenmantel übergezogen.
»Ohne Begleitung?«

»Ein wenig Abstand und ein bißchen heißes Wasser und Seife sind jetzt wohl besser. Geh und mach Frühstück. Wenn ich blitzeblank sauber bin, werden wir den Tag mit einer Tasse Kaffee von neuem beginnen.«

Ein prächtiger neuer Tag war draußen angebrochen. David setzte sich auf und starrte aus dem Fenster, bis er das Wasser der Dusche gegen die Fliesen prasseln hörte. Der Tag, für ihn wahrscheinlich der wichtigste Tag seit Jahren, hatte nicht so begonnen, wie er sich das vorgestellt hatte. Eigentlich müßte er Lauren von den aufregenden Veränderungen und Vorfällen im Krankenhaus erzählen. Vorgänge, die den Anfang vom Ende der vielen Enttäuschungen und Frustrationen bedeuten könnten, die sein Leben verdunkelt hatten. Er müßte demnach seinem Wunsch, sie in seine Angelegenheiten mit einzubeziehen, langsam nachkommen. Sie hatte ihm auch zuletzt signalisiert, daß sie das möchte.

Beruhige dich, Shelton, und laß den Dingen ihren Lauf, sagte er sich, preßte die Hände zusammen und verringerte langsam den Druck. Letzten Endes laufen die Fäden doch zusammen. Nichts und niemand kann dir die Sache verpfuschen, nur du selbst.

Er zog einen verschlissenen, grünen OP-Anzug aus dem halben Dutzend, das in einer Schublade der Spiegelkommode gestapelt war, streifte ihn über und ging zum Fenster. Vier Stockwerke tiefer überquerten einige Frühaufsteher die noch im Schatten liegenden Verkehrsinseln der Commonwealth Avenue. Er fragte sich, wie viele von ihnen die gleiche Vorfreude hatten wie er — die Aufregung vor einem Neubeginn. Ein Neuanfang. Der Gedanke führte zu einem nachdenklichen Grinsen. Wie oft hatte er, er selbst, sich so gefühlt? Vor der High-School, vor dem College, vor dem Medizinstudium. Mit

Ginny und Becky. So viele Neuanfänge. Neuanfänge, so verheißungsvoll wie dieser. David seufzte. War dieser Morgen der Beginn einer neuen Seite, eines neuen Kapitels oder sogar einer ganz neuen Geschichte? Was immer es auch sein mochte, er war bereit dazu. Nach all den vielversprechenden Anfängen in der Zeit nach dem Unfall und dem alptraumhaften Jahr, das nach dem Tod seiner Frau und seiner Tochter folgte, war dies der erste, auf den er voll und ganz vertraute.

Obwohl das Appartement klein war, machte es doch einen geräumigen Eindruck; hauptsächlich durch die großen Fenster und die drei Meter hohen Räume — die Markenzeichen vieler Wohnungen im Stadtviertel hinter der Bay. Ein langer, schmaler Gang verband das Schlafzimmer mit dem Wohnraum, der mit falschen Antik-Möbeln, einer Eßecke und einer kleinen Kochnische mit Blick auf eine Gasse hinter dem Haus vollgepfropft war. An den Seitenwänden befanden sich einander gegenüber die Eingangs- und die Badezimmertür.

David schlurfte zur Kochnische und summte die Symphonie von Haydn völlig falsch vor sich hin. Gewöhnlich machte er vor dem Frühstück Gymnastik und lief eine Runde. Aber heute, beschloß er, konnte er eine Ausnahme machen. Er war muskulös, hatte breite Schultern und kräftige Arme. Das ließ ihn schwerer erscheinen als die 175 Pfund, die er auf die Waage brachte. Graue Strähnen durchzogen das schwarze, buschige Haar. Seine großen, jugendlichen Augen variierten je nach Licht zwischen einem kräftigen Blau und einem fahlen Grün. Feine Fältchen, einst nur ab und an, jetzt unauslöschlich, überzogen die Stirn und die Nasenwurzel.

Er stand in der Küche und rieb sich mit spöttisch gespielter Routine die Hände. »Sooh, wier maaachen Friestick.«

Er öffnete schwungvoll den Kühlschrank. »Die Auswahl, heite wida besonders grross.« Die Stimme hallte aus den nahezu leeren Fächern zurück.
Nachdem er zwei Steaks hoffnungslos hatte verkohlen lassen, wandte er sich lauthals an Lauren: »Ich werde wohl mal ein Buch über die Kochkunst für alleinstehende Männer schreiben. Der Titel wird sein: *Kochen für niemand.*«
Die weiteren Vorbereitungen für das Frühstück waren schnell erledigt. »Sähn wier mal nach! . . . Wier kennen Tomatensaft nähmen . . . oder wir nähmen — ja Tomatensaft. Diesäs änglische Gebäck, äs sieht lecker aus, nicht wohr? Und die finf Eier ärst, die schreien schon danach, in die Pfanne geschlagen zu werden!«
Lauren huschte herein, als er gerade ihr gemeinsames Mahl auf dem Tisch plazierte. »Wirklich nett gemacht«, sagte sie, als sie das Werk betrachtete. »Du würdest eines Tages sicher einen wunderbaren Hausmann abgeben.« Einige Strähnen ihres glänzenden Haares kamen unter dem Handtuch hervor, das sie um den Kopf gewickelt hatte. Ihr Lächeln signalisierte, daß sie gewillt war, den Tag, wie abgemacht, neu zu beginnen.
»So«, fragte David bedächtig, »was sind deine Pläne für heute?« Er war stolz darauf, daß er sich zurückhalten konnte und nicht sofort mit den guten Nachrichten herausplatzte. Er würde sie so nebenbei einflechten, auf dieselbe natürliche Art, wie Lauren das so oft tat, wenn sie ihm von einem Essen im Weißen Haus erzählte oder von einem neuen Auftrag, über den Wahlkampf dieses oder jenes Senators berichtete.
»David? Hast du mir etwas zu erzählen?« fragte sie.
»Pardon?« Er tat so, als sei er völlig unbekümmert.
Lauren grinste. »Meine Zimmergenossin auf dem Col-

lege hatte einmal für mich eine Überraschungsparty arrangiert. Kurz bevor alle über mich herfielen und losbrüllten, hatte sie den gleichen Gesichtsausdruck wie du jetzt.«

»Nun, ich habe wohl ein paar gute Nachrichten«, sagte er, die nonchalante Art nahm nun parodistische Züge an, »Dr. Wallace Huttner — *der* Dr. Wallace Huttner — verläßt morgen für ein paar Tage die Stadt.«

»Und weiter?«

»Und ... er hat mich gebeten, heute abend mit ihm die Visite zu machen und seine Patienten zu übernehmen, bis er zurückkommt.«

»O David! Das ist ja wundervoll«, sagte Lauren. »Wallace Huttner! Ich bin beeindruckt. Die berühmtesten Hände in Boston seit Arthur Fiedler.«

»Nun wissen wir, daß er so klug ist, wahres Chirurgentalent zu erkennen. Ich werde seine Position übernehmen, bis er von der dreitägigen Konferenz in Cape Cod zurück ist.«

»Und du sitzt da und versuchst, mich damit zu beeindrucken, wie dich die ganze Sache langweilt. Was bist du doch für ein komisches Huhn, David.«

Die Rühreier sahen nicht gerade genießbar aus und blieben in der Pfanne, als Lauren ihn mit Fragen bombardierte.

»Selbst die TIME lobte Huttner schon, weißt du das?«

»Er hat auch schon einige Ölscheichs und Ministerpräsidenten operiert. Den OP-Anzug zieht er aber immer noch richtig herum an, genauso wie der Rest der Mannschaft.«

»Bleib doch bitte einmal ernst. Könnte das auch mehr Geld bedeuten?«

David nahm sie ins Visier. Er beobachtete sie einige Sekunden lang, um festzustellen, ob hinter ihren Fragen mehr als nur ein oberflächliches Interesse steckte. Über sein Gehalt, das dem Durchschnittseinkommen eines Chirurgen entsprach, wurde selten diskutiert. Wenn dieses Thema jedoch einmal angesprochen wurde, folgte immer eine kleine Auseinandersetzung darüber. Lauren schien nicht fähig oder willens zu sein, die unbeständige wirtschaftliche Situation eines medizinischen Spezialisten zu akzeptieren, der von den Empfehlungen anderer Ärzte abhängig war, vor allem in einer Stadt wie Boston mit ihrem Ärzteüberschuß.

Auch nach zwei Jahren im Boston Doctors Hospital spürte er noch immer die Zurückhaltung vieler seiner Kollegen ihm gegenüber. Ab und zu bekam er sie auch zu Gehör: »Shelton? O ja, ich könnte ihm diese Frau schon überweisen. Aber es ist nicht einfach, sie zu behandeln. Und ich bin mir ehrlich nicht sicher, ob er damit zurechtkommt. Nach all den Schwierigkeiten und dem Unglück, in das er nach dem Tod seiner Frau und seines Kindes geraten ist. Ich würde ihm gerne helfen, glauben Sie mir. Aber wie würde *ich* denn dastehen, wenn ich sie zu einem Chirurgen schicke, der möglicherweise unter Strom steht und aus den Latschen kippt?«

Es war nicht einfach. Das hatte er auch nicht erwartet. Laurens Besorgnis über seine finanzielle Situation war verständlich, aber sie entmutigte ihn auch ein wenig. Es würde seine Zeit dauern, redete er sich ein. Nur das — nur ein bißchen Zeit.

Lauren schätzte das wohl anders ein. David jedenfalls konnte es kaum erwarten, den Job anzutreten. »Nun, Huttner ist der Chef der ganzen Abteilung. Vielleicht werde ich dann von den Ärzten mehr akzeptiert, die ihre Patienten an Chirurgen überweisen.« Schon eine Anerkennung durch einige von ihnen würde die Lage verbessern, überlegte er. Noch immer betrat er den Operationssaal so selten, daß manchmal die Schwestern nach seinem Erscheinen weiterhin herumstanden und auf den Chirurgen warteten.

»Baut er dich zu seinem Partner auf?«

»Lauren, der Mann kennt mich kaum! Er gibt einem Arzt eine Chance, der sie wirklich brauchen kann, mehr nicht.«

»Nun, Herr Eisbach«, sagte sie grinsend, »es steht bei Ihnen! Ich bin so aufgeregt, daß es für uns beide reicht. Wann übernimmst du seinen Job?«

»Wir haben uns um sechs im Krankenhaus verabredet. Wir dürften gegen acht oder neun fertig sein ... O Gott, mir fällt ein, die Rosettis haben uns zum Dinner eingeladen, entweder heute oder morgen. Ich habe ihnen gesagt, wir würden —«

»Das geht nicht«, antwortete Lauren. »Ich habe viel zu tun.«

»Du magst sie nicht, stimmt's?«

»David, bitte, das Thema hatten wir bereits abgehakt. Die Rosettis sind sehr nette Leute.« Ihre Worte klangen unglaubwürdig. Davids Versuche, sie in die langjährige Freundschaft mit dem Kneipenbesitzer und seiner Frau einzubeziehen, schlugen fehl und sorgten für ein gespanntes Verhältnis.

»Gut. Ich telefoniere mit Joey und verlege es«, erwiderte David und war erleichtert, die Sache ohne große Aufregung über die Bühne gebracht zu haben.

»Das wäre nett, wirklich.« Auf diese Art bedankte sich Lauren immer, wenn er einen Rückzug machte. »Ich habe viel zu arbeiten. Ich muß heute noch nach Washington fliegen. Der Präsident verkündet nämlich nähere Einzelheiten über sein neues Wirtschaftsprogramm, und die Agentur hat mich beauftragt, es von der persönlichen, menschlichen Seite aus zu schildern. Ich werde wahrscheinlich mehrere Tage bleiben müssen.«

»Wenn das so ist, mußt du unbedingt noch etwas essen.« Er deutete mit dem Kopf auf das unberührte Frühstück. »Vielleicht die Eier noch?«

Lauren blickte auf die Uhr, erhob sich und streckte sich, so gut sie konnte. »Laß sie stehen, bis ich aus Washington zurückkomme.« Sie hatte bereits den halben Weg zum Schlafzimmer hinter sich, bevor sie hinzufügte: »Sie können mit der Zeit nur besser werden.« Sie kicherte und lief durch den Korridor, als David aufsprang und ihr nachjagte. Sie wartete, bis er das Schlafzimmer fast erreicht hatte, schlug die Tür zu und sperrte sie ab.

»Das wirst du noch bereuen«, rief David durch die Tür. »Eines Tages werde ich ein berühmter Küchenchef und heirate die Komteß von Lusitanien. Dann werde ich dich für immer los sein.«

Zwanzig Minuten später kam Lauren aus dem Schlafzimmer, atemberaubend schön in einem burgunderfarbenen Kostüm und einer beigen Bluse. Ein seidenes Halstuch war locker um den Hals drapiert. »Bitte sei nicht stürmisch, David«, sagte sie und streckte einen Arm zur Abwehr aus, um seiner Umarmung zuvorzukommen. »Dieses Outfit muß mindestens einen Tag halten. Hör zu, ich hätte es beinahe vergessen. Du könntest mir aus der Patsche helfen.«

»Nur gegen einen Kuß.«

»David, das ist ernst.«

»Ist ja gut.« Er deutete an, daß er ganz Ohr sei.

»Senator Cormiers Sekretariat ließ verlauten, daß der Senator sich morgen oder übermorgen zur Operation in

dein Krankenhaus begibt. Wegen der Gallenblase, glaube ich.«
»Bist du sicher? Cormier paßt eher in das White Memorial als in das Boston Doctors Hospital.«
Lauren nickte. »Könnte er auf Huttners Station kommen?«
»Unmöglich. Huttner würde nie verreisen, wenn so ein prestigeträchtiger Patient käme.«
»Glaubst du, du könntest ihn zu Gesicht bekommen? Oder noch besser, mich zu ihm durchschleusen? Seine Kampagne für eine starke Erhöhung der Gewinnsteuer bei Ölgesellschaften hat ihm eine Menge Ärger eingebracht.«
»Ich versuche es, garantieren kann ich es —«
»Danke, du bist ein Schatz.«
Lauren wünschte ihm viel Glück bei seinem neuen Aufgabenbereich, drückte ihm die Hände und küßte ihn sanft auf den Mund. Mit einem abschließenden »Sei ein braver Junge« verließ sie das Appartement und marschierte zum Aufzug.
Einige Minuten lang stand David schweigend an der Tür, atmete den Duft ihres Parfums ein und fühlte eine eigenartige Leere in sich. »Probieren hätte sie sie doch wenigstens können«, murmelte er vor sich hin, als er den Tisch abräumte, »trotz des komischen Aussehens.«

✷

Der Nachtwächter war unglaublich dick. Dick und unerträglich langsam. Hinter einem Wandvorsprung wartete eine Krankenschwester, eine zerbrechlich wirkende Frau mit gebleichtem Haar, und beobachtete, wie er den Gang entlangschlurfte. Hin und wieder blieb er stehen und überprüfte, ob die Türen verriegelt waren. Er kontrollierte die Tür zum Lagerraum und einige der Spinde des Personals, die an der Wand aufgereiht standen. B-2 West, das Untergeschoß des westlichen Flügels des Boston Doctors Hospital, war mit Ausnahme der beiden menschenleer.

Die Krankenschwester bemerkte den Schmutz, der von den nackten Glühbirnen an der Decke angestrahlt wurde, und ihre Haut begann zu jucken. Sie war klein und zierlich, tadellos gekleidet und ihr Make-up so sorgfältig aufgetragen, daß es fast nicht zu sehen war. Sie wurde ungeduldig und rieb sich mit den Daumen über die Fingerspitzen. Der Nachtwächter brauchte eine Ewigkeit. Sie blickte auf die Armbanduhr. Noch hatte sie fünfundvierzig, vielleicht sogar fünfzig Minuten Zeit — mehr als genug, vorausgesetzt, sie käme endlich vorwärts und könnte weitere unvorhergesehene Verzögerungen vermeiden. Eine Küchenschabe kroch ihr über die Schuhspitze. Einen Moment lang glaubte sie, sich übergeben zu müssen. Sie faßte sich wieder, atmete tief durch und wartete.

Der Nachtwächter war endlich fertig. Er sperrte den Sicherheitstrakt ab und begann, den *Colonel Bogey March* zu pfeifen. Er machte ein paar Schritte auf der Stelle und marschierte dann zu seiner eigenen Begleitmusik weiter. Manchen Menschen erschien er ein wenig verrückt, einigen eher jovial, anderen sogar niedlich. Die grazile Frau, die ihn beobachtete, empfand ihn als einfältig und abstoßend.

Die Frau wartete noch einige Sekunden, dann lief sie an den Schränken entlang bis zu Nummer 178 und gab hier die Zahlenkombination ein, die ihr Dahlia übersandt hatte. An der angegebenen Stelle im Spind lag auch die kleine, halbgefüllte Spritze. Sie hielt die Spritze gegen das Licht und ließ sie in der Vordertasche ihrer fleckenlosen Schwesterntracht verschwinden. Sie blickte ein zweites Mal auf die Uhr und verschwand durch den Tunnel, der zum südlichen Flügel führte. Mit dem Aufzug fuhr sie bis zu Zwei Süd. Lautlos rannte sie zu dem rückwärtigen Treppenschacht, lief noch zwei weitere Geschosse hoch und schlich sich ins Zimmer Nummer 438. Dort hielt sie zunächst inne und schluckte leise, um wieder zu Atem zu kommen. Trotz der Düsternis konnte sie John Chapman sehen. Er schlief in Embryostellung, das Gesicht war ihr zugewandt. Unter der Decke hervor lief durch einen Katheter klarer Urin in ein Auffanggefäß aus Kunststoff.

Chapmans Genesung nach der Nierenoperation war ohne Zwischenfälle verlaufen. Bei dem Gedanken grinste sie: ohne Zwischenfälle ... bis jetzt.

Sie warf einen prüfenden Blick auf den Gang. Eine Schwesternhelferin — das erste Anzeichen der Tagesschicht — hatte gerade den Aufzug verlassen. Noch war die Nachtruhe nicht gestört, aber die Schwester wußte, daß spätestens in einer halben Stunde das Chaos des Tages anbrechen würde. Der Zeitpunkt war gekommen. Ihr Puls wurde schneller. Anaphylaktischer Schock! Obwohl sie nun schon fünfzehn Jahre im Krankenhaus tätig war, hatte sie noch nie einen totalen Ausbruch gesehen. Jetzt hatte sie die Gelegenheit, einen von Anfang bis Ende zu verfolgen.

Sie ging zum Bett hinüber. Auf dem Nachttisch standen Blumen. Ein prächtiger Strauß Lilien. Neben der Vase lag eine Karte.

»Die besten Wünsche, Lilia«. Sie flüsterte die Worte, ohne sie zu lesen. Das war auch nicht nötig, es waren ihre Worte.

Daneben lagen Chapmans silberne Halskette und das medizinische Warnschild. Mit ihrer Stablampe betrachtete sie die Karte. Sie schmunzelte wieder. Dort stand zu lesen:

DIABETIKER ALLERGISCH AUF PENICILLIN ALLERGISCH AUF BIENENGIFT

Die kleine Spritze in ihrer Hand enthielt ein Bienengiftkonzentrat, das von Allergologen benutzt wird, um ihre hochgefährdeten Patienten zu desensibilisieren. Obwohl die Dosis hier relativ hoch war, war sie doch wiederum so gering, daß sie bei einer gewöhnlichen Autopsie nicht entdeckt werden konnte.

John Chapmans kakaofarbenes Gesicht war unverkrampft und entspannt. Er schien selbst im Schlaf noch zu lächeln. Die Schwester zog einen Lehnstuhl zu sich herüber und setzte sich. Mit einer Hand stach sie die Nadel durch den Gummipfropfen eines der Schläuche, mit der anderen rüttelte sie sanft an seiner Schulter.

»Mr. Chapman, John, wachen Sie auf«, säuselte sie. »Ein neuer Tag ist angebrochen.«

Chapman schlug die Augen auf. »Kleiner Engel? Bist du's?« Er hatte eine tiefe, volle Stimme. Man hörte ihm auch nach fünfundzwanzig Jahren noch an, daß er auf Jamaika seine Kindheit verbracht hatte. Er schaute sie an und lächelte. »Oha, etwas für das Auge«, sagte er. »Ist es wirklich schon Tag, oder bist du einer meiner Träume?«

»Nein, ich bin kein Traum«, antwortete sie, »aber ich bin etwas zu früh. Meine Schicht beginnt eigentlich erst in einer halben Stunde.« Sie drückte auf den Kolben und entleerte das Gift in den Schlauch. »Ich bin nur Ihretwegen so früh gekommen.«

»Wie bitte?«

Sie antwortete nicht. Statt dessen beobachtete sie gespannt, wie sich ein seltsamer Ausdruck über sein Gesicht legte und sich schnell in eine Vorahnung verwandelte.

»Ich . . . ich fühle mich gut, mein Engel«, sagte er. »Wirklich gut.« Plötzlich war Panik in seiner Stimme. »Es beginnt überall zu brennen . . . Engelchen. Irgend etwas geschieht mit mir. Etwas Schreckliches. Ich glaube, ich sterbe.«

Die Frau blickte ihn kühl an. Das tust du auch, dachte sie. Exakt erraten. Mit einem Mal schlug die geballte Kraft der anaphylaktischen Reaktion zu. Chapmans Nase und Hals schwollen fast ganz zu. Die Lungenmuskulatur verkrampfte sich. Die Reaktion lief schneller und spektakulärer ab, als sie es sich jemals vorgestellt hätte. In der Tat, stellte sie fest, war dies spektakulärer als alles, was sie bisher erlebt hatte.

»En . . . gel . . . Bitte . . .« Chapmans Worte waren kaum noch zu hören. Auch die Augen waren schon zugeschwollen.

Instinktiv prüfte sie den Puls. Aber sie wußte, daß der Kreislauf bereits zusammengebrochen war. Einen Augenblick später war auch das Lungensystem außer Funktion. Er drehte sich auf den Rücken und starb.

Die Schwester mit dem gebleichten Haar hatte während der letzten Augenblicke die Luft angehalten. Jetzt atmete sie erleichtert aus. Ihr unschuldiges Gesicht zeigte ein strahlendes Lächeln. Wieder einmal hatte sie ihre Aufgabe gut erfüllt.

Die auf Antik gemachte Wanduhr im Wohnzimmer stand auf sieben Uhr dreißig, als David das Geschirr in die Spüle geräumt hatte und in einen marineblauen Trainingsanzug geschlüpft war. Er studierte sorgfältig seine Plattensammlung und entschied sich für Copelands *Rodeo*. Nachdem er die Platte aufgelegt hatte, begann er mit langsamen Streckübungen und Gymnastik.

Copeland war eine gute Wahl, dachte er und holte verschiedene Gewichte hinter der Couch hervor. Zehn Minuten lang hantelte er damit in den unterschiedlichsten Stellungen und Richtungen. Er legte sich mehr als gewöhnlich ins Zeug, bis die Anspannung nachließ, in die er nach Laurens kühlem Abschied geraten war.

Die Gewichte waren im Laufe der Zeit für seine Psyche genauso wichtig geworden wie für seine Physis — ein morgendliches Ritual seit fast fünf Jahren. Er hatte damit an dem Tag begonnen, an dem er sich entschieden hatte, zur Chirurgie zurückzukehren und die beiden zermürbenden Jahre Assistenzzeit zu wiederholen. An diesem Tag hatte er auch seine letzte Zigarette geraucht und war die erste Meile gelaufen. Innerhalb von ein paar Monaten hatte er mehr Stehvermögen entwickelt, als er während der drei Jahre Abwesenheit vom Operationssaal verloren hatte.

Schon schweißnaß griff er nach der Stoppuhr und den Hausschlüsseln, steckte sie in die Tasche der Trainingshose und verließ die Wohnung.

Er ließ den kleinen, rachitischen Aufzug stehen. Statt dessen nahm er die Treppe am Ende des Ganges, lief die vier Stockwerke hinab, durchquerte das düstere Foyer, verließ das Haus und joggte die Commonwealth Avenue entlang.

Die Sonne stach ihm in die Augen wie ein Feuerball. Es

war einer dieser Tage, auf die die Neuengländer so stolz sind, an denen sie den Fremden erzählen, daß sie nirgendwo sonst auf der Erde leben möchten. Einer dieser Tage, der die Erinnerung an den Februar hochkommen läßt und eine Zeitlang hilft, den schmutzigen Nieselregen im April und die drückende, dampfende Hitze Mitte August zu vergessen.

Zuerst noch etwas steif, dann aber zunehmend geschmeidiger, joggte er an den Häuserblocks entlang auf die Promenade zu. Die Ulmen und Eichen erstrahlten farbenprächtig in Rot, Orange und Gold. Die Luft schmeckte nach klarem Gebirgswasser und wollte heute den Abgasen der Pendler nicht zum Opfer fallen.

David überquerte den Storrow Drive und nahm wieder Tempo auf, als er den grobkörnig geteerten Weg erreicht hatte, der den Fluß entlangführte. Eine Zeitlang hielt er die Augen fast ganz geschlossen und atmete die Morgenluft tief ein. Er freute sich, als er die steigende Reaktionsbereitschaft jedes einzelnen Muskels seines Körpers spürte.

Er beobachtete einen einsamen Ruderer, der die Paddel wie riesige Wasserflöhe springen ließ. Gerade an solchen Tagen waren die Leute schon früh unterwegs, saßen verstreut im Gras, lasen, zeichneten oder sogen nur den Morgen in sich auf. Radfahrer glitten lautlos in beiden Richtungen an ihm vorbei. Hunde zerrten ihre Herrchen den Weg entlang. Sehnsüchtig dreinschauende Studenten, die ihre Bücher wie härene Hemden auf dem Rücken trugen, schlurften widerwillig in die Hörsäle, wo das sterile Neonlicht die herbstliche Sonne ersetzte.

David warf einen Blick auf die Uhr und schaute sich um. Weniger als sechs Minuten bis zur Brücke. Er hatte seine erste Laufwette gewonnen. Früher oder später wird

noch ein Rolls-Royce vor einem schönen Haus in Berkshires sein eigen sein. Er wischte sich den Schweiß aus den Augen und erhöhte das Tempo ein wenig.
Zu seiner Rechten warf ein barfüßiges Mädchen in Jeans und einem weiten rote T-Shirt ein Frisbee ihrem Freund zu. »Zwei Twinkies und ein Big Mac, wenn er es fängt«, japste David, als die Scheibe in Richtung Fluß trudelte, niederging und gerade noch auf dem Gras zum Liegen kam. »Gott sei Dank!« lachte David auf.
Nach drei Meilen drehte er um und lief zurück. »Alles wird besser«, rief er, die Silben im Rhythmus seiner Schritte zerhackt. »Besser und besser und besser.«
Herrgott noch mal! Kein schlechtes Gefühl, so eine Wiedergeburt.

KAPITEL II

Christine Beall brachte ihren leuchtend blauen Mustang erst ein Stück hinter dem Wächter des Parkplatzes C zum Stehen und setzte als Antwort auf dessen Entrüstung ein gezwungenes Lächeln auf. Sie kurvte an mehreren freien Plätzen vorbei, erspähte einen in der vom Tor am weitesten entfernten Ecke und parkte ein. Als sie über den Kieselboden marschierte, strich sie ihre tadellose Schwesterntracht sorgfältig zurecht und blinzelte in die Nachmittagssonne. Aber relativ schnell gab sie den Versuch auf, den Zauber des wunderschönen Herbsttages in sich aufzunehmen; zu sehr war sie mit ihren Gedanken, ihren Problemen beschäftigt.

Parkplatz C war einer von drei zusätzlichen Parkflächen, die eigens für das Doctors Hospital geschaffen worden waren, um dem ständig steigenden Bedarf Herr zu werden. Christine war schon auf dem Weg zur Kleinbusstation, als sie sich entschloß, die drei Blöcke doch zu Fuß zu gehen. Sie glaubte, die Zeit zu brauchen, um eine Brücke zwischen ihrem Alltagsleben und dem des Krankenhauses zu finden. Ein Stück weiter vorn winkten ihr zwei Schwestern der Spätschicht, doch nach ein paar schnellen Schritten hielt sie inne und deutete ihnen an, doch allein weiterzugehen. Sie stand vor einem Laden

mit Secondhand-Möbeln und betrachtete sich im angestaubten Schaufenster.
Du siehst müde aus, dachte sie. Müde und gequält ... und gezeichnet.
Sie war nicht sehr groß gewachsen, kaum einen Meter sechzig. Ihr sandfarbenes Haar war zu einem Pferdeschwanz gebunden, den sie vor Arbeitsbeginn immer unter das Schwesternhäubchen steckte. Einige Sommersprossen, noch dunkel von der Sommersonne, sprenkelten die beiden Wangen und die Nase.
»Weißt du eigentlich, was du tust, Kind?« fragte sie sich leise. »Bist du wirklich in der Lage, die ganze Sache in Gang zu bringen? Peg — wer immer auch das sein mag — kann das vielleicht. Charlotte Thomas möglicherweise auch. Aber wie ist es mit dir?« Sie preßte die Lippen zusammen und starrte auf das Trottoir. Schließlich wandte sie sich mit einem unschlüssigen Schulterzucken um und ging auf das Krankenhaus zu.
Das Boston Doctors Hospital türmte sich vor ihr auf wie eine gewaltige Hydra aus Glas und Stein, die drei Greifarme nach Nord und West Richtung Roxbury und weitere drei nach Süd und Ost zur Innenstadt hin ausstreckte. In dem mehr als einhundertfünfjährigen Bestehen waren mehrere Flügel gewachsen, verfallen und gestorben, um durch größere und höhere ersetzt zu werden. Ständige Erweiterungen waren genauso Teil des Treibens wie das dauernde Hasten der weißen Kittel zu und aus dem Körperinneren.
Da es unmöglich war, einen Wohltäter zu finden, der, selbst bei noch so großer Freigebigkeit, in der Lage wäre, ein gesamtes Gebäude zu stiften, hatte die Krankenhausverwaltung ein unvorstellbares Geschick entwickelt, die Fangarme bei ihren Vorstößen gezielt und er-

folgreich einzusetzen. Christine betrat das Foyer des Haupttraktes, das in südsüdöstlicher Richtung lag.
Sie blickte auf die große goldene Uhr, die in Marmor gefaßt über der Informationsstelle hing. Zwei Uhr dreißig. Es dauerte also noch zwanzig oder fünfundzwanzig Minuten, bis die Tagesschicht in Vier Süd mit ihrer Schicht, von drei bis elf Uhr, wechselte.
Christine lehnte sich an eine Steinsäule und betrachtete das Geschehen um sich herum. Die Patienten und Besucher hatten alle verfügbaren Sitzgelegenheiten besetzt. Mehrere Dutzend Menschen scharten sich um die Auskunftsstelle oder suchten nach dem Weg von einem Flügel zum anderen. Vereinzelt standen Rollstühle zwischen den Reihen aus Plastikstühlen. Diese Szenerie, die sie in den letzten fünf Jahren sicher schon mehrere hundert Male beobachtet hatte, erfüllte sie noch immer mit Bewunderung und Ehrfurcht. Es gab Tage, wenn auch nur ganz bestimmte, an denen sie wirklich ein physisches Verschmelzen ihres Körpers mit dem Wesen des Krankenhauses verspürte — Tage, an denen sie dieses Pulsieren als ihr eigenes wahrnahm. Langsam bahnte sie sich einen Weg durch die Eingangshalle und fügte sich ein in den Fluß, der als Hauptverkehrsader zum südlichen Flügel führte.
Christines Station, Vier Süd, beherbergte, wie die meisten anderen Stationen in dem siebengeschoßigen Bau, eine Mischung von Privatpatienten der Inneren Medizin und der Chirurgie, die jeweils von einem Arzt ihres persönlichen Vertrauens behandelt wurden. Ein paar Einheimische, die verstreut im ganzen Komplex lagen, dienten als Beweis für Notaufnahmen. Auf Vier Süd, wie auf allen anderen Privatstationen in allen anderen Krankenhäusern auch, waren die Schwestern den

ganzen Tag über meist das einzige medizinische Personal.
Christine verließ den Aufzug und blickte kurz den Gang entlang. Sie hielt Ausschau nach Notfallwagen oder anderen Geräten, die auf Schwierigkeiten in einem der Zimmer schließen ließen. Auf dem Gang herrschte normaler Betrieb, aber ein Instinkt, den sie in den fünf Jahren entwickelt hatte, verriet ihr, daß etwas nicht in Ordnung war.
Sie näherte sich dem Schwesternzimmer, als die Schreie begannen — ein jammervolles, Mark und Bein erschütterndes Klagen aus dem hinteren Abschnitt der Station. Christine rannte los, dorthin, von wo die Schreie kamen. Sie warf einen kurzen Blick in das Zimmer 412, wo trotz des Lärms Charlotte Thomas schlief, wenngleich unruhig.
Die Schreie kamen aus 438 — das Zimmer von John Chapman. Christine hielt an der Tür kurz inne. Das Zimmer war ein Trümmerfeld. Süßigkeiten, Bücher, Blumen und zerbrochene Vasen lagen auf dem Boden. John Chapmans Frau saß auf einem Stuhl und hielt ihr Gesicht in den Händen verborgen. Christine hatte sie bei der Einweisung ihres Mannes als stolze, stämmige Frau kennengelernt. Das Bett war leer und abgezogen.
»O mein Gott«, entfuhr es Christine leise. Sie durchquerte den Raum und kniete vor der Frau nieder, deren Schreie zu einem hilflosen Winseln geworden waren. »Mrs. Chapman?«
»Mein Johnny ist tot. Alle sagten, er würde wieder gesund werden. Jetzt ist er tot.« Sie starrte zwischen ihren Fingern hindurch auf den Boden und sprach mehr mit sich selbst als mit Christine.
»Mrs. Chapman, ich bin Christine Beall, eine der Schwe-

stern der Spätschicht. Kann ich etwas für Sie tun? Brauchen Sie etwas?« Der Gedanke, daß John Chapman tot war, schmerzte Christine sehr. Der fast schon legendäre Kämpfer für die Rechte der Schwarzen und anderer Minderheiten hatte sich gut erholt gehabt und war wohlauf, als sie vor nicht mehr als sechzehn Stunden das Krankenhaus verlassen hatte.

»Nein, nein. Es geht schon«, erwiderte die Frau nach einer langen Pause. »Ich . . . ich kann nicht glauben, daß mein Johnny tot ist.«

Christine blickte sich um. Einige Vasen mit Blumen standen noch, doch die meisten waren zu Boden geworfen oder gegen die Wand geschmettert worden. »Mrs. Chapman, wer hat das getan?«

Die Frau blickte auf. Ihre Augen waren rot unterlaufen und mit Tränen gefüllt, ihr Gesicht vor Kummer verzerrt. »Ich, ich habe das getan«, sagte sie. »Ich bin heraufgekommen, um Johnnys Zimmer leerzuräumen. Ganz plötzlich ist es über mich gekommen, daß er von mir gegangen ist. Er wird nie mehr zurückkommen. Ich erinnere mich nur noch daran, wie eine Schwester versuchte, mich davon abzuhalten, noch mehr von Johnnys Geschenken gegen die Wand zu werfen. Wissen Sie, er hat sogar eine Karte und ein Buch vom Gouverneur bekommen. Mein Gott, hoffentlich habe ich das nicht kaputtgemacht. Ich —«

»Sie haben es nicht kaputtgemacht, Mrs. Chapman. Hier ist es. Und hier ist der Orangensaft, den ich Ihnen bringen sollte.«

Christine wandte sich der Stimme zu.

Angela Martin nickte zum Gruß, legte das Buch hin und reichte der Frau den Saft. »Ich habe Ihren Pastor verständigt, Mrs. Chapman«, fuhr sie fort. »Er wird gleich hier sein.«

Beim Anblick von Angela, die trotz der schwierigen Acht-Stunden-Schicht immer noch tadellos gekleidet war und gelassen wirkte, beruhigte sich die Frau merklich. »Danke, Kind. Sie sind so nett zu mir gewesen. Und waren es auch zu Johnny.« Sie deutete auf die Unordnung. »Es ... es tut mir leid.«

»Unsinn«, sagte Angela. »Ich habe den Hausdienst gerufen. Er wird sich darum kümmern. Kommen Sie, warten wir im Ruheraum auf den Pastor.« Sie legte ihren Arm sanft um die Schultern der trauernden Frau und führte sie hinaus.

Christine stand allein inmitten der Trümmer und erinnerte sich an ihre anfängliche Überraschung über Chapmans Humor und gewählte Umgangsformen. Gab es noch irgend etwas, was sie für die Witwe tun könnte? Wohl nicht, dachte sie. Und solange Angela Martin bei ihr war, war sie in ganz besonders mitfühlender Obhut und in erfahrenen Händen.

Christine wollte hinausgehen, hielt dann aber doch noch einmal inne und nahm die beiden unbeschädigten Vasen mit den Blumen. Mrs. Chapman möchte sie vielleicht mit nach Hause nehmen, dachte sie. Sie blickte auf die Karte neben der grünen Glasvase. Lilien ... von Lilia? Guter Gott, was noch alles? Sie schüttelte den Kopf. Ein unerwarteter Tod und eine eigenartige Verwandtschaft von Blumen und Name. Das paßte hervorragend zu dem Tag, der ihr anscheinend von Anfang an aus der Kontrolle geglitten war.

Ihre beiden Mitbewohnerinnen, Lisa und Carole, waren bereits zur Arbeit aufgebrochen, als das Telefon zu klingeln begann. Christine versetzte ihrem Wecker einen schnellen Stoß und merkte erst danach, von wo das penetrante Schrillen kam. Sie hatte ihren Kopf unter dem Kopfkissen vergraben. Schließlich war sie doch in die Küche gestolpert, in der sicheren Überzeugung, daß das Klingeln gerade dann aufhören würde, wenn sie den Hörer erreicht hätte. Das Klingeln hörte nicht auf.

»Hier spricht Peg«, hatte sich eine Stimme gemeldet, die sanft, aber gleichzeitig auch bestimmt klang. »Ich bin eine der Direktorinnen des Schwesternbundes. Auf Ihrer Station im Doctors Hospital gibt es eine Patientin, über die ich gerne von Ihnen einen Bericht hätte, den Sie dem Regionalen Prüfungsausschuß vorlegen sollten, wenn Sie das für angebracht halten. Ich selbst bin dazu nicht in der Lage, und es würde nur unnötige Unannehmlichkeiten mit sich bringen, da ich nicht mehr aktiv in der Krankenpflege tätig bin.«

Christine hatte die Hand unter den Wasserhahn gehalten und sich mit kaltem Wasser das Gesicht abgerieben. Obwohl sie schon durch die Erwähnung des Namens »Schwesternbund« schlagartig wach geworden war, wollte sie doch ganz sichergehen. Sie stammelte. »Nun, bis jetzt hat mich noch nie jemand angerufen und gefragt ... Was ich meine, ist ...«

Die Frau hatte Christines Bedenken vorweggenommen. »Christine, bitte, hören Sie mir zu«, sagte sie. »So, wie die Regeln in unserer Bewegung sind, sind Sie zu nichts verpflichtet, nur zu dem, wovon Sie im Grunde Ihres Herzens überzeugt sind. Ich war mit der Frau, wegen der ich Sie anrufe, vor vielen Jahren einmal befreundet. Ich fühle ganz genau, daß sie die Situation, in der sie jetzt steckt, nicht überleben wird. Sie hat große Schmerzen, und ihre Lage ist, nach dem, was ich erfahren habe, wirklich hoffnungslos.«

In diesem Augenblick wurde ihr auch klar, über wen sie

einen Bericht anfertigen sollte. »Es handelt sich wohl um Charlotte Thomas?« fragte sie. »Ist es Charlotte Thomas?«

»Ja, Christine, sie ist es.«

»Ich ... ich habe in letzter Zeit sehr viel über sie nachgedacht, vor allem wegen der Qualen, die sie seit den letzten Tagen zu durchleiden hat.«

»Hatten Sie also selbst vor, den Fall vorzuschlagen?« wurde Christine gefragt.

»Ja, letzte Nacht hätte ich es beinahe getan. Irgend etwas hat mich davon abgehalten. Ich weiß nicht, was es war. Sie ist eine so bemerkenswerte Frau, ich ...« Christines Stimme verstummte.

»Den Weg zu gehen, den wir uns vorgenommen haben, wird niemals einfach sein«, erwiderte die Frau. »Sollte der Weg jemals einfach zu beschreiten sein, so wissen Sie, daß Sie von ihm abgekommen sind.«

»Ich verstehe«, sagte Christine grimmig. »Meine Schicht beginnt um drei Uhr nachmittags. Falls es mir richtig erscheint, werde ich über den Fall berichten und den Prüfungsausschuß entscheiden lassen.«

»Mehr kann ich von Ihnen auch nicht verlangen und erwarten, Christine. Vielleicht erlauben es die Umstände einmal, daß wir uns kennenlernen. Auf Wiederhören.«

»Auf Wiederhören«, sagte sie, doch die Frau hatte bereits aufgelegt.

Bevor sie letzte Nacht eingeschlafen war, hatte sie sich für heute einen ehrgeizigen Plan mit vielen Aufgaben zusammengestellt. Plötzlich, mit einem einzigen Anruf, spielte er keine Rolle mehr. Sie nahm eine Tasse Tee mit ins Wohnzimmer, ließ sich auf einem Lehnstuhl nieder und war vollends in Gedanken an den Schwesternbund versunken. In den zehn Monaten, die nun seit ihrer Aufnahme in den Geheimbund vergangen waren, waren ein neuer Sinn und ein neues Ziel in ihr Leben getreten. Nun hatte sie die Bewährungsprobe abzulegen. Da Charlottes Leben auf dem Spiel stand, würde die Aufgabe nicht einfach zu lösen sein.

Noch ganz mit den Gedanken an Charlotte Thomas und John Chapman beschäftigt, marschierte Christine zum Schwesternzimmer, um ihren Mantel abzulegen. Zwei von den Schwestern der Tagesschicht hatten soeben ihre Aufzeichnungen zur Seite gelegt, die sie über die Vorgänge während der Tagesschicht angefertigt hatten, und unterhielten sich darüber, welches von Chapmans Medikamenten höchstwahrscheinlich diese verhängnisvolle Reaktion ausgelöst haben könnte. Christine spürte keinerlei Neigung, daran teilzunehmen. Sie begrüßte beide mit einem Nicken und sagte: »Ich bin für einige Minuten bei Charlotte. Schickt jemand zu Vier-Zwölf, um mich zu holen, falls ich nicht rechtzeitig zum Bericht zurück bin, ja?« Die Frauen wandten sich wieder ab und setzten ihr Gespräch fort.
Es waren nun fast schon zwei Wochen vergangen, seitdem Charlotte Thomas auf der Chirurgie lag, zwei Wochen, in denen Christine Dutzende Male in Zimmer 412 gewesen war. Trotz der häufigen Besuche erschien ihr ein eigenartiges Bild vor Augen, als sie sich der Tür näherte. Es war ein Bild, das ihr fast jedes Mal in den Sinn kam, wenn sie 412 betrat. Um genau zu sein, gestand sich Christine, war es weniger ein bestimmtes Bild, mehr eine Erwartung. Diese war ungemein lebendig, trotz des Wissens aus der beruflichen Praxis. Charlotte würde auf ihrem Vinylstuhl neben dem Bett sitzen und einen Brief schreiben. Ihr feines, braunes Haar würde sorgfältig am

Hinterkopf zusammengesteckt und mit einem schicken rosaroten Band durchflochten sein. Die feinen Linien an den Seiten der Augen und an den Lippenrändern würden sich beim Erscheinen ihrer »Super-Schwester« vor Freude in kleine Falten legen. Sie würde mit ihren sechzig Jahren so gesund und lebendig strahlen, wie sie es wahrscheinlich mit sechzehn getan hatte. Eine Frau, die voll und ganz mit sich in Frieden lebte.
Einen solchen Eindruck hatte sie jedenfalls bei ihrem Aufenthalt im August, als verschiedene Diagnosetests durchgeführt wurden, gemacht. Kurz bevor sie das Zimmer betrat, stellte Christine sich ihre Stimme vor, die so klar und frisch wie ein Gebirgsbach klingen und sagen würde: »Ah, die liebe Christine. Meine Ein-Frau-Aufbautruppe kommt und bringt der alten kranken Lady wieder etwas Freude ...«
Am Fuß des Bettes blieb Christine stehen und schloß die Augen. Sie schüttelte den Kopf, als wollte sie verdrängen, wie wenig von ihren Vorstellungen, von ihrer Hoffnung übriggeblieben war.
Charlotte lag auf ihrer rechten Seite, gestützt durch mehrere Kissen. Kreidebleich schlich Christine auf Zehenspitzen zu ihr ans Bett. Charlotte schien zu schlafen. Ihr schwerer Atem, fast ein Schnarchen, klang angestrengt und unnatürlich. Die Sauerstoffschläuche, die eigentlich in der Nase stecken sollten, waren zur Wange hin verrutscht und hatten durch den Druck eine entzündete rote Stelle hinterlassen. Ihr Gesicht war aufgedunsen und teigig gelb. An beiden Bettenden hingen Tropfer, die durch durchsichtige Schläuche ihr ihren Inhalt einflößten.
Christine war den Tränen nahe, als sie sich zu ihr hinabbeugte und ihr sanft die Haare aus dem Gesicht strich.

Die Augenlider der Frau zitterten einen Augenblick lang, bevor sie die Augen aufschlug.
»Einen schönen Tag«, sagte Christine mit freudiger Stimme, aber bitterem Lächeln.
»Einen schönen Tag«, erwiderte Charlotte geschwächt. »Wie geht's meinem Mädchen?«
Wieder mal typisch, dachte Christine. In diesem Zustand fragt sie, wie's *mir* geht. »Ein bißchen müde, aber sonst ganz gut«, erwiderte sie. »Und wie geht's *meinem* Mädchen?«
Charlottes Lippen quälten sich zu einem Lächeln, das sagte: »Das solltest du eigentlich wissen und nicht erst fragen.« Sie zog eine Hand — übersät mit blauen Flecken — hervor und zerrte ein wenig an dem roten Gummischlauch, der an ihrer Nase befestigt war und in einem Bogen in einem Nasenloch verschwand. »Das mag ich nicht«, flüsterte sie.
Christine schüttelte den Kopf. Der Schlauch war noch nicht da, als sie letzte Nacht die Station verlassen hatte. Ihre Worte klangen gekünstelt. »Sie... haben wohl Schwierigkeiten mit Ihrem Magen... Der Schlauch sorgt dafür, daß der Magen sich nicht durch zuviel Flüssigkeit aufbläht. Der Schlauch ist an ein Absauggerät angeschlossen. Das verursacht auch den Pfeifton hier.« Sie wandte sich ab. Die Schläuche, die blauen Flecken, die Schmerzen — Christine fühlte sich, als ob es ihre eigenen wären. Sie wußte, bei Charlotte noch viel sicherer als bei allen anderen Patienten, die sie bisher gepflegt hatte, daß es keine Hoffnung gab. Mehrere Male wäre sie am liebsten aus dem Zimmer gerannt, um ihren Gefühlen zu entkommen. Sie hatte sich schon überlegt, die Pflege einer anderen Schwester zu übertragen. Aber schließlich war sie doch geblieben.

»Wie geht's deinem Freund?« fragte Charlotte.
Mit einem Themenwechsel — typisch für sie — deutete sie an, daß sie verstanden hatte. Der Schlauch konnte ja doch nicht entfernt werden. Christine kniete sich nieder und sagte mit betont mädchenhafter Entrüstung: »Charlotte, wenn Sie Jerry meinen, das ist nicht mein Freund. In Wirklichkeit mag ich diesen Mann überhaupt nicht.«
Charlotte antwortete mit einem leichten Grinsen und einem Augenzwinkern. »Charlotte, das ist die reine Wahrheit. Ich kann dieses hinterlistige Zwinkern nicht leiden. Der Mann ist ein ... eingebildeter, selbstgefälliger ... Pedant.«
Charlotte streckte die Hand aus und strich ihr über die Wange. Da sah ihr Christine in die Augen. Trotz des düsteren Lichts bemerkte sie einen seltsamen, wundervollen Glanz darin, den sie vorher noch nie gesehen hatte. Und es lag eine Kraft und eine Macht in Charlottes Stimme, die sie geradezu spüren konnte. »Die Antworten sind alle in dir selbst, meine liebe Christine. Höre auf dein Herz. Wann immer du dir wirklich sicher sein willst, höre auf das, was dein Herz dir sagt.« Sie zog die Hand zurück und schloß die Augen. Innerhalb von ein paar Sekunden war sie in tiefen Schlaf gesunken.
Christine starrte sie noch eine Zeitlang an und versuchte, den Sinn der Worte zu begreifen. Jerry hatte sie wohl nicht damit gemeint. Nein, sicher nicht. Wie in Trance lief sie durch den Gang, um rechtzeitig zum Bericht der Tagesschicht zu kommen.

Das Schwesternzimmer füllte sich langsam. Acht Schwestern — sechs von der zu Ende gehenden und zwei von Christines Schicht — saßen um den Tisch, auf dem verschiedene Papiere und Tabellen lagen und Kaffeetassen,

Aschenbecher und einige Tuben Handcreme standen. Eine von ihnen, Gloria Webster, war noch am Schreiben. Gloria war in Christines Alter. Sie hatte gebleichtes, platinblondes Haar und trug ein dickes, schillerndes Augen-Make-up. Sie blickte kurz auf und nahm einen Schluck Kaffee. Als sie sich wieder dem Bericht zuwandte, sagte sie: »Hallo, Beall.«

»Grüß dich, Gloria. Viel los heute?«

Die Blondine schrieb weiter. »Nicht zuwenig. Immer der gleiche Mist. Nur ein bißchen mehr als sonst, du verstehst schon, oder?« Sie setzte die Kaffeetasse wieder ab.

»Ist der Bericht bald fertig?«

»In einer Minute. Wie gewöhnlich war ich wieder die letzte, die mit diesem sinnlosen Bericht angefangen hat. Eigentlich bräuchten wir doch nur ein Exemplar fotokopieren und die Abzüge in die Fächer stecken. Es steht doch sowieso in allen das Gleiche drin, oder?«

Christine setzte nur um der Frau willen ein kurzes, gezwungenes Lächeln auf. Eine der anderen Schwestern witzelte über Glorias Fähigkeiten: »Sie mag vielleicht fahrlässig mit den Medikamenten, den Aufzeichnungen und allem übrigen umgehen, das macht aber nichts, weil sie sich um die Patienten auch nichts schert.«

Die beiden letzten Schwestern kamen herein und nahmen am Tisch Platz. Der Report begann mit einer Diskussion über die Patienten, die seit der letzten Spätschicht auf die Station gekommen waren. Auf sie wurde auch näher eingegangen als auf die anderen Patienten. Die meisten Bemerkungen, die aus der Tischrunde kamen, betrafen aber nicht die Patienten, sondern die sie behandelnden Ärzte.

»Sam Engles, ein Patient von Dr. Bertram ...«

»... o Gott, Jack the Ripper schlägt wieder zu.«
»Bert der Schäker, zwei linke Hände auf dem Operationstisch, aber ständig hinter den Schwestern her.«
»Stella Vecchione, Patientin von Dr. Malchman ...«
»Viel Glück, Stella.«
»Donald McGregor, Patientin von Dr. Armstrong ...«
»Die ist wenigstens nett.«
»Nett schon, aber senil. Sie schreibt wie meine Großmutter.«
»Edwina Burroughs, Patientin von Dr. Shelton ...«
»Von wem?«
»Von Shelton, dem Süßen mit dem Kraushaar.«
»O ja, ich weiß, wen du meinst. Das ist doch der, der unter Drogen steht?«
»Was?«
»Unter Drogen. Penny Schmidt von der Drei hat erzählt, sie hätte von einer OP-Schwester gehört, daß Shelton abhängig gewesen wäre.«
»Die gute alte Penny. Die hat doch wirklich für jeden ein nettes Wort übrig. Die findet eines Tages sicher auch noch Dreck im Sterilisator.«
Die übrigen Patienten gingen sie nach Zimmern durch. Christine hörte zu und konnte vorhersagen, welche von den Schwestern bei ihrem Bericht sich nur auf die Tatsachen, auf Laborberichte und Krankheitszustand stützen und welche noch die äußere Erscheinung und das Verhalten ihrer Patienten kommentieren würde: Drei hoben die Fakten hervor und drei die Personen. Christine lag zu hundert Prozent richtig und stellte mit Genugtuung fest, daß sich die Schwestern, deren Arbeit sie am meisten schätzte, in ihren Berichten auf den Patienten konzentrierten. Gloria Webster war nicht unter ihnen.
»Beall, du übernimmst doch wie immer Vier-Zwölf«, sag-

te Gloria und drückte eine halb zu Ende gerauchte Zigarette auf dem Boden einer Styropor-Tasse aus. Sie nannte alle Stationsschwestern auf dieser Etage bei ihren Nachnamen — aber mehr aus Kameradschaft als zur Demonstration ihrer Härte. »Da gibt es nicht viel zu berichten. Die Dinge stehen noch schlechter als gestern, einschließlich der wundgelegenen Stellen, du verstehst schon, oder? Ihre Temperatur und ihr Blutdruck springen ständig rauf und runter. Alle zwei Stunden sind Nase und Lunge abzusaugen. Du brauchst dich also erst in vier Stunden darum zu kümmern. Also verdammt wenig zu tun. Sonst gibt's nicht viel Neues. Noch Fragen?«
Christine mußte sich zurückhalten, um nicht zu sagen: »Ja, eine schon. Wie kannst du so über eine Frau sprechen, die in einer Körperzelle mehr Zauber und Ausstrahlung hat, als du in deinem ganzen Körper?« Statt dessen hielt sie ihre Gefühle des Ekels und der Wut zurück und schüttelte nur den Kopf. Die restlichen Berichte dauerten noch zehn Minuten. Anschließend schlüpften die sechs Schwestern der Tagesschicht in ihre Mäntel und verließen die Station. Die Verantwortung war weitergereicht worden.
Nachdem sich das Schwesternzimmer geleert hatte, nahm Christine Charlottes Akte zur Hand und ging die Aufzeichnungen Seite für Seite durch. Der Krankheitsverlauf war qualvoll. Stapelweise Notizen, Untersuchungsberichte, Therapieberichte. Die Chronologie eines medizinischen Alptraums. Als Christine die entscheidenden Punkte auf einem kleinen Stück Papier notierte, zerstreuten sich ihre Zweifel. Es war *wirklich* genug. Wie Peg am Telefon gesagt hatte, wirklich genug. Sie würde Charlottes Fall dem Schwesternbund vorlegen.

Sie verbrachte noch einige Minuten damit, ihre Aufzeichnungen niederzuschreiben und sie ein zweites Mal zu prüfen, um sich zu vergewissern, nichts Wichtiges vergessen zu haben. Überzeugt davon schlug sie ihr Adreßbuch auf und kritzelte eine Telefonnummer auf ein Schnipsel Papier. Sie zögerte. Sie spürte, wie ihr der Mund austrocknete. Geistesabwesend saß sie da und kaute an den Fingernägeln. Los jetzt, Mädchen, drängte sie sich. Wenn du überzeugt davon bist, dann tu es auch. Kurz bevor sie aufstand, kamen ihr Charlottes Augen in den Sinn. Der friedvolle, unermeßliche Glanz war ihr jetzt klarer als je zuvor. ». . . Wann immer du dir wirklich sicher sein willst, höre auf das, was dein Herz dir sagt.«

Am Ende des Ganges war ein Münztelefon, das zum Teil von einer Glaswand geschützt war. In der Nähe war niemand zu sehen. Christine zögerte ein zweites Mal. Sie spürte, wie ihre Entschlußkraft nachzulassen begann. Womöglich würde der Ausschuß gar nicht auf den Anruf reagieren. Womöglich stimmen sie nach der Beratung gar nicht zu. Vielleicht . . .

Sie zitterte am ganzen Körper, als sie mit dem Zettel in der Hand die Nummer wählte. Es klingelte zweimal, ein Klicken, dann ein kurzes Tuten. Eine Frauenstimme meldete sich ganz sachlich von einem Anrufbeantworter: »Guten Tag. Zehn Sekunden, nachdem ich zu Ende gesprochen habe, hören Sie einen Pfeifton. Dann haben Sie dreißig Sekunden Zeit, eine Nachricht, die Uhrzeit ihres Anrufs und eine Nummer zu hinterlassen, unter der Sie zu erreichen sind. Sie werden so bald wie möglich zurückgerufen. Danke.«

Christine wartete auf den Pfeifton. »Hier spricht Christine Beall von der Spätschicht auf Vier Süd im Boston Doctors Hospital. Ich möchte einen Fall zur Bewertung unterbreiten. Die Nummer dieses Münztelefons lautet: fünf, fünf, fünf, sieben, eins, acht, eins. Es ist jetzt 15 Uhr 50. Ich bin unter dieser Nummer bis 23 Uhr zu erreichen. Danach bin ich . . .« Bevor sie noch die Nummer von ihrer Wohnung hinterlassen konnte, hörte sie ein Klicken. Der Anrufbeantworter schaltete sich ab. Sie wollte gerade einen zweiten Anruf starten, um ihre Nachricht zu vervollständigen, als sie erneut Zweifel befielen. Sie legte den Hörer auf die Gabel. Wenn es geschehen soll, wird es auch geschehen, dachte sie sich.

Harrison Weller starrte ziellos an die Decke. Er bemerkte Christines Kommen nicht. Über seinem Bett hing an einem Metallarm ein kleiner SONY-Bildschirm, der gerade die Schlußmusik von *The Guiding Light* ausstrahlte. Anscheinend nahm er keine Notiz davon. Er hatte ein schmales, knorriges Gesicht und machte trotz seiner fünfundsiebzig Jahre einen heiteren, ewig-jungen Eindruck.
»Wie geht es Ihnen, Mr. Weller?« sagte Christine, als sie sich dem Bett näherte. »Warum haben Sie die Rollos zu? Es ist schön draußen. Die Sonne wird Ihnen guttun.«
Er blickte sie an und lächelte. »Sind Sie es, Charlene?« fragte er.
»Mr. Weller, Sie kennen mich doch. Seit Sie hier sind, bin ich doch fast jeden Tag zu Ihnen gekommen. Ich bin es, Christine.«
»Die Sonne scheint, sagen Sie?« Wellers knarrende Stimme erinnerte Christine an einen Schauspieler von der High-School, der einen alten Mann spielen sollte. Er war nach der Operation einer gebrochenen Hüfte auf die Station gekommen und sofort zum Liebling der Schwestern geworden, obwohl er ihre Koseworte nicht zu bemerken

schien und noch nie auf sie reagiert hatte. Er machte oft einen konfusen und verwirrten Eindruck und wurde deswegen von dem Orthopäden, bei dem er in Behandlung war, als senil abgestempelt.

Die späte Nachmittagssonne strömte herein, als Christine die Rollos öffnete. Sie richtete Weller den Rücken auf und setzte sich neben ihn, so daß er ihr ins Gesicht blicken konnte. Der alte Mann betrachtete sie einen Moment lang argwöhnisch und setzte dann ein breites Grinsen auf.

»Oh, Sie sind aber eine Hübsche«, sagte er. Er streckte die Hand aus und kniff ihr sanft in die Wange.

Christine lächelte und legte seine Hand in die ihre. »Wie geht es Ihrer Hüfte?« fragte sie.

»Meiner was?«

»Ihrer Hüfte«, sagte sie noch einmal, sehr bedächtig; aber in einer Lautstärke, die schon fast einem Brüllen glich. »Sie hatten eine Operation an Ihrer Hüfte. Ich möchte wissen, ob Sie Schmerzen haben.«

»Schmerzen? In meiner Hüfte?«

Sie setzte gerade zu einem erneute Versuch an, als Weller hinzufügte: »Nee. Nicht einmal ein Zwicken, nur wenn ich meinen Fuß nach links bewege.«

Christine staunte nicht schlecht. Das war die bei weitem schwierigste Antwort, die er auf eine Frage gegeben hatte, seit sie mit ihm zum ersten Mal zusammengetroffen war. Als ihr das bewußt wurde, leuchtete ihr Gesicht richtig auf.

»Mr. Weller«, rief sie. »Haben Sie ein Hörgerät?«

»Ein Hörgerät?« quiekte Weller. »Natürlich habe ich ein Hörgerät. Schon seit Jahren.«

»Und warum tragen Sie es nicht?«

»Kann ich wohl sehr schlecht, wenn es zu Hause in der

Schublade liegt!« erwiderte er, als ob sie nicht schon selbst auf diesen Schluß gekommen wäre.
»Und was ist mit Ihrer Frau? Kann sie es Ihnen nicht bringen?«
»Wer, Sarah? Die Arthritis hat bei ihr so schwer zugeschlagen, daß sie nicht einmal in der Lage ist, das Haus zu verlassen und mich zu besuchen.«
»Mr. Weller, ich kann jemanden zu Ihnen nach Hause schicken, um das Hörgerät zu holen. Möchten Sie das?«
»Ja doch! Das würde mich freuen, Charlene«, sagte er und drückte ihr die Hand. »Und wenn Sie schon jemand schicken, sagen Sie ihm, er soll mir auch die Brille mitbringen. Sarah weiß schon, wo sie liegt. Ich kann ohne sie kaum meine Nasenspitze erkennen.«
Christines Strahlen hatte sich zu einem aufmerksamen Lächeln entwickelt. »Mr. Weller, wenn Sarah krank ist, wer hilft *ihr* denn zu Hause?«
»Weiß ich nicht genau. Annie Grissom, die Nachbarin, hilft immer ein wenig, wenn es geht.«
»Ich kann eine Schwester zu Ihnen nach Hause schicken, Mr. Weller. Wenn sie der Meinung ist, daß Ihre Frau Hilfe braucht, wird sie eine Hauspflegerin bestellen.«
»Was wird sie bestellen?«
Sie hatte gerade begonnen, zu wiederholen, als sie mitten im Satz abbrach. Sie nahm ihn in die Arme. »Regen Sie sich nicht auf, ich werde mich um alles kümmern«, sagte sie mit lauter, lachender Stimme.
Plötzlich erschauderte Christine und löste langsam die Umarmung. Ihr war unheimlich. Sie fühlte sich beobachtet und drehte sich blitzschnell um. Hinter ihr stand, den ganzen Türrahmen ausfüllend, Dorothy Dalrymple, die Leiterin des Pflegepersonals. Sie war Mitte fünfzig, hatte kurzes Haar und ein Engelsgesicht. Ihre Schwestern-

tracht glich einer schneebedeckten Hügellandschaft und umfaßte eine Masse von fast zweihundert Pfund. Dicke Knöchel quollen aus den flachen weißen Klinikschuhen hervor. Die fleischigen Falten um ihre Augen vergrößerten sich noch, als sie die Szene taxierte.

Christine sprang auf und zog sich ihre Tracht zurecht. Obwohl sie Dalrymple die Jahre über durch die Arbeit kennengelernt hatte, fühlte sie sich in ihrer Anwesenheit immer noch etwas unwohl. Es lag vielleicht an der eindrucksvollen Gestalt, vielleicht auch an der hohen Position. Sie war sicherlich freundlich und aufgeschlossen.

Die Oberin bewegte sich auf sie zu, hielt ein paar Schritte vor ihr inne und stemmte die Hände in die Hüften. »Nun, Miss Beall«, fragte sie mißbilligend, ohne sich jedoch ein schnippisches Lächeln verkneifen zu können, »ist dies nun ein neues Heilverfahren oder habe ich eine erwachende Romanze zwischen Frühling und Herbst gestört?«

Christine lächelte schüchtern und drehte sich zu Weller hin. »Harrison«, sagte sie sanftmütig, »ich hab dir doch gesagt, daß man uns entdecken würde. Wir können uns einfach hier nicht mehr treffen.« Christine drückte ihm nochmals beteuernd die Hände und verließ mit Dalrymple das Zimmer.

Über fünfzehn Jahre hatte Dalrymple nun schon die Schwesternschaft im Boston Doctors geleitet und war wegen ihres engagierten Eintretens für »ihre Schwestern« legendär geworden. Obwohl sie nicht unbedingt wegen herausragender geistiger Fähigkeiten geschätzt wurde, war sie trotzdem in medizinischen Kreisen wohlbekannt; und das nicht nur wegen ihres unwiderstehlichen Charismas, sondern auch wegen ihrer eineiigen Zwillingsschwester Dora, die der Schwesternschaft im Sub-

urban Hospital vorstand, das fünfzehn Meilen westlich der Stadt lag.
Die beiden wurden Tweedledum und Tweedledee genannt — obwohl das nicht zu ihnen paßte. Sie waren nach Aussage von vielen die einzigen Oberinnen im Umkreis, die noch gewissenhaft ihre Schwesterntracht trugen. Auch diese Geste trug zu ihrer Popularität bei, wenn es auch nicht sehr ästhetisch war.
Dalrymple klopfte Christine mütterlich auf die Schulter. »So, Christine, was war das nun?« fragte sie.
Kurzentschlossen stellte sie den Vorfall als weitere Erscheinungsform von Harrison Wellers »Senilität« dar. Die Oberin teilte ihre Einschätzung.
»Wissen Sie«, sagte sie, »ich verbringe so viel Zeit hinter Papierbergen, mit Arbeitsvertragsverhandlungen und der Leitung des Krankenhauses, daß ich manchmal wirklich vergesse, was Pflege eigentlich ist.« Christine nickte bescheiden mit dem Kopf. »Bei der Freude, mit der ihr an die Arbeit geht, fällt mir oft ein, daß wir eigentlich die einzigen sind, die sich wirklich um die Patienten kümmern — ganz gleich, wie wenig die Ärzte unsere Arbeit schätzen, wie wenig sie auch unsere Fähigkeiten und unser Urteilsvermögen würdigen. Offen gesagt glaube ich, daß die meisten Patienten, die wieder genesen, das den Schwestern und nicht den Ärzten zu verdanken haben.«
Und was ist mit denen, die nicht wieder genesen? wollte Christine fragen.
Sie waren eine Zeitlang schweigend den Gang entlanggelaufen, als Dalrymple stehenblieb und sich ihr zuwandte. »Christine, Sie sind ein sehr gute Schwester. Das Krankenhaus bräuchte mehr von Ihrer Sorte. Sie können jederzeit mit mir über alles, was Sie bedrückt, sprechen. Über alles.«

Ihre Worte hätten beruhigend klingen sollen, aber in ihrem Ton war etwas, das dem nicht entsprach. Christine fröstelte plötzlich und fühlte sich unbehaglich. Sie suchte nach einer Antwort, als am Ende des Ganges das Telefon zu klingeln begann. Sie wirbelte herum, als ob sie einen Gewehrschuß gehört hätte.

»Das Telefon wird sich wohl nicht selbst eine Antwort geben, Christine«, sagte Dalrymple und ging auf den Apparat zu.

»Ich nehme schon ab«, platzte Christine heraus und lief an der verblüfften Oberin vorbei zum Telefon.

Als sie sich dem Telefon näherte, wurde Christine langsamer. Zum einen hoffte sie, andererseits fürchtete sie sich davor, daß das Klingeln aufhören würde, bevor sie antworten konnte. Sie zögerte noch, nahm dann doch den Hörer ab und fingerte in ihrer Tasche nach den Aufzeichnungen über Charlotte Thomas. Sie war völlig davon überzeugt, daß der Anruf ihr galt.

Es war eine Frauenstimme. Sie klang streng und hatte einen leichten Akzent. »Ich möchte mit Miss Christine Beall sprechen, eine Schwester auf dieser Station.«

»Hier spricht Christine Beall«, antwortete sie. Sie schluckte und kämpfte damit gegen die Trockenheit in ihrem Mund an.

»Miss Beall, ich heiße Evelyn. Ich rufe Sie wegen Ihrer Nachricht an, die sie am frühen Nachmittag hinterlassen haben. Ich spreche für den Regionalen Prüfungsausschuß von Neuengland.«

Blitzschnell blickte Christine über den Korridor. Dalrymple war verschwunden. Es standen zwar Leute da, Personal und Besucher, aber sie waren außer Hörweite.

»Ich ... ich habe einen Fall, den ich zur Prüfung und Empfehlung vorlegen möchte«, stammelte sie. Sie war sich der vorgeschriebenen Reihenfolge, in der ihr Gespräch abzulaufen hatte, nicht sehr sicher.

»Sehr gut«, antwortete die Frau. »Ich werde mitschreiben. Sprechen Sie also bitte langsam und klar. Ich werde Sie solange nicht unterbrechen, solange ich es nicht für absolut notwendig halte. Fangen Sie bitte an.«

Christines Hände zitterten, als sie ihre Notizen in der Hand hielt. Dreißig Sekunden lang brachte sie keinen Ton hervor, so stark setzten sie ihre Gefühle und Gedanken in Aufruhr. Charlotte wünscht sich so sehr das Ende herbei, überlegte sie, es wird richtig sein. Es muß richtig sein. Tief in ihrem Inneren nagte der Zweifel. Erst nachdem sie sich nochmals überzeugt hatte, daß sie ihre Meinung immer noch ändern konnte, auch wenn dem Fall zugestimmt war, war sie in der Lage zu sprechen.

»Die in Frage kommende Patientin ist Mrs. Charlotte Thomas«, sagte sie langsam, in sachlichem monotonen Ton, in der Hoffnung, damit das Beben ihrer Stimme zu verbergen. »Sie ist sechzig Jahre alt, weißer Hautfarbe und war früher Krankenschwester. Am achtzehnten September hatte sie eine Milessche Resektion und Kolostomie wegen Dickdarmkrebs bekommen. Seit ihrer Operation geht es ihr nicht gut. Ich kenne Mrs. Thomas seit ihrer Einlieferung zur Untersuchung im August und habe sowohl vor als auch nach der Operation sehr viel mit ihr gesprochen. Sie war seit jeher eine vitale, aktive und sportliche Frau und hat mir mehrmals gesagt, daß sie niemals als Invalidin oder mit qualvollen Schmerzen weiterleben könnte. Bis in jüngster Zeit, bis heuer im Juli hat sie ganztägig für einen sozialen Wohlfahrtsverband gearbeitet.«

Christine merkte, wie sie abschweifte. Ihre Hände waren feucht und kalt. Sie hatte gewußt, daß es nicht einfach sein würde. Peg hatte ihr heute morgen gesagt, es würde nicht einfach sein. Aber sie hatte eine solche nervliche Anspannung nicht erwartet. Und dies war erst der Anfang des Berichts. Was passiert, wenn ihm zugestimmt wird? Was, wenn sie tatsächlich ...

»Miss Beall, fahren Sie fort«, drängte Evelyn. In diesem Augenblick hörte Christine Schritte näher kommen. Sie geriet in Panik, wandte sich hektisch der Person zu und blickte ihr ins Gesicht. »Miss Beall, sind Sie noch da?« fragte Evelyn.

Dotty Dalrymple stand ein paar Meter entfernt. Mein Gott, was passiert hier eigentlich, schoß es Christine durch den Kopf. Hat sie etwas gehört?

»Miss Beall, *sind Sie noch da*?« Die Stimme wurde eindringlicher.

Ihre Finger am Hörer wurden kreidebleich. »Oh! Ach! Ja, Tante Evelyn«, antwortete sie, »warte eine Minute. Meine Chefin ist gerade hier.« Sie legte den Arm auf den Münzapparat, um sich abzustützen. Auch jetzt noch spürte sie, wie sie zitterte.

»Christine, fehlt Ihnen etwas?« frage Dalrymple in einem Ton, der allzu freundlich, allzu natürlich schien. »Sie sehen ein bißchen blaß aus.«

Erwartet sie jetzt eine besondere Erklärung, fragte sich Christine. Eine Lüge vielleicht? »O nein, ich bin in Ordnung, Miss Dalrymple. Es ist nur meine Tante, meine Tante Evelyn.«

Dalrymple zuckte mit den Schultern. »Solange Ihnen nichts fehlt, ist es gut. Sie haben sich nur fast überschlagen, als vorhin das Telefon klingelte. Als sie nicht zurückkamen, habe ich mir Sorgen gemacht. Vielleicht ist ja etwas ...«

Christine unterbrach sie mit einem Lachen, das viel zu übertrieben klang. »Nein, es ist alles in Ordnung. Es geht ... um meinen Onkel. Er hatte heute eine Operation, und ich wartete auf die Nachricht, wie sie verlaufen war. Es ist alles in Ordnung.« Eine Lüge nach der anderen. Sie konnte sich nicht erinnern, wann sie das letzte Mal gelogen hatte.

»Sagen Sie Ihrer Tante, es freue mich, daß alles geklappt hat.«

»Es dauert nur noch ein paar Minuten, Miss Dalrymple.« Sie konnte kaum sprechen.

»Kein Problem, lassen Sie sich Zeit«, antwortete Dalrymple mit einem angedeuteten Lächeln und ging wieder den Gang hinab. Christine meinte, sich jeden Augenblick übergeben zu müssen. Sie hatte die Notizen über Charlotte Thomas zerknüllt und hielt sie fest umschlossen in ihrer Faust.

»Evelyn, sind Sie noch dran?« fragte sie mit schwacher Stimme.

»Ja, Miss Beall, Können Sie jetzt mit Ihrem Bericht fortfahren?«

Eigentlich nicht, dachte sich Christine, aber sie bejahte. »Ja ... Ja, ich bin okay. Einen Augenblick noch, ich muß meine Aufzeichnungen ordnen.« Ihre Finger waren steif und reagierten nur widerwillig. Zuerst der Anruf von Peg, dann die unerträglichen Qualen von John Chapmans Frau, und nun das Auftauchen von Miss Dalrymple, die die ganze Zeit ausschließlich sie und sonst keine der Schwestern zu beobachten schien. Kaum zusammenhängende oder auch unzusammenhängende Vorfälle, die sie plötzlich nahezu lähmten und die in ihrer Vorstellung sich zu einem Band des Schreckens verflochten, das sich um Brust und Kehle zusammenzog. Unbeholfen strich sie die Notizen auf dem Münztelefon glatt und bemühte sich, sich wieder unter Kontrolle zu bekommen.

»Der soziale Wohlfahrtsverband. Hab ich Ihnen davon schon erzählt?« Ihre Stimme klang ruhiger.
»Ja, das haben Sie bereits«, antwortete Evelyn geduldig.
»Oh, gut. Lassen Sie mich nachsehen. Ja, da war ich bereits.« Sie wand sich noch immer um den Kern des Gespräches herum. »Mrs. Thomas wird seit nahezu zwei Wochen durch die Arteria subclavia ernährt, ihr werden intravenös Antibiotika verabreicht. Stündlich wird ihre Lunge überprüft, und sie wird ständig mit Sauerstoff versorgt.« In diesem Moment merkte sie, daß sie eine ganze Seite übersprungen hatte. Sie war sich unsicher, was sie alles weggelassen hatte. »Evelyn, ich . . . ich glaube, ich habe einige Sachen übergangen. Kann ich nochmals zurückblättern?«
»Ja, meine Liebe. Wir werden die wichtigen Sachen schon herausfiltern. Entspannen Sie sich jetzt und geben Sie mir die Informationen, die Sie haben.«
Diese ersten herzlichen Worte der Frauenstimme zeitigten sofort Wirkung. Christine atmete tief durch und fühlte, wie sich ein Großteil ihrer Anspannung löste. »Danke«, sagte sie leise. Evelyns beruhigenden Worte hatten ihr wieder bewußt gemacht, daß sie nicht völlig einsam einer Sache diente. Sie war Teil eines Teams, einer Bewegung, die sich dem höchsten Gut verschrieben hatte. Wenn ihre Aufgabe schwer war, manchmal auch schreckenerregend, so auch die ihrer Mitschwestern. Zum ersten Mal war in ihrer Stimme ein Anzeichen von innerer Ruhe zu spüren. »Was ich ausgelassen habe, war ein zweiter Eingriff kurz nach ihrer ersten Operation zur Absaugung eines beträchtlichen Abszesses am Becken. Eine Woche später hatte sie eine Lungenentzündung bekommen, und letzte Nacht wurde ihr wegen eines möglichen Darmverschlusses ein Schlauch in den Magen gelegt.«

Christine zitterte noch ein wenig, aber die Worte kamen ihr jetzt leichter über die Lippen.

»In den letzten Tagen ist eine große schmerzhafte offene Wunde am Kreuzbein aufgetreten. Sie braucht nun neben den örtlichen Behandlungen rund um die Uhr Demerol. Die Arztnotiz von gestern in ihrer Akte konstatiert eine Verschlechterung der Lungenentzündung. Trotz all dieser Schwierigkeiten sind für den Fall, daß es zu einem Herzstillstand kommen sollte, umfassende Wiederbelebungsmaßnahmen angeordnet.« Fast geschafft, dachte sie sich. Gott sei Dank. »Mrs. Thomas ist verheiratet, hat zwei Kinder und sieben Enkel. Soweit zu meinem Vortrag.« Sie seufzte tief.

»Miss Beall«, fragte Evelyn, »könnten Sie mir bitte sagen, ob in dem Bericht der Nachweis für die Ausbreitung des Tumors auf andere Organe dokumentiert ist?«

»Oh, ja. Tut mir leid. Ich habe einen Abschnitt vergessen. Es gab noch etwas: eine Röntgenuntersuchung. Eine Durchleuchtung der Leber letzte Woche. Der Bericht des Radiologen spricht von ›multiplen, sich verschlimmernden Defekten aufgrund eines Tumors‹.«

»Wann waren sie zuletzt mit einem Fall betraut?«

»Der bisher *einzige* Fall liegt fast ein Jahr zurück. Mrs. Thomas würde mein zweiter sein.« Das letzte Mal war das anders, dachte sie sich. Das war schön, keine Tortur. Ihre Knie wurden schwach. Instinktiv blickte sie sich nach einem Stuhl um.

»Danke für Ihren Anruf«, sagte Evelyn, »und für Ihren ausgezeichneten Bericht. Der Regionale Prüfungsausschuß wird den Fall beurteilen und Sie innerhalb der nächsten vierundzwanzig Stunden benachrichtigen. In der Zwischenzeit werden Sie, wie Sie ja wissen, nichts eigenständig unternehmen.«

»Ich habe verstanden.« Es war fast vorüber.
»Oh, eine Sache noch, Miss Beall«, fügte Evelyn hinzu. »Wie heißt der behandelnde Arzt?«
»Ihr Arzt?«
»Ja.«
»Das ist Dr. Huttner, Wallace Huttner, der Chef der Chirurgie hier.«
»Ich danke Ihnen«, sagte Evelyn. »Wir bleiben in Verbindung.«

KAPITEL III

David Shelton trommelte ungeduldig mit den Fingern auf die Armlehne des Stuhls und blätterte in einer drei Monate alten Ausgabe der Zeitschrift THE AMERICAN JOURNAL OF SURGERY. Seine Aufregung und Vorfreude auf die abendliche Visite mit Wallace Huttner hatte sich etwas gedämpft. Er wartete schon fast eine Dreiviertelstunde. Huttner war wohl im Operationssaal auf unerwartete Schwierigkeiten gestoßen.

Eine Zeitlang lief David einsam in dem Chirurgenzimmer neben den verschließbaren Wandschränken auf und ab — eine Gebärde, die — wenn auch unbewußt — dazu dienen sollte, die Situation im Griff zu behalten. Fünfundvierzig Minuten Wartezeit in einem leeren Umkleideraum konnte doch unmöglich Teil des geplanten Abendprogramms sein.

Es beunruhigte ihn immer mehr, daß Huttner möglicherweise ihre Verabredung vergessen haben könnte. David zog den Anzug aus, den er zu dieser Gelegenheit wieder aus der hintersten Ecke des Schrankes hervorgeholt hatte, und wechselte ihn mit einer Garnitur in Grün. Er streifte sich über seine ausgetretenen Slipper einen Papierschutz. Dann überlegte er, ob er seine grünen OP-Schuhe aus Segeltuch anziehen sollte, verwarf aber den Gedanken, weil er befürchtete, daß diese Schuhe — ein makellos neues Paar — zwar einen akkuraten Eindruck vermitteln würden, aber gleichzeitig erkennen ließen, daß er sich in letzter Zeit nicht sehr oft im Operationssaal aufgehalten hatte.

Das Ritual des Ankleidens für den OP zeitigte sofort Wirkung. Die schlechte Stimmung ließ nach, ein neues Hoch kam auf. Er streifte sich eine Papiermaske und ein Haarnetz über und pfiff geistesabwesend die Anfangsakkorde von *Die Jungfrau von Macarena* vor sich hin, eine Melodie, die er vor Jahren zum ersten Mal in Mexico City gehört hatte. Damals hatte sie beim Stierkampf das Erscheinen eines Matadors angekündigt.

Plötzlich merkte er, was er denn eigentlich vor sich hin trällerte, und fing lauthals zu lachen an. »Shelton, langsam hebst du ab. Demnächst verlangst du noch den Chefposten für eine erfolgreiche Blinddarmoperation.«

Er stellte sich vor einen Spiegel und schob mehrere vorstehende Haarbüschel unter das Haarnetz. Dann ging er hinaus auf den Flur der Chirurgischen Station.

Die Dickenson-Suite, benannt nach dem ersten Chefarzt der Chirurgie in diesem Krankenhaus, bestand aus sechsundzwanzig fensterlosen Räumen und umfaßte den gesamten siebten und achten Stock des östlichen Flügels. Allgegenwärtige Uhren lieferten den einzigen Hinweis auf ein Leben außerhalb dieser Hallen. Es herrschte hier eine besondere Atmosphäre, eine besondere Moral und Hierarchie, sogar eine besondere Sprache. Die Chirurgie war eine eigene Welt inmitten einer eigenen Welt inmitten der Welt.

Seit den ersten Tagen der Studienzeit, und auch schon vorher, hatte er davon geträumt, eines Tages Teil dieser Welt zu sein. Er liebte den Klang der Maschinen und der abgeklärten Stimmen, die an den glänzenden Wänden widerhallten, die chirurgische Akribie und die stundenlange Anspannung, die sekundenschnellen hektischen Aktionen in den kritischen Fällen, in denen es um Leben und Tod ging. Nun wurde zum zweiten Mal in seinem Leben der Traum Wirklichkeit.

Er warf einen Blick über den grün gefliesten Gang und bemerkte nur in zwei der Operationssäle Anzeichen von Aktivität. Die anderen Räume wurden geschrubbt, für die ersten Fälle am nächsten Tag präpariert und schließlich während der Nacht verdunkelt.

David wettete mit sich, daß Huttner in dem Raum auf der rechten Seite noch operieren würde, und verlor ein Wochenende in Acapulco mit Meryl Streep.

»Kann ich Ihnen helfen?« David wollte gerade durch die Tür gehen, als die diensthabende Schwester ihn fragte. Sie trug einen grünen Wickeldreß, der etwas knapp für ihre wohlproportionierte Figur ausgefallen war. Zwei türkisfarbene Augen, die zwischen einem papiernen Gesichtsschutz und einer geblümten leinenen Haarbedeckung hervorlugten, waren auf ihn gerichtet und taxierten ihn.

Behaupte dich, ging es David durch den Kopf. Zeige freundliche, aber deutliche Verwunderung darüber, nicht erkannt worden zu sein. Er suchte nach einer einschüchternden Antwort, als Huttner von seinem Platz an der rechten Seite des Operationstisches zu ihm herüberblickte.

»Ah, David, herzlich willkommen«, rief er. »Edna, das ist Dr. Shelton. Bitte, bringen Sie ihm einen Schemel. Stellen Sie ihn, ja... dort drüben hinter Dr. Brewster.« Er nickte seinem Assistenzarzt zu, der ihm von der anderen Seite des Tisches aus bei der Operation behilflich war.

David stieg auf den Schemel und beobachtete von dieser Position aus den Eingriff.
»Anfangs sah das nach einem einfachen Nähen eines blutenden Geschwürs aus«, erklärte Huttner. Er war sich anscheinend nicht bewußt — oder gestand es zumindest nicht ein —, daß er sich zu ihrer gemeinsamen Visite verspätet hatte. »Dann sind wir auf Schwierigkeiten gestoßen. Ich habe mich für eine Hemigastrektomie und eine Bilroth-Anastomose entschieden.« David registrierte genau, welche Fürwörter Huttner benutzte, und speicherte diese Erkenntnis in seinem Gedächtnis.
Innerhalb von ein paar Sekunden war der Arbeitsrhythmus, der durch Davids Hinzukommen unterbrochen worden war, wiederhergestellt. David wurde schnell klar, daß Huttner eine außergewöhnliche Konzentrationsfähigkeit, Gewandtheit und Selbstkontrolle besaß. Kein überflüssiges Wort. Keine sinnlose Bewegung. Kein äußeres Anzeichen von Unentschlossenheit. Obwohl auch die anderen im Raum ihre Funktion innehatten, war er hier der Dirigent und Solist des Orchesters zugleich.
Plötzlich fiel eine Schere zu Boden, als die OP-Schwester sie Huttner reichen wollte. Das Klappern glich einer kleinen Explosion. Die graublauen Augen des Chirurgen blitzten auf. »Verdammt noch mal, Jeannie«, fauchte er, »passen Sie doch auf!«
Die Schwester erstarrte, entschuldigte sich murmelnd und reichte vorsichtig eine andere. Davids Pupillen verengten sich ein wenig. Von seinem Beobachtungspunkt aus schien der Vorgang der Situation zu entsprechen. Er blickte auf die Uhr an der Wand: sieben Uhr dreißig. Huttner hatte wahrscheinlich in den vergangenen zwölf harten Stunden die meiste Zeit am Operationstisch gestanden.

Eine Minute später betrachtete Huttner das Ergebnis und ließ dann den Kopf kreisen, um die Verspannung der Nackenmuskulatur zu lösen. »In Ordnung, Rick, ich überlasse sie Ihnen. Machen Sie weiter und nähen Sie sie zu«, sagte er zu dem Assistenten. »Nach der Operation die üblichen Anweisungen. Ich glaube nicht, daß sie angeschlossen werden muß. Aber entscheiden Sie selbst, was zu tun ist, wenn sie wieder aus der Wachstation zurückkommt. Sollte es Probleme geben, konsultieren Sie Dr. Shelton. Er wird mich vertreten, solange ich auf dem Symposium über das Gefäßsystem in Cape Cod bin. Noch irgendwelche Fragen?«

David glaubte, in den Augen der Schwester ein kurzes Aufleuchten gesehen zu haben, das von gestiegenem Respekt und Interesse zeugte. Ob das nun wirklich geschehen war oder ob er sich das nur eingebildet hatte, spielte im nächsten Augenblick keine Rolle mehr. Der Blick hatte in ihm jedenfalls sofort wieder die Erregung darüber entfacht, was ihn wohl in den kommenden drei Tagen erwarten würde.

Huttner wandte sich vom OP-Tisch ab, streifte in einem Zug den mit Blut bespritzten Umhang als auch die Handschuhe ab und ging auf den Umkleideraum zu. David folgte dicht dahinter. Anstatt in den nächstgelegenen weichen Stuhl zu fallen, wie es David erwartet hatte, marschierte Huttner ganz locker zu seinem Schrank und zog eine Pfeife und einen Tabaksbeutel hervor. Er füllte den Kopf der elegant geschwungenen Meerschaumpfeife, stopfte und entzündete sie, bevor er sich auf einer massiven Ledercouch niederließ. Dann stieß er eine Rauchwolke aus und deutete David an, neben ihm auf dem Sofa Platz zu nehmen.

»Turnbull hätte die Frau schon vor zwei Tagen zur Operation einweisen sollen«, kritisierte er das Verhalten des Internisten, der vergeblich versucht hatte, das Bluten des Geschwürs zu stoppen. »Ich wette, dann hätte ich ihr den Magen nicht herausnehmen müssen.« Huttner schloß die Augen und massierte sich mit seinen sorgfältig manikürten Porzellanfingern die Nasenwurzel zwischen den Augen.

Huttner, Anfang sechzig, schlank gewachsen und über einen Meter achtzig groß, hatte dunkles Haar und angegraute Schläfen. Er entsprach voll und ganz dem Bild des Patriziers, das durch die Presse vermittelt wurde.

»Ich habe manches freundliche Wort über Ihre Arbeit von den OP-Schwestern vernommen, David«, sagte Huttner in seinem wohlkultivierten Ostküsten-Akzent.

Manches freundliche Wort. David wägte das Kompliment einige Sekunden lang ab; eine reflexartige Reaktion, die er in den fast acht Jahren entwickelt hatte, in denen er herablassende Fragen gestellt bekommen und es mit angeblich besorgten Kollegen zu tun gehabt hatte. David mochte das nicht, hatte es aber erwartet. Huttners Schmeichelei war ernst gemeint, da war er sich sicher.

Er bedankte sich und sagte: »Wie Sie heute abend gesehen haben, kennen mich noch immer einige nicht. Eine größere Operation alle ein bis zwei Wochen ist wohl auch nicht die beste Basis für eine Beurteilung.« Seine Worte klangen nicht verbittert, sie stellten nur die Fakten fest. David schätzte, daß einer größeren Operation von ihm ungefähr fünfzehn, wenn nicht mehr, von Huttner gegenüberstanden.

»Geduld, David, Geduld«, erwiderte Huttner. »Ich habe Ihnen dies damals schon geraten, als Sie das erste Mal vor mir standen und sich um die Mitarbeit bewarben.

Vergessen Sie nicht, daß gerade jene Ärzte, die fortwährend auf den Sockel gehoben werden, auch ständig in übertriebener Rechenschaftspflicht stehen.« Er legte die Fingerspitzen aneinander und wählte die Worte sorgsam. »Solche Probleme, wie — äh — Sie sie hatten, werden in medizinischen Kreisen nicht so schnell vergessen. Sie stellen eine Gefahr dar, zeigen Verwundbarkeit, die sich die meisten Ärzte nicht eingestehen wollen. Wenn Sie weiterhin so gute, gewissenhafte Arbeit leisten, werden die Zuweisungen auch kommen.« Er lehnte sich würdevoll zurück und legte die Hände um die Meerschaumpfeife.

»Ich hoffe es«, sagte David. Sein Lächeln wirkte ein bißchen gezwungen. »Sie wissen gar nicht, wie dankbar ich Ihnen für dieses Vertrauen und Entgegenkommen bin. Für mich persönlich bedeutet das wirklich sehr viel.«

Mit einer Bewegung seiner Pfeife schmetterte Huttner das Kompliment ab. Seine Miene verriet aber, daß er es erwartet hatte und schwer vermißt hätte. »Unsinn, ich bin es, der zu danken hat. Es ist eine Beruhigung für mich, meine Patienten während meiner Abwesenheit in den Händen eines klugen jungen Mannes zu wissen. Wenn ich mich recht erinnere, waren Sie am White Memorial tätig, richtig?«

»Ja, Sir. Ich war dort einmal Chefassistent.«

»Ich werde mich wohl nie auf dieses Rollenspiel einlassen können«, sagte Huttner und schüttelte den Kopf auf eine Art und Weise, die Nachdenklichkeit vermitteln sollte. »Ich bin ›Wally‹. Ich höre jeden Tag oft genug ›Sir‹. Ich könnte damit König Arthurs Tafelrunde füllen.«

David nickte und konnte es im letzten Moment gerade noch vermeiden, nicht mit einem »Ja, Sir« zu antworten.

Huttner sprang auf. »Ich werde noch schnell duschen, dann führe ich Sie durch die einzelnen Stationen.« Er warf seinen OP-Anzug in einen Korb, nahm eine Zeitschrift aus dem Schrank und reichte sie David. »Werfen Sie einen Blick auf meinen Artikel über die Radikalmethode bei Metastasen in der Brust. Mich würde Ihre Meinung darüber interessieren.«
Dann ging er zur Dusche. Bevor er das Wasser aufdrehte, rief er noch: »Spielen Sie Tennis, David? Wir sollten uns mal treffen und ein Match wagen, bevor uns das Wetter daran hindert.«
»Zwischen meinen Fähigkeiten im Tennis und im Gewichtheben ist kein Unterschied zu erkennen«, erwiderte David so leise, daß Huttner es sicher nicht gehört haben konnte. Er überflog den Artikel. Er war in einem etwas merkwürdigen Magazin abgedruckt und befürwortete radikale Eingriffe im Brust-, Eierstock- und Nebennierenbereich bei Patienten mit ausgedehntem Brustkrebs. Es war kein revolutionäres Konzept und in bestimmten Fällen durchaus angebracht. So schrecklich die Krankheit auch war, die radikale chirurgische Einstellung und die Tabellen mit Zahlen von Überlebenden, wie sie in dem Artikel dargestellt waren, schlugen David auf den Magen und hinterließen einen bitteren Nachgeschmack in seiner Kehle. Überleben! War das wirklich das einzig richtige Ziel? Er schlug die Zeitschrift zu und legte sie in den Schrank zurück.

Durch die Lautsprecher wurde gerade das Ende der Besuchszeit verkündet, als die beiden Chirurgen um acht Uhr im Westflügel mit der Visite begannen. Seinen eigenen Patienten hatte David schon vorher einen Besuch abgestattet — einem zehnjährigen Jungen mit einem Leistenbruch, und Edwina Burroughs, einer vierzigjährigen Frau, die durch die Fabrikarbeit und ihre vier Geburten schlimme Krampfadern bekommen hatte, die ineinander verschlungen und verflochten waren wie die Wurzeln eines Feigenbaumes.

Wallace Huttner hatte mehr als fünfundzwanzig Patienten, verteilt auf drei verschiedene Gebäude. Fast alle erholten sich gerade von einer größeren Operation. Seine Ankunft schlug auf jeder Station wie ein Blitz ein. Jeglicher Unfug um das Schwesternzimmer herum hörte schlagartig auf. Die Stimmen wurden leiser. Die diensthabende Schwester erschien mit den Berichten in der Hand, um sie bei der Visite zu begleiten. Die Antworten auf Huttners gelegentliche Fragen glichen entweder einem einsilbigen Stottern oder einem aufgeregten Erguß mit ausschweifenden Informationen. Die ganze Zeit über blieb Huttner ein Beispiel an Höflichkeit, bewegte sich rasch von einem Bett zum nächsten, ohne auch nur die Spur einer Müdigkeit zu zeigen, die ihm, nach Davids Ansicht, in den Knochen stecken mußte. Der Mann war einsame Spitze, gestand sich David ein. Wirklich ein Phänomen.

Schon vor langer Zeit hatte Huttner die Visite auf eine angenehme Weise arrangiert. Die diensthabende Schwester führte sie bis zur entsprechenden Zimmertür. Dann nahm er ihr die Akte ab und ging auf den Patienten zu. David, die Schwester und, je nach Fall, manchmal auch noch eine zweite folgten. Als nächstes reichte Huttner den ungeöffneten Bericht an David weiter, stellte ihn dem Patienten vor. Er gab David einen gerafften Überblick über das Ausgangsproblem, das operative Eingreifen und die nachfolgenden Behandlungen, und formulierte die Einzelheiten im Fachjargon, so daß wahrschein-

lich niemand mit Ausnahme eines Arztes oder einer Schwester folgen konnte.
Schließlich führte er eine kurze ärztliche Untersuchung durch, während David die Berichte durchblätterte und auf einem Spiralblock die einschlägigen Labordaten notierte, ebenso wie Huttners Gesamteinschätzung des Falles und Pläne zur weiteren Behandlung. Die meiste Zeit versuchte David, sich unauffällig zu verhalten und nur auf Anfrage zu antworten. Er war bedacht, seine Fragen auf ein intelligent wirkendes Minimum zu beschränken.
Von Zeit zu Zeit warf er einen Blick zu Huttner. Soweit er beurteilen konnte, schien der Mann Genugtuung darüber zu verspüren, daß seine Patienten in fähigen Händen sein würden. Eine geraume Zeit aber schon fühlte sich David unbehaglich. Trotz der Legenden, den Assistenten im Hintergrund und dem unbestreitbaren — vielleicht sogar einmaligen — chirurgischen Geschick war Wallace Huttner nachlässig: Die fortlaufenden Berichte waren sehr kurz und enthielten oft keinerlei Information. Manche abnormen Laborwerte blieben tagelang unentdeckt, bevor sie zur Kenntnis genommen und nochmals überprüft wurden. Nur Kleinigkeiten, Feinheiten. Aber ein Gesamtbild war klar und unmißverständlich erkennbar. Die Nachlässigkeit betraf auch nicht jeden Fall, aber sie würde sich unvermeidlich irgendwie bemerkbar machen — in einem verlängerten Aufenthalt, einer zweiten Operation, eventuell sogar zum Tode führen.
Er weiß das auch, dachte sich David. Er weiß es, hat aber auch keine Möglichkeit gefunden, sich mit den Problemen zu beschäftigen. Das lag nicht an einem Mangel an Stolz, Sorgfalt oder Können — davon besaß Huttner zweifellos reichlich. David kam zu dem Schluß, daß der

Mann einfach zu wenig Zeit hatte: Zu viele Patienten, zu viele Ausschüsse, Gremien und Lehrverpflichtungen. Wieviel kann ein Mensch an einem Tag bewältigen? Früher oder später muß er entweder Grenzen ziehen oder Kompromisse eingehen oder ... sich Unterstützung organisieren. Vielleicht hatte Lauren ja recht, fiel ihm erregt ein. Vielleicht *sucht* er nach einem Partner. Oder vielleicht, lachte David in sich hinein, hatte Huttner ihn für die Vertretung ausgewählt, weil er glaubte, daß er von allen Chirurgen im Krankenhaus der letzte wäre, der diese Unstimmigkeiten bemerken würde. Macht auch nichts. Die Versehen und Auslassungen waren geringfügig. Er würde die Berichte morgen durchgehen und auf den Stand bringen.

Halte jetzt bloß den Mund, sagte er sich. Nur noch ein paar Patienten, dann bist du dein eigener Herr.

Einige Minuten später war Davids Entschluß, zu schweigen, auf eine harte Probe gestellt. Sie standen vor einem Patienten, Anton Merchado, ein Mann Ende fünfzig, der von der Hochseefischerei lebte. Er war schon vor einigen Wochen wegen einer Unterleibsgeschichte eingewiesen worden. Huttner hatte eine Zyste an der Bauchspeicheldrüse trockengelegt und entfernt. Und Merchado hatte sich gut erholt, bis Symptome einer Entzündung im oberen Lungenbereich auftraten. In einem Telefonat hatte Huttner angeordnet, Tetracyclin zu verabreichen, ein oft angewandtes Antibiotikum.

Der Zustand wird sich verbessert haben, dachte David, aber es war kein weiterer Hinweis in den kurzen Aufzeichnungen zu finden. Die Behandlung mit Tetracyclin war jedoch nicht abgebrochen worden und dauerte nun schon fast zwei Wochen lang.

Huttner war bedacht darauf, die Visite zu beschleunigen, und gab einen Kurzbericht über den Krankheitsverlauf, während er Herz, Lunge und Unterleib untersuchte. David stand etwas entfernt. Seine Aufmerksamkeit konzentrierte sich mehr auf den Bericht als auf das, was der ältere Kollege sagte.

An dem Tag vor seiner geplanten Entlassung hatte Merchado eine schlimme Diarrhöe bekommen. Huttners erste Vermutung war eine virale Enteritis. Aber nach einigen Tagen verschlechterte sich der Zustand weit über das hinaus, was auf eine einfache Virusinfektion schließen ließ. Die ersten Anzeichen einer Dehydration waren festzustellen.

David blätterte von den fortlaufenden Notizen zu den Laborberichten und wieder zurück. Huttners steigende Besorgnis ließ sich an der wachsenden Zahl von Verordnungen ablesen. Die Labortests und Untersuchungsverfahren brachten jedoch nichts Neues ans Tageslicht. Im Gegenzug zu dem sich verschlechternden Gesundheitszustand von Merchado wurden die Anstrengungen intensiviert. Aber zweifellos ging es mit dem Mann bergab.

Beim Lesen kam David eine Idee, die sich immer mehr verdichtete. Er überprüfte die Laborberichte Seite für Seite und verfolgte die Ergebnisse der Untersuchungen über die Bakterienkulturen im Stuhlgang, die an mehreren aufeinanderfolgenden Tagen in Auftrag gegeben worden waren.

»Nun, was meinen Sie?« fragte Huttner an David gewandt. »David? –«

»Oh, Entschuldigung.« David blickte auf. »Ich habe bemerkt, daß der Mann immer noch mit Tetracyclin behandelt wird, und habe überlegt, ob sich eventuell als Folge der Behandlung irgendwie eine Enterokolitis gebildet haben könnte. Es passiert nicht oft, aber ...«

»Tetracyclin?« unterbrach Huttner. »Ich habe doch vor einigen Tagen angeordnet, es abzusetzen. Wird ihm das noch immer gegeben?«
Hinter Huttner, in Davids Blickfeld, nickte die diensthabende Schwester energisch und bestätigte dies.
»Nun gut, macht nichts«, erwiderte Huttner. Er zögerte etwas. David konnte fast hören, wie er sich fragte, ob er die Absetzung tatsächlich angeordnet oder es sich nur eingebildet hatte. »Die Bakterienuntersuchungen waren alle negativ ausgefallen. Veranlassen Sie doch bitte, daß das Tetracyclin abgesetzt wird. Und führen Sie eine erneute bakteriologische Untersuchung durch, wenn Sie es für nötig halten.«
David wollte schon einwilligen, als er einen Befund am Ende des ellenlangen Computerausdrucks bemerkte, der alle Ergebnisse, die festgestellt wurden, dem jeweiligen Untersuchungsdatum zugeordnet hatte. Dort war zu lesen:

```
24.09. Untersuchung des Stuhlgangs
gemäßigtes Wachstum von S. Aureus
Veranlagung zu weiterem Wachstum vorhanden
```

Staphylococcus aureus, die gefährlichste Form des Bakteriums. David schloß für einen Augenblick die Augen, in der Hoffnung, die beiden Wörter würden beim Wiederöffnen verschwunden sein. Er überlegte einige Sekunden lang und entschloß sich, nichts über seine Entdeckung verlauten zu lassen und das Problem später zu korrigieren. Das Zögern dauerte zu lange.
»Was ist los, David?« fragte Huttner. »Haben Sie etwas entdeckt?«
Verdammt! David verfluchte sich selbst. Ein Dutzend mögliche Antworten schossen ihm durch den Kopf,

wurden abgewogen und wieder verworfen. Es gab keinen Weg, sich bequem aus der Affäre zu ziehen, keinen Platz, um sich zu verstecken. Aus dem Augenwinkel nahm er die beiden Schwestern wahr. Sie standen bewegungslos am Fußende des Bettes. Wußten sie, daß in den nächsten Sekunden der Erfolg des Abends und wahrscheinlich Davids Karriere dahinschwinden würden?
Die gesamte Szenerie nahm für David immer mehr die Form eines seltsamen Traums an. Die Hand mit Merchados Akte bewegte sich langsam in Richtung Huttner, die Finger deuteten auf die anstößige Stelle — es waren die eines anderen, nicht seine eigenen.
Huttners Augen blitzten erbost auf — der gleiche Blick wie bei dem Vorfall im Operationssaal. Huttner sah David für einen Sekundenbruchteil in die Augen. Dann wandte er sich an die diensthabende Schwester und hielt ihr den Bericht vor die Nase.
»Mrs. Baird«, knurrte er, »Sie sind hiermit beauftragt, herauszufinden, wer dafür verantwortlich ist, mich über diesen Bericht nicht verständigt zu haben. Wer immer es auch ist, ob Schwester oder Sekretärin, ich will diese Person am Montag morgen als erste in meinem Büro sehen. Ist das klar?«
Die Schwester — eine stämmige, altgediente und mit den Auseinandersetzungen im Krankenhaus vertraute Frau — blickte auf das Blatt Papier, zuckte nur mit den Schultern und nickte mit dem Kopf. David fragte sich, ob Huttner das tatsächlich rigoros durchziehen würde. Es sprang einem förmlich ins Auge, daß es nur darum ging, einen Sündenbock zu finden.
»Kommen Sie, Dr. Shelton«, sagte Huttner schroff. »Es ist schon spät, und wir haben noch einige Patienten vor uns.«

Es war schon fast zehn Uhr, als sie beide Vier Süd erreichten, um der letzten von Huttners Patienten, Charlotte Thomas, einen Besuch abzustatten. Zum ersten Mal am Abend wich Huttner von der üblichen Routine ab. Er nahm den Krankheitsbericht der diensthabenden Schwester aus der Hand und sagte: »Kommen Sie und setzen Sie sich einen Moment im Schwesternzimmer nieder, David. Die nächste Patientin ist der bei weitem schwierigste Fall. Ich würde gerne ein paar Einzelheiten mit Ihnen durchgehen, bevor wir sie sehen. Vielleicht kann uns jemand zwei Tassen Kaffee bringen.« Die letzte Bemerkung war offensichtlich an die Schwester gerichtet, die mit einem zaghaften, ergebenen Lächeln antwortete. »Für mich mit Milch und ohne Zucker und für Dr. Shelton . . .?«

»Schwarz«, antwortete David. Er wollte schon fast sagen: »Ohne Trost.«

»Hier sehen Sie, Doktor.« Huttner kam wieder zum Thema zurück und reichte David den Krankheitsbericht. »Blättern Sie ihn durch, während wir auf den Kaffee warten.«

Bevor David auch nur ein Wort gelesen hatte, war ihm klar, daß die Lage von Charlotte Thomas besorgniserregend war. Der Bericht war ziemlich umfangreich. Er erinnerte sich an seine Assistenzzeit und an den großen, schlaksigen Gerald Fox aus New York, der ihm damals ein Jahr voraus war. Fox hatte Unsterblichkeit erlangt, zumindest im White Memorial Hospital, durch die Veröffentlichung einer dreiseitigen Liste mit zynischen Sentenzen und Definitionen unter dem Titel *Foxens Goldene Regeln der Medizin*. Darunter befanden sich Definitionen wie die eines komplizierten Falles (»Wenn der Durchmesser aller Schläuche zusammengenommen, die einem Patienten gelegt sind, den des Kopfes übertrifft«), eines Gynäkologen (»einem Verbreiter von Altweiberweisheiten«) oder die einer tödlichen Krankheit (»Ein Krankheitsbericht, der mehr als drei Zentimeter dick ist«).

Der Kaffee kam, als David gerade mit dem Lesen des Aufnahmeberichts und der ärztlichen Untersuchungen begonnen hatte. Er hörte, wie Huttner sagte: »Ah, Miss Beall, danke. Sie sind ein barmherziger Engel.«

Er blickte auf. Es war nicht die Schwester, die Huttner beauftragt hatte, sondern eine weit jüngere Frau, die David noch nie gesehen, zumindest bis jetzt noch nie bemerkt hatte. Einige Augenblicke lang nahmen diese beiden großen, ovalen und dunkelbraunen Augen seine Gedanken voll und ganz gefangen. Er fühlte, wie ihm plötzlich warm ums Herz wurde. Die Augen trafen sich mit seinen und lächelten ihm zu.

»Sie sind doch sicher wieder bei unserer verehrten Charlotte?« fragte Huttner, blind gegen die stillschweigend geschehene Begegnung.

»Wie? Oh, ja.« Christine unterbrach den Kontakt und wandte sich an Huttner. »Sie sieht nicht gut aus. Ich habe darum gebeten, den Kaffee bringen zu dürfen, um mit Ihnen darüber zu sprechen ...«

»Wie ungehobelt ich doch bin«, unterbrach sie Huttner. »Miss Beall, das ist Dr. Shelton. Vielleicht kennen Sie beide sich schon?«

»Nein«, sagte Christine kühl. Sie wußte nur zu gut, wie gering Huttner die Kenntnisse und Vorschläge der Schwestern achtete. Nach Jahren hatte sie jeden Versuch aufgegeben, ihm ihre Einsichten mitzuteilen. Aber Charlottes Situation war so quälend, daß sie es nochmals versuchen mußte. Wenn Huttner nur seine Zustimmung zu einer weniger aggressiven Behandlungsmethode geben und die Anweisung, Wiederbelebungsmaßnahmen durchzuführen, widerrufen würde, müßte sie nicht eingreifen, selbst wenn der Prüfungsausschuß ihre Empfehlung annehmen würde. Also hatte sie es versucht und war — wie vorherzusehen — zurückgewiesen worden —, diesmal mit einer geistlosen, formellen Höflichkeit. Sie fühlte sich daran gehindert, ihre Meinung zu sagen. Schließlich war es *sein* Schlauch, der in Charlottes Nase steckte. Es war *seine* Anweisung, ihr Leben sinnlos zu verlängern. Er kann bei seinen anderen Patienten den Marionettenmeister spielen, aber nicht bei Charlotte. Er würde zuhören oder ... oder die Fäden werden abgeschnitten. Christine schluckte die Angst hinunter, die ihr im Halse steckte.

Huttner nahm die Kälte in ihrer Stimme gar nicht wahr. »Dr. Shelton wird alle meine Patienten, einschließlich Mrs. Thomas, für ein paar Tage übernehmen«, sagte er.

Christine nickte David zu und fragte sich, ob er die Autorität besitzen würde, Huttners übertriebene Behandlungsweise von Charlotte zu korrigieren. Sie kam zu dem Schluß, daß dazu keine Hoffnung bestand, da der Chef der Chirurgie dies unterbinden würde. »Dr. Huttner«, sagte sie entschieden, »ich würde mit Ihnen gerne ein paar Minuten über Charlotte sprechen.«

Huttner blickte auf die Uhr. »Das wäre nett, Miss Beall«, antwortete er. »Lassen Sie uns noch die Besprechung von Charlottes Fall beenden und die Untersuchung durchführen, dann können Sie hier die Dinge mit Dr. Shelton durchgehen. Er weiß genau, wie ich die Frau weiter zu behandeln gedenke.« Huttner blickte zur Seite, bevor ihn die ersten Dolchstöße aus ihren Augen trafen. David zuckte verlegen mit den Schultern, aber Chri-

stine hatte bereits auf den Absätzen kehrtgemacht und war aus dem Zimmer verschwunden.
Huttner nahm einen Schluck Kaffee und begann über Charlotte zu sprechen, ohne auch nur ein Wort oder eine Geste über die Schwester zu verlieren, die eben gegangen war. »Mrs. Thomas ist staatlich geprüfte Krankenschwester. Wohl Ende fünfzig.« David blickte auf das Geburtsdatum auf der Akte. Sie war fast einundsechzig. »Ihr Ehemann, Peter, ist Professor für Wirtschaftswissenschaften in Harvard. Sie wurde von einem Internisten wegen Verdachts auf Rektumkrebs an mich überwiesen. Vor einigen Wochen habe ich eine Milessche Resektion an der Frau vorgenommen. Der Tumor war ein Adenokarzinom, das gerade die Darmwand durchbrechen wollte. Alle Knoten, die ich entnommen haben, waren aber negativ. Ich glaube, es bestehen sehr gute Chancen, daß mein Eingriff die ganze Sache gerettet hat.«
David blickte von der Kaffeetasse auf, an der er geistesabwesend mit dem Daumen kratzte. Die fünfjährige Überlebensrate nach der Entfernung eines Rektumkrebses lag unter zwanzig Prozent. Eine Chance? Sicherlich bestand eine Chance. »Sehr gute Chancen?« Er lehnte sich zurück und überlegte, ob es sich lohnen würde, Huttner danach zu fragen, was für Gründe denn diesen Optimismus rechtfertigen würden. Er kam zu dem Schluß, daß es nicht klug wäre, ihn überhaupt etwas zu fragen.
Von seinem eigenen Wortgeklingel eingelullt, fuhr Huttner mit der Präsentation fort. »Wie anscheinend immer, wenn man mit Schwestern und Ärzten zu tun hat, ist alles, was postoperativ nur schiefgehen kann, schiefgegangen. Zuerst ein Abszeß am Becken — ich mußte nochmals aufschneiden und trockenlegen. Dann trat

eine Lungenentzündung auf. Als nächstes ein übles Dekubitalgeschwür am Sakrum. Gestern traten die ersten Anzeichen eines Darmverschlusses auf, und ich mußte einen Schlauch legen. Das scheint das Problem zu korrigieren, und ich glaube, sie ist über den Berg.«

Huttner faltete die Hände vor sich auf dem Tisch und deutete damit das Ende seiner Ausführungen an. Ein kaum wahrnehmbares Zucken war am Rand seines rechten Auges zu sehen. Er muß total erschöpft sein, dachte David. Beunruhigt und besorgt darüber, nur einfältig vor sich hin zu starren, kehrte David zu dem Bericht zurück. »Und wenn nun wegen eines Verschlusses operiert werden müßte?« fragte er und betete bereits inständig dafür, daß der Fall nicht eintrete.

»Das liegt dann in Ihrer Hand. Ich überlasse Ihnen die volle Verantwortung«, sagte Huttner. Anscheinend wollte er ihn mit dieser Antwort auf die Probe stellen.

Keine weiteren Fragen, beschloß David. Was du auch wissen willst, finde es selbst heraus. Jetzt gilt es nur, den Abend gut zu überstehen.

Aber bereits ein weiteres potentielles Problem brannte ihm auf den Nägeln. Er durchdachte das Problem von vorne bis hinten, kam jedoch schnell zu dem Schluß, daß nur Huttner die Antwort liefern konnte. Erst zögerte er, danach zu fragen, dann ließ es ihm aber doch keine Ruhe.

»Und wenn ihr Herz zum Stillstand kommt?« fragte er vorsichtig.

»Verdammt, Mann, ihr Herz wird nicht stehenbleiben«, fauchte Huttner mit schreckenerregender Heftigkeit. Als er merkte, wie unangemessen dieser Ausbruch war, holte er tief Luft, atmete langsam aus und fügte hinzu: »Das hoffe ich wenigstens. Sollte es dennoch eintreten, wünsche ich einen umfassenden Wiederbelebungsversuch, einschließlich einer trachealen Intubation und Sauerstoffgerät, falls das nötig wäre. Klar?«

»Klar«, erwiderte David. Er blickte wieder auf den Krankheitsbericht. Was auch immer man Wallace Huttner vorwerfen konnte, eine nachlässige Behandlung von Charlotte Thomas sicher nicht. Tausende von Dollars waren bereits für Laboruntersuchungen, Pflege und radiologische Studien ausgegeben worden. Noch immer war die Frau, zumindest auf dem Papier, weit davon entfernt, »über den Berg zu sein«.

»Gehen wir nun zu der Patientin?« Huttners Ton glich mehr einem Befehl, als einer Bitte.

David wollte dieser Aufforderung schon Folge leisten, als er auf das Ergebnis von Charlottes Leberuntersuchung stieß. Die Worte stachen förmlich aus dem Blatt hervor: »Multiple, sich verschlimmernde Defekte aufgrund eines Tumors«. Er erstarrte, als er das gelesen hatte. Selten hatte er gehört, daß ein Patient mit Krebs am Rektum, der sich auf die Leber ausgedehnt hatte, lange überlebt hätte. Es gab aufgrund dieses ausgeprägten Krankheitszustandes wahrlich keinen Grund, der diese aggressive Behandlungsweise bei Charlotte gerechtfertigt hätte. In einem Fall wie Merchado hätte dieser Bericht wohl übergangen werden können, hier aber nicht. Was auch immer von dem Verhältnis zu Huttner noch übriggeblieben war, verschwand jetzt mit der Endgültigkeit einer Atomexplosion.

»Was gibt es dieses Mal?« fragte Huttner in einem bissigen Ton.

»Oh ... wahrscheinlich nichts«, gab David zur Antwort und wünschte sich insgeheim, an einem weit entfernten Ort zu sein. »Ich — äh — ich habe eben den Bericht über die Leberuntersuchung gelesen.«

»Hah!« Huttners Ausruf unterbrach ihn barsch. »Multiple Defekte aufgrund eines Tumors, richtig?« Er blickte plötzlich fröhlicher als den ganzen bisherigen Abend über. »Lesen Sie den Namen des Radiologen, der diesen Bericht abgegeben hat. R. Rybicki, Doktor der Medizin, die polnische Witzfigur der Radiologie. Das gleiche hat er schon aus den Aufnahmen gelesen, die wir vor der Operation angefertigt hatten. So habe ich ihre Leber vorsichtig im Operationssaal überprüft. Und eine Biopsie gemacht. Es sind Zysten, David. Multiple, congenitale, völlig harmlose Zysten. Ich habe mir sogar die Mühe gemacht und Rybicki eine Kopie aus der Pathologie geschickt«, fuhr Huttner fort, »aber wahrscheinlich hat er niemals einen Blick darauf geworfen, wie die Wiederholung seiner fehlerhaften Anfangsdiagnose beweist. Wahrscheinlich am besten, wir zerreißen seinen Bericht.« Er zerknüllte die Seite zu einem Ball und warf sie in den Papierkorb. »Wenn Sie nun keine weiteren Fragen haben, können wir doch zu der Patientin gehen?«

»Keine weiteren Fragen, Euer Ehren.« David schüttelte verwundert den Kopf und lächelte. Er war dankbar, aus dem Schneider zu sein. Huttners breites Grinsen zerstreute fast alle Befürchtungen, die David ihm gegenüber gehegt hatte.

Schulter an Schulter gingen sie den Gang entlang zum Zimmer 412.

KAPITEL IV

Das einzige Licht in Zimmer 412 kam aus einer langhalsigen therapeutischen Lampe, die auf eine Stelle direkt über Charlotte Thomas' freiliegendem Gesäß gerichtet war. Huttner ging auf das Bett zu, David dicht dahinter, und rückte die Lampe ein Stück zur Seite. Huttner war merklich verkrampft, aber er bemühte sich, eine lockere Haltung einzunehmen. David verblüffte und belustigte diese Reaktion ein wenig und er mußte ein Lächeln unterdrücken. Dann sah er den Grund für dieses Verhalten. Die offene Wunde, die Huttner als »übel« bezeichnet hatte, war weit schlimmer als beschrieben. Es war ein fünfzehn Zentimeter großes, auseinanderklaffendes Loch. Die Ränder bestanden aus rohem Fleisch, das von einem fleckigen, weißen Trockenpuder überzogen war. Aus dem Zentrum der Wunde starrte drohend der Teil eines bloßgelegten Kreuzbeinwirbels.

Huttner zuckte nur mit der Schulter. »Nicht schlimmer als die anderen Sachen, mit denen wir uns auseinanderzusetzen haben«, sollte das wohl heißen.

David suchte nach einer Antwort, brachte aber nur ein Kopfschütteln hervor. Er hatte schon unzählige Male offene Wunden und Entzündungen aus unterschiedlichsten Ursachen zu Gesicht bekommen, aber dieses ...

»Ich bin's, Dr. Huttner, Charlotte«, flüsterte er, als er die

Lampe abschaltete und das düstere, fluoreszierende Licht unter einer Leiste über ihrem Bett anknipste. Er zog ihr die Decke über die Hüfte und ging zur anderen Bettseite. David folgte ihm und warf einen Blick auf die Tropfer und auf die Geräte, die sie in diese Position zwangen, auf den Blasenkatheter, der sich unter Decke hervorschlängelte, auf das Sauerstoff- und Absauggerät. Ihm war die Notwendigkeit dieser Apparate klar, und er akzeptierte sie, ohne auch nur einmal darüber nachzudenken. Das gehörte zum Handwerkszeug, genauso wie die riesigen, klotzigen Lampen und die verschiedensten stählernen Instrumente im Operationssaal.

Was David in diesen Sekunden jedoch bei Charlotte Thomas am stärksten auffiel, war ihr lebloses Gesicht — ein starrer, leerer Ausdruck um ihre glasigen Augen, die ihn in dem düsteren Licht lustlos anstarrten. Auch ihr Atmen — ein anhaltendes, leises Schluchzen — klang verbraucht.

Charlotte Thomas hatte diesen »bestimmten Blick«, wie David das bezeichnete. Sie hatte ihren Lebenswillen verloren, diesen besonderen, energischen Biß, der für das Überstehen einer lebensbedrohenden Krankheit unbedingt notwendig war. Diese Lebensfreude — oft das einzige Unterscheidungskriterium zwischen einem medizinischen Wunder und dem zu erwartenden Tod — war verschwunden.

David fragte sich, ob Huttner ebenso wie er empfand, dieselbe innerliche Leere spürte. Wie zur Antwort auf seine Frage kniete sich der hochgewachsene Chirurg vor dem Bett nieder. Er glitt mit einer Hand unter ihren Kopf, wog ihn darin und drehte ihn so, daß sie ihm direkt in die Augen sehen konnte. Arzt und Patientin verharrten fast eine ganze Minute schweigend in dieser Position, als wären sie zu einem Bild erstarrt. David stand einige Schritte entfernt und kämpfte gegen den Druck in seinem Hals an. Huttners Zartheit war so echt wie überraschend — eine neue Facette zeigte sich in dem eigenartigen Kaleidoskop dieses Mannes.

»Nicht ganz in Höchstform, was?« sagte Huttner schließlich.

Charlotte preßte ihre Lippen zusammen — der vergebliche Versuch eines Lächelns — und schüttelte den Kopf. Huttner strich ihr das Haar aus der Stirn und streichelte ihr die Wange.

»Nun, Ihre Temperatur ist heute zum ersten Mal seit längerer Zeit fast normal. Wir haben den Höhepunkt der Infektion im Brustkorb überschritten.« Er fuhr fort und mischte sorgfältig ermutigende Neuigkeiten mit Fragen, von denen er wußte, daß sie negativ beantwortet werden würden. »Hat der Schmerz in Ihrem Rücken nachgelassen?« Wieder ein Kopfschütteln. »Wenn sich die Dinge so entwickeln, wie ich das erwarte, können wir in ein oder zwei Tagen den Schlauch aus der Nase nehmen. Ich weiß, was das für ein Ärgernis ist. Wenn Sie schon so liegen, lassen Sie mich doch Ihren Brustraum abhören. Dann werde ich Sie auf den Rücken drehen und sehen, was sich in Ihrem Bauch tut.«

Er untersuchte sie kurz, blickte auf den Flüssigkeitsstand in den Tropfern und in dem Zylinder des Katheters, bevor er sich ein zweites Mal niederkniete. »Sie schaffen das, Charlotte. Sie müssen daran glauben«, sagte er auf eine gütige, aber nachdrückliche Art.

Diesmal setzte Charlotte ein wehmütiges Lächeln auf und brachte damit ihr Nein zum Ausdruck.

»Bitte, haben Sie nur Geduld. Glauben Sie daran, halten sie noch ein wenig länger durch«, flehte sie Huttner an.

»Ich weiß, welchen Schmerz Sie ertragen müssen. Auf gewisse Weise ist es für mich genauso schrecklich wie für Sie. Aber ich weiß auch, daß Sie Stück für Stück den Berg überwinden werden. Schneller als Sie glauben, werden Sie wieder einen Lippenstift in der Hand halten und sich schönmachen, um Ihre wunderbaren Enkelkinder zu treffen, von denen Sie mir so viel erzählt haben.« Er machte eine Pause. Während er schwieg, betrachtete David aufmerksam sein Gesicht. Die Brauen waren nach innen gezogen, die Kinnmuskulatur bis zum äußersten gespannt. Es machte den Anschein, als versuchte er, durch bloße Willenskraft die Macht und Hoffnung seiner Worte zu übertragen. Die Frau zeigte keinerlei Reaktion. »Meine Güte, ich hätte es fast vergessen«, sagte Huttner zum Schluß. »Charlotte, Sie sind ja zur Behandlung hier. Ich weiß, wie sehr es Sie langweilen muß, jeden Tag meine lächelnde Visage zu sehen. Nun können Sie sich ein paar Tage davon erholen, ich fahre nämlich zu einer Konferenz nach Cape Cod. Dieser gutaussehende junge Mann wird meine Vertretung übernehmen. Er war bis vor einigen Jahren Chefassistent am White Memorial. Ich könnte Sie doch niemals einem Medizinalpraktikanten überantworten. Er heißt David Shelton.« Huttner forderte David auf, zum Kopfende des Bettes zu kommen.

David nahm Huttners Platz ein, legte die Arme auf das Laken und darauf das Kinn. Er war zwanzig Zentimeter von Charlottes Gesicht entfernt. Offenbar brauchte sie einige Sekunden, um ihn richtig zu sehen.

»Ich bin David, Mrs. Thomas. Wie geht es Ihnen?« fragte er und bemerkte im gleichen Augenblick, daß sie auf seine schlecht gewählte Begrüßung bereits mehrmals geantwortete hatte. »Gibt es etwas, das Sie noch benötigen? Kann ich etwas für Sie tun?« Er wartete, bis er glaubte, es würde keine Antwort mehr folgen, und wollte sich gerade aufrichten, als Charlotte Thomas plötzlich ihre aufgedunsene, blau unterlaufene Hand ausstreckte, Davids Hand ergriff und sie mit erstaunlicher Kraft drückte.

»Dr. Shelton, bitte hören Sie mich an«, sagte sie mit heiserer und stockender Stimme, der jedoch eine unerwartete Kraft innewohnte. »Dr. Huttner ist ein wundervoller Mann und ein wunderbarer Arzt. Er will mir so sehr helfen. Sie müssen ihn zur Einsicht bringen, daß ich keine Hilfe mehr haben will. Alles, was ich mir wünsche, ist, diese Schläuche zu entfernen und mich zu umsorgen, bis ich einschlafe. Sie müssen ihm das klarmachen. Bitte! Das hier ist eine Tortur für mich. Ein Alptraum. Machen Sie ihm das klar.«

Ihre Augen blitzten einen Augenblick auf, dann schlossen sie sich. Sie atmete mehrmals tief ein, ließ sich schwerfällig auf das Kissen zurück. Der Atem wurde langsamer. David befürchtete, er würde gleich ganz zum Stillstand kommen. Aber innerhalb einer Minute stabilisierte er sich zu einem rauhen, rhythmischen Schnarchen.

David konnte nur noch mit einem geflüsterten »Sie werden wieder gesund werden« antworten, bevor ihn Huttner am Arm packte und aus dem Zimmer führte.

In der Halle blickten sich die beiden Männer eine Zeitlang an. Huttner brach als erster das Schweigen.

»Wir sind doch gut miteinander zurechtgekommen, nicht war?« sagte er und lächelte verständnisvoll.

David bejahte und stampfte mit einem Fuß auf den Boden. Er wollte eigentlich noch mehr sagen, aber ein anhaltendes leises Gefühl der Angst ließ ihn schweigen.

Huttner studierte Davids Gesichtsausdruck genau, dann sagte er: »David, Sie dürfen eines niemals vergessen. Patienten mit einer ernsthaften Krankheit äußern oft den Wunsch zu sterben, wenn sie sich schwach fühlen und von Schmerzen geplagt werden. Ich spreche aus langjähriger Erfahrung. Ich habe schon viele Patienten gesehen, die so krank oder in einem noch schlimmeren Zustand als Charlotte Thomas waren und sich wieder erholt haben. Diese Frau wird es schaffen. Sie bekommt eine umfassende, gezielte Behandlung und wird — falls nötig — mit allen Mitteln wiederbelebt. Verstanden?«

»Ja, Sir ... Ich meine ja, Wally«, antwortete David mechanisch, obgleich er in seinem Gedächtnis kramte, wann er das letzte Mal einen sechzigjährigen Patienten gesehen hatte, der sich von einer solchen schweren, mehrere Organe betreffenden Krankheit, wie sie Charlotte Thomas befallen hatte, erholt hätte.

»Dann sind wir also einer Meinung«, strahlte Huttner erfreut, seinen Standpunkt erfolgreich durchgesetzt und das Ziel erreicht zu haben. »Halten wir schnell noch einige Anweisungen fest, dann machen wir Schluß für heute.«

Als sie sich der Schwesternstation näherten, wettete David mit sich um eine Gitarre und einen sechsmonatigen Anfängerkurs, daß der letzte kritische Moment des anstrengenden Abends überstanden war.

Einen Augenblick später tauchte aus dem Besucherzimmer am anderen Ende des Ganges ein stattlicher Mann in einem Rollkragenpullover und einem sportlichen Tweedmantel auf und kam geradewegs auf sie zu. Er war noch dreißig Schritte entfernt, als sich David schon sicher war, wieder einmal eine Wette verloren zu haben. Der Zorn des Mannes war schon aus seinem energischaggressiven Gang zu erkennen und zeigte sich deutlich auf seinem geröteten Gesicht und den verkniffenen, blutleeren Lippen. Die Arme hielt er ein ganzes Stück vom Körper abgespreizt, die Hände waren zu Fäusten geballt.

David blickte zu Huttner. Der zeigte nur die kurze Andeutung einer Geste des Erkennens, aber keine weitere Reaktion.

»Professor Thomas?« flüsterte David.

Huttner nickte, bewegte aber den Kopf dabei nur minimal, und marschierte weiter. David verlangsamte den Schritt und beobachtete, wie die beiden Männer aufeinanderstießen: wie zwei Ritter in einem mittelalterlichen Turnier. Die Tribüne der Arena stellte das Stationszimmer dar, in dem mehrere Schwestern, eine Helferin und die Sekretärin der Station verstummt waren und gebannt das Geschehen verfolgten.

»Dr. Huttner, was zum Teufel ist hier los?« brauste Thomas auf. »Sie sagten mir, es wären keine Schläuche mehr nötig, und ich komme her, und was sehe ich: ein roter Plastikschlauch kommt aus der Nase meiner Frau und hängt an so einer verdammten Maschine.«

»Nun, Professor Thomas, beruhigen Sie sich erst einmal«, antwortete Huttner gelassen. »Ich habe letzte Nacht versucht, Sie zu erreichen, um Ihnen zu berichten, was vorgefallen war. Aber es hat niemand abgehoben. Lassen Sie uns ins Besucherzimmer gehen. Ich bin froh, mit Ihnen die ganze Sache durchsprechen zu können.«

Thomas ließ sich mitnichten beschwichtigen. »Nein, wir werden die Angelegenheit hier draußen austragen, mit diesen Leuten als Zeugen.« Er deutete auf das Publikum. »Ich bin mit Charlotte zu Ihnen gekommen, weil unser Hausarzt gesagt hatte, Sie wären am besten dafür geeignet. Das hieß für mich, daß Sie nicht nur der Beste im Operationssaal wären, sondern auch der Beste dafür, meine Frau zu behandeln — zu behandeln wie ein menschliches Wesen und nicht wie irgendein gefühlloses Stück ... *Fleisch.*«

Die Heftigkeit und der Schmerz in Peter Thomas' Stimme waren bestürzend. Im Schwesternzimmer blickte Christine Beall vorsichtig hinüber zu Janet Poulos, die die Oberaufsicht über die Abendschicht innehatte. Poulos begegnete dem Blick ungerührt und antwortete mit einem kaum wahrnehmbaren Nicken. Sie war schlank und zehn Jahre älter als Christine. Das pechschwarze Haar hatte sie zu einem dicken Knoten zusammengesteckt; es betonte die schmalen Gesichtszüge und die dunklen, katzenhaften Augen. Die schmale Narbe, die parallel zur Nase lief, gab selbst dem wärmsten Lächeln einen leicht spöttischen Ausdruck und trug zweifellos zu ihrem Ruf unter der Schwesternschaft bei, kompromißlos und ohne Humor zu sein.

Christine sah sie in einem ganz anderen Licht. Janet war es, die ihre Aufnahme in den Schwesternbund beaufsichtigt hatte. Janet war auch bisher das einzige Mitglied, das Christine mit Namen und Gesicht kannte, so groß war die Geheimhaltung in der Bewegung. Das Nicken zeigte an, daß auch die Poulos das Drama, das sich vor ihnen abspielte, aufmerksam verfolgte.

»Einverstanden, Herr Professor«, sagte Huttner mit einem spitzen Unterton in der Stimme. »Wenn Sie es so wollen, werden wir die Sache hier an Ort und Stelle diskutieren. Haben Sie noch mehr zu sagen oder wollen Sie wissen, was genau mit Charlotte geschehen ist?«

»Fangen Sie an«, erwiderte Thomas. Er öffnete die Fäuste und lehnte sich mit dem Ellenbogen gegen den hochge-

legenen Schalter direkt vor der völlig verblüfft dreinschauenden Sekretärin.
Mit der herablassenden Geduld eines Menschen, der gewohnt ist, früher oder später doch den Sieg davonzutragen, erläuterte Huttner systematisch die Entwicklungen, die veranlaßt hatten, bei Charlotte Thomas einen Schlauch zum Darm zu legen. Dann fuhr er etwas wohlwollender mit seinen Ausführungen fort. »Es mag Ihnen vielleicht jetzt nicht einleuchten, aber ich glaube, daß unsere Behandlungsmethoden langsam Erfolg zeigen. Charlotte kann jetzt jederzeit über den Berg kommen.«
Peter Thomas blickte zu Boden und trat einen halben Schritt zurück. In diesem Augenblick schien es David, als ob Huttner den Mann tatsächlich überzeugt hätte. Aber dann richtete Thomas den Kopf langsam wieder auf und schüttelte ihn. »Dr. Huttner, ich glaube, meine Frau stirbt. Ich glaube das und finde mich damit auch ab. Aber ich glaube auch, daß sie durch das, was sie *Behandlung* nennen, ganz langsam stirbt, ohne auch nur die Spur eines würdevollen Todes. Ich will, daß diese Schläuche unverzüglich entfernt werden.«
Hinter dem Schalter der Schwesternstation flüsterte eine Schwester einer Frau direkt neben ihr etwas zu. Huttner brachte sie mit einem Blick zum Schweigen, der auch einen Vulkan vereist hätte.
Mit einem sekundenschnellen, fast bühnenreifen Wechsel des Gesichtsausdrucks wandte er sich wieder ruhig lächelnd an Peter Thomas. »Professor, bitte nehmen Sie zur Kenntnis, daß ich Ihre Gefühle verstehe, wirklich«, sagte er. »Aber Sie müssen in diesem Fall auch meine Position und meine Verantwortung verstehen. Wir haben darüber gesprochen, als Sie am Anfang Charlotte zu mir in die Sprechstunde gebracht haben. Sie waren da-

mals einverstanden, daß ich die volle Verantwortung übernehme. Ich habe Ihnen auch einen zweiten Gesprächstermin angeboten, aber Sie meinten, das wäre nicht nötig. Nun stellen Sie mein Urteil in Frage. Ich werde Ihnen etwas sagen. Wir haben noch einen zweiten Experten hinzugezogen. Er steht hier.« Huttner winkte David hinzu. »Das ist Dr. Shelton, ein exzellenter junger Chirurg. Er war Chefassistent in der Chirurgie im White Memorial. Wir haben gerade Charlotte ausgiebig untersucht, weil Dr. Shelton meine Patienten für einige Tage übernehmen wird. David, das ist Peter Thomas. Sagen Sie ihm, wie unsere Ansicht über Charlotte lautet.«

David reichte ihm die Hand. Thomas schüttelte sie unsicher. In den Sekunden, in denen sie sich gegenüberstanden und musterten, beruhigte sich Thomas merklich.

»Nun, Dr. Shelton«, fragte er schließlich, »wie *beurteilen* Sie die Chancen meiner Frau?«

David blickte kurz zu Boden und schloß die Augen. Irgendwo aus einem entfernten Winkel in seinem Gehirn flüsterte ihm eine Stimme zu, er hätte noch ein paar Minuten durchzuhalten, dann würde der Wecker klingeln und ihn wecken. Nur unter äußerster Anstrengung war er dazu in der Lage, die Augen wieder zu öffnen und Thomas zu antworten.

»Mr. Thomas, ich habe gerade den Krankenbericht Ihrer Frau studiert und sie zum ersten Mal gesehen«, sagte er nachdenklich. »Es ist für mich zu diesem Zeitpunkt wirklich unmöglich, die gesamte Situation richtig zu beurteilen.«

Thomas öffnete den Mund, um gegen diese seiner Meinung nach unzulängliche Antwort Einspruch zu erheben, aber David gebot ihm mit erhobener Hand Einhalt.

»Jedoch«, fuhr er fort und hoffte, sein Ton würde nicht die Tatsache verraten, daß er überhaupt kein Verlangen verspürte, weiterzureden, »will ich Ihnen sagen, daß sich Ihre Frau in einem kritischen Zustand befindet. Die Chancen, die Krankheit zu überstehen, hängen auch nicht allein von der bestmöglichen medizinischen und schwesterlichen Pflege ab — die sie bekommt —, sondern auch von ihrem Willen, sie durchzustehen. Dies kann ich nicht beurteilen. Diese Willenskraft kommt nicht nur aus ihr selbst, sondern auch von Ihnen, von Dr. Huttner und den übrigen Leuten, die sie lieben und sich um sie sorgen.

Ich weiß, Sie hätten lieber eine analytischere Bewertung ihrer Erfolgsaussichten gehört, aber im Moment sehe ich mich dazu noch nicht in der Lage.«

Aus dem Augenwinkel sah er Huttner zustimmend strahlen. Heiliger Strohsack! Ich will hier raus! schoß es David durch den Kopf. Noch bevor Thomas geantwortet hatte, fühlte er den Ärger über sich selbst hochsteigen. Nicht einen einzigen Hinweis über seine wahren, eher düsteren Ansichten über Charlottes Chancen hatte er verlauten lassen. Als Thomas sprach, war der Funke fast übergesprungen.

»Sie verstehen es anscheinend auch nicht«, erwiderte Thomas und blickte sich wütend um. »Keiner von Ihnen versteht es. Charlotte und ich sind seit über dreißig Jahren miteinander verheiratet. Dreißig erfüllte und glückliche Jahre. Sollte man nicht vielleicht auch ein paar Worte über die Tortur verlieren, die sie zu erleiden hat durch den künstlich verlängerten Todeskampf, nach einem ausgefüllten und nun zu Ende gehenden Leben?«

Dieses Mal konnte David nicht zur Seite blicken. Sekundenlang herrschte schmerzvolles Schweigen. Endlich

sprach er. Aus seiner Stimme war die Qual zu hören, aber auch die Kraft der Gewißheit. »Und ob man das sollte — da haben Sie völlig recht, Mr. Thomas. Ich meine sehr wohl, man sollte darüber sprechen.«
Wieder herrschte quälendes Schweigen. David fühlte Huttners Blick auf sich gerichtet und glaubte, die Welt würde unter ihm zusammenbrechen. Sein Tonfall wurde abgeklärter. »Aber Sie müssen sich klar sein«, sagte er, »daß ich nicht der zuständige Arzt bin. Das ist Dr. Huttner. Und er ist in jedem Bereich der Medizin und Chirurgie weit erfahrener als ich. Er bestimmt letztlich darüber, welche Behandlung Ihrer Frau zukommt und welche nicht. Ich beabsichtige nach bestem Wissen und Gewissen seine Therapie weiterzuführen.«
Thomas starrte Huttner wütend an und fauchte. »Ich verstehe, schon gut. Ich verstehe völlig.« Er wirbelte so schnell herum, daß er fast die Balance verlor, und marschierte den Gang entlang auf das Zimmer seiner Frau zu.
Dieser Gefühlsausbruch brachte für Huttner das Faß zum Überlaufen. Er hatte einen langen und harten Tag hinter sich. Er trat zurück, so daß er David und alle auf der Schwesternstation im Blickfeld hatte. »Ich sage das einmal und nur einmal.« Seine Stimme klang trocken und eisig kalt. »Charlotte Thomas wird so intensiv behandelt, wie es zur Rettung ihres Lebens notwendig ist. Habe ich mich klar genug ausgedrückt? Gut. Nun machen Sie sich an die Arbeit. Dr. Shelton, Sie gehen jetzt wohl besser nach Hause und ruhen sich aus. Mit meinen Behandlungsmethoden klarzukommen, wird eine erschöpfende Aufgabe für Sie darstellen.«
Nach diesen Worten schritt er den Gang entlang und folgte Peter Thomas zu Zimmer 412.

David stand allein mitten im Flur. Die Gruppe auf der Schwesternstation, ungefähr fünfzehn Schritte entfernt, war erstarrt und schwieg. Er schaute sie mit der Einfältigkeit eines Hausmeisters an, der die Bühne fegt, wenn sich der Vorhang plötzlich öffnet und den Blick auf ein vollbesetztes Haus freigibt. Einen Augenblick lang überlegte er, fluchtartig das Weite zu suchen. Dann sah er im Augenwinkel, wie Christine Beall die Schwesternstation verließ und auf ihn zukam. Das war wahrlich nicht der passende Moment, den er sich für ein zweites Zusammentreffen mit der Frau ausgesucht hätte.

Als sie sich näherte, blickte er zu Boden und betrachtete seine Schuhabsätze. Er spürte, wie sie ihn musterte. Bei ihrem ersten Zusammentreffen war er von ihrer liebenswürdigen Art und ihrer Entschlossenheit befangen gewesen. Nun, als sie ihn mit ihren dunklen Augen anstarrte, fühlte er ein undefinierbares Unbehagen.

In den Augenblicken, bevor sie zu sprechen begann, atmete er den Duft ihres Parfums ein — ein schwacher Hauch von Frühling. »Dr. Shelton, wir sind alle stolz auf die Art und Weise, wie Sie für Ihre Überzeugung eingestanden sind«, sagte sie gefühlvoll. »Keine Sorge. Für das alles gibt es eine Lösung.«

Diese Worte, die Art und Weise, wie sie gesprochen hatte. Überhaupt nichts von dem, was er eigentlich erwartet hätte. Er wiederholte die Sätze in Gedanken, konnte aber die Gefühle, die dahinter verborgen lagen, nicht erfassen.

»Danke . . . vielen Dank«, erwiderte er und schickte sich an, ihr in die Augen zu blicken. Als er es endlich tat, war sie schon verschwunden. Der Betrieb in der Schwesternstation lief bereits wieder normal, aber ohne sie.

David entschloß sich, zu gehen und noch ein paar neue

Anweisungen für Anton Merchado zu schreiben und den grausamen Abend endlich hinter sich zu bringen. Morgen würde er sein eigener Herr sein. Als er davonschlurfte, war er in Gedanken mit dem heutigen Tagesablauf beschäftigt, mit der wiedererlangten Kontrolle über sein Leben — Gedanken, die ihm die unangenehmen Vorfälle der letzten fünf Stunden versüßten.
»Für das alles gibt es eine Lösung.« Er wiederholte laut Christines Worte, als er die Tür zum Treppenhaus öffnete.

KAPITEL V

Hinter einem Türvorsprung versteckt beobachtete Christine, wie David Vier Süd verließ. Sie wartete so lange, bis sie sicher sein konnte, daß er nicht wieder zurückkommen würde. Dann schritt sie den schlecht ausgeleuchteten Gang entlang. Ihre Schicht war fast zu Ende. Im Schwesternzimmer wie in den entsprechenden Räumen auf allen anderen Stationen im Krankenhaus wurden zur Vorbereitung für die Besetzung von 23 bis 7 Uhr — die »Friedhofsschicht« — die Berichte der Spätschicht erstellt.

In weniger als einer Stunde würden 263 Schwestern das Krankenhaus verlassen und in Restaurants und Bars ausschwärmen oder zu ihren Gatten nach Hause eilen, die meistens zu müde für die Liebe sein würden. Sie würden durch 154 andere Schwestern ersetzt werden, von denen jede dagegen ankämpfte, nicht das biologische Gleichgewicht zu verlieren in einem Beruf, der in den Stunden, in denen der größte Teil der Menschheit schläft, Entscheidungen über Leben und Tod abverlangt.

Eine Zeitlang stand Christine auf dem menschenleeren Gang und lauschte der lärmerfüllten Nacht im Krankenhaus: Dem Ächzen und Keuchen, dem Stöhnen und den laufenden, surrenden Maschinen. Dem Sauerstoff, der aus einem halben Dutzend Gasflaschen gurgelte, dem gehorsamen Piepsen des Monitors im Duett mit dem unbekümmerten Zischen und Klicken eines Atemgerätes. Und in den abgedunkelten Zimmern lagen die Patienten, sechsunddreißig an der Zahl auf Vier Süd, und fochten ihren Kampf aus — einen Kampf nicht um Reichtum, Macht oder Glück, sondern um die Rückkehr in die Außenwelt, um die Rückkehr in ihr normales Leben.

Es war eine Nacht, in der Christine mehr Ehrfurcht vor der Verantwortung ihres Berufes als je zuvor verspürte. Wie jede Arbeit hat auch die Krankenpflege ihre Routine. Aber außer der Plackerei und den Klagen, außer der mühseligen Arbeit und der abwertenden Haltung vieler Ärzte gab es da vor allem die Patienten. Manchmal schien es, als gebe es eine heimliche Verschwörung zwischen den Ärzten, der Verwaltung und den Pflege-Organisationen, deren gesamte Absicht darin zu bestehen schien, den Schwestern auszutreiben, daß ihre erste Sorge den Patienten zu gelten habe. Das schloß auch bestimmte Schwestern ein, denen das pflegerische Gespür und die Menschenliebe, die sie ursprünglich zu dem Beruf geführt hatten, gänzlich abhanden gekommen waren.

Christine starrte auf das Zimmer 412. Still für sich erneuerte sie ihr Gelöbnis, niemals dieser Perversion und dieser Misanthropie zu verfallen. Sie würde die Pflege niemals vernachlässigen. Wenn die Bindung an den Schwesternbund die einzige Möglichkeit war, diesem Gelöbnis gerecht zu werden, so sollte es so sein. Ihr war auch irgendwann einmal klargeworden, daß sie seit ihrem Beitritt zum Schwesternbund die Frustrationen und den Kummer verloren hatte, die so viele aus der Krankenpflege vertrieben hatten.

Für Christine hatte die Mitgliedschaft an einem Sonntag begonnen. Draußen vor dem Doctors Hospital tobte ein winterlicher Sturm. Drinnen im Schwesternzimmer auf Vier Süd braute sich ein anderer Sturm zusammen. Viel von der Wut, die von Christine und allen anderen ausging, richtete sich gegen einen Arzt namens Corkins, der einer achtzigjährigen Frau eine Nottracheotomie zugemutet hatte. Die Frau hatte einen Schlaganfall erlitten und war deswegen gelähmt, auf einem Auge erblindet und konnte nicht mehr sprechen. Trotz ihrer Bewegungs- und Sprechunfähigkeit teilte sie sich mit ihren Augen mit. Die Botschaft an Christine war eindeutig: »Bitte, lassen Sie mich sterben. Machen Sie diesen Höllenqualen ein Ende.« Nach dem Eingriff würden sich diese Höllenqualen auf unbestimmte Zeit verlängern.
Fast eine ganze Stunde saß sie im Schwesternzimmer und teilte mit Janet Poulos ihre Tränen und ihre Wut. Vorsichtig und schrittweise hatte Janet sie mit dem Schwesternbund vertraut gemacht.
In den folgenden zwei Tagen nach der Tracheotomie hatte Christine viele Stunden mit Janet über den gräßlichen Zustand der alten Frau diskutiert und gleichzeitig mehr und mehr über den Schwesternbund erfahren. Im Laufe der Jahre hatte sie auch an den unangenehmsten Angelegenheiten der alltäglichen Pflege Freude gefunden. Aber mit jeder Minute, die den Todeskampf der alten Frau verlängerten, wuchs Christines Resignation. Jede Stunde war das Sauerstoffgerät zu lösen und der Schlauch abzusaugen. Ständig mußte die Frau gedreht werden. Die Blasenkatheter waren zu wechseln. Stark dosierte intramuskuläre Injektionen mußten verabreicht werden. Verzweifelt wurde versucht, mit den ständig neu aufbrechenden Wunden Schritt zu halten. Und im-

mer diese Augen, die sie anblickten, durch sie hindurchblickten, ihre Botschaft jedesmal verzweifelter als vorher.
Endlich erfolgte die Aufnahme. Christine folgte der Anweisung von Janet Poulos und berichtete den Fall der alten Frau dem Regionalen Prüfungsausschuß. Einen Tag später erhielt sie die Zustimmung und ihre Instruktionen.
Gegen Ende ihrer Schicht huschte sie leise in das Zimmer der Frau.
Das Dröhnen des Atemgerätes vereinigte sich auf eine unheimliche Art und Weise mit dem Heulen des Wintersturms draußen. Sie spürte, wie die Frau sie trotz der Dunkelheit beobachtete. Sie beugte sich über das Bett, die Tränen liefen ihr über die Wangen. Sie drückte die Wange an die Schläfe der Frau. Einige Augenblicke später fühlte sie ein Nicken der Frau — einmal und ein zweites Mal. Sie wußte es! Irgendwie wußte sie es. Christine küßte ihr zärtlich die Stirn.
Sie legte die Lippen an ein Ohr und flüsterte: »Ich liebe dich.«
Sie richtete sich auf, löste das Atemgerät und wartete in der Dunkelheit fünf Minuten, bevor sie es wieder aufsetzte.
Es waren schon fast vier Stunden der nächsten Schicht vergangen, als eine Schwester berichtete, sie könne weder einen Puls fühlen noch ihren Blutdruck messen. Ein Assistenzarzt wurde gerufen. Nachdem er eine gerade Linie auf dem Elektrokardiogramm festgestellt hatte, erklärte er die Frau für tot. Später am Morgen waren die beiden Söhne gekommen, sehr erleichtert über das Ende des Leidens ihrer Mutter, und brachten den Leichnam zu einem örtlichen Bestattungsunternehmen. Um elf

Uhr abends war das Bett bereits von einer jungen, geschiedenen Frau belegt, die ihre Brust vergrößern lassen wollte. Das Krankenhaus erschien Christine wie das Wasser eines Teiches, dessen Oberfläche durch einen Steinwurf in Unruhe versetzt worden war. Die letzten Wellen, die von der Existenz der alten Frau gekündet hatten, waren jedoch bereits wieder verschwunden.

»Christine?«
Sie wandte sich der Stimme zu. Es war Janet Poulos.
»Sind Sie in Ordnung?«
Christine nickte.
»Sie sehen aus, als wollten Sie für das Titelblatt der SCHÖNEN SCHWESTER posieren.«
»Wohl eher für DIE GEPLAGTE SCHWESTER.«
»Wegen der Szene zwischen Huttner und dem Professor?«
»Ja.«
»Wollen Sie darüber sprechen?«
»Nein. Oder vielleicht doch. Ich meine, Sie sind die einzige, die –«
Janet hob die Hand und brachte sie damit zum Schweigen. »Der Besucherraum ist leer.« Sie deutete mit einer Kopfbewegung auf das Schwesternzimmer. »Nach Lage der Dinge dort haben wir noch zehn Minuten, bevor die Besprechung beginnt. Hier ging es heute abend hoch her, nicht wahr? Ich habe gehört, es soll einige Schwierigkeiten gegeben haben, nachdem Mr. Chapman tot aufgefunden wurde«, fügte Janet hinzu.
Während sie beide auf das Besucherzimmer zugingen, beschrieb Christine die Reaktion von John Chapmans tiefbetrübter Frau. Janet schüttelte ungläubig den Kopf.

»Warum, glauben Sie, hat sie die Blumen genommen und gegen die Wand geworfen?« fragte sie.
»Oh, sie hat auch andere Dinge geworfen, nicht nur Blumen.« Christine sank auf das Sofa nieder. Janet nahm auf dem Stuhl gegenüber Platz.
»Hat sie alles zerstört?«
»Fast alles. Wir konnten noch zwei Vasen retten.«
»O nein.« Janet raufte sich die Haare.
»Doch. Aber eine davon war etwas merkwürdig.«
»Wie meinen Sie das?« Die Frage war sachlich gestellt, aber Janets Gestik und Mimik verrieten mehr als ein nur beiläufiges Interesse.
Christine blickte ungeduldig auf die Uhr. Sie hatten nur noch fünf Minuten bis zur Besprechung. »Eigentlich war es nichts Wichtiges, wirklich. In der einen Vase war ein Strauß Lilien, und auf der Karte dazu stand: › Die besten Wünsche, Lilia. ‹ Das ist alles.«
»Oh«, erwiderte Janet mit einer Gleichgültigkeit, die dem Ausdruck ihrer Augen nicht entsprach. Sie kratzte sich geistesabwesend an der Narbe und wechselte abrupt das Thema. »Haben Sie schon darüber nachgedacht, dem Prüfungsausschuß über Mrs. Thomas zu berichten?«
»Das habe ich bereits getan.« Christine fühlte sich am Boden zerstört.
»Und?«
»Nichts ist seither geschehen, Janet. Ich habe noch nicht gehört, ob dem Fall zugestimmt wurde. Sehen Sie, Charlotte und ich sind uns sehr nahe —«
»› Bravo ‹, sage ich«, fiel ihr Janet ins Wort.
»Was?«
»Hoffentlich wird dem Fall zugestimmt.«
»Janet, Sie kennen die Frau doch nicht einmal ... Und ihre Situation auch nicht. Wie können Sie bloß ...«

»Ich kenne die Frau zwar nicht, aber ich kenne Huttner. Von allen aufgeblasenen, hochmütigen und selbstgerechten Scheusalen, die sich je hinter dem Titel *Doktor der Medizin* verborgen haben, ist Huttner das schlimmste von allen.«

Janets Gefühlsausbruch kam völlig unerwartet. Christine war eine Weile sprachlos. Sicherlich war die übereifrige, manchmal egozentrische Aggressivität der Ärzte ein Grund für das Entstehen des Schwesternbundes gewesen, aber für Christine war dies auch immer eine Sache der Moral, nicht von Personen gewesen. »Was ... was hat Huttners Hochmut mit Charlotte zu tun?« Christine war verwirrt und verspürte ein eigenartiges, befremdendes Gefühl.

Janet beruhigte sie mit einem breiten Lächeln. »Halt! Langsam!« sagte sie und tätschelte ihr auf das Knie. »Ich stehe doch auf Ihrer Seite. Haben Sie das vergessen?« Christine nickte, aber eine gewisse Unsicherheit blieb. »Ich glaube an den Schwesternbund, an das, was wir tun, und auch wie wir es tun. Warum hätte ich Sie sonst angeworben? Ich will damit nur sagen, daß wir aus solchen Fällen wie bei Mrs. Thomas einen ... zweifachen Vorteil ziehen. Wir erfüllen die Wünsche der Frau und ihres Mannes und ermöglichen ihr ein würdevolles Ableben. Gleichzeitig erinnern wir Menschen wie Huttner daran, daß sie nicht Gott sind. Ja?«

Christine überlegte und wägte diese Gedanken ab. Dann entspannte sie sich und lächelte wieder. »Ja, das ... tun wir wohl.« Sie erhob sich, um rechtzeitig zur Besprechung zu kommen.

»Wenn Sie Hilfe brauchen«, sagte Janet, »egal, was es ist, wenden Sie sich an mich. Sie haben richtig gehandelt,

als Sie den Fall dem Prüfungsausschuß vorgelegt haben. Nun liegt es an ihm, seinen Beitrag zu leisten.«
Christine nickte ihr zustimmend zu.
Als sie beide die Zimmertür erreicht hatten, sprach Janet weiter. »Wissen Sie, Christine«, sagte sie und machte dann eine kleine Pause, um das Gesicht der jüngeren Frau aufmerksam zu studieren, »ich finde es auch in Ordnung, Vorteile aus dem zu ziehen, woran man glaubt. Der Wert eines Werks wird nicht dadurch vermindert, daß man auf bestimmte Weise davon profitiert. Verstehen Sie?«
»Das — das glaube ich auch«, log Christine. »Danke für das Gespräch. Ich werde Sie über die Entscheidung des Ausschusses informieren.«
»Tun Sie das, bitte. Und Chris! Ich bin für Sie da, wenn Sie mich brauchen.«
Noch immer beunruhigt lief Christine zum Schwesternzimmer. Sie hielt vor der Tür inne, um sich wieder zu sammeln. Janets Ausfall über das Thema Wallace Huttner hatte sie erschreckt, verunsicherte sie aber nicht so sehr wie es anfänglich schien. Janet war seit Jahren im Schwesternbund. Sicherlich war sie schon mit einer Vielzahl von Fällen befaßt gewesen. Den Tod eines Menschen vorzuschlagen und das Ende — wenn auch nur durch Sterbehilfe — herbeizuführen, war eine emotionell herausfordernde und seelisch belastende Angelegenheit. Über Jahre hinweg solche Entscheidungen zu treffen, forderte zwangsläufig ihren Tribut.
In Janets Fall war es sicher auch Verbitterung über jene Menschen, die solche schrecklichen Entscheidungen notwendig machten.
Sie blickte über den Gang und konnte gerade noch sehen, wie Janet im Aufzug verschwand. Die Frau war eine

hervorragende Oberaufsicht und, was noch wichtiger war, eine Schwester, die sich dem höchsten Ideal des Berufes verpflichtet hatte. Noch bevor sie das Schwesternzimmer betrat, fühlte Christine, wie der Stolz über die Geheimnisse, die sie mit ihrer »Schwester« teilte, in ihr wieder erwachte.

KAPITEL VI

Carl Perry wappnete sich gegen den stechenden Schmerz im Hals, den er auch bei einem noch so behutsamen Schlucken zu erwarten hatte. Schmerzen — fast jeder Art — waren eher zu ertragen als dieses gottverdammte Krächzen, das von ihm zu hören war, seitdem die Polypen oder Tumore oder was auch immer von seinen Stimmbändern entfernt worden waren. Noch zwei Tage Bettruhe, intravenöse Behandlung und schriftliche Verständigung hätte er zu überstehen, bis die Gefahr des Zuschwellens der Stimmbänder endgültig vorüber wäre. Wenigstens hatte Dr. Curtis das gesagt.

Mit der linken Hand zerrte er an dem Heftpflaster, das den intravenösen Schlauch am rechten Unterarm festhielt. Einige Haare sprossen dort aus der Haut hervor. Er zischte und verwünschte die Schwester, die in ihrer Nachlässigkeit die Stelle schlecht rasiert hatte.

Beschwerde wg. Schlauch an die Verwaltung, kritzelte er auf einen Block, riß das Blatt mit der Notiz ab und stopfte es in eine Schublade, die sich rasend schnell mit solchen und anderen, ähnlich lautenden Gedächtnishilfen füllte.

Er griff nach dem kleinen Spiegel auf seinem Nachttisch und machte eine Bestandsaufnahme. Selbst mit den Kratzern, die Curtis' Operationsinstrumente an den Mundwinkeln hinterlassen hatten, war er mit dem, was er sah, mehr als zufrieden: Zwei dunkelblaue Augen, gegerbte, fast lederne Haut, eckiges Kinn und makellose Zähne. Mit seinen achtundvierzig Jahren sah er noch ziemlich gut aus. Die meisten anderen Männer in diesem Alter konnten davon nur träumen. Auch die Frauen empfanden das so — selbst die jungen. Sie schlugen sich förmlich darum, mit ihm ein paar Stunden in seiner Suite im RITZ zu verbringen. Sie gingen auch alle befriedigt nach Hause.

Es war wirklich eine vortreffliche Idee, in den Single-Bars das Gerücht verbreiten zu lassen, jedes Jahr bekäme das Mädchen mit der besten Nummer einen Porsche von PERRYS IMPORTWAGEN geschenkt. Er würde das auch tatsächlich tun, wenn eines Tages sein Aussehen das nötig erscheinen lassen würde.

Er langweilte sich und fühlte sich unwohl in den verschwitzten Bettlaken. Er schaltete das Fernsehgerät ein, drehte es aber schnell wieder ab, als er feststellte, daß auf jedem Programm nur die Elf-Uhr-Nachrichten kamen. Er massierte sich vorne an den blauen, seidenen Pyjamahosen und fühlte, wie sich eine Erektion anbahnte. Nein, nicht jetzt, entschied er. Warte, bis du wirklich müde bist, dann laß es kommen.

In diesem Augenblick kam eine Schwester ins Zimmer und machte die Tür vorsichtig hinter sich wieder zu. Es war die gleiche, die in der Nacht vor der Operation an seinem Bett saß und sich mit ihm unterhalten hatte. Ein bißchen alt, vielleicht vierzig, sinnierte er, aber ein Körper, der wirklich nicht zu verachten wäre. Perry fühlte sofort eine Wallung in dem schlaffen Organ unter der Hand. Er begann wieder unter der Decke zu massieren und malte sich aus, wie die hübsche Schwester nackt im Bett in seiner Suite läge und auf ihn wartete.

»Wie geht es Ihnen, Mr. Perry?« fragte sie leise. Sie stand weniger als dreißig Zentimeter von seinem Bett entfernt. Als er gefragt wurde, ging es ihm gerade sehr gut. Einen Augenblick lang ärgerte sich Perry darüber, jetzt aufhören zu müssen, um eine Antwort zu schreiben. Schließlich kritzelte er: *Gut, Schätzchen, und wie geht es dir?*

»Kann ich für Sie noch etwas tun, bevor ich den Dienst für heute beende?« fragte sie und kam noch näher.

Perry blickte auf ihre linke Hand und suchte nach einem Ehering. Es war keiner zu sehen. Aber das fügte seiner bereits emporgeschossenen Phantasie nur noch wenig hinzu. *Das hängt davon ab, ob . . .,* schrieb er.

»Ob was?«

Sie stichelte und ließ ihn zappeln — ja, das tat sie. Er entschloß sich, es zu versuchen. *Ob wir es gleich tun oder erst nach meiner Entlassung!*

Er überlegte, ob er etwas von der Sache mit dem Porsche schreiben sollte, erachtete es aber für überflüssig.

»Machen wir es allein oder laden Sie Ihre Frau dazu ein?«

In seinen lüsternen Gedanken hatte sie bereits die Beine gespreizt und die Füße an die Wand über dem Bett gestreckt. *Meine Frau versteht mich nicht,* schrieb er und spielte weiter. Er fügte ein kleines grinsendes Gesicht am unteren Rand des Blattes hinzu.

»Nun, wir werden über alles weiterreden, wenn es Ihnen besser geht«, sagte sie. »Ich gestehe, daß auch mir bereits die Vorstellung durch den Kopf gegangen ist, mit Ihnen ein paar nette Stunden zu verbringen.« Sie spielte mit dem obersten Knopf an ihrem Kittel, und einen Augenblick lang glaubte Perry, sie würde ihn tatsächlich für ihn aufmachen.

Sie sagen, wann, kritzelte er und schlüpfte mit der freien Hand um ihren Schenkel.

»Bald.« Sie lächelte und entwich seinem Zugriff. »Zuerst habe ich zwei Geschenke für Sie. Eins von Ihrem Arzt und eins von mir. Welches wollen Sie zuerst?«

Perry überlegte und schrieb *Deins*.

Die Frau verließ das Zimmer. Sie kam zurück und hielt etwas hinter dem Rücken versteckt. Perry atmete heftiger, als er sah, wie ihre Brüste prall unter dem Kittel hervortraten. Größe C sicherlich. Hundertprozentig. Achtzig C. Er blickte auf ihr strahlendes Gesicht und bemerkte zum ersten Mal eine kleine Narbe, die parallel zur Nase lief. Nur ein kleiner Makel, dachte er. Kerzenlicht, ein wenig Make-up, und *schon* ist die Narbe nicht mehr zu sehen.

Nachdem er sie ausgiebig gemustert hatte — so schien es ihr zumindest —, brachte die Schwester mit einer theatralischen Geste die Hände zum Vorschein. Sie hielten einen Strauß Blumen. Prächtige purpurne Blumen.

Wunderbar, schrieb er.

»Das sind Hyazinthen«, erwiderte sie.

Nachdem sie sich kurz nach einer Vase umgesehen und keine gefunden hatte, stellte sie den Strauß in ein leeres Urinal auf dem Tisch neben dem Bett. Perry zuckte zusammen, als sie so grob die romantische Stimmung zerstörte. Vielleicht ist sie abartig veranlagt, überlegte er und war sich nicht mehr ganz sicher, ober er sich auf dieses Spiel einlassen sollte.

Was ist das zweite Geschenk?, schrieb er.

»Eine ganz neue Medizin.« Sie bewegte sich nur ein paar Zentimeter von seinem Gesicht entfernt, als sie eine Spritze, voll mit durchsichtiger Flüssigkeit, aus der Tasche zog und sie in einen intravenösen Schlauch injizierte.

Er streckte die Hand aus und grapschte ihr an den Hintern. Dieses Mal versuchte sie nicht, ihm zu entkommen. Plötzlich fühlte er einen sonderbaren Druck im Brustkorb. Sein Griff lockerte sich. In weniger als einer Minute waren ihm alle Konturen vor den Augen verschwommen. Nur unter Schwierigkeiten und mit wachsender Angst konnte er den Kopf nach oben drehen. Er blickte der Schwester ins Gesicht. Sie stand bewegungslos da und lächelte wohlwollend auf ihn herab. Er wollte schreien, aber es drang nur ein leises Zischen aus seinen geschwollenen, lahmgelegten Stimmbändern.
Die Luft wurde dick und schwer wie Sirup. Sosehr er sich auch anstrengte, er hatte keine Chance, Luft in die Lungen zu pumpen. Der linke Arm baumelte sinnlos über die Bettkante.
»Sie heißt Pancuronium«, sagte die Schwester vergnügt. »Eine schnell wirkende Form von Curare. Sie wirkt genauso wie Giftpfeile. Sehen Sie, Ihre Frau versteht Sie viel besser, als Sie sich je bewußt waren, Mr. Perry. Sie versteht sie so gut, daß sie uns einen großen Teil Ihrer Versicherung zukommen läßt, nur um Sie aus ihrem Leben zu entfernen.«
Perry versuchte zu antworten, aber konnte nicht einmal mehr mit den Augen blinzeln. Ein zähflüssiger Film schien sich über alle Sachen im Zimmer zu ziehen. Seine Panik wich schrittweise einem gleichgültigen, euphorischen Gefühl. Mit den jetzt unbeweglichen Augen und durch den dicker werdenden Schleier beobachtete er, wie die Schwester die beiden obersten Knöpfe ihres Kittels öffnete und einen Blick in den tiefen Ausschnitt zwischen den Brüsten freigab.
»Machen Sie sich um die Blumen keine Sorgen, Mr.

Perry. Ich werde mich darum kümmern, daß sie genügend Wasser bekommen.« Das waren die letzten Worte, die er hören konnte.
Janet Poulos legte Perrys herunterhängenden Arm auf das Bett. Sie ging zur Tür, öffnete sie und warf einen prüfenden Blick über den Gang von Drei West. Heimlich verließ sie die Station. Als sich die Tür des Treppenhauses hinter ihr schloß, setzte sie wieder das Lächeln auf, das ihrem Gesicht entschwunden war, als sie die letzten Tropfen des Pancuroniums injiziert hatte. Heute war ein unglaublich profitabler Tag für den »Garten Eden«. So, wie es Dahlia vorhergesagt hatte. Zuerst eine meisterhafte Leistung von Lilia, und nun sie, Hyazinthe, sie war mindestens genausogut gewesen. Sie lachte hell auf und lauschte dem Echo, das durch das menschenleere Treppenhaus hallte.
Auf ihrer Station in Eins Nord setzte sich Janet hinter den Schreibtisch, schloß die Augen und ließ die Szene in Carl Perrys Zimmer noch einmal in Gedanken ablaufen. Das Gefühl der Macht — der absoluten Kontrolle — war jetzt immer noch genauso elektrisierend wie vorhin am Bett. Es war eine innerliche Erregung, die sie, wie alle anderen des »Garten Eden«, zuerst durch den Schwesternbund erfahren hatte. Der Schwesternbund mit seinen hochtrabenden Ansprüchen waren für einige sicher ausgezeichnet, überlegte, Janet, aber Dahlias Erschaffung des »Garten Eden« war die Eingebung schlechthin. Daß für diese Mühen bezahlt wurde, gut bezahlt wurde, versüßte das Spiel nur. Janet pries Dahlia für die Erweckung von Hyazinthe.
Dann dachte sie — wie so oft, wenn sie einen Fall für den Schwesternbund oder den »Garten Eden« abgeschlossen hatte — an den Mann, an den ersten Mann, mit dem sie

geschlafen hatte, an den einzigen Mann, den sie je geliebt hatte. War er nun Professor der Chirurgie, wie er es geplant hatte? Warum hatte er sich nie wieder nach der Nacht gemeldet? Nun, er würde sie jetzt sicher in einem anderen Licht sehen. Auch sie verfügte jetzt über Macht, über soviel wie der mächtigste Chirurg auf der Welt. Wenn er sie nur einmal sehen könnte, würde er ... Janet zuckte mit den Schultern. »Was soll's«, sagte sie laut. »Wen zum Teufel kümmert das überhaupt.«
Sie griff nach dem Telefonhörer. Es war an der Zeit, die Ereignisse dieses aufregenden Tages endlich Dahlia mitzuteilen.

KAPITEL VII

Es war schon nach halb zwölf, als die Spätschicht auf Vier Süd ihre Besprechung beendet und die Schicht von elf bis sieben übernommen hatte. Christine Beall nahm den Kleinbus bis zu Parkplatz C. Sie war erschöpft und lehnte eine Einladung der vier Schwestern, die im gleichen Bus gefahren waren, zu einem Schlummertrunk ab und fuhr nach Hause.

Zwanzig Meilen entfernt, in der Schlafstadt Wellesley, kippte Dr. George Curtis einen doppelten Brandy hinunter und schlurfte aus dem mit Eichenholz getäfelten Arbeitszimmer zum Bett zurück. Seine Frau hatte die Nachttischlampe angeknipst und es sich auf mehreren Kissen bequem gemacht. Sie blickte ihn beunruhigt an.

»Wie war es denn mit Mrs. Perry?« fragte sie.

Curtis sank auf die Bettkante nieder und seufzte erleichtert auf. »Sie wirkt ziemlich niedergeschlagen, aber im ganzen betrachtet scheint sie sich gut im Griff zu haben. Ich habe ihr angeboten, mit ihr hinüberzugehen und mit ihr zu sprechen. Aber sie meinte, es wäre nicht nötig, sie hätte schon ihre Leute. Das Beste war noch, sie hat nicht einmal eine Autopsie verlangt.«

Seine Frau war in Sorge. »Was meinst du mit ›das Beste‹? George, was ist los?«

»Nun, nach dem zu urteilen, was mir der Assistenzarzt

vom Dienst berichtet hat, mußte Perry entweder einen Herzinfarkt erlitten haben oder es kam Blut in die Stimmbänder an der Stelle, wo ich ihn operiert habe. Egal, was es nun auch war, seine Frau hätte eine Anzeige wegen Fahrlässigkeit machen können. Sie hätte lediglich zu behaupten brauchen, er hätte auf die Intensivstation gebracht werden müssen. Aber ohne Autopsie wird sie keine eindeutigen Ergebnisse haben und somit auch keine Grundlage für einen Prozeß. Ich kann nur mein ›Amen‹ dazu geben.«
»Amen«, äffte die Frau ihn nach, drehte das Licht aus und wälzte sich zu ihm hinüber.

Christine fuhr langsam. Sie steuerte den Wagen rein mechanisch und nahm den Verkehr um sich herum gar nicht wahr. Auf den Bürgersteigen mit den Gaslaternen im Inneren der Stadt war das Nachtleben am Toben. Taschendiebe und Gauner, Drogensüchtige und Penner und scharenweise junge Männer irrten vor den Kneipen umher. Eine Welt, die sie normalerweise faszinierte. Aber diese Nacht bemerkte sie die Menschen und deren Treiben nicht. Vor ihren Augen spielte sich eine völlig andere Szene ab.
Ein Tennismatch. Zwei Frauen auf einem smaragdgrünen Court. Oder vielleicht war es auch nur eine, denn sie sah niemals beide zugleich. Nur eine springende Gestalt in einem weißen Dreß, die mit kraftvollen Schwüngen perfekte Schläge absolvierte.
Völlig in diesen Traum versunken, überfuhr sie eine rote Ampel. Auf einer breiten Hauptverkehrsstraße verließ sie die Stadt.
Auf einmal wurde sich Christine klar darüber, warum ihr die Szenen wie ein Match vorkamen. Mit jedem

Schwung, mit jedem Schlag wechselte das Gesicht der Frau. Zuerst war es Charlotte Thomas, bei jedem Ballkontakt strahlend und freudig erregt, dann das unentschlossene, verkrampfte Gesicht ihrer eigenen Mutter, einer strengen Niederländerin, deren hingebungsvolle Fürsorge für ihre fünf Kinder sie frühzeitig sterben ließ.

Der Schlagabtausch wurde schneller und schneller und mit jedem Schlag ein blitzschneller Wechsel der Gesichter der Konkurrentinnen. Immer schneller, bis das ganze nur mehr einem Schleier vor den Augen glich.

Plötzlich blickte Christine auf den Tacho. Sie näherte sich der Achtzig-Meilen-Marke. Sekunden später schoß ein Straßenschild vorbei. Sie fuhr in eine Richtung, die ihrem Zuhause fast entgegengesetzt war.

Es schüttelte sie und sie hatte schon fast die Kontrolle über sich und den Wagen verloren, als sie mit quietschenden Reifen am Straßenrand zum Stehen kam. Sie keuchte, als hätte sie einen Marathonlauf absolviert. Mehrere Minuten vergingen, bis sie sich in der Lage fühlte, umzukehren und nach Hause zu fahren.

Erst nach Mitternacht erreichte sie die ruhige, mit Bäumen bepflanzte Straße, in der sie mit ihren beiden Mitbewohnerinnen seit zwei Jahren lebte. Die Entscheidung, sich zusammen eine Wohnung in Brookline zu suchen, war einstimmig gefallen. »Eine alte Stadt mit jugendlichem Charme«, hatte sie Carole D'Elia genannt. Sie bezog sich auf die Tausende von Studenten und jungen arbeitenden Menschen, die die malerischen Maisonetten und Häuser bewohnten. Nach einer dreiwöchigen Suche hatten sie eine Wohnung im Erdgeschoß eines weißbraunen Zweifamilienhauses gefunden — und sich auch sofort in sie verliebt. Ihre Hauswirtin, eine

Witwe mit blaugrauem Haar, hieß Ida Fine und lebte im Obergeschoß. Am ersten Tag nach dem Einzug stand ein großer Topf mit Suppe vor der Tür und kündete von Idas Absicht, alle drei als Töchter zu adoptieren. Christine hatte ihr dieses Aufdrängen anfangs übelgenommen, aber sie war nicht davon abzubringen; Ida war allerdings klug genug, genau zu spüren, wann sie unerwünscht war und zu gehen hatte.

Christine, Carole und Lisa Heller waren zwar ziemlich unterschiedliche Charaktere, jedoch wie füreinander geschaffen. Carole, eine aufstrebende Strafrechtlerin, kümmerte sich um die Rechnungen, während Christine die Einkäufe machte und die anderen wichtigen Dinge des alltäglichen Zusammenlebens erledigte. Lisa, bei Filene's im Einkauf tätig, sorgte sich um den sozialen Kontakt.

Christine stöhnte vor Erschöpfung und erleichtert auf, als sie die Zufahrtsstraße zu der Wohnung erreicht hatte. Sie parkte den Mustang wie gewöhnlich hinter Lisas zerbeultem VW. Die Garage wäre eigentlich für zwei Autos groß genug gewesen, aber sie war mit »Schätzen« vollgestellt, die Ida ständig versprach wegzuschmeißen. Deswegen war dort auch nur für ihre Fahrräder Platz.

Als Christine zur Haustür ging, bemerkte sie als erstes, daß in jedem Raum Licht brannte. Es war also eine Party im Gange. Das war nun wirklich das letzte, womit sie heute noch zu tun haben wollte. »Lisa schlägt wieder zu«, brummte sie vor sich hin und schüttelte den Kopf.

Der nicht zu verkennende Geruch von Marihuana kam ihr entgegen, als sie die Tür öffnete. Aus dem Wohnzimmer drang die Musik einer alten EAGLES-Platte, vermischt mit dem Klang von klirrenden Gläsern und einem halben Dutzend gleichzeitig stattfindenden Gesprächen. Sie dachte gerade darüber nach, wohin sie sich verkrümeln konnte, als Lisa Heller vor ihr auftauchte.

Lisa war drei Jahre jünger als Christine und fünfzehn Zentimeter größer. Sie trug die inoffizielle Einheitstracht des Hauses — eine alte, abgetragene Jeans und ein weites Herrenhemd, das von einem verflossenen Liebhaber stammte. Sie hatte wieder diesen fortwährenden intellektuellen, fast andächtigen Blick, der anscheinend unaufhörlich Männer anzog, die Mahler und biologisches Essen »in« fanden. Beides haßte Lisa eigentlich.

»Aha! Die reuige Sünderin kehrt zur Gemeinde zurück«, kicherte sie.

Lisa besaß einen entwaffnenden Charme, der selbst mit Christines schwärzesten Momenten umzugehen wußte.

»Lisa«, fragte Christine mit einem verbissenen Grinsen, »wieviel Leute sind da drin?«

»Oh, acht oder zehn. Vielleicht auch zwölf. Sie sind schwer zu zählen, da manche davon nicht wirklich da sind, weißt du.«

»Tu mir einen Gefallen, bitte«, flehte Christine inständig, »hol bitte eine Leine und deinen Waschbärmantel und versuch mich an der Tür vorbeizuschleusen, meinetwegen als deinen süßen irischen Wolfshund. Ich will ins Bett.«

»Ah, ins Bett«, sagte Lisa nachdenklich und lehnte sich gegen die Wand. »Sobald der französische Chablis und das gute kolumbianische Marihuana alle sind, werden wir alle schlafen gehen. Es gibt nur noch das Problem, wer bei wem schläft. Wenn wir schon —«

»Lisa, ist *er* auch da?«

»In voller Lebensgröße. Es ist nämlich sein Marihuana.«

Christine zog eine Grimasse. Jerry Crosswaite hing völlig abgewrackt auf der Couch. Sie schüttelte den Kopf.

»Ich bin an allem schuld«, fügte sie mit theatralischer Gebärde hinzu. »Ich habe meine Grundregel verletzt.«
»Wie lautet diese denn?« Lisa unterbrach sich in einem Anfall von Schluckauf.
»Treffe dich nicht öfter als einmal mit einem Mann, der auf dem Nummernschild seines Wagens seinen Namen stehen hat.« Die zwei Freundinnen lachten und umarmten sich.
Jerry hatte noch immer seine liebenswürdigen Augenblicke, aber sie wurden zunehmend seltener. Seit seiner einseitigen Erklärung, sie wären »füreinander geschaffen«, hatte er eine großangelegte Kampagne gestartet, um Christine zur »Frau des jüngsten ranghöchsten Bankers in der Bostoner Bank- und Handelsgeschichte« zu machen. Wochenlang hatte er sie mit Rosen, Geschenken und Telefonanrufen förmlich bombardiert. Zu Christines steigendem Verdruß hatten sich Lisa und Carole von diesem romantischen Abenteuer so mitreißen lassen, daß sie Christines Bemühungen untergruben, diesen Eifer zu bremsen.
»Chrissy, mußt du dich denn immer beklagen«, sagte Lisa plötzlich. »Du bist nun über dreißig, und er ist ein netter Mann und hat einen Alfa. Was kann ein Mädchen noch mehr wollen?«
Christine war sich nicht ganz klar darüber, ob das ein Scherz gewesen sein sollte oder nicht. »Er ist einfältiger als ein Blatt Papier, Lisa —«
»Nun, Kindchen, ich würde ihn nicht von der Bettkante stoßen«, erwiderte Lisa.
»Halt dich bereit, Heller. Heute hast du die Chance! Nutze sie, wenn du willst.« Christine streifte an ihr vorbei und lief ins Wohnzimmer.
Jerry Crosswaite setzte das Weinglas ab und richtete sich

mühsam Stück für Stück auf, um sie zu begrüßen. Christine zwang sich zu einem Lächeln und deutete ihm an zu bleiben, wo er war. Die meisten der zwölf anderen Leute waren in einem noch weit schlechteren Zustand als Jerry.

»Brutal«, murmelte Christine vor sich hin. Gleichzeitig konnte sie es sich jedoch nicht verkneifen, über Carole D'Elia zu lachen, die in ein Spiel vertieft war, das sie selbst erfunden hatte und »Scrabble für Kiffer« nannte. Bei dieser Version, die nur im Marihuanarausch gespielt werden kann, wird ein Wort, egal ob tatsächlich gebräuchlich oder frei erfunden, so lange umschrieben, bis es von den anderen Mitspielern eindeutig bestimmt werden kann.

Carole rief ihr zu. »Hey, Chrissy, du bist hier die einzige, die noch klar im Kopf ist. Komm her und mach den Schiedsrichter. Z-O-T-L ist doch das richtige Wort für ein dekoratives Arrangement von toten Salamandern, oder?«

»Sicher doch«, antwortete sie und umarmte sie von hinten. Keine der drei Frauen rauchte Marihuana regelmäßig, aber ab und zu fand spontan eine Party statt, und dann meistens mit Pot. Obwohl in dem Raum eine große Trägheit herrschte, verspürte Christine doch jedes Mal eine gewisse Vitalität, wenn sie mit ihren Mitbewohnerinnen zusammen war. Ihre Gesellschaft würde für diesen nervenaufreibenden Tag gerade das richtige Stärkungsmittel sein; selbst dann, wenn noch eine Auseinandersetzung mit Jerry Crosswaite folgen würde.

»Übrigens, was mir gerade einfällt«, sagte Carole, »vor einer Weile hat jemand für dich angerufen. Eine Frau. Sie sagte, sie würde noch mal anrufen, hat aber keine Nachricht hinterlassen.«

»War es eine ältere Frau? Oder eine jüngere?« fragte Christine ängstlich.
»Ja.« Carole nickte zustimmend, kippte den Rest des Weines hinunter und schrieb die dreizehn Siegpunkte auf.
Crosswaite hatte den Weg quer durch das Zimmer gefunden, stand hinter Christine und legte die Hände auf ihre Schultern. Sie wirbelte herum, als sei sie von Fleischerhaken aufgespießt worden.
»Hey, langsam, Christine. Ich bin's doch nur«, sagte er. Er hatte die Jacke des Brooks-Brothers-Anzuges abgelegt und die Weste aufgeknöpft — das Zeichen dafür, daß er sich völlig entspannt fühlte. Nur die kleinen, blutunterlaufenen Augen wurden dem Playboyimage nicht gerecht, das er so gerne verkörperte.
»Hallo, Jerry«, sagte sie, »ich habe die Party leider verpaßt.«
Mit einer ausgreifenden Geste antwortete er. »Verpaßt. Teufel auch. Es wartet noch etwas auf dich. Lisa sagte mir, du fändest diese Halskette schön. Es freut mich.«
Christine drehte sich zu Lisa um, so daß sie ihr in die Augen blicken konnte. »Jerry, ich möchte, daß du endlich damit aufhörst, mir etwas zu schenken. Ich . . . ich kann das nicht annehmen.«
»Aber Lisa sagte mir —«
Sie fiel ihm ins Wort, versuchte jedoch gleichzeitig, ruhig zu bleiben. »Jerry, ich weiß, was dir Lisa erzählt hat, und Carole dazu. Aber ich bin weder Lisa noch Carole. Glaub mir, du bist wirklich nett. Alle beide halten viel von dir, und ich auch. Ich habe nur ein sehr ungutes Gefühl bei einigen Geschenken, die du mir machst, und bei vielen Annahmen, die du hegst.«
»Welche da wären?« Ein etwas feindseliger Unterton war aus seiner Stimme zu hören.

Sie biß sich auf die Unterlippe, um jetzt eine längere Auseinandersetzung zu vermeiden. »Ist schon gut«, antwortete sie. »Wir können die ganze Sache ein ander Mal besprechen, wenn wir mehr Ruhe und weniger Wein haben.«

»Nein, Chris. Ich will das jetzt besprechen.« Crosswaite geriet völlig aus der Fassung. »Ich weiß nicht, was du mit mir vorhast, aber du hast mich zu einem Punkt gebracht, wo mir die Beziehung wirklich wichtig geworden ist. Du bist wohl auf einmal plötzlich frigid geworden?« Der Ton war laut genug, selbst noch den Schlaftrunkensten zu wecken. Verlegene Blicke schwirrten durch das Zimmer, als Carole und Lisa sich erhoben, um einzugreifen. Der Bankier fuhr fort. »Du warst ja sowieso nicht unbedingt ein Tiger im Bett, aber zumindest warst du noch dort. Nun verhältst du dich mir gegenüber wie ein Eisberg. Verflucht! Ich will eine Erklärung dafür!« Die Atmosphäre gefror zu Eis.

Christine trat einen Schritt zurück und stemmte ihre Hände, zu Fäusten geballt, fest in die Hüften.

Das Klingeln des Telefons brach das Schweigen.

Carole lief in die Küche. »Chrissy, für dich«, rief sie nach ein paar Sekunden. »Es ist wieder die Frau, die schon mal angerufen hatte.«

Christine lockerte die Fäuste und ließ die Arme sinken, bevor sie sich von Crosswaite abwandte.

In der Küche standen drei Leute. Mit einem einzigen Blick vertrieb Christine sie ins Wohnzimmer und nahm den Hörer.

»Hier ist Christine Beall«, meldete sie sich noch mit einem scharfen Ton in der Stimme.

»Christine, hier ist Evelyn vom Regionalen Prüfungsausschuß. Können Sie ungestört mit mir sprechen?«

»Ja, das kann ich.« Christine setzte sich auf einen hohen, wackeligen Ahornstuhl, den sie auf dem Flohmarkt in Gloucester gefunden und später restauriert hatte.
»Der Schwesternbund spricht Ihnen ein großes Lob für die tiefe Anteilnahme und die hervorragende Arbeit aus«, begann die Frau feierlich. »Ihrem Anliegen, dem Fall Mrs. Charlotte Thomas, wurde stattgegeben.«
In der Küche war kein Ton zu hören, und Christine begann, wenn auch nur sehr schwach, zu zittern. Jedes Wort fiel wie ein Tropfen Wasser auf einen harten, trockenen Boden.
Die Frau sprach weiter. »Wir haben Morphiumsulfat gewählt, das Sie zu einem geeigneten Zeitpunkt morgen während Ihrer Schicht intravenös verabreichen sollen. Eine Ampulle Morphium und die nötige Spritze dazu werden morgen früh unter dem Vordersitz Ihres Wagens sein. Lassen Sie bitte die Beifahrertür heute nacht offen. Wir werden sie verschließen, wenn wir das Päckchen überbracht haben. Wir wünschen, daß die Medikation in einer schnellen Injektion verabreicht wird. Sie müssen danach auch nicht in dem Zimmer warten. Vernichten Sie das Fläschchen und die Spritze auf eine gefahrlose und sichere Weise. Wie üblich, sprechen Sie nach Ende der Schicht Ihren Bericht auf das dafür vorgesehene Band des Anrufbeantworters. Wir hoffen und glauben, daß der Tag einmal kommen wird, an dem wir unsere Arbeit der Öffentlichkeit vorstellen können. Dann erst können solche Berichte wie Ihre — die schon fast vierzig Jahre währende verdienstvolle Arbeit der Schwestern im ganzen Land — richtig gewürdigt werden und das gebührende Lob erhalten. Bei der Übermittlung des Berichts ist es nicht nötig, die Krankheitsgeschichte des Patienten zu wiederholen. Haben Sie noch weitere Fragen?«

»Nein«, antwortete Christine leise. Die Finger am Hörer waren kreidebleich. »Keine weiteren Fragen.«
»Sehr gut. Miss Beall, Sie können stolz darauf sein, auf welch hingebungsvolle Weise Sie sich unseren Grundsätzen und unserer Aufgabe verschrieben haben. Gute Nacht«, sagte Evelyn und legte auf.
»Danke, gute Nacht«, sagte Christine, als der Wählton schon zu hören war.
Sie blickte auf die geschlossene Wohnzimmertür und streifte Lisas grüne Strickjacke über. Leise schlich sie durch die hintere Tür aus dem Haus.
Der Nachthimmel war endlos weit. Die herbstliche Kälte ließ sie frösteln. Sie zog die Jacke um sich enger zusammen. Eine Straße weiter brauste ein Auto um die Kurve. Als der Motorenlärm verstummte, war das Schweigen tief wie die Nacht. Sie blickte zu den Sternen — unzählig viele Sonnen, jede einzelne das Zentrum einer Galaxie. Sie war nur ein Pünktchen, ohne Bedeutung, obwohl die Entscheidung, die sie getroffen hatte, so ungeheuerlich erschien. Sie spürte einen Druck in der Brust und im Hals und es fiel ihr schwer, zu schlucken. Angst, Unsicherheit und tiefe Einsamkeit überfielen sie, als sie zu dem Wagen ging, um die Beifahrertür aufzuschließen.

*

Christine ging durch die menschenleeren Straßen um den Block. Einmal, dann ein zweites Mal. Der Wohnung gegenüber, versteckt, setzte sie sich auf eine kleine Steinmauer und wartete, bis die letzten Gäste endlich aufgebrochen waren und das Licht erlosch. Sie nahm lange Abschied von dem glitzernden Himmel, seufzte tief und ging nach Hause. Alles, was im Wohnzimmer

noch verblieben war, war ein fast halbvolles Glas und ein schwaches Licht, das ihre Mitbewohnerinnen für sie hatten brennen lassen.
Christine knipste das Licht aus. Sie hatte sich schon ausgezogen, bevor sie ihr Zimmer erreicht hatte. Vor der Spiegelkommode löste sie ihr langes sandbraunes Haar, schüttelte es und bürstete es sorgfältig.
»Wann immer du dir wirklich sicher sein willst . . .« Charlottes Worte gingen ihr wieder durch den Kopf, als sie zum Bett hinüberging.
Erst als sie die Bettdecke aufschlug, sah sie ein Kuvert auf dem Kissen liegen.
Sie nahm das Blatt Papier heraus und las es. Sie erbebte, zerknüllte das Blatt zu einer kleinen Kugel und warf es zu Boden.
Dort stand geschrieben: »Christine, ich bin gegangen. Vielleicht für immer. Ruf an, wenn du willst. Aber nur dann, wenn du auch etwas zu sagen hast. Jerry.«

KAPITEL VIII

Davids erster Tag als Ersatz für Wallace Huttner begann, indem er ein Stück von Berlioz mit einem von Mendelssohn verwechselte, aber bereits kurze Zeit später war er wieder gut im Rennen, als er korrekt vorhersagte, daß draußen vor seinem Fenster veränderliches Wetter heraufzog.

Es lag eine trockene Kälte in der Luft, die ihn davon abhielt, sein dickes Sweatshirt während des Laufs am Fluß entlang auszuziehen, wie er es sonst gern tat. Im Osten verlor eine kraftlose Sonne ihren Kampf um die Herrschaft über den Morgen gegen eine heranströmende Armee schwerer, dunkler Wolken, die alle mit einem glänzend weiß schimmernden Rand umgeben waren. Der Tag spiegelte seine Stimmung wider: Die schwierige Abendvisite mit Huttner hatte in ihm ein leicht unbehagliches Gefühl und eine schlimme Ahnung hinterlassen, die weder eine Nacht unruhigen Schlafs noch sein Morgenlauf vollkommen vertreiben konnten.

Er hatte vor, bei der Morgenvisite die gleiche Runde zu machen, die er und Huttner am vorherigen Abend absolviert hatten. Aber einmal im Krankenhaus, gab er der wachsenden Unruhe nach, zu sehen, wie Anton Merchado auf die neue Diät ansprach.

Das braune, vom Wetter gezeichnete Gesicht des Fi-

schers grinste breit, als David den Raum betrat. Dieses Lachen ließ all seine Befürchtungen für den Tag verschwinden.
»Ich habe Stuhlgang gehabt, Herr Doktor!« In Merchados rauher Stimme lag jener Stolz, den eine Mutter nach der Geburt eines Kindes hat. »Heute morgen, ein wunderschöner Schiß-ins-Wasser. Herr Doktor, ich kann Ihnen nicht genug danken. Ich habe nie gedacht, daß ich jemals wieder normal kacken könnte.«
»Gut, freuen Sie sich aber nicht zu früh, Mr. Merchado«, sagte David, kaum in der Lage, seinen eigenen Enthusiasmus zu zügeln. »Sie sehen sicher besser aus als in der vergangenen Nacht, aber ich denke nicht, daß der Durchfall nun einfach vorbei ist — wenigstens noch nicht jetzt.«
»Mein Fieber ist auch weg, und die Krämpfe sind fast verschwunden«, fügte Merchado hinzu, als David seinen Unterleib nach empfindlichen Stellen abtastete und eine Minute lang mit dem Stethoskop abhörte.
»Es hört sich gut an«, David steckte das Stethoskop in seine Jackentasche zurück, »aber Sie dürfen noch keine feste Nahrung zu sich nehmen, höchstens einige Tropfen Flüssigkeit, und ein paar Tage noch die neuen antibiotischen, intravenösen Infusionen. Sie können Ihre Familie benachrichtigen, daß Sie noch etwa eine Woche im Krankenhaus bleiben müssen — wenn alles gut verläuft. Vielleicht auch ein wenig länger.«
»Werden Sie mich weiterbehandeln, wenn ich herauskomme?« fragte er.
»Nein, nur für einige Tage, dann wird Doktor Huttner wieder zurück sein. Sie können glücklich sein, ihn als Arzt zu haben, Mr. Merchado. Er ist einer der besten Chirurgen, die ich jemals gesehen habe.«

»Vielleicht ... und dann auch wieder nicht.« Merchados kluges, schelmisches Grinsen sagte ihm, daß er darauf nicht weiter eingehen wollte. »Aber Sie geben mir doch Ihre Karte. Ich habe einen Haufen Verwandte, die Ihnen die Tür einrennen werden, damit Sie sie einer netten Operation unterziehen — sogar, wenn ihnen nichts fehlt.«
Mit einem Lächeln, das seine wirkliche Freude verbarg, verließ er das Zimmer und sah dann nach der Liste mit den Patienten, die er sich heute morgen ansehen mußte. Die Namen füllten beide Seiten der Karteikarte aus, auf der er sie notiert hatte. David war durch und durch zufrieden. Jahrelang hatte er nicht einmal im Traum daran gedacht, so viele Patienten zu haben. Als er sich dem Ende des Ganges näherte, erlaubte er sich einen Freudenschrei und tänzelte durch die Tür des Treppenhauses. Hinter ihm gingen zwei rundliche, matronenhafte Krankenschwestern und beobachteten seine Darbietung. Sie tauschten mißbilligende Blicke aus und tuschelten, bevor sie sich in pompöser Würde ihren Aufgaben zuwandten.
Davids Visite war ermunternder als vieles andere, was er in der Medizin seit Jahren getan hatte. Sogar Charlotte Thomas schien ein wenig besser auszusehen; obwohl wahrscheinlich das günstigere Tageslicht daran Anteil hatte, daß dieser Eindruck entstand. Das Kopfteil ihres Bettes war hochgekurbelt, und eine Pflegerin gab ihr löffelweise kleine Stücke Eis zu essen, eines nach dem anderen. David versuchte mehrmals zu ergründen, wie sie sich fühlte; ihre einzige Antwort aber war ein schwaches Lächeln und ein Nicken. Er untersuchte ihren Unterleib und erschrak innerlich über das völlige Fehlen von Darmgeräuschen; das war zwar noch kein Grund zur Panik, aber jeder Tag ohne Geräusche machte eine weitere

Operation wahrscheinlicher. Einen Augenblick lang spielte David mit dem Gedanken, sogar das Füttern mit Eisstücken einstellen zu lassen, aber dann — mit einem letzten Blick auf Charlotte — entschloß er sich, die Dinge so zu belassen, wie sie waren.

Auf der Schwesternstation schrieb er einen langen Bericht und notierte einige Pflegehinweise, von denen er dachte, sie könnten ihr Befinden verbessern. Als er damit fertig war, war es ein Uhr. Er hatte zwanzig Minuten Zeit für einen Kaffee und ein Sandwich, bevor er in sein Sprechzimmer mußte. Fünfeinhalb Stunden waren inzwischen wie im Flug verstrichen. David versuchte, sich zu erinnern, wann es ihm zuletzt so ergangen war, und es wurde ihm bewußt, daß es ungefähr acht Jahre her sein mußte. Die Erinnerung war schmerzlich: Seit dem Unfall war es nicht mehr so gewesen.

Sogar die Sprechstunden am Nachmittag, die manchmal unangenehm langsam verstrichen, waren heute durch Anrufe von Krankenschwestern, die Anweisungen klären oder Probleme diskutieren wollten, angenehm abwechslungsreich.

Exakt um fünf Uhr, als sich die Tür hinter dem letzten Patienten schloß, rief die Schwester aus seinem Büro, Mrs. Houlihan: »Dr. Shelton, hier ist ein Gespräch für Sie, von Dr. Armstrong. Ihre Sekretärin schaltet sie in die Leitung. Sie können unter Nummer drei abnehmen.«

»Sehr witzig«, rief David aus seinem Büro zurück. Er hatte nur ein Telefon, und dessen Nummer endete mit der Drei. Es war schön zu sehen, welche Freude Houlihan an diesem ungewohnt betriebsamen Tag hatte — genauso wie er selbst.

»Ich mache mich auf den Weg, um für die Brut zu Hause irgend etwas zu kochen«, rief sie.

»Schönen Abend, Houlihan«, antwortete David.
Einen Augenblick später war Dr. Margaret Armstrong in der Leitung. Als erster weiblicher Chef der Kardiologie in einem großen Krankenhaus hatte sich Armstrong annähernd genausoviel Reputation erworben wie Wallace Huttner in seinem Bereich. Von allen Kollegen des medizinischen Personals im Doctors Hospital war sie für David die freundlichste und hilfsbereiteste, vor allem in seinem ersten Jahr. Obwohl sie ihre Patienten fast ausnahmslos an Herzchirurgen überwies, oder, wo notwendig, zu Huttner, schickte sie manchmal einen Fall zu David. Sie machte sich jedesmal die Mühe, ihm einen Brief des Dankes für seine hervorragende Arbeit zu schreiben.
»David, wie laufen die Dinge?« fragte sie.
»Ich hatte heute viel zu tun, aber ich genieße jede Minute, Dr. Armstrong.« Vielleicht war es ihre majestätische Haltung, dieses aristokratische Etwas, das diese Frau umgab, vielleicht waren es die zwanzig Jahre Altersunterschied — aus welchem Grund auch immer: David hatte nie daran gedacht, Margaret Armstrong mit ihrem Vornamen anzureden, und wurde auch niemals dazu aufgefordert.
»Gut, prima. Ich rufe Sie an, um Ihnen den Tag noch ein wenig streßiger zu machen. Um ganz ehrlich zu sein, ich rief zuerst bei Wallace Huttners Büro an, war aber zufrieden, als ich hörte, daß Sie ihn vertreten.«
»Danke, schießen Sie los.«
»Es handelt sich um einen älteren Herrn, Butterworth sein Name — genauer: Aldous Butterworth. Er ist siebenundsiebzig, aber aufgeweckt und flink wie ein junges Bürschchen. Er machte sich bis vor einiger Zeit ganz gut, eine Woche lang nach einer Herzattacke aber klagte

er plötzlich über Schmerzen und Kribbeln in seinem rechten Bein. Von der Leiste an abwärts ist kein Puls feststellbar.«

»Eine Embolie?« fragte David, mehr aus Höflichkeit als aus Unsicherheit über die Diagnose.

»Ja, ich denke schon, David. Sein Bein zeigt bereits eine gewisse Blässe. Haben Sie Lust, das Eisen aus dem Feuer zu holen?«

»Ich freu mich darauf.« David strahlte. »Haben Sie mit ihm über die Risiken gesprochen?«

»Ja, aber es wäre kein Schaden, es nochmals zu tun. David, ich habe Angst, diesem Mann eine Vollnarkose zu geben. Denken Sie, es wäre möglich . . .«

David war so aufgeregt, diesen Tag mit solch einem Fall abzuschließen, daß er jetzt kurz angebunden war. »Ihm eine lokale zu geben? Unbedingt. Es ist die einzige Möglichkeit.«

»Ich wußte, daß ich mit Ihnen rechnen kann«, sagte Armstrong. »Ich bin sehr gespannt, wie die Angelegenheit verläuft. Aldous ist ein ebenso lieber alter Freund wie Patient. Hören Sie, in einer Stunde beginnt das Treffen des Verwaltungsrates, und als Vorstand der Belegschaft dieses Irrenhauses werde ich hingehen müssen. Können wir uns irgendwo später heute abend treffen?«

»Sicher«, antwortete David. »Ich muß mir noch einige Patienten ansehen, bevor ich nach Hause fahre. Treffen wir uns im Flügel Vier Süd? Ich muß mir dort eine Frau, um die es sehr ernst steht, ansehen. Vielleicht können Sie mir einige Tips geben.«

»Das will ich gern versuchen. Um acht Uhr?«

»Um acht«, erwiderte David.

Hände wuschen sich vor ihm und streiften sich Operationshandschuhe über. David ging in den Operationssaal 10, glitt in einen Chirurgenkittel und begann Vorbereitungen zu treffen und die Operation in Gedanken zu planen. Aldous Butterworth lag wie ein hageres waidwundes Tier ausgestreckt auf dem schmalen Operationstisch.

David ließ Butterworths rechten Fuß in einen durchsichtigen Plastikbeutel stecken, um ihn sehen zu können und gleichzeitig zu vermeiden, daß er die Operationsumgebung infiziert. Der Fuß hatte die Farbe weißen Marmors.

Mit kleinen Injektionen betäubte er einen Teil der rechten Leiste des Mannes. Ohne einen Puls, der ihm den Weg wies, wußte er, daß die große Beinarterie auch zwei Zentimeter von der Stelle entfernt liegen könnte, an der er seinen Schnitt ansetzte. Eine Fehlkalkulation, und er hätte es mit einer so schwierigen Operation zu tun, daß ein zweiter Schnitt die einzig mögliche Lösung wäre. Konzentriere dich, dachte er, laß es auf dich zukommen. Hinter der Maske versteckt verzogen sich seine Mundwinkel zu einem leichten, entschlossenen Grinsen. Er war bereit.

»Skalpell bitte«, sagte er und nahm das Instrument von der OP-Schwester. Er hielt inne, schloß die Augen und holte tief Luft in diesem Augenblick der Anspannung. Dann öffnete er sie wieder und sah in die angespannten Gesichter, die auf ihn warteten. Mit einem leichten Nicken zum Anästhesisten hin und einem letzten Blick auf Butterworths blutleeren Fuß machte er den Schnitt. Die straffe Haut teilte sich, sofort zeigte sich die Beinarterie.

»Volltreffer«, flüsterte er.

In wenigen Minuten war die steife, mit Gerinseln gefüllte Arterie abgeklemmt, sie wurde mit zwei Venenklemmen fünf Zentimeter neben dem Einschnitt fixiert. Zwischen den Klemmen machte David einen kleinen Einschnitt in das Blutgefäß. Behutsam führte er einen Katheter, an dessen Ende sich ein aufblasbarer Ballon befand, zum Fuß hin in die Arterie ein. Als er meinte, die Spitze befände sich in der richtigen Position, blies er den Ballon auf und zog den Katheder vorsichtig zum Einschnitt zurück. Ein halber Meter zähes, dunkles Gerinnsel sprudelte heraus, bevor der Ballon zum Vorschein kam. Beim Wiederholen der Prozedur in die andere Richtung entfernte er das dicke Blutklümpchen, das zu dem Blutgerinnsel geführt hatte. Nur noch die Einleitung von Blutverdünner, und er konnte die Arterie wieder verschließen. Er überprüfte die Venenklemmen, um einen Blutfluß zu verhindern, und schloß dann den Einschnitt in die Arterie mit einigen Nadelstichen.
Das zweite Mal innerhalb von zwanzig Minuten trafen sich Davids Blicke mit denen der anderen Personen im Raum. Danach schöpfte er ruhig tief Atem, hielt ihn an, und löste die Venenklemmen. Sofort füllte sich Butterworths Fuß wieder mit lebenspendender Farbe. Ein Aufatmen ging durch das Team. Wie im Lehrbuch, die ganze Operation — wie sie im Lehrbuch steht. Fröhlich rief er Butterworth, der während der ganzen Operation geschlafen hatte, die gute Nachricht zu.

»Das war *wirklich* gute Arbeit, Dr. Shelton. Wirklich *gute* Arbeit, Dr. Shelton. *Das* war wirklich gute Arbeit, Dr. Shelton.« David wiederholte die Worte der Ersten OP-Schwester immer wieder und versuchte, ihre Betonung exakt wiederzugeben. Vielleicht solltest du sie anrufen und sie fragen, ob sie das noch einmal wiederholen kann, damit du es richtig hinkriegst, dachte er bei sich. Er hatte einen Operationsbericht diktiert, sich geduscht und angezogen. Dann war er den Flur von Vier Süd entlanggelaufen, um die Neuigkeiten über Butterworths Operation mit Dr. Armstrong auszutauschen.

Er starrte auf seine Uhr. Es war zehn vor acht. Dies war sein zweiter langer Abend im Krankenhaus — der erste, seitdem er seit mehr als achtzehn Monaten zum chirurgischen Personal gehörte.

Margaret Armstrong war bereits auf der Etage. Sie saß im Schwesternzimmer, trank Kaffee und unterhielt sich entspannt mit Christine Beall und der diensthabenden Schwester Winnie Edgerly. David gesellte sich zu der Gruppe und blickte Christine an. Ihre Augen und ihr Lächeln schienen ihm tausend verschiedene Dinge gleichzeitig zu sagen. Aber wahrscheinlich waren es seine Worte und seine Gedanken — nicht ihre. Laurens juwelengleiches Gesicht kam ihm in den Sinn, aber es verschwand unter dem fester werdenden Blick in die gelbbraunen Augen von Christine.

Dr. Armstrongs Stimme riß ihn aus den Träumen. »Hey, David«, rief sie fröhlich. »Die Neuigkeiten über den neuen Fuß des kleinen Mannes breiten sich schnell im Krankenhaus aus. Herzlichen Glückwunsch. Kommen Sie, wir sollten die erfolgreiche Operation mit einer Tasse von diesem Kaffee hier begießen.« Sie sah in ihre Tasse, grinste und fügte hinzu: »Wenn das hier wirklich das ist, was es sein sollte.«

Sie trug einen schwarzen Rock und dazu einen hellblauen Kaschmirpullover. Eine einfache goldene Schmetterlingsbrosche war ihr einziger Schmuck. Darüber hatte sie einen weißen Kittel an — jene Art, der inoffiziell nur für Professoren oder Ärzte, die schon viel Erfahrung in der Lehre haben, reserviert ist. Ihr dunkles lockiges Haar war kurz geschnitten; in einer Weise, die perfekt zu ihren großen blauen Augen und zu den zart geschnittenen Gesichtszügen paßte. Sie hatte eine Aura um sich, sie strahlte eine Energie aus, die prompte Aufmerksamkeit und Respekt abverlangte. Vor sechs Jahren war ein Artikel über ihre Forschungen erschienen. Seither galt sie als *Amerikas Große Frau der Kardiologie* — damals war sie erst achtundfünfzig Jahre alt gewesen.

Als David sich zu der Gruppe setzte, fiel ihm die lockere Art des Umgangs zwischen Armstrong und den beiden Krankenschwestern auf. Genau das Gegenteil von dem, was er von Dr. Wallace Huttner gewohnt war — allein, daß sie eine Frau war, konnte das nicht erklären. Der Kontrast wurde offensichtlicher, als sie aufstand und ihm eine Tasse Kaffee anbot.

Sie stellte ihn den Schwestern als »Held des Tages« vor und fügte mit einem Zwinkern zu Christine hinzu, daß, soviel sie wüßte, David alleinstehend sei. Er errötete und tat sehr erstaunt, merkte aber, wie er von nun an sorgfältig jeden weiteren Blickkontakt mit Christine vermied. Sekunden später hatte ihn Armstrong so weit, Butterworths Operation bis ins Detail zu beschreiben. Für einen Augenblick lang war die Gefahr vorbei.

Schwester Rona Gold stieß zu der Gruppe, als David gerade mit roten und blauen Stiften einzelne Szenen der Operation, die er gemacht hatte, skizzierte.

David war klar, daß Armstrong die Details bereits kannte, wahrscheinlich von einer der OP-Schwestern. Dennoch wollte sie alles ganz genau von ihm wissen.

»Gut«, sagte sie schließlich, »ich war auf der Intensivstation, um Aldous zu sehen, er erinnert sich an nichts;

hatte ein Nickerchen gemacht während der ganzen Zeit, wo so viel auf dem Spiel stand; war kurz davor, ein Bein zu verlieren — oder noch mehr —, und er schläft während der ganzen Operation. Genau so stelle ich mir eine gute örtliche Betäubung vor, nicht wahr?«

»Ich denke, ich habe ihn in den Schlaf geredet, als ich ihm erklären wollte, was ich mit ihm vorhabe«, sagte David.

Armstrong wechselte einen verständnisvollen Blick mit den drei Schwestern und fragte dann: »David, Sie erzählten doch etwas von einem komplizierten Fall, hier auf Vier Süd — Charlotte Thomas?«

»Ja, tatsächlich«, antwortete David verblüfft, »sind Sie genauso gut im Gedankenlesen wie in der Kardiologie?«

»Nichts derart Exotisches. Die Schwestern und ich konnten es uns denken, weil sie die einzige ist, die zu Ihrer Beschreibung paßt. Ich sah mir ihre Akte an.«

»Und?«

»Und Sie haben recht. Ihre zentralen Lebensfunktionen sind stark geschwächt. Ich habe nur eine Anmerkung zu dem hervorragenden Bericht hinzuzufügen, den Sie heute morgen abgeliefert und in dem Sie all ihre Probleme dargestellt haben: Bei ihrer Mrs. Thomas gibt es — zu allem anderen — auf dem Elektrokardiogramm klare Zeichen für eine krankhafte Veränderung der Herzkranzgefäße. Wenigstens nach meiner Interpretation des EKG«, fügte sie bescheiden hinzu. »Ich kann auch nichts Schlimmeres mehr vorschlagen, als das, was jetzt bereits mit ihr gemacht wird. Kann es sein, daß der Darmverschluß eine weitere Operation notwendig macht?«

»Großer Gott, ich hoffe nicht. Das würde ihre dritte große Operation in weniger als drei Wochen bedeuten.«

»Dr. Shelton, ich habe ein Frage an Sie«, sagte Christine.
Er antwortete schnell. »Es ist die fünf, fünf, fünf, zwei, null, eins, sechs.«
»Was ist das?«
»Meine Telefonnummer!« antwortete David, und er war sich sofort darüber klar, daß er Christine Beall erst näher hätte kennen sollen, bevor er sie mit seiner Art von Humor konfrontierte.
Gold und Edgerly lachten kurz, aber Christine kam nicht das leiseste Lächeln über die Lippen. »Das ist nicht lustig«, sagte sie, »genauso wenig wie eine Frau, die so krank ist und die von solchen Schmerzen geplagt wird wie Charlotte Thomas.«
David brummte eine Entschuldigung, sie ignorierte sie aber.
»Was ich mich frage«, fuhr Christine fort, »ist: Wenn sie so viele anscheinend nicht heilbare Probleme hat, warum läßt Dr. Huttner sie dann noch mit allen Mitteln behandeln — besonders nach dem, was letzte Nacht geschehen ist?«
»Letzte Nacht?« fragte Armstrong. »Was geschah letzte Nacht?«
David hielt inne; er war sich unklar darüber, wem die Frage galt.
Christine lehnte sich zurück und sah ihn in Erwartung seiner Version an.
»Also«, sagte er schließlich, »Mrs. Thomas' Mann und Dr. Huttner stritten sich über die intensiven Maßnahmen, die Huttner zur weiteren Behandlung gewählt hatte. Ihr Mann war frustriert und ziemlich verärgert. Das kann man verstehen, denke ich; es ist etwas, mit dem wir alle umzugehen lernen müssen.«

»Wie hat Wally reagiert?« Armstrong beugte sich interessiert vor und drehte wie abwesend ihre Kaffeetasse zwischen den Händen hin und her.
»So gut, wie man es unter den Umständen erwarten konnte, denke ich. Er mag ein wenig überreagiert haben. Huttner benutzte seine philosophischen Grundsätze als Waffe. Er lehnte es ab, seinen Behandlungsplan zu revidieren, ungeachtet allem, was Thomas, der sichtlich unter Anspannung und Druck stand, von ihm erbat. Zum Schluß zog Huttner mich hinzu.«
David brachte ein bekümmertes Grinsen über die Lippen, angesichts seiner beschönigenden Schilderung des Streits.
»Und wie fühlen Sie sich bei der ganzen Sache, David?« Dr. Armstrongs Stimme war weich, in ihrem Ausdruck lag eine Offenheit, die ihn sicher machte, daß sie ihm nichts vorwerfen würde.
»Meiner Ansicht nach ist das eine beschissene Situation, wenn Sie bitte diesen Ausdruck entschuldigen wollen«, sagte er bedrückt. »Ich meine, es ist immer schwieriger, sich *nicht* für eine Behandlung zu entscheiden, als einfach vorwärts zu gehen, jede Behandlung und jede Maschine anzuwenden, jede Operation durchzuführen, die man sich vorstellen kann. Aus diesem Grund haben viele Patienten am Ende ein qualvolles Siechtum zu erleiden. Persönlich«, fuhr er fort, »denke ich, nachdem ich Mitglieder meiner eigenen Familie solch einen langsamen, qualvollen Tod habe sterben sehen, daß es einen Zeitpunkt gibt, da muß ein Arzt die Entscheidung treffen, aufzuhören und der Natur freien Lauf zu lassen. Habe ich nicht recht?«
Aufhören ... Laß der Natur freien Lauf ... Es hatte etwas mit den Worten auf sich, mit der Art und Weise, wie sie

gesagt wurden. Margaret Armstrong schloß die Augen, als die Wörter sich in ihrem Kopf ständig wiederholten und dann noch andere hinzukamen. Andere Wörter und die Stimme eines jungen Mädchens.

»Alles ist gut, Mama ... Ich bin bei dir, Mama.«

»Sind Sie nicht der Meinung, Dr. Armstrong?«

»Mama, sag mir, was ich tun kann, um dir zu helfen ... Tut es immer noch so weh? Sag mir, was ich tun kann, um dir zu helfen ... Bitte, sag mir, was ich tun kann ...«

»Dr. Armstrong?«

»Äh, ja«, sagte sie. »Nun, David, ich fürchte, ich stimme eher der Behandlung Dr. Huttners zu, als Ihrem Vorschlag.« Wie lang war sie abwesend gewesen? Werden sie eine Erklärung erwarten?

»Wie soll ich das verstehen?«

Nein, entschied sie — keine Erklärungen. »Wie ich es sehe, würde nach Ihrer Philosophie ein Arzt ständig damit konfrontiert sein, Gott zu spielen, zu entscheiden, wer weiterleben darf oder wer sterben soll — ein Nero im Arztkittel. Daumen hoch, und wir machen eine Infusion, Daumen runter, und wir lassen es.«

David reagierte sehr erregt und heftig, worüber er selber erschrak. »Ich glaube, daß die Hauptverantwortung eines Arztes nicht darin liegt, ständig einen Krieg gegen den Tod zu führen, sondern alles zu tun, um Schmerzen zu vermindern und die Qualität des Lebens der Patienten zu verbessern. Was ich meine, ist«, er redete nun weniger heftig weiter, »soll denn wirklich jede Art der Behandlung, jede mögliche Operation auf jeden Patienten angewendet werden, selbst wenn wir wissen, er hat nur eine Chance von eins zu einer Million oder meinetwegen von eins zu zehntausend, geheilt zu werden?« In der Stille, die darauf folgte, spürte er, daß er wieder ein verbales

Geschütz aufgefahren hatte, wo eine kleine Schleuder oder sogar Samthandschuhe besser angebracht gewesen wären.
An diesem Punkt fühlte sich Winnie Edgerly — eine frei heraus redende, wenngleich etwas schwerfällige Frau um die fünfzig — aufgefordert, sich in die Diskussion einzumischen. »Ich teile die Meinung von Dr. Armstrong«, sagte sie mit ernstem Ton. »Niemand sollte Schläuche aus mir herausziehen, wenn auch nur die geringste Chance vorhanden wäre. Ich meine, wer weiß schon, was passieren könnte oder was gerade im letzten Augenblick noch helfen würde. Hab ich recht?«
»Verstehen Sie mich jetzt nicht falsch, Mrs. Edgerly«, sagte David und versuchte dabei, die Erregung in seiner Stimme zurückzuhalten. »Ich trete nicht dafür ein, irgendwelche Schläuche aus irgend jemandem herauszuziehen. Meiner Ansicht nach sollten wir es uns zweimal überlegen — oder mehr als zweimal —, bevor wir überhaupt jemanden an Schläuche anschließen. Sicher, sie können helfen, aber sie können ebenso den qualvollen Todeskampf verlängern. Hilft Ihnen das, meine Gefühle etwas klarer nachzuvollziehen?«
Edgerly nickte, ihr Gesichtsausdruck aber sagte, daß sie ihm nicht zustimmte.
Schließlich fragte Dr. Armstrong: »So, David, welche Konsequenzen hat all das für Ihre Mrs. Thomas?«
»Keine«, antwortete er kurz. »Ihre Behandlung wurde klar von Dr. Huttner vorgegeben. In meiner Verantwortlichkeit liegt es, diese so gut ich es kann durchzuführen. Das ist alles, was dazu zu sagen ist.«
Armstrong wollte noch etwas hinzufügen, als die Alarmglocke klingelte und David zur Notaufnahme gerufen wurde. »Spricht man vom Regen, dann gießt es in

Strömen.« Er lächelte Dr. Armstrong erwartungsvoll zu.

»Aber ich wette, es macht Ihnen nichts aus, naß zu werden. Ich freue mich für Sie, David.«

»Ich danke Ihnen, Dr. Armstrong.« Er nahm einen letzten Schluck Kaffee. »Danke für alles.«

Mit einem Nicken zu Edgerly und Gold und einem längeren Blick zu Christine verließ er das Zimmer und rannte zur Notaufnahme.

Christine blieb allein im Schwesternzimmer, als die anderen aufstanden, um ihrer Arbeit nachzugehen. Sie wirkte erstaunt, ihr Blick war voller Ironie. Mit der rechten Hand fuhr sie in die Tasche ihres Pullovers und spielte eine oder zwei Minuten lang mit einer in ein Taschentuch eingewickelten Spritze und einer Ampulle Morphium herum. Dann stand sie auf und ging mit großer Gleichmütigkeit in Richtung Zimmer 412.

KAPITEL IX

»Können Sie helfen, Dr. Shelton?« fragte ihn der Assistenzarzt Harry Weiss, der ihn zur Notaufnahme gerufen hatte. Harry hatte eine Habichtsnase und hätte gut die Rolle des Ichabod Crane im Film *The Legend of Sleepy Hollow* spielen können.

»Zeigen Sie mir, worum es geht.«

In der Notaufnahme herrschte das übliche Chaos wie jeden Abend. Im überfüllten Wartezimmer saßen zwei Dutzend Patienten mit unterschiedlichen Arten von Beschwerden, allesamt verärgert über das Krankenhaus. Es glitten Tragen vorbei wie Frachter in einem ausgelasteten Hafen, sie transportierten ihre menschliche Fracht zum Röntgen, zum Wachraum oder auf ein Krankenzimmer. Telefone schrillten. Dutzende verschiedener Gespräche wetteiferten miteinander. David nahm einige Bruchstücke auf, als Weiss ihn zum Zimmer 8 der Unfallabteilung führte. »Was meinen Sie damit, Sie hätten die Ergebnisse nicht vor einer Stunde? Dieser Mann hier ist am Verbluten. Wir brauchen sie jetzt...«

»Mrs. Ramirez, ich verstehe, wie Sie sich fühlen, aber ich kann Ihnen nicht helfen. Es gibt zur Zeit einfach keinen Juan Ramirez auf dieser Notaufnahmestation...«

»Nun werden Sie einen kleinen Nadelstich spüren...«

Der Patient, wegen dem David gerufen worden war, war

ein vierzigjähriger Arbeiter, der einen kurzen, aber um so heftigeren Zusammenstoß mit seiner elektrischen Säge gehabt hatte. Die oberen Hälften zweier Finger waren vollkommen abgetrennt, ein dritter wurde nur noch von einigen Sehnen zusammengehalten. Wieder eine Situation, bei der es nichts zu gewinnen gab, dachte David, als er den Zustand der Hand beurteilte. Er sprach kurz mit dem Mann, dessen Schweißausbrüche zwar nachgelassen hatten, dessen Farbe aber immer noch der einer sonnengebleichten Bohne glich. Danach begleitete er den jungen, erschöpften Assistenzarzt hinaus auf den Gang. David stand vor der Entscheidung, ob er selbst die Operation durchführen oder ob er noch Zeit investieren sollte, um den Assistenzarzt in solch einen Fall einzuarbeiten. Er entschied sich dafür, sich die Zeit zu nehmen, denn er erinnerte sich der vielen späten Abende, an denen andere Chirurgen sich bemüht hatten, ihm etwas beizubringen. Es dauerte fast eine halbe Stunde, bevor David sicher war, daß Weiss die Operation allein durchführen konnte.
In Vier Süd war es ungewöhnlich ruhig, als David aus dem Aufzug trat und den Korridor zum Zimmer 412 hinunterging. Ein Schwall Gelächter aus dem Schwesternzimmer deutete auf eine Kaffeepause hin — jedenfalls für einen Teil des Personals. Er dachte an Christine Beall und hoffte fast, sie käme aus einem der Zimmer, an denen er vorbeiging.
Allein diese Vorstellung genügte, um in ihm wieder die Leidenschaft zu wecken. Sicher, sie sieht interessant aus und sie hat geheimnisvolle Augen, dachte David. Lauren ist wunderschön und hat sagenhafte Augen. Du reagierst jetzt so, weil sie weg ist — das ist alles. Seh den Dingen ins Gesicht, bei Lauren hast du alles, was du je bei einer Frau gesucht hast — Schönheit, Verstand, Un-

abhängigkeit. Richtig? Richtig. Es war vollkommen logisch, schwarz und weiß und unwiderlegbar. Aber irgendwo in seinem Inneren forderte ihn eine schwache Stimme auf: »Denk noch mal darüber nach... denk noch mal darüber nach...

Das Licht in Charlotte Thomas' Zimmer war ausgeschaltet. David stand in der Tür und starrte durch die Dunkelheit hindurch auf ihr Bett. Die Magendarmdrainage, die zum periodischen Absaugen eingesetzt wurde, surrte, stoppte und begann dann wieder mit einem beruhigenden Surren. Sauerstoffblasen stiegen im Wasser der Sicherheitsflasche an der Wand empor. Er fragte sich, ob er ihren Schlaf unterbrechen sollte, um Befunde zu überprüfen, von denen er wußte, daß sie bestenfalls unverändert geblieben waren. Schließlich schaltete er die Neonlampe über ihrem Bett an.

Charlotte lag auf dem Rücken, ihr Gesicht zeigte ein entspanntes, friedliches Lächeln. Es dauerte einige Sekunden, bis David bemerkte, daß sie nicht atmete.

Instinktiv griff er an ihren Hals, um die Halsschlagader zu ertasten. Einen Augenblick lang dachte er, er fühlte einen Pulsschlag, wußte dann aber, daß es sein eigener Herzschlag war, dessen Puls er in den Fingerspitzen spürte. Mit beiden Fäusten preßte er stark gegen das Zentrum von Charlotte Thomas' Brustkasten. Danach versucht er es mit der Mund-zu-Mund-Beatmung, er versuchte es mit zwei tiefen Atemzügen und einigen Kompressionen auf das Brustbein. An der Halsschlagader ließ sich jedoch kein Puls wahrnehmen.

Er rannte zur Tür: »Alarm, Wiederbelebung auf 412«, schrie er in den verlassenen Gang hinein. »Wiederbelebung, 412.« Er rannte zurück und begann seine Wiederbelebungsversuche von neuem.

Es vergingen dreißig Sekunden so langsam wie ein Jahr, bevor Winnie Edgerly mit dem Notfallwagen in das Zimmer stürzte. Zur gleichen Zeit gab die von der Schwesternstation alarmierte Zentrale Alarm durch: »Notfall auf Vier Süd. Wiederbelebung, Vier Süd. Wiederbelebung, Vier Süd. Wiederbelebung, Vier Süd.«

Sekunden später füllte sich Raum 412 mit Menschen und Maschinen.

Edgerly führte einen kurzen Beatmungsschlauch in Charlottes Mund ein und begann, so gut es ging, die Beatmung mit einem Ambu-Beutel. David machte mit der Herzmassage weiter. Eine Schwesternhelferin eilte herein und stand dann unschlüssig herum, darauf wartend, daß ihr jemand sagte, was sie zu tun habe. Zwei weitere Schwestern rannten ins Zimmer, gefolgt von Christine Beall, die ein EKG-Gerät brachte. Elektrische Leitungen wurden vom EKG aus an Charlottes Handgelenken und Knöcheln angelegt.

Ein Assistenzarzt erschien, dann ein weiterer, und schließlich kam der Anästhesist herein, ein riesiger Orientale, der sich als Dr. Kim vorstellte. Er löste Edgerly am Ende des Bettes ab und sah zu David hinüber; der hatte die Arbeit der Herzmassage an einen der Assistenzärzte abgegeben und sich selbst ans EKG gesetzt.

»Wiederbeatmung?« fragte Dr. Kim. David nickte ihm zu. Während sich der Raum immer mehr füllte, die Beatmungs- und Labortechniker kamen nun auch, machte sich Dr. Kim an seine Aufgabe. Er nahm einen stählernen Kehlkopfspiegel und führte dessen leuchtendes Ende tief in Charlottes Hals ein, dann preßte er damit gegen den Zungengrund und legte ihre silbernen, halbmondförmigen Stimmbänder frei.

»Geben Sie mir einen Siebenkommafünf-Tubus«, sagte

er zu der Krankenschwester, die ihm assistierte. Der durchsichtige Tubus, mit einem Durchmesser von einem Dreiviertel Zoll, hatte einen aufblasbaren Plastikballon am Ende. Geschickt führte der Riese den Tubus zwischen Charlottes Stimmbändern hindurch tief in die Luftröhre ein. Er benutzte eine Spritze, um den Ballon aufzublasen, und verschloß dann den Bereich um den Tubus herum gegen Luftaustritte. Danach befestigte er den schwarzen Ambu-Beutel am Ende der Röhre, schloß Sauerstoff an ihm an und begann, Charlotte mit Atemstößen in einer Frequenz von dreißig pro Minute mit Sauerstoff zu versorgen.

Christine stand direkt rechts neben David und sah ihm dabei zu, wie er versuchte, die Nadel des EKG zu zentrieren. Mit einem Mal blieb ihr Blick an den zuckenden Bewegungen des Schreibers hängen. *Oh, mein Gott, er bringt sie zurück!* In Gedanken schrie sie diese Wörter hinaus. Diese eine Möglichkeit hatte sie nicht bedacht, und nun passierte es. Bei jedem Herzschlag erschien ihr ein neues grausames Bild: Charlotte, am Atemgerät angeschlossen; mehr Röhren; Tag um Tag endloses Warten, ob ihr unter Sauerstoffmangel leidendes Gehirn wieder erwachen würde. *Was hat sie denn getan?*

Das fein linierte Papier kam wie Lava aus der Maschine geschossen und türmte sich zu einem wirren Haufen vor Davids Füßen auf. Die rhythmischen Schläge hielten an.

»Stopp, hören Sie kurz auf!« rief David dem Assistenzarzt zu, um ein echtes Diagramm zu bekommen. Sofort verschwanden die pulsierenden Ausschläge des Schreibers, nur noch ein feines Zittern blieb zurück. Der Herzschlag war künstlich gewesen — eine Antwort auf die Anstrengungen des Assistenten.

Christine hatte das EKG mißinterpretiert — sie war der Ohnmacht nahe.
»Der Rhythmus sieht nach feinem Kammerflattern aus. Bitte nehmen Sie das Pumpen wieder auf.« Davids Stimme war fest, aber ruhig. Christine fühlte, wie sie sich langsam wieder unter Kontrolle hatte. »Christine, bitte machen Sie sich bereit, ihr vierhundert Joule zu geben.«
Sie registrierte diesen Befehl nur langsam — zu langsam.
»Miss Beall!« schrie David sie an.
»Oh, ja, Doktor. Sofort.« Christine raste zum Defibrillator. Starrten sie alle an? Sie wagte nicht aufzusehen, stellte 400 auf der Skala ein, strich Kontaktcreme auf die zwei stählernen Kontakte und gab sie David.
David wies den Assistenzarzt beiseite, preßte dann schnell einen Kontakt gegen die Innenseite von Charlottes linker Brust und den zweiten zwanzig Zentimeter unter ihre linke Achselhöhle.
»Alles vom Bett weg«, schrie er. »Alles klar? Jetzt.«
Er drückte den roten Schalter auf dem rechten Handkontakt. Ein dumpfer Schlag erklang, als 400 Joule durch Charlottes Brustkasten und den übrigen Körper schossen. Wie eine Marionette warf sie die Arme in die Luft, um sie dann wieder schlaff aufs Bett fallen zu lassen. Ihr Körper bäumte sich für einen Augenblick mit Gewalt auf, dann fiel er schlaff zurück. Die Aufzeichnungen des Kardiographen zeigten keine Veränderung.
Der Assistenzarzt nahm die Herzmassage wieder auf, sagte dann aber zu dem Medizinstudenten, der in seiner Nähe stand, daß er nicht mehr könne. Die beiden wechselten sich ab.
Dann ordnete David verschiedene Medikationen an, die

Charlotte intravenös gegeben werden sollten: Bicarbonat, um dem ansteigenden Pegel der Milchsäure in ihrem Blut und ihrem Gewebe entgegenzuwirken; Adrenalin, um die Herzaktivität zu stimulieren; sogar Glukose, für den Fall, daß aus irgendeinem Grund ihr Blutzuckerspiegel abgesunken war. Keine Veränderung. Einer weiteren Adrenalin-Injektion folgten zwei 400-Joule-Stromstöße. Noch immer nichts. Kalzium, mehr Bicarbonat, ein vierter Stromstoß — das EKG schrieb jetzt die Nullinie, sogar das feine Kammerflimmern war verschwunden. Der Assistenzarzt löste wieder den Studenten ab und fuhr mit der Massage fort. Am Kopfende des Bettes stand der riesige, unnachgiebige Anästhesist und preßte den Ambu-Beutel, der zwischen seinen riesigen Händen nur wenig größer schien als ein weicher schwarzer Baseball.

»Legen Sie bitte eine Ampulle Adrenalin in eine Herznadel ein«, befahl David. Obgleich eine Injektion in die Schlüsselbeinvene eigentlich ins Herz gelangen mußte, war die Spitze der Nadel möglicherweise in einer falschen Stellung gewesen. Er führte seine Hand an der linken Seite von Charlottes Brustbein entlang und zählte vier Rippenzwischenräume ab. In der anderen Hand hielt er die Adrenalinspritze und stach die zwölf Zentimeter lange Nadel direkt in Charlottes Brustkasten. Unmittelbar darauf spritzte ein feiner Schleier dunklen Blutes in die Ampulle: ein Volltreffer. Die Nadel war in einen Teil des Herzens eingedrungen. Hinter ihm hielt Christine den Atem an und sah weg.

David spritzte das Adrenalin hinein. Einen Augenblick lang begann die Kardiographennadel wieder zu schlagen, und damit Davids eigener Puls. Dann bemerkte er aber, wie der Medizinstudent versehentlich mit Char-

lottes rechtem Arm pumpte. David wies ihn vom Bett weg — sofort schrieb der Kardiograph wieder die Nulllinie.
Christine fühlte, wie sich die Spannung im Raum langsam löste. Sie sah zum Flur hinaus. Nun war es fast vorbei.
David blickte mit einem Achselzucken zum Anästhesisten hinüber, was heißen sollte: »Noch irgendwelche Ideen?«
Dr. Kim starrte gelassen zurück und fragte: »Wollen Sie ihr den Brustkorb öffnen?«
Für einen Moment lang zog er diese Möglichkeit tatsächlich in Erwägung. »Wie sehen ihre Pupillen aus?« Er suchte nach einer Ausflucht, das war ihm selbst bewußt.
»Starr und erweitert«, antwortete Kim.
David starrte in eine Ecke des Zimmers. Er hielt die Augen geschlossen, öffnete sie dann wieder und schaltete das EKG ab. »Das war's. Ich danke Ihnen.« Er war nicht in der Lage, mehr zu sagen.
Der Raum begann sich zu leeren. David blieb noch eine Zeitlang dort stehen und blickte auf Charlottes leblosen Körper. Trotz aller Röhren und Beatmungen, trotz der Stromschläge in ihren Brustkasten — diese tote Frau hatte etwas wunderbar Friedliches an sich.
Sie hatte endlich ihren Frieden gefunden.
Auf einmal wurde er sich über die Auswirkungen bewußt, die diese Geschehnisse haben würden. Seine Hände und Achseln wurden kalt und feucht von Schweiß.
David ging wankend aus Zimmer 412, um Wallace Huttner anzurufen. Tief in seinem Innern fröstelte es ihn. Es schien ihm, als habe er eben einen Alptraum erlebt. Er starrte auf die Wanduhr. Wie lange hatten sie an ihr ge-

arbeitet? Fünfundvierzig Minuten? Eine Stunde? »Verdammt, was macht das für einen Unterschied«, brummte er, als er sich in das Schwesternzimmer setzte, um den Todesvermerk in Charlotte Thomas' Akte einzutragen.

»Sind Sie in Ordnung?« fragte Christine sanft, als sie ihm eine Tasse trüben Kaffees reichte.

»Äh . . .? O ja, mir geht's gut, danke«, antwortete David. Er legte sein Kinn auf die Tischplatte und betrachtete die Styroportasse aus der Nähe. »Danke für den Kaffee.«

»Es tut mir leid für Sie, daß Charlotte es nicht mehr geschafft hat«, sagte sie.

David starrte die Tasse weiterhin an, als versuche er, eine Antwort auf ein kosmisches Geheimnis zu finden.

»Kalium!« stieß er plötzlich hervor.

Christine, die gerade gehen wollte, um der unangenehmen Situation auszuweichen, wandte sich um. »Was ist mit dem Kalium?«

Er sah auf. »Irgend etwas war nicht in Ordnung, Christine; ich meine, abgesehen von dem, was auf der Hand lag. Möglicherweise habe ich unrecht, aber ich kann mich nicht daran erinnern, bei einem Herzstillstand nicht wenigstens ein Aufflackern der Aktivität erreicht zu haben — sogar, wenn schon etwas Zeit zwischen dem Herzstillstand und der Wiederbelebung lag. Scheiße! Ich wünschte, wir hätten Zeit gehabt, einen Kaliumspiegel bei ihr vorzunehmen. Kalium, Kalzium — ich bin mir nicht sicher, woran es lag, aber ein Gefühl sagt mir, daß etwas nicht in Ordnung war.«

»Können Sie nicht auch noch jetzt einen Kaliumspiegel veranlassen?« fragte Christine.

»Sicher, aber er würde uns nicht mehr viel helfen. Während der Wiederbelebung und nach dem Tod wird Kalium vom Gewebe aus in den Blutstrom abgestoßen, des-

halb wäre die Konzentration sowieso sehr hoch.« Er ballte frustriert die Fäuste.
Christine fühlte, wie ein Schmerz in ihr hochstieg. »Wie könnte ihr Kaliumspiegel überhaupt vom Normalstand abgewichen sein?«
»Es gibt verschiedene Möglichkeiten.« David war zu verwirrt, um die Veränderung in ihrem Ausdruck wahrzunehmen. »Plötzliches Nierenversagen, ein Blutgerinnsel, auch falsche Medikamente können Gründe dafür gewesen sein. Aber das ist jetzt auch egal. Ich bin wahrscheinlich sowieso auf dem Holzweg. Tot ist tot.« Er bemerkte den Schmerz, den sie fühlte. »Ich . . . Es tut mir leid. Das habe ich nicht so gemeint. Ich fürchte, die angenehme Aufgabe, Dr. Huttner in Cape Cod anzurufen, hat mich ein wenig durcheinandergebracht. Ich denke, dies ist eine der Arten von Neuigkeiten, bei denen Dr. Huttner nicht allzu glücklich wäre, wenn ich sie ihm vorenthalten würde, bis er zurückkommt. Vielleicht können wir uns mal irgendwann zusammensetzen und über Mrs. Thomas reden. In Ordnung?«
Christine blickte weg. »Vielleicht irgendwann . . .« flüsterte sie vor sich hin.

David suchte die Nummer, die Huttner ihm gegeben hatte. Nach der üblichen Auseinandersetzung mit der Telefonistin wurde sein Gespräch durchgestellt. Huttners Begrüßung ließ keinen Zweifel aufkommen, daß er gerade geschlafen hatte. »Ein guter Start«, brummte David vor sich hin und schaute zur Decke, um von dort irgendeine göttliche Hilfe zu bekommen. »Dr. Huttner, hier ist David Shelton«, sprach er in den Hörer.
»Ja, was ist los, David?« Schon in seinen ersten Worten lag ein Hauch von Ungeduld.

In diesem Augenblick wurde David klar, daß es besser gewesen wäre, bis zum nächsten Tag zu warten, um ihn anzurufen. »Es geht um Charlotte, Dr. Huttner, Charlotte Thomas.« Seine Zunge schien ihm immer stärker anzuschwellen, sie schien bereits Grapefruitgröße zu haben.

»Ja, was ist mit ihr?«

»Vor etwa eineinhalb Stunden wurde sie ohne Puls in ihrem Bett aufgefunden. Wir arbeiteten an ihr, haben fast eine Stunde lang versucht, sie wiederzubeleben — es half nichts. Sie ist tot, Dr. Huttner.«

»Was meinen Sie damit, Sie hätten an ihr gearbeitet? Was um Himmels willen ist denn geschehen? Ich habe sie überprüft, bevor ich heute morgen abfuhr — ihr Zustand schien ausreichend stabil zu sein.«

David hatte kein leichtes Gespräch darüber mit Huttner erwartet, aber auch keinen Streit. Seine Zunge wuchs über Grapefruitgröße hinaus, sie schwoll langsam zur Wassermelonengröße an.

»Ich . . . ich weiß nicht, was geschehen ist: vielleicht Hyperkaliämie. Es war eine kurze Periode lang feines Kammerflimmern auf ihrem EKG zu sehen, danach nichts mehr: Nullinie. Es gab keinen Anhaltspunkt, warum — absolut keinen.«

»Hyperkaliämie?« Huttners Stimme klang jetzt eher verwirrt als verärgert. »Sie hatte in der Vergangenheit niemals Probleme mit ihrem Kaliumspiegel.«

»Wollen Sie, daß ich Mr. Thomas anrufe?« fragte David zum Schluß.

»Nein, überlassen Sie das mir. Diese Nachricht wollte er sowieso hören.« Huttners Stimme wurde schwächer, gewann dann aber wieder neue Kraft. »Was Sie für mich machen könnten, wäre, mit Ahmed Hadawi,

dem Chef der Pathologie, in Verbindung zu treten. Sagen Sie ihm, daß morgen eine Autopsie an dieser Frau vorgenommen wird. Ich möchte genau wissen, was geschehen ist. Falls Thomas aus irgendeinem Grund seine Zustimmung verweigern sollte, werde ich Hadawi selbst davon in Kenntnis setzen, daß das keine Gültigkeit hat. Sagen Sie ihm, wir werden morgen um Punkt acht Uhr in der Pathologie sein, mit einer unterschriebenen Einwilligung von Peter Thomas. Schönen Abend.«
»Schönen Abend«, sagte David — etwa eine Minute, nachdem Huttner aufgelegt hatte. Er legte den Hörer auf und fügte hinzu: »Schöne Scheiße.«
Das Schwesternzimmer war leer, mit Ausnahme von David und einer Nachtschwester, die tunlichst bemüht war, ihn nicht zu bemerken. Er saß mit geschlossenen Augen am Schreibtisch und rieb sich die Schläfen mit den Händen, um unangenehme Gedanken, die ihm durch den Kopf schwirrten, loszuwerden. — Verwirrt? Sicher, das war verständlich. — Niedergeschlagen? Ein wenig vielleicht — er hatte gerade einen Patienten verloren. — Einsamkeit? Verdammt, er wünschte, Lauren wäre zu Hause.
Aber da war noch etwas anderes. Es war verschwommen und unklar, kaum näher zu bestimmen. Aber es *gab* noch etwas anderes, ein anderes Gefühl. Es vergingen einige Minuten, bevor David begann, es zu verstehen. Hinter all seinen Reaktionen, all seinen Gefühlen, lag eine schemenhafte, ungewisse Furcht. Aus Gründen, die ihm nicht klar waren, zitterte er. Er wählte Laurens Nummer und hängte nach dem zehnten Klingeln wieder ein. Obwohl er mit seiner Arbeit im Krankenhaus noch nicht fertig war, verspürte er ein dringendes Be-

dürfnis, herauszukommen. Ich werde Hadawi von zu Hause aus anrufen, beschloß er.

*

Christine stand gegen einen Türrahmen gelehnt und sah David gehen. Sie hatte keinen Zweifel an der Richtigkeit dessen, was sie getan hatte, seine Verzweiflung schmerzte sie aber.

Später ließ sie sich von der Schichtbesprechung befreien und ging über den verlassenen Flur zum Münzfernsprecher. Die Nummer, die sie wählte, war eine andere als die, die sie am vorherigen Tag gewählt hatte. Großer Gott, ist inzwischen nur ein Tag vergangen? Diesmal meldete sich keine Stimme — nur ein Klicken und ein Signal.

»Hier spricht Christine Beall vom Boston Doctors Hospital«, sagte sie bewußt monoton. »Im Namen einer menschlichen medizinischen Versorgung und im Auftrag des Schwesternbundes habe ich am zweiten Oktober geholfen, das hoffnungslose Dahinvegetieren von Mrs. Charlotte Thomas mit einer intravenösen Injektion Morphiumsulfat zu beenden. Die Verlängerung unnötigen menschlichen Leidens ist zu verachten und, wo immer möglich, zu beenden. Die Würde des menschlichen Lebens und des Todes gilt es unter allen Umständen zu erhalten. Ende des Berichts.«

Sie hängte ein, gab dann aber einem ununterdrückbaren Impuls nach, nahm wieder den Hörer und wählte Jerry Crosswaites Nummer. Beim Klang seiner Stimme verschwand der Impuls wieder. »Hallo«, meldete er sich. »Hallo . . . Hallo?« Christine hängte den Hörer sanft wieder ein.

Vom hinteren Teil des Ganges aus, der im Schatten lag, beobachtete Janet Poulos, wie Christine ihren Bericht abgab. Janet war sich sicher, daß es sich bei Christines Bericht um den Fall Charlotte Thomas handelte.

»Sprechen Sie sie wegen des ›Garten Edens‹ an«, hatte Dahlia sie bedrängt. »Seien Sie vorsichtig, was Sie sagen, aber sprechen Sie sie an.«

Janet kämpfte gegen ihre eigene Meinung an, wonach Christine noch viel zu neu im Schwesternbund war, um für den »Garten Eden« bereit zu sein, aber Dahlia hatte darauf bestanden.

»Erinnern Sie sich nur«, sagte sie, »was wäre aus Ihnen vor drei Jahren geworden, hätte ich entschieden, *Sie* wären noch nicht soweit. Ich erinnere mich: Sie hatten daran gedacht, sich das Leben zu nehmen, bevor ich anrief.«

In Wirklichkeit war Janet bereits über das Stadium des Nachdenkens hinaus gewesen. Im Augenblick, als Dahlia sie angerufen hatte, lagen schon mehr als hundert Schlaftabletten auf der Bettdecke. Abscheu vor sich selbst und ein tiefes Gefühl der eigenen Unfähigkeit hatten sie an den Rand des Selbstmordes gebracht.

Jahrelang hatte sie nur aus Haß heraus gelebt — Haß gegen Ärzte allgemein und gegen einen besonderen. Sie war in den Schwesternbund eingetreten, um gewisse Ärzte auf ihren Platz zu verweisen. Wo nötig, hatte sie die Daten von Patienten manipuliert, um die Zustimmung und den Vorschlag zur Ausführung beim Regionalen Prüfungsausschuß zu erreichen.

Nach sechs Jahren und fast zwei Dutzend Fällen war jedoch die Befriedigung, die sie immer bei dieser Arbeit empfunden hatte, verschwunden.

Dann, nach einem einzigen Anruf, hatte sich alles verändert. Von irgendwoher wußte Dahlia etwas über die gefälschten Labor- und Röntgenberichte, über Janets Haß auf Ärzte und deren Macht, über viele persönliche Details aus ihrem Leben: Aber darauf sprach Janet sie nicht an.

Im Laufe des Jahre, nachdem sie in den »Garten Eden« eingetreten war, wurde Janet langsam eingeführt. Alle paar Wochen gab Dahlia ihr den Namen eines Patienten im Nordosten durch, bei dem der Schwesternbund einer Euthanasie zugestimmt hatte. Janet arrangierte dann ein Treffen mit der verzweifelten Familie und bot ihr — gegen eine stattliche Summe — einen barmherzigen Tod ihres Lieben an. Der einmal abgeschlossene Vertrag wurde dann von der Bundesschwester, die den Fall vorgeschlagen hatte, ohne davon zu wissen, ausgeführt.

Das war ein wunderbar lukrativer Zeitvertreib, aber im »Garten Eden« warteten noch ganz andere Aufträge auf Hyazinthe. Es blühten auch andere Blumen im Doctors Hospital. Eine davon war Lilia, sie wurde von Janet selbst von den Wurzeln des Schwesternbundes aus großgezogen. Schon bald wurden den beiden Frauen andere Verantwortlichkeiten zuteil, in erster Linie auf dem Gebiet, das Janet mit »Direkter Patientenbetreuung« bezeichnet hatte. Sie waren nicht weiter mit den Fällen des Schwesternbundes beschäftigt — der Gnadentod war nicht mehr ihre Angelegenheit. Die neuen Fälle versprachen in jeder Hinsicht eine »Belohnung« — John Chapman und Carl Perry waren nur zwei davon.

Als Christine auflegte, ging Janet auf sie zu. Dahlia hatte gedacht, daß sie nach dem Erledigen eines solch hoffnungslosen Falles, wie dem von Charlotte Thomas, für den »Garten Eden« bereit sein könnte. Hyazinthe hatte aber weiterhin starke Zweifel. Sie würde mit der Frau sprechen, aber nur so weit, bis sie ihr Mißtrauen bestätigt

fände. Die Beall braucht noch einige weitere Standpauken von Ärzten, die so gut wie immer vor Selbstgerechtigkeit strotzen. Sie wird noch einige weitere undankbare Fälle für den Schwesternbund erledigen müssen.
Dann könnte sie soweit sein.
Christine sah Janet auf sich zukommen und wartete.
»Ist es vorbei?« fragte sie ernst. Christine nickte. »Können wir ein paar Minuten miteinander reden?« Wieder ein Nicken. Schweigend gingen sie ins Besucherzimmer. Christine ließ sich auf das Sofa fallen, und Janet setzte sich neben sie.
»Es ist niemals einfach, nicht wahr?« Janet rückte näher an sie heran und sah, wie sie einen Holzspan vom Rand des Kaffeetisches abriß.
»Mir geht's gut, Janet. Wirklich. Ich weiß, was ich gemacht habe — was wir machen, ist richtig. Ich weiß, wie verzweifelt sich Charlotte nach dem Ende sehnte. Die ganze Leber war durch und durch von Krebs befallen, und Dr. Huttner wollte immer neue Schläuche legen. Es war richtig.« Ihre Stimme war angespannt, aber beherrscht.
»Ich kann nichts dagegen einwenden, Kleines«, sagte Janet, legte ihre Hand auf Christines und drückte sie beruhigend. Christine erwiderte den Druck. »Es ist nur schade, daß wir die ganze verdammte Verantwortung zu tragen haben — das ist alles.« Christine stimmte zu und antwortete mit einem trübseligen Nicken.
Vielleicht hatte Dahlia recht. Janet faßte den Entschluß, sich ein wenig weiter vorzuwagen. »All die Verantwortung — und was haben wir davon? Nichts.«
Christine drehte sich blitzschnell zu ihr hin, ihre Augen leuchteten. »Janet, was im Himmel meinen Sie mit: Nichts?«

Zeit, sich zurückzuziehen, entschied Janet. Wenigstens einmal in ihrem Leben hatte sich Dahlia geirrt. Die Beall ist naiv und idealistisch — die Flamme in ihr war noch nicht erloschen. Nur mühsam ertrug sie den Blick von Christine. »Ich meine, daß nach all den Jahren, mit hunderten oder jetzt bereits tausenden Mitgliedern im Schwesternbund, sich an der Haltung der Mediziner nichts geändert hat.«

»Oh.« Christine beruhigte sich.

»Und deshalb machen wir das, was wir zu tun haben, weiter, bis sich dies ändert. Richtig?«

»Richtig.«

»Hören Sie zu, Christine. Wir können doch demnächst mal zusammen essen gehen. Wir haben vieles gemeinsam, Sie und ich, aber dies hier ist wohl kaum der Ort, wo wir uns über unsere gemeinsamen Interessen unterhalten können. Schauen Sie in Ihrem Terminkalender nach, ich auch in meinem. Wir unternehmen in den nächsten Tagen etwas zusammen, ja?«

»Ja, gut. Und vielen Dank, Janet, daß Sie sich um mich kümmern. Es tut mir leid, daß ich Sie eben so anfuhr, aber dies war ein verteufelter Tag, daran lag's.«

Janet lächelte herzlich. »Wenn Sie nicht Ihre Schwester anfahren können — wen dann? Richtig?«

»Richtig.«

Janet stand auf. »Ich muß mich darum kümmern, daß Charlotte abgeholt wird. Ihr Mann hinterließ die Nachricht, er wolle nicht kommen, um sie zu sehen. Rufen Sie mich zu Hause an, wann immer Sie mit jemandem reden wollen.« Sie winkte Christine zu und ging. Wenigstens wird Dahlia jetzt wissen, daß sie es versucht hat. Die Beall war einfach noch nicht soweit — zu schade.

Christina kam rechtzeitig zum Schluß der Besprechung. Unruhig, nur noch Krankheitsgeschichten und das Boston Doctors Hospital im Kopf, stand sie gegen die Wand gelehnt, bis auch der letzte Patient besprochen war, dann ging sie vor allen anderen. Vor ihr warteten Janet und ein Krankenpfleger auf den Fahrstuhl. Zwischen ihnen, auf einer Bahre, lag Charlotte Thomas.
Gebannt von der Situation und ihren Gedanken sah Christine zu, wie die Bahre in den Aufzug geschoben wurde, und sie war nicht in der Lage, sich zu bewegen, bis die Türen geschlossen waren.

KAPITEL X

»Foxens Goldene Regeln der Medizin« definierten einen *Pathologen* als »Spezialisten, der alles dadurch lernt, daß er sich auf verschlungenen Pfaden direkt zum Herzen der Sache durchschneidet und dabei keinen Stein auf dem anderen läßt (Galle oder Niere)«.

Wie immer belustigte ihn die Erinnerung an eine der unvergänglichen Definitionen von Gerald Fox, trotz des Unbehagens, das ihm die Aussicht bereitete, der Autopsie von Charlotte Thomas beiwohnen zu müssen.

Er war bereits zehn Minuten zu spät, aber er wußte, daß noch nichts vorgenommen wurde, außer vielleicht die Vorbereitung von Charlottes Körper und der erste Schnitt. Obwohl Foxens Beobachtungen im Kern richtig waren, hatte David nie das Gefühl gehabt, daß seine zynische Grundaussage über Pathologen vollkommen zutraf. Er erinnerte sich an seine erste Begegnung mit der Gerichtspathologie, eine Vorlesung, die von dem Chef-Gerichtsmediziner des Bezirks gehalten wurde, kurz bevor David und seine Kommilitonen, die alle im zweiten Jahr des Studiums waren, sich zum ersten Mal eine Autopsie ansehen sollten.

»Sehr geehrte Damen und Herren: Die Todesursache«, hatte der alte Pathologe gesagt, »für unsere medizinischen Kollegen und für unsere Kollegen vom Gericht zu bestimmen, ist die Aufgabe der Gerichtsmedizin. Natürlich, niemand anders als Gott selbst weiß, wodurch der Tod eines Menschen verursacht wurde. Niemand. Was wir allerdings können, ist, den Zustand jedes Organs im Körper des Patienten zum Zeitpunkt des Todes zu bestimmen. Davon ausgehend können wir dann mit ziemlicher Sicherheit auf die Gründe für das Versagen von Herz-, Gehirn- oder Lungenfunktionen — die einzigen wirklichen Todesursachen — schließen. Zum Beispiel: Wenn ein Patient durch einen Schuß ins Herz umgekommen ist, können wir ziemlich sicher sagen, daß der Tod durch einen Herzstillstand verursacht wurde, der wiederum auf einen Durchschuß durch den Herzmuskel zurückzuführen ist. Was aber bei einem Patienten mit einem Leiden wie Krebs? Wir sind in der Lage, krebsbefallenes Gewebe in der Leber, dem Gehirn, der Lunge oder in anderen Organen zu lokalisieren; und sicher, in einer Hinsicht können wir sagen, daß Krebs die Todesursache war. Den unmittelbaren Grund festzustellen ist aber beinahe unmöglich. Blieb das Herz stehen, weil es vergiftet worden war von bisher unbekannten Sekreten aus den Krebszellen? Oder hatte ein Mangel an Blutvolumen, der aus Gründen, die nichts mit dem Krebs zu tun hatten, die Kreislauffunktionen so stark beeinträchtigt, daß das Herz einfach stehenblieb?«

»Daran müssen Sie immer denken, wenn Diagnosen wie ›Krebs‹, ›Emphysem‹ oder ›Arteriosklerose‹ als Todesursache eines Patienten gestellt werden. Sie mögen Gründe gewesen sein, die zum Tod führten — aber die direkte Todesursache, meine Freunde, bleibt bei den allermeisten Fällen ein Geheimnis.«

Ein Geheimnis. David stand zögernd vor den zwei Flügeln der undurchsichtigen Glastür mit der in goldenen

Buchstaben geschriebenen Aufschrift PATHOLOGIE. Nach einer schlaflosen Nacht und einem chaotischen Morgen war er abgespannt und fühlte sich unbehaglich. Die Aussicht, an Charlottes Autopsie teilnehmen zu müssen, verschlimmerte diese Gefühle nur.

Was aber war mit Huttner? Cape Cod war nur siebzig Meilen entfernt, nah genug für ihn, um die Strecke an diesem Morgen zurückzufahren. Ob er, nachdem er an der Autopsie teilgenommen hatte, wieder zurückkehren würde oder nicht, war eine andere Geschichte. David wettete um einen schon seit langem überfälligen und gefürchteten Besuch beim Zahnarzt mit sich selbst, daß Huttner sich dazu entschließen würde, in Boston zu bleiben und seinen Dienst wieder aufzunehmen. Er rang mit sich, ob er die Wette nicht vielleicht umdrehen sollte, damit er sich wenigstens nicht der Betäubungsspritze und dem Bohrer aussetzen mußte, wenn schon die beiden letzten Tage seines Abenteuers gestrichen wurden. Schließlich aber meinte er, daß die Qual eines Zahnarztbesuches vor dem Hintergrund von ganz anderen, viel grundlegenderen Qualen verschwinden würde.

Der Formalingeruch stach ihm in der Nase, als er den Raum betrat. Es war ein langer Raum, fast fünfundzwanzig Meter von einem Ende zum anderen. Hohe Decken und Neonlicht im Überfluß täuschten teilweise darüber hinweg, daß er keine Fenster hatte. Sieben stählerne Autopsietische, die jeweils mit einem Wasserschlauch und einem Abflußsystem ausgestattet waren, standen auf dem elfenbeinfarbenen Linoleumbelag im gleichen Abstand nebeneinander. Zusätzlich zu dem Wasserschlauch, der während der Autopsien zum Abspülen der Organe und später des Autopsietisches gebraucht wurde, hatte jede Station ihr eigenes Spülbecken, ihre

Tafel und eine über dem Tisch hängende Waage. Eine große rote, in den Boden eingelegte Zahl zwischen 1 und 7 war das einzige, worin sich die Autopsiestationen voneinander unterschieden — mit Ausnahme der Station 4.

Zu beiden Seiten dieser Station gab es sechs hölzerne, treppenartig angeordnete Sitzreihen, identisch mit denen in den High-School-Turnhallen. Zu manchen Zeiten waren sie mit Studenten — die einen gequält, die anderen fasziniert — besetzt, zu anderen Zeiten saßen dort Gruppen von Assistenzärzten der Pathologie oder Chirurgie, um mit vorgereckten Hälsen das geschickte Sezieren des Chefpathologen zu studieren. Station 4 war der Center Court der Obduktionsabteilung im Doctors Hospital.

Am 3. Oktober, um 8 Uhr fünfzehn morgens, waren die Stationen 1, 4 und 6 besetzt, auf dem Tisch der Station 2 lag ein mit einem Tuch bedeckter Körper. Wallace Huttner stand mit verschränkten Armen an Station 4. Die Bänke waren leer, abgesehen von einem Assistenzarzt, der den Körper auf Station 2 sezieren sollte, und drei Medizinstudenten. Als David dazukam, erblickte er Charlottes kalkweißes Gesicht, sie hatte den Mund geöffnet. Er biß sich auf die Unterlippe, und es stieß ihm leicht auf, so beschloß er, daß es wohl am besten sei, sich auf den Rest ihres Körpers zu konzentrieren. Solange er Autopsien als Untersuchung von Teilen eines Körpers betrachtete, konnte er gut damit umgehen. Je mehr er es sich jedoch erlaubte, den menschlichen Aspekt zu berücksichtigen, desto unangenehmer wurde die Sache für ihn.

Ahmed Hadawi, ein schneller, kleiner dunkler Mann mit großen Händen, die nicht zu seiner Körpergröße paßten, hatte den ersten Einschnitt gemacht und war bereits ellenbogentief im Brustraum. Er trennte sehr konzentriert die Organe des Brust- und Bauchraumes von ihren Verbindungen mit der Halsregion und der Bauchwand ab. Während der Arbeit schnalzte er leise mit der Zunge, sonst hatte er anscheinend nicht die geringste Beziehung zu dem, was er tat. Manchmal lehnte er sich zu dem pedalgesteuerten Diktaphon hinüber und sprach einige Worte.

Huttner nickte kühl, als David ihn begrüßte. Seine Haltung zu David hatte nichts mehr von der entspannten, interessierten Haltung eines väterlichen Arztes an sich, der vor nur sechsunddreißig Stunden noch mit ihm im Chirurgenzimmer gesessen hatte. Nach dem Nicken wandte er seine Aufmerksamkeit wieder der Autopsie zu, er vermied vorsichtig jeden weiteren Blickkontakt. David schaute diesen Mann hilflos an. Dann, wie es ihm so oft in schwierigen Situationen geschah, nahm er alles mit einer tüchtigen Portion schwarzen Humors. Wenn er seine Arme noch fester verschränkt, dachte er, vielleicht wird er dann einfach in kleine Teile zerbrechen, und ich kann dann seine Stellung übernehmen, bis ihn wieder jemand zusammenklebt.

In diesem Augenblick blickte er wieder flüchtig in Charlottes Gesicht. Aufhören, Shelton! rief er sich selbst innerlich zu. Das ist nicht lustig. Hör auf, Shelton! Die innerliche Ohrfeige reichte; er verlagerte mehrmals sein Gewicht von einem Fuß auf den anderen, beruhigte sich dann und konzentrierte sich ganz auf den Pathologen.

»Wir sind jetzt soweit, uns einige Sachen näher anzusehen«, sagte Hadawi. Der Assistenzarzt kam von den Bänken herunter, um besser sehen zu können, und Huttner steigerte seine Selbstumarmung noch ein wenig, als der Pathologe begann, den anatomischen Stand von Charlottes Organen im Augenblick ihres Todes aufzuzeigen.

»Das Herz ist ein wenig vergrößert, die Herzmuskeln sind verdickt und die Kammern erweitert. Es ist ein frischer Nadeleinstich in der vorderen linken Herzkammer zu sehen, von dem ich annehme, daß er Resultat von Dr. Sheltons beispielhaft präziser intrakardialen Injektion ist.«

David dachte, die Zeit sei möglicherweise reif für ein bescheidenes Lächeln und Nicken, aber dann merkte er, daß ihn niemand ansah. Er lächelte und nickte dennoch.

Der kleinwüchsige Pathologe erklärte weiter, während er gleichzeitig sezierte. »Es ist eine ziemlich fortgeschrittene Verengung der Koronararterien festzustellen, es gibt aber insgesamt keine Hinweise auf kürzlich aufgetretene Schäden, wie solche, die durch einen Herzmuskelinfarkt auftreten können.« Margaret Armstrongs Interpretation von Charlottes EKG war richtig gewesen, erkannte David. »Erinnern wir uns«, fügte Hadawi hinzu, »daß Beweise für einen akuten Herzinfarkt — sagen wir: wenn er weniger als vierundzwanzig Stunden alt ist — oft nur bei einer mikroskopischen Untersuchung des Herzmuskels selbst festgestellt werden können — und dann auch nur, wenn wir den richtigen Bereich untersuchen.«

»Ich möchte benachrichtigt werden, wenn die Schnitte untersucht worden sind«, ordnete Huttner an — Davids Meinung nach weniger aus einem Interesse heraus, sondern nur, um überhaupt etwas zu sagen. Hadawi schaute zu ihm hoch; ohne ihn dann aber weiter zu beachten, wandte er seine Aufmerksamkeit wieder den Lungen zu. Sein Ansehen bei David stieg dadurch um einige Punkte. Mehr als die Hälfte beider Lungen war eitrig. Selbst wenn es keine anderen Probleme gegeben hätte, es wäre vollkommen unmöglich gewesen, daß sie ihre extensive Lungenentzündung überlebt hätte.

Der Rest der Untersuchung war eindrucksvoll, vor allem wegen dem, was sie nicht aufzeigte. Unter dem Vorbehalt, daß die mikroskopische Untersuchung der abdominalen Lymphknoten etwas anderes ergebe, meinte Hadawi, könne er keine Anhaltspunkte für Rest-Krebs im Körper der Frau feststellen. Die Leberzysten hatte der Radiologe, Rybicki, falsch diagnostiziert; sie wurden über das ganze Organ verstreut gefunden, und ähnliche flüssigkeitsgefüllte Bläschen gab es auch auf beiden Nieren. »Polyzystischer Befall von Leber- und Nierengewebe«, sprach Hadawi ins Diktaphon.

Schließlich trat der Pathologe vom Tisch zurück. »Ich habe noch einige letzte Arbeiten an diesem Körper zu erledigen, aber das wird keinen Einfluß mehr auf die eben genannten Resultate haben. Im Grunde sind wir jetzt eigentlich fertig, Wally. Das Wichtigste, was ich Ihnen zu sagen habe, ist, daß die durchgelegenen Stellen dieser Frau sich unter der Haut weiter verbreiteten und daß ich — selbst wenn man Haut transplantiert hätte — bezweifle, ob das jemals wieder geheilt wäre. Es ist bereits zu einer Infektion der Sakralwirbel gekommen, und diese zu behandeln ist fast so gut wie ausgeschlossen.

Sie hat reichlich Arteriosklerose, deshalb denke ich, daß sie wahrscheinlich an einem Herzversagen gestorben ist. Ich habe die Absicht, Koronarinfarkt als Todesursache anzugeben, neben der Lungenentzündung und den Infektionen an den durchgelegenen Stellen. Zusätzliche Belastung war für sie unzweifelhaft die partielle Darm-

verstopfung, die — wie Sie hier sehen — durch Verwachsungen nach ihrer letzten Operation entstanden war.«
David sagte: »Dr. Hadawi, Dr. Huttner, wenn wir uns dort drüben setzen könnten, hätte ich noch einige Fragen.« Er konnte den Gedanken nicht ertragen, Charlottes Fall über ihrem sezierten Körper zu besprechen. Hadawi antwortete mit einem kurzen, verständnisvollen Lächeln und nahm auf einer der Bänke Platz. Huttner, der noch immer seine Arme vor der Brust verschränkt hielt, folgte widerstrebend. David deutete seinen Gesichtsausdruck als Mischung von Empörung und Zorn. Weder in seinen Augen noch in seinem Verhalten war ein Hauch von Enttäuschung oder von Trauer erkennbar. Was auch immer ihre Krankheit gewesen sein mag, Charlotte Thomas war als Huttners Patientin ins Krankenhaus gekommen, wurde dort operiert und ist dort gestorben: Das macht aus ihr einen postoperativen Todesfall. Ihre Operation und die vielen Komplikationen, die sich danach einstellten, würden eingehend in Besprechungen der Chirurgen diskutiert werden. Kaum Aussichten, die diesem Mann gefallen dürften, dachte David. Huttner war es eher gewohnt, Fragen zu stellen, als sie zu beantworten.
»So, David, was verstehen Sie nicht von dem, was Sie gesehen haben?« fragte Hadawi.
»Also, die meisten Zweifel habe ich bei ihrem Herzen, es schien zu wenig zu reagieren gegenüber allem, was ich während der Wiederbelebung vorgenommen habe. Es mag zwar sein, daß zuviel Zeit zwischen ihrem Herzstillstand und meiner Wiederbelebung vergangen war, aber ich glaube es nicht. Ich frage mich, ob vielleicht irgendwie ihr Kaliumspiegel zu hoch angestiegen sein könnte und das zu tödlichen Herzrhythmusstörungen führte.«

»Diese Möglichkeit besteht immer«, antwortete Hadawi geduldig. »Ich habe einige Blutproben entnommen und werde ihren Kaliumspiegel gern überprüfen. Trotzdem müssen Sie bedenken, daß der Genauigkeit solch einer Messung nach dem Tod eines Patienten enge Grenzen gesetzt sind — gerade bei jemandem, der lange mit Herzmassagen wiederbelebt wurde.«
Schließlich meldete sich Huttner nochmals zu Wort. Es überraschte David nicht, daß er sich nicht kampflos geschlagen gab. »Sehen Sie, Ahmed«, sagte er und tippte ihn mit Zeige- und Ringfinger immer wieder an, aber Hadawi zeigte keine Anzeichen, daß er sich durch diese Gebärde belästigt fühlte. »Ich bin mit dieser ganzen Angelegenheit nicht so recht zufrieden. Dr. Shelton hat eben einen Punkt genannt. Da offensichtlich die erste Untersuchung den plötzlichen Tod dieser Frau nicht erklären kann, sollten wir tiefer schauen, bevor wir ihre Todesursache mit so etwas Unspezifischem wie Koronarinfarkt bestimmen. Vielleicht hat ihr eine Krankenschwester falsche Medikamente gegeben, die irgendeine allergische, anaphylaktische Reaktion hervorgerufen haben. Es war bekannt, daß sie gegen Penicillin allergisch war.«
Hadawi war es offenbar gewohnt, mit Huttners Ego umzugehen. Er zuckte nur die Achseln und sagte: »Wenn Sie es wünschen, werde ich natürlich auch eine Bestimmung der Penicillinkonzentration ihres Blutes anordnen. Wünschen Sie sonst noch irgend etwas?«
Huttner wog die Chance ab, ob er es verhindern könnte, bei den Besprechungen der Chirurgen als untergegangener Segler, der gerade noch nach einem daherschwimmenden Stück Treibholz greifen kann, hingestellt zu werden. Falsche Medikamente, entgegen seinen Anwei-

sungen verabreicht, würden die sofortige Absolution bedeuten.

»Ja, es gibt noch einige Sachen, von denen ich denke, sie sollten noch erledigt werden«, sagte Huttner mit professorenhafter Stimme, die immer wieder durch bedeutsame Pausen unterbrochen wurde. Ihm schienen seine Worte selbst zu gefallen. »Ich denke, wir brauchen eine vollständige chemische Analyse ihres Blutes, eine Untersuchung über mögliche Antibiotika und Gifte, einen Elektrolytspiegel — na ja, das Ganze eben.«

»Ohne eine konkrete Idee, wonach wir suchen, dürfte das ziemlich teuer werden«, entgegnete ihm Hadawi behutsam, als ob er den Ausbruch, der diesem vorsichtigen Widerspruch folgte, vorausahnen würde.

»Mir ist das Geld scheißegal, Mann«, fluchte Huttner und stieß Hadawi immer stärker mit seinen Fingern. »Es handelt sich um ein menschliches Leben, über das wir hier reden. Machen Sie gefälligst diese verdammten Tests und schicken Sie mir die Resultate.«

»Wie Sie wollen, Wally.«

Huttner nickte zufrieden und stand auf. Als er an David vorbeiging, schnappte er mit den Fingern. »Beinahe hätte ich es vergessen, David«, sprach er über die Schulter hinweg. »Das Gefäß-Symposium in Cape Cod war nicht das, was es vorgab zu sein. Ich habe mich entschieden, nicht wieder zurückzukehren. Vielen Dank für Ihre Hilfe gestern. Ich glaube, es gibt im Januar wieder eine Veranstaltung, die ich vielleicht besuchen möchte. Vielleicht können wir dann wieder ein Arrangement treffen.«

Seine Stimme war, so schien es David, so ehrlich wie die des Don Juan, als dieser sagte: »Selbstverständlich werde ich dich auch morgen früh noch lieben.«

KAPITEL XI

Bei der Auswahl eines Krankenhauses, genauso wie in allen anderen Bereichen seines Lebens, traf Senator Richard Cormier seine eigenen Entscheidungen. Während viele Washingtoner Politiker es als Statussymbol betrachteten, im Bethesda Maine Hospital oder in der Walter Reed Klinik behandelt zu werden, verwarf Cormier die Bedenken seiner Berater und bestand darauf, von Dr. Louis Ketchem im Boston Doctors operiert zu werden. »Traue immer denen, die von deiner eigenen Sorte sind«, sagte er nachdrücklich. »Louis ist genauso ein alter Haudegen wie ich selbst. Entweder *er* schneidet an mir herum oder es wird nicht geschnitten.«

Die Wände in seinem Zimmer waren von oben bis unten mit Karten behangen, die ihm baldige Genesung wünschten; Kartons, die noch einige Hundert mehr enthielten, stapelten sich ordentlich in einer Ecke. Außer der Krankenschwester und dem Senator selbst halfen eine ständig anwesende Sekretärin und zwei Berater, dieselbe chaotische Atmosphäre herzustellen, wie sie immer in seinem Washingtoner Büro anzutreffen war.

»Senator Cormier, ich muß Ihnen jetzt die Medikamente zur Vorbereitung der Operation geben, und diese Menschen werden bitte das Zimmer verlassen.« Schwester

Fuller, eine stattliche Matrone, strahlte genau die richtige Menge Autorität aus, um den Senator ihrer Bitte zustimmen zu lassen.

Cormier strich sich mit den Fingern durch sein dichtes graues Haar und blinzelte der Schwester zu. »Nur noch zehn Minuten.«

»Zwei«, sagte sie entschlossen.

»Fünf.« Das Feilschen ließ seine Augen funkeln.

»In Ordnung, fünf. Aber nur eine Minute länger, und ich benutze eine viereckige Nadel, um Ihnen die Spritze zu geben.« Sie eilte aus dem Zimmer, drehte sich aber bei der Tür nochmals um und starrte Cormier mit einem Blick, der sagen sollte, daß sie es ernst meine, in die Augen. Der Senator zwinkerte ihr zu.

»O. K., Beth, Zeit, die Sachen zusammenzupacken«, sagte er seiner Sekretärin. »Denken Sie daran, daß ich allen, die einen Absender angegeben haben, eine Dankeskarte schreiben möchte. Es müssen wohl beinahe tausend gewesen sein, die ich gestern unterschrieben habe, aber lassen Sie noch einige drucken, ich werde sie dann nach meiner Operation unterzeichnen. Gary, rufen Sie Lionel Herbert an und sagen Sie ihm, er möchte hierher fliegen, damit wir uns übermorgen treffen können. Sagen Sie ihm, er soll darauf vorbereitet sein, Konzessionen bei dem Energie-Konzept zu machen, andernfalls, bei Gott, werden sein Chef und die Öl-Leute, zu denen er so verdammt freundlich ist, noch mal von vorne anfangen müssen. Bobby, rufen Sie meine Nichte an und sagen Sie ihr, sie soll sich keine Sorgen machen, und vor allem, daß es mir nichts ausmacht, daß sie wegen der Kinder nicht zu mir fliegen kann. Ich werde sie selbst anrufen, sobald sie mich nach der Operation wieder an mein Telefon lassen. Oh, Bobby, haben Sie sich die Namen der

Leute notiert, die mir Blumen sandten? Ich möchte jedem von ihnen einen persönlichen Brief schreiben. Meinen Sie, daß es die Gefühle dieser Menschen verletzt, wenn ich ihnen schreibe, sie sollten beim nächsten Mal Süßigkeiten schicken? Dieses Zimmer sieht nach einer Leichenhalle aus und riecht wie ein Bordell.«

Bobby Crisp war — wie sein Name schon sagt —, ein schneidiger, eifriger junger Jurist. Er lächelte seinem Chef zu. »Sie müssen mehr Vertrauen zu mir haben, Senator. Dies ist erst das vierte Mal, daß Sie mich auffordern, dieselben Dinge zu erledigen; als ich für Sie zu arbeiten begann, erzählten Sie mir alles siebenmal. Ich kümmere mich um alles. Ich werde die Liste für sie vorbereitet haben, sobald sie wieder in der Lage sind zu schreiben. Wie ich Sie kenne, wird das wahrscheinlich bereits eine halbe Stunde, nachdem Sie aus der Narkose aufgewacht sind, der Fall sein. Übrigens, kennen Sie jemanden namens Kamelia?«

»Wen?« fragte Cormier.

»Kamelia. Sehen Sie die blaßroten und weißen Blumen dort auf dem Tisch? Sie wurden heute morgen mit einem Zettel gebracht, auf dem nur ›Danke für alles. Kamelia‹ stand.«

»Typisch Mann!« sagte Beth verächtlich. »Diese blaßroten und weißen Blumen, wie Sie sie nennen, *sind* Kamelien. Lassen Sie mich diesen Zettel sehen.« Sie las ihn und zuckte mit den Achseln. »Tatsächlich, mehr steht nicht drauf.«

»Danke für die Nachhilfe«, sagte Crisp spöttisch. »Ich hatte immer während meines Jurastudiums Schwierigkeiten mit dem Lesen.«

»Jetzt reicht es aber, beruhigt euch wieder, ihr beiden«, sagte Cormier beschwichtigend. Er hielt sich die Hand an die Stirn. »Kamelia ist kein alltäglicher Name, ich sollte mich daran erinnern. Kamelien von Kamelia, hm? ...« Seine Stimme wurde immer leiser, als er versuchte, diesen Namen mit einer Person in Verbindung zu bringen. Schließlich schüttelte er den Kopf. »Gut, ich denke, eine kleine Erinnerungslücke hier und dort ist der Preis, den ich für die Frustrationen, die ich mit meiner Senilität auf dem Kapitol-Hügel verursache, zahlen muß. Wer auch immer sie ist, sie wird ohne eine Dankschreiben leben müssen.«

In diesem Augenblick erschien Mrs. Fuller wieder in der Tür. »Ich habe gesagt: Fünf Minuten, und es ist bereits mehr Zeit vergangen. Ich schwöre Ihnen, Senator, Sie sind der halsstarrigste und streitsüchtigste Patient, den ich jemals hatte.«

»Ist ja schon gut, wir sind fertig«, antwortete Cormier und schickte die anderen aus dem Zimmer. »Sie wissen sicherlich, Mrs. Fuller, wenn Sie nicht schnell ihre schlechte Laune abstellen, gehören sie meiner Ansicht nach nicht weiter zur Kategorie ›kesse Biene‹, sondern eher zu der ›alter Drachen‹.« Er grinste sie an und fügte hinzu: »Aber selbst dann werden Sie meine Lieblingskrankenschwester sein. Seien Sie vorsichtig mit der Nadel.«

Mrs. Fuller setzte sich neben Cormiers linke Hinterbacke und spritzte ihm die Medikamente zur Vorbereitung der Operation. Fünfzehn Minuten später begann sich sein Mund trocken anzufühlen, und ein warmes, brennendes Gefühl des Losgelöstseins überkam ihn. Wie das Signalfeuer eines Leuchtturms erschienen ihm die Flurlichter, als er zum Operationssaal geschoben wurde.

Louis Ketchem war ein baumlanger »alter Hase« mit herabhängenden Schultern, der schon mehr als fünfundzwanzig Jahre als Chirurg arbeitete. Über diesen Zeitraum hinweg hatte er schon Hunderte Gallenblasenoperationen durchgeführt. Keine davon war so unproblematisch wie die des Senators Richard Cormier verlaufen. Das Entfernen der entzündeten, steingefüllten Blase verlief ohne Zwischenfälle, außer der normalen Blutung der angrenzenden Leber. Wie er es schon Hunderte Male gemacht hatte, ordnete Ketchem an, Cormier während der letzten halben Stunde der Operation eine Blutkonserve zu geben.

Der Anästhesist, John Singleberry, nahm die Konserve von der OP-Schwester, Jacqueline Miller, entgegen. Er überprüfte deren Nummer zweimal, bevor er sie an die Infusionsnadel hängte. Um die Infusion zu beschleunigen, legte er eine Kompressionsmanschette um den Beutel und pumpte sie auf. Cormier war tief betäubt und erhielt Sauerstoff über die Lungenmaschine. Er hatte einen traumlosen Schlaf, als die lebenspendende Flüssigkeit wie eine blutdürstige Schlange durch den Katheter in seinen Arm floß.

Im Augenblick, als das Blut unter das grüne Tuch floß, mit dem Cormier bedeckt war, drehte sich Jacqueline Miller herum. Das Medikament, das zu verwenden ihr aufgetragen worden war, das Medikament, das sie in die Blutkonserve gespritzt hatte, war Strophanthin, die am schnellsten wirksame und stärkste Form von Digitalis — ein Medikament, das so schnell vom Blutstrom aufgenommen wird, so schwer durch chemische Analyse zu finden ist, daß selbst die starke Dosis, die sie ihm verabreicht hatte, kaum zu entdecken sein würde. Drei Minuten war die Zeit, die Strophanthin benötigen würde.

Ohne Warnung wurde das EKG unruhig, es schaltete von langsam und regelmäßig auf totales Chaos um. John

Singleberry starrte einige Sekunden auf das aufblitzende Licht des Bildschirms und konnte es nicht glauben.
»Verdammter Mist, Louis«, schrie Singleberry. »Er hat Kammerflimmern!«
Ketchem, dem schon seit Jahren kein Herzstillstand im Operationssaal mehr vorgekommen war, stand wie gelähmt da, noch immer beide Hände in Cormiers Unterleib. Seine Befehle, als er endlich in der Lage war, welche zu geben, waren unzulänglich. Den Schwestern, auch Jacqueline Miller, schien es, als vergingen Minuten, bevor etwas Entscheidendes passierte. Die Operationswunde wurde schnell mit sterilen Tüchern abgedeckt, und er bekam zwei Stromstöße mit dem Defibrillator. Sekunden später zeigte sich nur noch die Nullinie auf dem Monitor.
Ohne Vorwarnung griff Ketchem nach dem Skalpell, erweiterte seinen Einschnitt und schnitt eine Öffnung in Cormiers unteres Zwerchfell. Er griff durch die Öffnung, faßte Cormiers Herz und begann rhythmisch zu pumpen. Eine Schwester wollte noch Hilfe holen, aber jeder im Operationssaal wußte, daß es vorbei war. Ketchem pumpte, hörte dann auf und beobachtete den Monitor: Nullinie. Er pumpte weiter.
Zwanzig Minuten lang pumpte er, ohne jeden Effekt auf die flache goldene Linie. Endlich stoppte er. Mehr als eine Minute lang bewegte sich niemand im Raum. Ketchem biß sich auf die Unterlippe und blickte über die Maske hinweg auf den Körper seines Freundes. Dann halfen ihm zwei Schwestern vom Operationstisch zum Chirurgenzimmer zurück.
Abseits stand Jacqueline Miller und schloß die Augen, weil sie fürchtete, daß jemand ihr freudiges Lächeln unter der Maske bemerken könnte. Das größte Abenteuer

ihres Lebens endete im Triumph. Oh ja, Dahlia hatte ihr Anweisungen gegeben, aber *sie* war diejenige, die es vollbracht hatte. Die kleine Jackie Miller hat einen der reichsten, mächtigsten Ölmagnaten der Welt ins Jenseits befördert.

Die Ironie des Schicksals erregte sie: Von einer Kindheit in einer verkommenen Mietwohnung bis zu einem geheimen Treffen in Oklahoma mit dem Präsidenten von Beecher Oil. Was hätte Mr. Jed Beecher gesagt, hätte er gewußt, daß die Frau, die ihm Anweisungen gab, die Frau, die eine Viertelmillion Dollar von ihm nahm, die Frau, die jede seiner Bewegungen bestimmte, gerade zum ersten Mal mit einem Flugzeug geflogen war?

Jacqueline gratulierte sich selbst zu der glücklichen Fügung, die sie mit Dahlia und dem »Garten Eden« zusammengebracht hatte. Sie kannte zwar erst wenig von Dahlia und von dieser Organisation, aber zur Zeit war ihr das egal. Wenn Dahlia soweit sein würde, ihre Identität bekanntzugeben, dann wird sie es auch tun, und das war alles, was es dazu zu sagen gab. Solange es spannend ist und solange die monatliche Zahlung überwiesen wird, würde Kamelia das tun, was ihr gesagt wird, und ihre Augen und Ohren offenhalten für Fälle, die vielleicht für den »Garten Eden« interessant wären. Was den Schwesternbund anging, so würde er in Zukunft ohne weitere Beteiligung von Jackie Miller arbeiten müssen. Umsonst wird nichts mehr gemacht.

Mexico. Jamaica. Griechenland. Paris. Jacqueline ließ sich diese schönen Flecken durch den Kopf gehen. Noch einen Fall wie diesen, und sie könnte es sich leisten, überallhin zu reisen. Die Aussichten waren schwindelerregend.

Hinter ihr, auf dem schmalen Operationstisch, mit einem Tuch bis zum Hals bedeckt, lag Senator Richard Cormier und bot denselben Anblick wie während seiner Operation. Aber sein traumloser Schlaf war nun für ewig.

KAPITEL XII

»Meine Damen und Herren, wenn Sie jetzt bitte Platz nehmen wollen, können wir beginnen und diese Untersuchung hoffentlich in einer annehmbaren Zeit hinter uns bringen.«

Wie eine alternde Filmdiva hatte das MORRIS-TWEEDY-Amphitheater des Boston Doctors Hospital den unerbittlichen Druck der Jahre mit Charme und Stil überstanden. Obwohl im Laufe der Zeit unfraglich gealtert, behielt der gemütliche, kuppelförmige Hörsaal stolz seinen Platz im oberen Teil des bereits dreimal renovierten Westflügels. Es gab eine Zeit, da konnten die fünfundsiebzig steil aufsteigenden, zu Bänken zusammengefaßten Sitzplätze des »Amphi« fast das gesamte Krankenhauspersonal aufnehmen — Krankenschwestern, Ärzte und Studenten. Es wurde jedoch 1929, nachdem es fast fünfzig Jahre hindurch benutzt worden war, als großer Hörsaal und Demonstrationsraum durch ein erheblich größeres Amphitheater, das im Kellergeschoß des Südostflügels errichtet wurde, ersetzt.

Jahrelang war um den Abbruch dieser »Antiquität« gerungen worden. Der Streit endete dann aber abrupt, als die Regierung das »Amphi« zum Baudenkmal erklärte. Die Oberlichter aus Buntglas, die harten hölzernen Sitzplätze und die Flachreliefskulpturen, die bedeutsame

Ereignisse der medizinischen Geschichte darstellen, bleiben so für neue Generationen eifriger Arzt-Praktikanten bewahrt.

Während seines hundertjährigen Bestehens hatte das Morris-Tweedy-Amphitheater noch niemals eine derart zusammengewürfelte Gruppe von fünfzig Frauen und Männern aufgenommen, wie sie jetzt dort versammelt war. Es war acht Uhr abends, am Dienstag, den 5. Oktober — zwei Tage nach der Obduktion von Charlotte Thomas.

Als Vorstand der Belegschaft saß Dr. Margaret Armstrong hinter einem schweren eichenen Tisch und blickte auf die bogenförmigen Sitzreihen. Neben ihr saß Detective Lieutenant John Dockerty, er versuchte Ruhe und Ordnung in den Raum zu bringen. Dockerty war ein dünner Mann Ende vierzig mit faltigem Gesicht. Er trug einen Anzug aus Gabardine, der mindestens zwei Nummern zu groß schien. Seine blassen grünen Augen blickten forschend durch die Halle und fixierten dann einen Stapel Papier, der vor ihm auf dem Tisch lag. Als er sich über ihn beugte, fielen ihm rötlichbraune Haarsträhnen ins Gesicht und verdeckten ihm die Sicht. Geistesabwesend strich er sie wieder zurück, nur um später dasselbe Ritual von neuem zu wiederholen.

Seine träge, ziemlich zerstreute Art wies ihn als jemanden aus, der im Leben anscheinend schon alles mitgemacht hatte. Und tatsächlich, er war seit über fünfzehn Jahren bei der Bostoner Polizei und hatte dort allmählich ein bestimmtes Verhalten kultiviert und gelernt, wie dieses am wirkungsvollsten einzusetzen war.

Er sah noch einmal über die Teilnehmer hinweg und sprach dann aus einem Mundwinkel zu Margaret Armstrong: »Diese Leute hier können wohl eher damit umgehen, Anweisungen zu erteilen, als welche zu befolgen.«

Armstrong stimmte ihm lachend zu und schlug dann mehrmals mit einem Notizbuch auf den Tisch. »Würden Sie jetzt bitte alle Platz nehmen«, rief sie laut. »Wenn wir Lieutenant Dockerty schon nicht unsere Kooperationsbereitschaft beweisen können, dann wenigstens unsere Umgangsformen.« In weniger als einer Minute hatte jeder einen Platz gefunden.

Der Verwaltungschef saß, umgeben von seinen Assistenten, auf der einen Seite der Halle. Er war ein dickbäuchiger, geckenhafter Mann, der im Alter von siebzehn Jahren von seinem Elternhaus in Brooklyn weggelaufen war und seinen Namen von Isaac Lifshitz zu Edward Lipton III. geändert hatte. Jahrelang schon saß er auf seinem Posten, und er verstand es geschickt, die möglichen Aspiranten gegeneinander auszuspielen, so daß es niemandem gelang, ihn aus dem Amt zu drängen.

Auf der anderen Seite des Saales saßen die Damen und Herren, aus denen sich der Treuhänderausschuß des Krankenhauses zusammensetzte, in einer Gruppe zusammen. Sie waren eine geschlossene, pseudo-aristokratische Gesellschaft, die weitaus stärker daran interessiert war, welche Stellung sie durch diese Position im WHO'S WHO einnahm, als daran, wieviel Einfluß sie auf das Boston Doctors Hospital ausüben konnte. Die Herren des Ausschusses unterschieden sich nur durch Nuancen im Schwarz ihrer Anzugfarbe, die Damen waren überhaupt nicht voneinander zu unterscheiden. Dieses war in der jüngsten Zeit das erste Mal, daß der ganze vierundzwanzigköpfige Ausschuß geschlossen bei einer Sitzung auftrat.

Im mittleren Flügel saßen Wallace Huttner und Ahmed

Hadawi und die anderen Mitglieder des Personalrats. Zu dieser Gruppe setzte sich noch, direkt zu Huttners Rechten, Peter Thomas.
Die hinteren Plätze des Amphitheaters waren den Krankenschwestern vorbehalten. Acht von ihnen — alle in Privatkleidung — scharten sich um Dotty Dalrymple, die in ihrem schwarzen Kostüm sehr wild wirkte. Janet Poulos war auch darunter, daneben Christine Beall, Winnie Edgerly und einige andere Schwestern von Vier Süd; auch Angela Martin.
Auf der rechten Seite des Saales, einige Bänke hinter Edward Lipton III., nahm David Platz. Er saß dort bis auf die allerletzte Minute allein, dann schleppte sich schwerfällig Howard Kim, der Anästhesist, der ihm bei der mißlungenen Wiederbelebung von Charlotte Thomas geholfen hatte, die Treppen herunter und preßte sich auf den Sitz neben ihm.
John Dockerty hatte die Gästeliste für diesen Abend zusammengestellt, Dr. Armstrong hatte alles arrangiert.
»Ich möchte Ihnen danken, daß Sie alle gekommen sind«, begann Dockerty. »Sie müssen mir glauben, daß Untersuchungen wie die, um die ich heute abend gebeten habe, viel öfter bei *Columbo* oder in Agatha Christies Romanen vorkommen, als in der tatsächlichen Arbeit der Polizei. Ich möchte aber so schnell wie möglich in dem Fall Charlotte Thomas vorwärtskommen, ein Fall, mit dem jeder von Ihnen in der einen oder anderen Weise zu tun hat. Ausführungen dieser Art waren nie nach meinem Geschmack, aber dieses Treffen erschien mir als die effektivste Möglichkeit, Vorinformationen zu bekommen, die ich benötige, und gleichzeitig alle Interessierten auf denselben Informationsstand zu bringen. In den nächsten Tagen werde ich einige von Ihnen anspre-

chen, mit denen ich mich dann persönlich unterhalten möchte.« Er sah auf Margaret Armstrong hinab, die seinen einleitenden Worten zustimmend zunickte. Dockerty strich sich sein Haar wieder zurecht und rief Ahmed Hadawi nach vorn. Er wies ihm einen Stuhl zu, der im rechten Winkel zum Eichentisch stand, damit es dem Pathologen möglich war, ihn anzublicken, ohne dem Auditorium vollkommen den Rücken zuzukehren.

»Dr. Hadawi, wollen Sie uns bitte aufzeigen, was Sie mit dem Fall Charlotte Thomas zu tun gehabt haben?« fragte Dockerty.

Hadawi breitete einige Unterlagen vor sich aus und sagte dann: »Am dritten Oktober führte ich eine Obduktion an der fraglichen Person durch. Auf den ersten Blick zeigte sich, daß sie eine tiefe durchgelegene Stelle in der Nähe des Kreuzbeins, eine mäßig fortgeschrittene Verengung der Herzkranzarterien und eine extensive Lungenentzündung hatte. Es war mein erster Eindruck, daß sie an einem plötzlichen Herzinfarkt gestorben ist, hervorgerufen durch ihre Infektionen und durch ihre allgemein schwache körperliche Verfassung nach den beiden Operationen.«

»Ist das auch jetzt noch Ihr Eindruck?« fragte Dockerty nachdrücklich.

»Nein, er ist es nicht mehr. Die Ärzte der Patientin, Dr. Wallace Huttner und Dr. David Shelton, waren bei der Autopsie anwesend. Sie verlangten eine detaillierte chemische Analyse ihres Blutes.«

»Einen Moment bitte. Sie müssen mir helfen, Dr. Hadawi«, unterbrach ihn Dockerty. »Machen Sie diese chemischen Analysen nicht bei jedem — äh — Patienten?«

Hadawi grinste hämisch und faltete seine Hände auf

dem Tisch. »Ich wünschte, das wäre möglich«, antwortete er. »Unglücklicherweise müssen die Kosten einer Obduktion von der Institution aufgebracht werden, die mit dem Patienten zu tun hatte — und eine Autopsie vorzunehmen ist kaum ein billiges Geschäft: Gewebeanalysen, die Einwilligung der Kirche und vieles andere mehr werden benötigt. Natürlich würden wir einer zweifelhaften Analyse oder einem zweifelhaften Test weiter nachgehen; wir von der Pathologie müssen allerdings immer wieder unseren Eifer zügeln, um im Budget zu bleiben.« Er hielt einen Augenblick inne und warf einen feindseligen Blick auf Edward Lipton III.

»Bitte fahren Sie fort«, sagte Dockerty und schrieb einige Notizen in seinen Block.

Hadawi wies auf seine Unterlagen. »Von den vielen chemischen Analysen, die wir machten, ergaben zwei unnormal hohe Konzentrationen: Die erste war Kalium mit einem Stand von siebenkommavier, wohingegen die obere Grenze des Bereiches, den man noch als normal bezeichnen kann, bei fünfkommanull liegt; die zweite wies eine anormal hohe Morphiumkonzentration auf, weit über dem, was ein Patient, dem Morphiumsulfat zur Schmerzlinderung gespritzt wurde, im Blut gehabt hätte.«

»Dr. Hadawi, würden Sie uns bitte Ihre Ansicht über diese beiden Analysen mitteilen?« Dockertys Stimme war frei von dem geringsten Anzeichen auf eine Gemütsregung.

»Gut, meiner Ansicht nach ist der hohe Stand des Kaliumspiegels — und bitte bedenken Sie, das ist nur eine Meinung — eine Reaktion auf Prozesse in den Geweben, die nach dem Herzstillstand abgelaufen sind. Eine andere Geschichte ist die hohe Morphiumkonzentration: Die

Konzentration hatte im Blut der Frau ohne Zweifel den kritischen Punkt erreicht. Ausreichend, aber nicht notwendigerweise hoch genug, um einen Atemstillstand herbeigeführt zu haben und damit den sofortigen Tod.«
Dockerty fuhr sich zerstreut mit den Fingern durch die Haare. »Doktor, Sie wollen damit andeuten, daß ihr Tod durch eine Überdosis Morphium verursacht worden ist.« Hadawi nickte. »Sagen Sie mir, meinen Sie, eine Überdosis in dieser Größenordnung könnte unbeabsichtigt gegeben worden sein?«
Hadawi holte Luft, sah dann zum Lieutenant und schüttelte den Kopf. »Nein«, sagte er. »Nein, ich denke nicht, daß das möglich ist.«
Im gesamten Amphitheater herrschte tiefes Schweigen, niemand bewegte sich. Einige Sekunden lang ließ Dockerty die unheimliche Stille auf die Versammlung wirken, dann sagte er sanft: »Dies, meine Damen und Herren, macht aus Charlotte Thomas' Tod einen Mord — und der Mörder befindet sich hier unter uns.« Wieder Stille. Hadawi fühlte sich unbequem auf seinem Platz und dachte mit Beklemmung daran, was er mit seiner Aussage wohl angerichtet haben könnte.
»Vielen Dank, Doktor.« Als Hadawi aufstand, fügte der Lieutenant noch hinzu: »Oh, eine Kleinigkeit noch. Sie haben erwähnt, daß die chemischen Tests von Charlotte Thomas' Ärzten angeordnet wurden, äh« — er sah in seine Aufzeichnungen — »Dr. Huttner und Dr. Shelton. Können Sie sich genau daran erinnern, wer von den beiden die Analysen angeordnet hat?«
Hadawis dunkle Augen zogen sich zusammen, als er versuchte, im Gesicht des Inspektors einen Hinweis auf die Bedeutung dieser Frage zu finden. Schließlich zuckte er verdutzt mit den Achseln und antwortete: »Soweit

ich mich erinnere, ordnete Dr. Shelton den Kaliumspiegel an. Der Rest der Tests wurde von Dr. Huttner gewünscht.«

Dockerty bedeutete dem Pathologen, daß er auf seinen Platz zurückgehen könne, und murmelte ein »Danke«. Einen Moment lang blickte er suchend durch die Halle und rief dann, ohne David entdeckt zu haben: »Dr. Shelton?«

Howard Kim hob seine massige Hand und klopfte David auf die Schulter, als der an ihm vorbei zum Durchgang ging. David hatte seit etwa einem Tag von den anormalen Blutwerten gewußt und sogar mitbekommen, wie sich die Nachricht, daß die Polizei Ermittlungen anstellte, wie ein Lauffeuer auf den Stationen verbreitete. Obgleich Dr. Armstrong ihm nicht gesagt hatte, daß er von der Polizei vernommen werden sollte, war er in keinster Weise überrascht, als der Lieutenant ihn aufrief.

Dockerty lächelte, schüttelte fest Davids Hand und bat ihn, auf dem Stuhl, den Hadawi gerade verlassen hatte, Platz zu nehmen; dann ließ er ihn — wobei er teilweise desinteressiert schien — minutiös die Ereignisse schildern, die dem Herzstillstand von Charlotte Thomas folgten. Allmählich wurden Davids Aussagen flüssig und lebendig. Dockertys Art machte es ihm leicht zu reden. Schon bald unterhielt er sich mit dem zerzausten Lieutenant in der entspannten Art und Weise wie unter Freunden in der Kneipe. Dann, ohne die Geschwindigkeit oder den Ton ihrer Konversation zu wechseln, sagte Dockerty: »Erzählen Sie mir eines, Dr. Shelton. Ich habe gehört, daß Sie — kurz bevor Mrs. Thomas von Ihnen ohne Puls oder Atem gefunden wurde — über Charlotte und allgemein über schwerkranke Patienten diskutiert haben, mit Dr. Armstrong hier und mit einigen Schwestern namens, äh« — er nahm seine Notizen zu Hilfe — »den Schwestern Edgerly, Gold und Beall. Macht es Ihnen etwas aus, wenn Sie mir erzählen würden, was Sie in der Diskussion gesagt haben?«

Fünf, zehn, fünfzehn Sekunden lang war David nicht in der Lage zu sprechen. Die Frage paßte nicht. Sie ergab keinen Sinn — es sei denn ... Er machte sich Gedanken über die Folgerungen aus Dockertys Frage an Hadawi, welcher Arzt es gewesen sei, der den Test, der die hohe Morphiumkonzentration aufgedeckt hatte, angeordnet habe. Dieses unbestimmbare Gefühl der Furcht, das er bereits in jener Nacht auf Vier Süd nur verschwommen wahrgenommen hatte, nahm ihn nun ganz gefangen. Seine Schläfen begannen zu hämmern und seine Hände wurden steif und taub. *Verdammter Mist, er ist hinter mir her — hinter mir!*

In diesem Augenblick merkte David, daß sich Dockertys ausdrucksloser Blick in einen stählernen verwandelt hatte, der fest auf ihn gerichtet war — forschend, bewertend, bohrend. David wußte, daß er bereits zuviel Zeit gebraucht hatte — viel zuviel —, um auf die Frage zu antworten. Er atmete tief durch und kämpfte gegen die Panik an. Sei locker und hör auf, zu viel hineinzuinterpretieren, dachte er. Erzähl dem Mann einfach, was er wissen will.

»Dr. Shelton, erinnern Sie sich an den Vorfall, über den ich Sie befrage?« Die grenzenlose Geduld, die in Dockertys Stimme lag, hatte eine beißende Schärfe.

Schon bevor er antwortete, wußte David, daß die Worte stotternd und schwerfällig aus ihm herauskommen würden — so kamen sie auch. Unterbrochen von vielen »Hms« und »Ähs« sagte er: »Ich erklärte ihnen nur ... daß ein Patient, der ... große Schmerzen hat und nur gerin-

ge Aussicht, seine Krankheit zu überleben ... wohlüberlegt behandelt werden sollte. Gerade dann, wenn die geplanten Maßnahmen ... besonders schmerzhaft ... ja unmenschlich sind ... wie zum Beispiel, an eine Lungenmaschine angeschlossen zu werden.« Er bekämpfte den Drang, mehr zu sagen, vermied bewußt das panische Gerede, das immer dann entsteht, wenn jemand versucht, eine Erklärung zu erklären.
Dockerty fuhr sich langsam mit der Zunge über die Zähne. Er stieß das angespitzte Ende seines Bleistifts auf den Tisch und kratzte sich am Hinterkopf. »Dr. Shelton«, sagte er schließlich, »denken Sie nicht, daß die Verweigerung einer Behandlung gegenüber einem kranken Patienten eine Art von Sterbehilfe ist? Von Euthanasie?«
»Nein, ich denke, daß das überhaupt nichts mit einer Tötungshandlung zu tun hat.« Zu seiner Angst gesellte sich allmählich auch die Wut. In seiner Stimme wurde die Erregung immer deutlicher. Er sprach zu schnell und zu unbedacht. »Es handelt sich hierbei nur um eine vernünftige, mitfühlende ärztliche Entscheidung. Und das ist es, worum es einem Arzt gehen sollte. Um Himmels willen, niemals habe ich befürwortet, die Lungenmaschine abzuschalten oder einem Patienten eine tödliche Dosis zu geben.«
»Niemals?« Dockerty lieferte den zündenden Funken.
David explodierte. »Verflucht, Lieutenant, mir reichen jetzt Ihre Anspielungen!« Er vergaß die Versammlung um sich herum. »Wenn Sie eine Anschuldigung gegen mich vorbringen wollen, dann machen Sie es gefälligst. Und wenn Sie schon dabei sind, dann erklären Sie auch, warum ich es war, der während der Wiederbelebung sagte, es sei etwas nicht in Ordnung; warum ich es war, der verlangte, daß ein Kalium ...« Das Wort blieb ihm im

Mund stecken. Er merkte, schon bevor Dockerty wieder etwas sagte, worauf dieser hinauswollte.
»Verdammt«, zischte er entmutigt.
»Ich habe die Möglichkeit gehabt, Dr. Shelton, mich kurz mit einigen Ärzten und Krankenschwestern zu unterhalten, die mit Ihnen in Charlotte Thomas' Zimmer gewesen sind. Genau wie Sie hatten manche den Eindruck, daß irgend etwas nicht in Ordnung sei. Anscheinend war auch anderen die Angelegenheit suspekt, so daß sie Nachforschungen anstellten. Ob sie so weit gegangen wären, einen Bluttest bei der Frau zu verlangen, wie Sie es taten, werden wir niemals erfahren, weil Sie ihn bereits angeordnet hatten — wenigstens für das Kalium.«
»Und Sie wollen damit sagen, ich hätte das alles getan, um mich abzusichern und sicherzustellen, daß niemand an etwas wie Morphium denkt?« Dockerty zuckte mit den Schultern. »Das ist doch lächerlich, vollkommen verrückt«, schrie David.
»Dr. Shelton«, sagte Dockerty ruhig, »bitte nehmen Sie sich zusammen. Ich beschuldige weder Sie noch irgend jemand anderen hier mit irgend etwas.«
»Noch nicht«, stieß David heftig hervor.
»Wie bitte?«
»Nichts. Sind Sie mit mir fertig?«
»Ja, ich danke Ihnen.« Wieder verhielt sich Dockerty so mechanisch wie schon während der gesamten Untersuchung. Als David zu seinem Platz zurückging, sah er in halber Höhe des mittleren Durchgangs Wallace Huttner sitzen, der ihn mit einem kühlen stählernen Blick ansah. Unwillkürlich durchfuhr ihn ein kalter Schauder.
Dockerty flüsterte einige Sekunden mit Margaret Armstrong und rief dann Dorothy Dalrymple auf. Die Leiterin des Pflegepersonals schraubte sich aus ihrem Sitz

wie ein Korken, den jemand aus der Flasche zieht. Als sie dies geschafft hatte, glitt sie mit paradoxer Anmut durch den Gang. Ein damenhafter Händedruck mit Dockerty, dann setzte sie sich auf den eichenen Stuhl und grinste affektiert, als Zeichen, daß sie bereit sei. Dockerty ließ sich über den Zustand von Charlotte Thomas am Vortag ihres Todes berichten, wie er in den Berichten der Krankenschwester beschrieben war. »Diese Berichte werden immer am Ende einer Schicht geschrieben«, erklärte Dalrymple. »Deshalb wurden die Berichte der Nachtschicht vom zweiten Oktober erst nach dem Tod der Patientin geschrieben. Die Schwester jedoch, die in dieser Nacht für Mrs. Thomas sorgte, Mrs. Beall, sah sie um neunzehn Uhr, also ungefähr zwei Stunden vor ihrem Tod. Ihr hervorragender Bericht weist aus, daß die Patientin — ich zitiere jetzt ›aufgeweckt, geistig frisch und etwas weniger deprimiert ist als noch vor kurzem‹. Mrs. Beall schreibt weiter, daß ihre wichtigsten Lebensfunktionen — Puls, Atmung, Temperatur und Blutdruck — stabil waren.« Dalrymple drehte ihren massigen Körper dem Auditorium zu und sah zu den oberen Sitzreihen hoch, wo die Krankenschwestern zusammensaßen. »Miss Beall«, rief sie, »haben Sie dem, was ich dem Lieutenant erzählt habe, noch etwas hinzuzufügen?«
Christine, die nach dem Gefühlsausbruch Davids völlig deprimiert und beunruhigt war, achtete nicht auf den Zuruf. Sie hatte von der Entdeckung des Morphiums in Charlottes Körper erst einige Stunden zuvor erfahren. Die Information kam telefonisch; von Peg, der Krankenschwester, die sie beauftragt hatte, Charlottes Gesundheitszustand zu bewerten. »Christine, ich möchte Sie über das, was wir über die Vorgänge im Krankenhaus wissen, auf dem laufenden halten, ohne daß Sie sich

übertriebene Sorgen machen sollten«, hatte die Frau gesagt. »Mir wurde gesagt, morgen abend gäbe es eine Art Untersuchung. Ein Polizist wird anwesend sein. Ihre Schwester Janet Poulos hat sich nochmals die Berichte in der Akte von Charlotte Thomas angesehen. Und sie meint, daß dort nichts enthalten ist, was Sie in den Fall hineinziehen könnte. Wir sind uns sicher, daß die Untersuchung kurz und ergebnislos verlaufen wird. Man wird ihren Tod irgend jemandem zuschreiben, dessen Namen und Motiv niemals aufzudecken sein wird. Die Unternehmungen des Schwesternbundes in Ihrer Klinik werden auf unbestimmte Zeit stark eingeschränkt werden. Und Sie werden sehen, schon nach einiger Zeit wird sich der Sturm legen. Sie befinden sich in überhaupt keiner Gefahr — bitte, Christine, glauben Sie mir das.«

Christine preßte die Lippen fest zusammen und starrte in die goldene Kuppel hinein, als Dalrymple sie rief.

Einige Plätze weiter saß Janet Poulos und blickte sie hilflos an. Sie stand unter einer enormen Anspannung, weil sie befürchtete, daß Christine plötzlich aufstehen, ihre Überzeugung herausschreien und den einzigen weiteren Namen einer Bundesschwester, den sie kannte, preisgeben könnte — Janets. Gott im Himmel, hätte sie das alles geahnt, hätte sie Dahlia angerufen. Dahlia hätte genau gewußt, wie man mit der Angelegenheit umgehen sollte.

Janets Blick wanderte an Christine vorbei zu Angela Martin. Mit ihren kalten blauen Augen beobachtete sie die Szenerie unten, ihr goldenes Haar lag tadellos. Diese Frau schien von dem ganzen Geschehen nicht im geringsten berührt zu sein. Selbst wenn es ihr Name gewesen wäre, den Christine Beall kannte, hätte Janet bezweifelt, daß Angela die Ruhe verlieren würde. Sie waren beide schon fast zehn Jahre im Schwesternbund gewesen, bevor sie sich kennenlernten. Nun waren sie die besten Freundinnen und genossen beide den Nervenkitzel und die Belohnungen des »Garten Eden«. Sie spekulierten darüber, wer wohl die mysteriöse Frau war, die sie zusammengebracht hatte.

Janet blickte sich in der Halle um und fragte sich, ob außer Lilia und Hyazinthe vielleicht noch andere Mitarbeiterinnen von Dahlia hier seien. Schon möglich, dachte sie. Janet kannte diese Frau nur der Stimme nach am Telefon, aber immer wieder war sie von ihrer eiskalten Logik und ihren schier grenzenlosen Informationsquellen beeindruckt. Ihr war es zu verdanken, daß der »Garten Eden« ständig größer wurde — in anderen Krankenhäusern genauso wie im Boston Doctors. Überall, wo es ein Mitglied des Schwesternbundes gab, konnte auch eine Blume erblühen. Dahlia glaubte daran, mehr als an alles andere. Der Grundgedanke beider Organisationen war derselbe: Schwester und Patient allein in einem Zimmer. Sie hatte es vielleicht ein wenig zu eilig gehabt mit Beall, aber für Janet war sie dennoch eine Frau mit fast perfektem Urteilsvermögen. Janet wünschte verzweifelt, sie kennenzulernen.

Momentan machtlos, glitt Janet in ihren Sitz zurück und sah weiter zu.

»Miss Beall?« rief Dalrymple nochmals. Winnie Edgerly stieß Christine an. »Ich frage Sie, ob Sie dem, was ich dem Lieutenant erzählt habe, noch etwas hinzuzufügen haben.«

Christine schluckte — einmal, zweimal. Als sie versuchte zu sprechen, kam nur ein Geräusch hervor, das an das Kratzen von Schmirgelpapier erinnerte. Sie räusperte sich und klammerte sich noch stärker an die Armlehnen.

»Es tut mir leid«, gelang es ihr zu sagen. »Nein, ich habe nichts hinzuzufügen.«
Janet seufzte erleichtert auf und schloß die Augen. Die Beall ist wieder zu sich gekommen.
Christine sah zu dem Platz hinunter, auf dem David saß. Er stützte seinen Kopf mit einer Hand und blickte wie geistesabwesend zu Dalrymple und Dockerty hinüber. Sie sah, wie isoliert er war, und konnte sich gut in seine Situation hineinversetzen. Trotz der Anrufe von Peg, trotz der beruhigenden Worte von Janet und trotz der riesigen Organisation des Schwesternbundes, die sie hinter sich wußte, fühlte sie sich im Stich gelassen. In diesem Moment wäre sie am liebsten zu ihm gelaufen, um ihn irgendwie zu beruhigen, um ihm zu sagen, sie wüßte besser als alle anderen, daß er nichts mit Charlottes Tod zu tun hatte. »Alles wird wieder gut werden«, sagte sie sich immer wieder. »Misch dich nicht ein, und es wird alles wieder gut werden.« Sie zwang sich, sich wieder auf die Szene, die unter ihr weitergespielt wurde, zu konzentrieren.
»Miss Dalrymple«, fuhr Dockerty fort, »Sie haben eine Liste der Medikamente, die Mrs. Thomas gegeben wurden?«
Dalrymple nickte. »Sie bekam Chloramphenizol, ein Antibiotikum, und Demerol, ein schmerzstillendes Medikament.«
»Kein Morphium?«
»Kein Morphium«, antwortete sie und schüttelte den Kopf, um ihrer Aussage Nachdruck zu verleihen.
»Kein Morphium . . .« sprach Dockerty mit leiser Stimme, die aber für alle, die sie hören wollten, laut genug war. »Sagen Sie mir«, fragte er, »ist es einer Krankenschwester oder anderen Krankenhausangestellten mög-

lich, an Morphiumsulfat zu gelangen, und zwar in den Mengen, die Dr. Hadawis Ansicht nach Charlotte Thomas gespritzt wurden?« Dalrymple durchdachte die Frage, bevor sie antwortete. »Die Antwort ist, daß sich bestimmt jeder jede Droge beschaffen kann, solange er genug Geld hat, um sie sich außerhalb des legalen Wegs zu kaufen. Ich kann Ihnen jedoch versichern, daß es vollkommen unmöglich für meine Krankenschwestern — oder für irgend jemand anderen — ist, mehr als nur eine winzige Menge an Narkotika aus dem Krankenhaus zu bringen. Wie Sie wissen, wird immer nur eine geringe Menge injizierbarer Narkotika auf den Stationen aufbewahrt, und diese Menge wird bei jedem Schichtwechsel von zwei Schwestern kontrolliert — von einer aus der alten und einer aus der neuen Schicht. Die Obernachtschwester hat Zugang zu der Krankenhausapotheke, aber selbst dort sind die Narkotika fest verschlossen, und nur der Apotheker hat die Schlüssel.«

Sie rutschte mit ihrem massigen Körper auf dem Stuhl hin und her und faltete ihre großen Hände zu einem unförmigen Ball. »Gehen wir von dem legalen Weg aus, dann könnte nur ein Apotheker oder ein Arzt mit einem Mal eine beträchtliche Menge Morphium zusammenbekommen«, schlußfolgerte sie.

Dockerty nickte und beriet sich wieder flüsternd mit Dr. Armstrong. »Miss Dalrymple«, fragte er schließlich, »geben die Berichte der Schwestern Auskunft, ob am Abend ihres Todes Charlotte Thomas Besuch in ihrem Zimmer hatte?«

»Andere Besuche als die der Ärzte werden gewöhnlich nicht festgehalten. Ich kann Ihnen aber versichern, daß niemand bei ihr gewesen war.«

»Nicht einmal der Arzt, der sie ohne Puls und Atmung aufgefunden hatte?« fragte Dockerty.

Dalrymples Gesichtsausdruck gab zu erkennen, daß sie Dockertys Anspielung mißbilligte. »Nein«, sagte sie wohlüberlegt. »Es wurde nichts davon erwähnt, daß Dr. Shelton in das Krankenzimmer gegangen sei. Ich muß allerdings hinzufügen, daß die meisten Krankenschwestern zur Zeit des Herzstillstands gerade Kaffeepause machten. Zu der Zeit war niemand auf dem Gang, der ihn hätte kommen sehen.«

Dockerty ignorierte anscheinend ihre letzte Bemerkung. »Das war alles, haben Sie vielen Dank.« Als die Frau zu ihrem Platz zurückkehrte, rief David voller Erregung: »Lieutenant, langsam habe ich davon wirklich die Nase voll!« Er stand auf und stemmte sich mit den Armen gegen den Sitz seines Vordermannes. Von links schaute ihn Howard Kims Mondgesicht teilnahmslos an. »Ich verstehe nicht, was Sie denken und worauf Sie hinauswollen. Lassen Sie mich aber hier und jetzt eines klarstellen, und zwar, daß ich niemals einem Patienten ein Medikament verabreichen oder ihn in irgendeiner Art und Weise behandeln würde, mit dem Ziel, ihm Leid und Schmerzen zuzufügen.« In den Sekunden, die darauf folgten, meldete sich wieder seine innere Stimme. Sie sagte ihm, daß ihn schon wieder seine eigenen Äußerungen auf den Abgrund zusteuerten.

»Setz dich, um Himmels willen«, sagte die Stimme weiter eindringlich. »Er kann dir nichts anhaben, Dummkopf. Nur *du selbst* kannst dich belasten. Setz dich und bleib ruhig.«

Er zügelte seine rasende Wut und Panik in der Stimme. Die Worte kamen ihm gepreßt über die Lippen. »Warum ich? Es gibt viele andere, die in Frage kämen: ihr Ehemann, Verwandte, Freunde, die vor mir in dem Zimmer waren. Warum beschuldigen Sie mich?«

»Dr. Shelton«, sagte Dockerty gelassen, »ich habe Sie nie beschuldigt, irgend etwas getan zu haben. Das habe ich bereits schon einmal gesagt. Aber weil Sie es schon in den Raum geworfen haben: Professor Thomas hielt an dem besagten Abend ein Seminar. Dreiundzwanzig Studenten. Von sieben bis zehn Uhr abends. Und soweit er wußte, hatte niemand vor, seine Frau an diesem Abend zu besuchen. Wenn ich nun Ihre Frage beantwortet habe, können wir vielleicht fortfahren mit ...«
»Nein!« schrie David. »Diese ganze Untersuchung ist ein einziger Schwindel. Die perverse Anmaßung einer Gerichtsverhandlung. Ein Jurastudent im ersten Semester würde eine unparteiischere Anhörung zustande bringen als diese hier. Wenn Sie mich in irgend etwas hineinziehen wollen, dann tun Sie das vor Gericht, wo Sie wenigstens einem Richter antworten müssen.« Er hielt inne und versuchte, seine Selbstbeherrschung zurückzugewinnen. Die Stimme in ihm fing wieder an: »Merkst du es denn nicht, Dummkopf? Diese ganze Untersuchung ist nur angesetzt worden, um dich zu dem zu bewegen, was du gesagt und getan hast. Ich habe dir geraten, einen kühlen Kopf zu bewahren, aber du weißt ja nicht einmal, was das ist.«
»Also gut«, sagte Dockerty. »Ich denke, wir haben genug gehört. Ich werde mich in den nächsten Tagen an einige von Ihnen persönlich wenden. Vielen Dank, daß Sie gekommen sind.« Er tauschte flüsternd einige Bemerkungen mit Dr. Armstrong aus, packte dann seine Unterlagen zusammen und verließ die Halle, ohne einen Blick auf David zu werfen, der wie eine bleiche Statue dastand.
Als David sich so weit beruhigt hatte, daß er die Rükkenlehne des Sitzes losließ und sich umsah, war das

Morris-Tweedy-Amphitheater fast leer. Christine und die anderen Krankenschwestern waren gegangen, ebenso Howard Kim. Als er in den hinteren Teil der Halle sah, traf sein Blick mit dem von Wallace Huttner zusammen. Die Augen des großen Chirurgen musterten ihn mißtrauisch. Dann drehte Huttner sich mit einem spöttischen Kopfschütteln um und ging Arm in Arm mit Peter Thomas hinaus.

David war allein und starrte auf das rot schimmernde Schild AUSGANG, als eine Hand seine Schulter berührte. Er drehte sich um und starrte in die besorgten blauen Augen von Margaret Armstrong.

»Sind Sie in Ordnung?« fragte sie.

»Natürlich, sicher, alles bestens.« Er bemühte sich nicht, die Aggressivität in seiner Stimme zu zügeln.

»David, das, was hier eben geschehen ist, tut mir so leid. Hätte ich vorher gewußt, wie Lieutenant Dockerty über Sie herfallen würde, dann hätte ich es niemals gestattet, das alles hier aufzuziehen. Er sagte, er wolle die spontane Reaktion einiger Leute prüfen. Sie waren nur einer von mehreren. Plötzlich brachen Sie los, und es bestand für mich keine Chance, zu . . .« Sie gab auf, es zu erklären. »Sehen Sie David«, sagte sie schließlich, »ich mag Sie sehr gern, schon seit dem Tag, an dem Sie zu uns kamen. Bitte tun Sie mir den Gefallen und hören Sie zu. Ich weiß, daß das nach allem, was geschehen ist, nicht einfach ist, aber versuchen Sie es bitte. Ich möchte Ihnen helfen.«

David sah sie an, zügelte seine Wut und nickte.

»Wie wär's, gehen wir für eine Stunde ins Popeye's?« Ihr Lächeln war warm und aufrichtig.

»Also gut, ins Popeye's«, antwortete David und nahm sein Jackett. Gemeinsam verließen die beiden Verbündeten das Krankenhaus.

Das Popeye's war eine Institution, es hatte schon fast dreißig Jahre lang Ärzte und Krankenschwestern erlebt, die ihre Probleme und ihr Leben an den Tischen diskutierten. Über dem Eingang der Kneipe prangte eine bewegliche Neonreklame, der ganze Stolz und Spaß des Wirtes. Sie stellte Figuren aus dem Comic strip dar, wie sie Wimpy — voll beladen mit Hamburgern — durch das Haus jagen. Als sie eintraten, erblickte David vier der Krankenschwestern, die auch bei der Befragung dabeigewesen waren. Weder Dalrymple noch Christine waren unter ihnen.

»Ich war schon seit Jahren nicht mehr hier«, sagte Dr. Armstrong, nachdem sie sich an einen Tisch im hinteren Teil der Kneipe gesetzt hatten. »Als mein Mann und ich frisch verliebt waren, saßen wir oft hier. Es hat sich wirklich nichts verändert, außer der schrecklichen Reklame draußen.«

David bemerkte, daß sie keinen Ehering trug. »Lebt Ihr Mann noch?« fragte er.

»Arne? Nein, er starb vor acht, nein, neun Jahren.«

»O ja, stimmt, wie dumm von mir.« David erinnerte sich, daß er, genauso wie alle anderen im Doctors Hospital, wußte, daß sie die Witwe von Arne Armstrong war, einem weltbekannten Neurophysiologen, der vermutlich den Nobelpreis erhalten hätte, hätte er nur lange genug gelebt, um seine Arbeit zu vollenden.

»Es tut mir leid.«

»Seien Sie nicht dumm . . .«, sagte Dr. Armstrong und unterbrach ihren Satz, als eine wohlgeformte Blondine in schwarzem Minirock und einem hautengen roten Pullover am Tisch erschien, um ihre Bestellung aufzunehmen. »Ich möchte ein Bier vom Faß — und was möchte mein Verehrer?« Sie lächelte David an.

»Cola«, sagte er. »Extra groß, mit viel Eis.«
Die Bedienung ging, und Armstrong sah David an. »Kein Schluck Bier, nach allem, was Sie heute abend durchgemacht haben?«
Sie wußte es. Ganz sicher wußte sie es. Wie jeder. Aber sie wollte ihn nicht auf die Probe stellen. David merkte, daß ein wenig Bewunderung in ihrer Stimme lag.
»Es ist fast acht Jahre her, daß ich keinen Tropfen Alkohol mehr anrühre, oder Tabletten«, sagte er. »Um mich wieder so weit zu bringen, müßte ich schon mehr Prügel bekommen, als Dockerty je austeilen könnte. Ich bin mir aber ziemlich sicher, daß bei all der Cola, die ich trinke, meine Zähne irgendwann zu Staub zerfallen werden.«
Er hielt inne und dachte an John Dockerty; Bilder von anderen Auseinandersetzungen, die er nach Ginnys und Beckys Tod durchstehen mußte, schossen ihm durch den Kopf.
Als könnte sie seine Gedanken lesen, sagte Armstrong: »David, Sie wissen, daß mir vieles, was Ihnen in der Vergangenheit zugestoßen ist, bekannt ist.« Er nickte. »Dann sollten Sie auch wissen, daß Lieutenant Dockerty darüber ebenso informiert ist. Ich kann mir nicht erklären, wie er so viel so schnell herausfinden konnte, aber ich denke, er beherrscht sein Metier ziemlich gut. Und Sie wissen, was es bedeutet, in einem riesigen Glashaus wie diesem Krankenhaus zu arbeiten. Das Leben eines jeden beschäftigt alle anderen, und die Lücken, die beim alltäglichen Tratsch offenbleiben, werden einfach mit Erfindungen gefüllt.«
David lachte kurz und trübselig auf. »Ich stand früher schon im Zentrum der Gerüchteküche dieser Klinik«, sagte er. »Ich weiß genau, was Sie meinen, dieses Mal handelt es sich jedoch nicht um harmlose Vermutungen.

Ich würde nie daran denken, jemandem Schmerzen zuzufügen oder ihn gar umbringen zu wollen.«
»Das brauchen Sie mir doch nicht zu erzählen. Das war mir schon zu Beginn der ganzen Sache klar. Wie ich eben bereits sagte, meiner Ansicht nach ist Lieutenant Dockerty sehr gründlich und sehr gut in seinem Job. Ich bin mir sicher, daß das vorteilhaft für Sie sein wird. Er ist nicht der Typ, der einen Fall abschließt, bevor er nicht alles vollkommen hieb- und stichfest hat.«
Die Getränke wurden gebracht, und David war froh, daß die Unterhaltung über diesen Punkt einige Minuten lang unterbrochen wurde. »Vielleicht wäre es am besten, wenn ich mich vom Dienst freistellen ließe, bis die ganze Angelegenheit vorbei ist«, sagte er zum Schluß.
Armstrong knallte ihren Krug so heftig auf den Tisch, daß das Bier bis zum nächsten Tisch hinüberspritzte. »Verdammt, Sie dummer Junge, noch nie hatte ich mit jemandem zu tun, der sich selber so sehr schadete wie Sie sich. Nach allem, was ich heute abend gehört habe und was ich für wahr halte, muß unser lieber Lieutenant eine ganze Menge mehr an Beweisen aufbieten, bevor ich irgend jemandem — einschließlich Ihnen — erlauben würde, Ihre Suspendierung vom Dienst zu verlangen. Und falls Sie nicht glauben, daß ich die Macht dazu habe, dann versuchen Sie es nur.«
David fiel das Lachen jetzt viel leichter als zuvor. »Vielen Dank«, sagte er. »Ich danke Ihnen vielmals.«
»So.« Sie starrte auf ihre Uhr. »Dieser alte Vogel muß morgen einen ganzen Tag lang Sprechstunde halten, deshalb schlage ich vor, jetzt zu gehen. Wir werden uns demnächst weiter unterhalten. Inzwischen müssen Sie sich ein wenig entspannen. Haben Sie Geduld. Leuten wie Lieutenant Dockerty und Ihrem Freund Wallace

Huttner kann man kaum etwas erklären. Sie müssen die Wahrheit selbst herausfinden.« Sie legte eine Fünf-Dollar-Note auf den Tisch und ging, ohne sich den Rest herausgeben zu lassen, mit David zu ihrem Wagen.
Als sie eingestiegen war und ein Fenster heruntergekurbelt hatte, sagte David: »Ich habe mich bereits so oft wiederholt. Ich komme mir vor wie eine Schallplatte mit Sprung . . . Vielen Dank. Ich glaube, es gibt einfach kein besseres Wort. Vielen Dank.«
»Passen Sie nur auf sich auf, David«, sagte sie besorgt. Und kommen Sie heil aus der Sache raus. Damit könnten Sie mir am meisten danken.«
Er sah ihr hinterher, bis ihr Wagen verschwunden war; dann ging er wie betäubt zum Parkplatz, wo er seinen Wagen geparkt hatte. Der Wagen, ein gelber Saab, den er sich vor nicht ganz einem Jahr gekauft hatte, stand auf den Felgen. Alle vier Reifen waren durchstochen. Über die Windschutzscheibe stand mit roten Buchstaben das Wort MÖRDER geschrieben.
»Ein großes Glashaus«, brummte er vor sich hin, als er den schmierigen, grausamen Schriftzug erblickte. »Sie sagten es, meine Dame. Ein großes, verdammt dreckiges Glashaus.«

KAPITEL XIII

Barbara Littlejohn hatte nur eine Minute draußen vor dem TWA-Terminal gewartet, bis ein Taxi kam. Das reichte aber dem naßkalten Neuengland-Wetter, ihre Kleider vollkommen zu durchdringen, ihre Gelenke steif werden zu lassen und die Haut so straff zu spannen, daß es weh tat. Der Flug aus Los Angeles war anstrengend genug gewesen, aber das hier ... Sie fröstelte noch immer, als das Taxi an die Zahlstation für die Tunnelgebühren kam und sich dann in den dichten Verkehr des Tunnels einreihte — eine feuchte, abgasgefüllte Röhre, die East Boston mit Boston verband. Als sie in Richtung Zentrum fuhren, hatte es angefangen zu regnen.

Barbara redete auf den Fahrer ein, so nah wie möglich an den Eingang des COPLEY-PLAZA-HOTELS zu fahren. Sie stürmte in die Vorhalle und fragte sich, weshalb sie das Wetter in Neuengland früher zwar als launenhaft, aber als angenehm empfunden hatte.

Sie war eine attraktive Frau Ende vierzig, groß, braungebrannt und beinahe so schlank wie in den Tagen, als sie, angezogen wie ein Mannequin, die Schwesternschule besucht hatte. Obwohl er wenigsten zehn Jahre jünger war als sie, zog sie der Empfangschef mit seinen Augen aus.

»Ich gehöre zur DONALD-KNIGHT-CLINTON-STIFTUNG«,

sagte sie, sein anzügliches Grinsen ignorierend. »Wir haben hier ein Treffen unseres Verwaltungsrates.«
»O ja, gnädige Frau. Um acht Uhr. Raum einhundertdreiunddreißig. Sie müssen durch die Eingangshalle zu den Fahrstühlen und in den ersten Stock hinauf.« Er bemerkte ihre Reisetasche. »Wollen Sie diese Nacht in unserem Hause verbringen?« Wieder dieser lüsterne Blick.
»Nein, vielen Dank. Ich werde bei Freunden übernachten.« Sie ging und ließ den Mann mit seinen Phantasien stehen.
Zwei Frauen, eine aus Dallas und die andere aus Chicago, blickten Barbara an, als sie in der Vorhalle zusammentrafen und gemeinsam in den Fahrstuhl traten. Ein paar kurze, herzliche Worte, und der Fahrstuhl fuhr hoch.
Es war Montag, noch keine vierundzwanzig Stunden nach der Untersuchung im Boston Doctors Hospital. Die sechzehn Frauen aus allen Teilen des Landes — New York, Philadelphia, San Francisco, Miami — hatten alle ihre Pläne geändert, um zum Treffen ins COPLEY kommen zu können. Sie kamen, weil Peggy Donner sie zusammengerufen hatte und weil sie als Regionale Vorsitzende des Schwesternbundes dazu verpflichtet waren.
Raum 133 war kitschig eingerichtet: Auf der dunkelgrünen Wandbespannung aus verschlissenem Samt hingen Lithographien von Pferden beim Punchestown-Rennen 1862, in der Mitte standen die Konferenz-, und an einer Seite die Serviertische. Unter dem einzigen Fenster war eine voluminöse, grüne Ledercouch plaziert.
Barbara begrüßte die schon vor ihr Angekommenen und zählte kurz durch. Zwölf. Die vier Bostoner, einschließlich Peg, verspäteten sich. »Gibt's keinen Kaffee?« fragte sie niemanden speziell, als sie ihre Tasche öffnete, um

ein großes Schild mit der Aufschrift CLINTON-STIFTUNG hervorzuholen und es vor sich am Rand des glänzenden Walnußtisches aufzustellen.

»Der Kellner war bereits hier«, antwortete eine der Frauen. »Er sagte, der Notfallwagen mit dem rettenden Kaffee würde gleich kommen.« Ihr Humor löste die Spannung im Raum, aber nur vorübergehend. Eine Dringlichkeitssitzung wie diese hatte es noch niemals gegeben, und von den Anwesenden kannte nur Barbara den genauen Grund dafür. Sie sah auf ihre Uhr. Zehn nach acht. Ihre regelmäßigen vierteljährlichen Treffen begannen selten zu spät. Heute ging es aber nur um Boston; obwohl sie auch noch andere Sachen zu besprechen hatte, würde sie warten.

Die Frauen standen in kleinen Gruppen zusammen und unterhielten sich leise über ihre Familien, ihre Arbeit und über die Kliniken, in denen sie beschäftigt waren. Sie waren aus Städten gekommen, wo jede von ihnen Titel, Macht und Einfluß hatte. Susan Berger — sie koordinierte die Arbeit der Krankenschwestern in allen Kliniken von San Francisco — tuschelte mit June Ulrich, Leiterin der Marktforschung des größten pharmazeutischen Unternehmens des Landes. Sie wußten genau wie alle anderen, daß sie ihre herausragenden Posten teilweise ihrem Engagement im Schwesternbund zu verdanken hatten. Dessen sichtbarer Zweig, die DONALD-KNIGHT-CLINTON-STIFTUNG, gab eine monatlich erscheinende Zeitschrift heraus, in der verschiedene karitative Projekte des Schwesternbundes vorgestellt und in der höhere Positionen für Krankenschwestern ausgeschrieben wurden, wobei Mitglieder bevorzugt berücksichtigt wurden.

Als Beauftragte für Organisation im Verwaltungsrat des

Schwesternbundes hatte Barbara Littlejohn auch die Aufgabe, die CLINTON-STIFTUNG und eine halbe Million Dollar zu verwalten, die jedes Jahr von den Bundesschwestern freiwillig gespendet wurde. Obgleich sie die wichtigste Position innehatte, konzentrierte sich der Einfluß und auch fast die gesamte Macht bei Peggy Donner. Barbara sah nochmals auf die Uhr und verteilte dann ihre Unterlagen auf dem Tisch. Noch fünf Minuten, und sie würde beginnen — mit oder ohne Peg.

In diesem Augenblick kam der mausgraue Chef des Pagendienstes mit dem Kaffeewagen herein. Er breitete ein Tischtuch über den Serviertisch aus und arrangierte darauf gekonnt und schwungvoll Tassen und Kanne. Schließlich ging er hinaus und kam mit einem Blumenarrangement zurück, das er feierlich in die Mitte zwischen den Reihen der hübsch aufgestellten Tassen stellte.

»Blumen«, sagte Susan Berger überrascht. »Ja, das ist der erste Streich; Peggy will uns für weitere Pläne, die sie ausheckt, mild stimmen. Aber sie sind schrecklich schön.«

Der Chef des Pagendienstes lächelte, als sei das Kompliment für ihn persönlich bestimmt. Er blieb noch einige Sekunden lang der Mittelpunkt des Raumes, korrigierte etwas am Arrangement und zog sich dann, immer noch lächelnd, zurück. Trotz seiner Bemühungen schien die Vase überzuquellen: Mit Dahlien. Sie sollten darauf aufmerksam machen und warnen, daß der »Garten Eden« alles beobachten und hören würde: der Sprößling beurteilt seine Eltern. Es war eine Warnung, die nur eine einzige Person auf dem Treffen verstehen konnte.

Ruth Serafini, die robuste, dynamische Vorsteherin der Schwesternschule am White Memorial Hospital, war die erste, die von der Bostoner Gruppe eintraf. Peggy Donner hatte die Organisation in Boston aufgebaut; und obwohl sie sich schnell über das ganze Land ausgebreitet hatte, war diese Sektion nach wie vor bei weitem die größte. Neben Ruth waren noch zwei Vorsitzende notwendig, um die Aktivitäten in den Neuengland-Staaten zu überwachen. Peggy selbst hatte nichts mehr mit der alltäglichen Arbeit zu tun.

»Kommt der Rest auch bald?« fragte Barbara nach einem kurzen Händeschütteln.

»Ich weiß es nicht. Ich bin im Verkehr steckengeblieben.« Ruth nahm sich eine Tasse Kaffee und setzte sich an den Konferenztisch.

»Entschuldigt bitte die Verspätung«, sagte Barbara schließlich. »Ich denke, wir sollten jetzt anfangen und zum Geschäftlichen der Stiftung kommen. Seit dem letzten Treffen sind erst sechs Wochen vergangen, deshalb wird es heute keinen Finanzbericht geben.« Alle setzten sich nun. Barbara musterte die Anwesenden und lächelte zufrieden. Wie groß sind sie bereits geworden, wie stark sind sie gewachsen: Das kleine Häuflein, das sich damals in Peggys Keller traf, um sich über ihre Visionen und Ideale zu verständigen und dann den Schwesternbund aufzubauen. Als sie gerade anfangen wollte, kamen die letzten beiden. Zuerst Sara Duhey, eine bemerkenswerte dunkelhäutige Frau, die über Krankenpflege promoviert hatte. Zuletzt kam Dotty Dalrymple.

»Willkommen«, begrüßte Barbara sie herzlich. »Du kommst zwanzig Minuten zu spät zu deiner eigenen Party.«

»Es ist nicht unsere Party, Barb«, sagte Dalrymple. »Es ist Peggys. Sie wird bald hier sein. Sie läßt dir sagen, du sollst schon mal mit deinen Sachen anfangen.«

»Also dann«, Barbara sah auf ihre Tagesordnung. »Das

Treffen ist eröffnet. Zuerst haben wir Fortschritte in den ländlichen Klinik-Zentren zu melden. Die Patientenbesuche haben sich in Kentucky und West Virginia fast um hundert Prozent erhöht. Die Krankenschwestern, die diese Orte verwalten, versichern uns, daß sie es schaffen werden, innerhalb des nächsten Jahres selbständig zu arbeiten.« Die Vorsitzenden bedachten die Neuigkeiten mit Applaus, und die beiden, die Tania Worth aus Cincinnati am nächsten saßen, klopften ihr anerkennend auf die Schultern. Die Zentren waren ihre Idee gewesen und wurden, dank ihres Engagements, stark befürwortet. Tania wurde rot.

Die Diskussion ging schnell zu anderen Projekten über: Kindergärten, die die Kinder der arbeitenden Krankenschwestern aufnehmen sollten, modernes Gerät für unterfinanzierte Krankenhäuser, Stipendien für Krankenschwestern, die sich weiterbilden wollten, Anstrengungen, um die Funktion und das Image der Schwestern aufzuwerten. Susan Berger hielt einen kurzen Bericht über die landesweiten Bemühungen, schriftliche Erklärungen einzuführen, mit denen der Patient verlangen kann, daß sein Leben nicht künstlich verlängert werden soll. Diese Bemühungen, die Peggy Donner schon vor langem in Gang gesetzt hatte, zeigten bis jetzt nur wenig Erfolg.

»Zu guter Letzt haben wir noch einen Brief bekommen«, sagte Barbara freudig. »Von Karen. Einige von euch kennen sie nicht. Sie war Mitglied im Verwaltungsrat, bevor ihr Ehemann das Angebot erhielt, eine Stelle bei der amerikanischen Botschaft in Paris zu übernehmen. Sie läßt viele Grüße ausrichten und hofft, daß es uns allen gutgeht. Innerhalb von zwei Jahren hat sie es in ihrem Krankenhaus bereits zur stellvertretenden Leiterin des

Pflegepersonals gebracht.« Einige der älteren Frauen applaudierten. Barbara lächelte. »Es scheint«, fuhr sie fort, »daß Karen auf der Liste, die ich ihr einmal zugesendet habe, fünf Bundesschwestern entdecken konnte, die jetzt ebenfalls in Europa leben. Sie sagt, sie seien kurz davor, einen Prüfungsausschuß einzurichten, sie können sich nur nicht einigen, ob der europäische Zweig einen englischen, französischen, niederländischen oder deutschen Namen tragen soll.«

»Vielleicht sollten wir herausfinden, was ›Schwesternbund‹ in Esperanto heißt«, schlug jemand vor.

Die Vorsitzenden lachten über den Vorschlag, als Peggy Donner eintrat. Sofort wurde alles still.

In der Stille tauschte Peggy mit jeder der anwesenden Frauen einen kurzen gezielten Blick. Fast widerstrebend ging die Feierlichkeit ihres Ausdrucks in Stolz über: Dies waren ihr die liebsten ihrer mehreren Tausend Kinder.

»Euch alle wiederzusehen hebt meine Stimmung, wie es nichts anderes in der Welt könnte. Es tut mir leid, zu spät zu kommen.« Sie ging zum Ende des Tisches, hielt jedoch bei dem großen Strauß Dahlien an. Ihre Lippen formten sich zu einem geheimnisvollen Lächeln. Dann zog sie eine der reinrassigen, königlich weißen Blüten heraus und wog sie nachdenklich in den Händen. Nach einem kurzen Blick auf Barbara, die bestätigte, daß es nun Zeit sei, übernahm sie die Gesprächsleitung.

»Es ist jetzt bereits vierzig Jahre her — *vierzig Jahre* —, daß vier weitere Krankenschwestern und ich die Geheimgesellschaft gründeten, aus der der Schwesternbund entstanden ist.« Ihre Stimme war hypnotisierend. »Kürzlich starb eine dieser Schwestern, Charlotte Thomas, im Boston Doctors Hospital. Sie hieß Charlotte Winthorp, als wir uns das erste Mal trafen; eine einfache Studentin im oberen Semester der Schwesternschule — aber so lebensfroh, so ganz besonders. Sie war nur etwa ein Jahrzehnt in unserer Organisation aktiv, in dieser Zeit hat sie aber wie alle anderen maßgeblich zu unserem bemerkenswerten Wachstum beigetragen.

Sie hatte eine tödliche Krankheit, die noch durch wundgelegenen Stellen komplizierter wurde. Charlotte erklärte mir ihren verzweifelten Wunsch, endlich Frieden zu finden. Sie erklärte das ebenso ihrem Arzt, aber wie es bei diesem Berufsstand so oft passiert, stieß sie auf taube Ohren, und er griff zu den aggressivsten Methoden, um ihr hoffnungsloses Leiden noch weiter zu verlängern.

Vor einigen Tagen rief ich eine außergewöhnliche junge Krankenschwester in unserer Organisation an, Christine Beall. Ich beauftragte sie, Charlottes Gesundheitszustand für den Regionalen Prüfungsausschuß zu bewerten. Aus persönlichen und beruflichen Gründen war es mir unmöglich, das selbst zu machen. Der Ausschuß stimmte zu und empfahl eine intravenöse Morphiuminjektion. Auf Grund verschiedener unvorhersehbarer unglücklicher Umstände wurde eine ungewöhnlich eingehende Autopsie vorgenommen und dabei eine kritische Konzentration von Morphium festgestellt.«

Die Schwestern saßen wie gelähmt da, als Peggy die darauf folgenden Untersuchungen und John Dockertys Befragung im Amphitheater schilderte. Sie schritt dabei langsam auf und ab und spielte unabsichtlich mit der Blume. Ihre Stimme klang fest und ruhig; sie stellte die reinen Fakten dar. Erst, als sie David Shelton erwähnte, kam Bewegung in ihre Stimme. Sie beschrieb seine Vergangenheit in allen Einzelheiten, breitete seine Schwierigkeiten, in die er durch Alkohol und Drogen gekommen war, vor allen uns. Ihr Gesicht und ihre Stimme drückten Abscheu vor diesem Mann aus. »Ein verwirrter junger Mann«, sagte sie kategorisch. »Jemand, der dem ärztlichen Beruf einen großen Dienst erweisen könnte, wenn er ihn aufgäbe.«

Ihre Schritte wurden schneller, als sie nach Worten suchte. »Meine Schwestern«, sagte sie mit Nachdruck, »es war vor etwa zwanzig Jahren, als unser System der Regionalen Prüfungsausschüsse eingeführt wurde. Während dieses Zeitraums haben wir über dreitausendfünfhundert Fälle behandelt, ohne auch nur den geringsten Hinweis auf unsere Verwicklung darin — oder die von irgend jemand anderem. Es gibt viele Gründe dafür, daß so eine Situation, wie sie sich im Boston Doctors Hospital entwickelt hat, niemals wieder vorkommen wird. Ich bin von Anfang an über die Ermittlungen des Lieutenant Dockerty informiert worden. Obwohl er Shelton verdächtigt, am Tod Charlottes schuld zu sein, ist er nicht vollkommen davon überzeugt. Mehr und mehr erfährt er von einer besonderen Beziehung, die zwischen Charlotte und Christine Beall bestand. Er hat sogar von der Möglichkeit gesprochen, sie unter dem Lügendetektor aussagen zu lassen. Das werde ich allerdings nicht zulassen!«

Zum ersten Mal tauschten einige am Tisch vielsagende Blick aus. Niemand hatte je zuvor erlebt, daß sie ihre Selbstkontrolle verlieren könnte. Die Atmosphäre im Raum wurde zunehmend unangenehmer.

Peggy fuhr fort. »Wir sind eine Schwesternschaft, unser Bund ist heilig und unveränderlich, wie Blut. Wenn eine von uns leidet, müssen wir alle die Schmerzen mit ihr teilen; wenn eine von uns von Entdeckung bedroht ist — wie Christine jetzt —, müssen wir alle ihr zur Hilfe eilen. Das müssen wir von jeder unserer Schwestern erwarten können. Wir müssen sie schützen!« In ihrer Stimme lag Verzweiflung und zugleich eine schneidende Schärfe. Für kurze Zeit herrschte Stille; man konnte den schweren Regen gegen das Fenster schlagen hören. Die unbehagliche Stimmung im Raum wurde immer gespannter — für manche ein böses Vorzeichen. Blumenblätter fielen herab — Peggy hatte die Dahlie zerfetzt.

Barbara Littlejohn versuchte sich zusammenzunehmen. »Peggy, ich danke dir«, sagte sie und rang mit sich, um die Spannung in ihrer Stimme abzuschwächen. »Du weißt, daß es uns allen genauso geht wie dir. Wir sind verpflichtet, Christine jetzt all unsere Unterstützung zu geben.« Sie wußte, was Peggy gleich fordern würde, und hoffte, daß ihre Zusicherung sie dazu bewegen würde, davon abzulassen. Peggys geistesabwesender Blick drückte jedoch das Gegenteil aus.

»Ich will, daß es so aussieht, als trage dieser Mann die Schuld«, sagte sie kaum hörbar mit zusammengebissenen Zähnen.

Die Frauen gafften sie ungläubig an. Dotty Dalrymple vergrub ihr Gesicht in den Händen.

»Wovon redest du eigentlich?« Susan Berger reagierte als erste auf Peggys Forderung. Skepsis und Ärger lagen in ihrer Stimme.

Peggy starrte sie wütend an, aber Susan hielt ihrem Blick stand.

»Susan, ich will Christine aus der Schußlinie nehmen. Kaum auszudenken, was mit dem Schwesternbund geschähe, würde die Polizei Christine verhören und unter Druck setzen. Ich habe viel zu hart für unsere Organisation gearbeitet, als daß ich dies geschehen ließe — unsere Arbeit ist zu wichtig. Ich verlange von diesem Ausschuß die Zustimmung dafür, alle Schritte einzuleiten, die notwendig sind, um Christine und unsere Interessen zu schützen. Ich bin mir sicher, wenn wir uns geschickt verhalten, wird es uns gelingen, die Polizei von der Schuld Dr. Sheltons zu überzeugen. Das schlimmste, was ihm bei seiner Vergangenheit passieren könnte, wären einige Monate in einer psychiatrischen Klinik und ein ein- oder zweijähriger Entzug seiner Approbation. Das zu zahlen scheint mir ein geringer Preis zu sein für —«

»Peggy, ich kann dem nicht zustimmen.« Ruth Serafini wurde energisch. »Mir ist egal, was dieser Shelton früher gemacht hat, aber das, was du mit ihm vorhast, geht gegen die Würde des menschlichen Lebens, gegen alles, für das wir stehen.« Ihr Einwand wurde durch zustimmendes Gemurmel von einigen anderen unterstützt. Serafini starrte in die Runde. Von den fünfzehn Frauen würden sieben Peggy unterstützen, egal, was sie von ihnen verlangte. Und die anderen? Eine Abstimmung würde sehr knapp ausfallen. Ruth fuhr fort. »Und wenn wir die Dinge einfach laufen ließen und uns dann ansehen, was geschehen wird? Falls nötig, könnten wir Christine mit Geld, Rechtsanwälten, mit allem, was sie braucht, unterstützen. Zu diesem Zeitpunkt ist es nicht einmal sicher, ob —«

»Nein!« Dieses Wort war eine Ohrfeige für Ruth. Mit einem Blick, der sie zu durchbohren schien, starrte Peggy sie an. Dann setzte Peggy ihren Angriff fort. »Versteht ihr denn nicht? Stück für Stück wird Christine ihnen von uns erzählen — egal, wie stark sie sich widersetzt.
Könnt ihr euch nicht vorstellen, welche Geschichten in der Presse erscheinen werden? Es wird uns ruinieren. Es wird unseren Traum für immer beenden. Und das werde ich niemals zulassen!« Sie schleuderte die verstümmelte Blume auf den Tisch und drehte sich zum Fenster. Ihre

Schultern hoben sich bei jedem tiefen Atemzug. Einen Augenblick lang war nichts zu hören außer ihrem Atem und der schaurigen Musik des Herbststurms draußen. Als sie sich wieder umdrehte, lächelte Peggy, und ihre Stimme klang sanft. »Meine Schwestern, vor einem Jahr stellte ich euch einen Plan vor, von dem ich hoffte, wir könnten damit endlich die Öffentlichkeit von unserer Existenz informieren und von dem heiligen Werk, an dem wir arbeiten. Mit einigen Tausend gesammelten Berichten der anerkanntesten Krankenschwestern der Welt habe ich geglaubt, eine Pressekampagne einleiten zu können von solcher Wucht, daß jenen, die unsere Überzeugung ablehnen, nichts anderes übrigbleibt, als zu schweigen. Dies wäre der Höhepunkt einer lebenslangen Arbeit gewesen — für mich und für euch alle.
Wie bei uns üblich, habe ich über diesen Plan abstimmen lassen. Die Mehrheit war dagegen. Wie bei mir üblich, habe ich die Wünsche unserer Organisation akzeptiert. Ich verspreche euch, wenn wir heute abend nicht danach handeln, Christine gegen die ihr drohende Gefahr zu schützen, werde ich eher diesen Plan verwirklichen, als daß ich es der Presse und der Polizei überließe, unsere Organisation in einer erniedrigenden, verdrehten Sensationsberichterstattung darzustellen. Ich werde die Berichte veröffentlichen. Ich habe sie alle — *und ich werde es tun.*«
Die fünfzehn Frauen blickten betroffen in die Runde. Die Berichte waren der Blutschwur, der sie zusammenhielt. Einmal abgelegt — hat eine Schwester ihren ersten Bericht abgegeben —, kann sie der Verpflichtung der Organisation gegenüber nicht mehr entrinnen. So war es schon seit den ersten Tagen des Schwesternbundes; zuerst wurden die Berichte geschrieben abgegeben, spä-

ter per Telefon. Alle Anwesenden hatten sie abgegeben — manche viele Male —, und jetzt würde Peggy sie veröffentlichen. Aller Widerstand, den die Regionalen Vorsitzenden aufbrachten, war nun dahin.

Peggy wandte sich an Barbara Littlejohn. »Barbara, ich wünsche mir die Zustimmung, alles zu unternehmen, um Dr. David Sheltons Schuld zu untermauern und die Interessen Christines und des Schwesternbundes zu schützen.«

Barbara wußte, daß weiteres Argumentieren aussichtslos war. Der Gesichtsausdruck der übrigen Schwestern spiegelte ihre eigenen Gefühle wider. Mit einem Achselzucken stellte sie die Frage. Zu ihrer Linken hob Sara Duhey langsam die Hand. Der Reihe nach fragten Barbaras Augen die Schwestern und der Reihe nach erhoben sie auch ihre Hände: Die Antwort fiel einstimmig aus.

Die Stille, die darauf folgte, wurde durch Dotty Dalrymple unterbrochen; sie räusperte sich und sprach zum ersten Mal. »Peggy, wie du weißt, gehört Christine Beall zu meinem Personal. Ich habe sie inzwischen sehr gut kennengelernt, trotzdem habe ich ihr nichts von meiner Mitgliedschaft im Schwesternbund erzählt. Es ist richtig, was du gesagt hast: Sie ist eine bemerkenswerte Krankenschwester, eine begeisterte Anhängerin der Ideale, die wir alle teilen. Können wir sicher sein, daß sie zustimmen wird, diesem Mann die Konsequenzen für ihr Tun zuzuschieben — unabhängig von unserer Entscheidung heute abend?«

Diese Frage stellten sich alle.

»Dies, Dorothy, liegt in unserer Verantwortung — in deiner und in meiner. Zur rechten Zeit mußt du zu ihr gehen und ihr die Situation erklären, wie nur du es kannst. Ich weiß, daß du sie dazu bringen wirst, unsere Entscheidung zu verstehen. Du wirst dein Geheimnis wahrscheinlich mit ihr teilen müssen, aber ich glaube, sie hat dieses Vertrauen verdient. Wenn nötig, werden auch ich und alle Anwesenden hier unser Geheimnis mit ihr teilen — reicht dir das?«

Dalrymple lächelte. »Ich kenne dich bereits viel zu lange und zu gut, um dich zu fragen, ob ich eine ande Wahl habe. Ich werde mit ihr reden.«

Peggy nickte und lächelte ebenfalls.

Dorothy Dalrymple kannte Peggy in der Tat sehr gut. Von Beginn an hat Dotty ihren Aufstieg verfolgt, war selbst an ihrer Entscheidung beteiligt gewesen, ein Medizinstudium aufzunehmen, und das zu einer Zeit, in der es für eine Frau — gar nicht zu reden von Krankenschwestern — schwer war, sich so zu entscheiden. Sie hatte ihren erstaunlichen Erfolg in der Kardiologie verfolgt und ihre Heirat mit einem der berühmtesten Wissenschaftler und Verfechter der Menschenrechte in der Welt. Sie hatte auch beobachtet, wie sie die Leitung des medizinischen Personals an einem der größten Krankenhäuser des Landes übernommen hatte.

Sie war sich sicher — so sicher wie sie wußte, daß es jeden Tag einen Sonnenaufgang geben würde —, daß Margaret Donner Armstrong alles zustande bringen könnte. Das Urteil über David Shelton, über das sie abgestimmt hatten, war so gut wie vollstreckt.

Mit einigen abschließenden Worten beendete Barbara Littlejohn das Treffen. Als sie sich von allen verabschiedete, blieb sie bei dem großen Blumenstrauß stehen, beugte sich hinüber, um den starken Duft einzuatmen, und faßte kurz nach einem der federleichten Blütenblätter. Nach einem letzten Blick auf Peggy ging sie.

Der Raum leerte sich schnell. Bald blieben nur noch zwei

zurück: Peggy Donner Armstrong, die gelassen aus dem Fenster starrte, und Sara Duhey, die draußen umkehrte und wieder zurückkam. Sie war noch drei Meter entfernt, als Peggy, ohne sich umzudrehen, sagte: »Wie schön, Sara, daß du noch ein wenig bleibst. Wir haben so selten Gelegenheit, miteinander zu reden.«
Die gertenschlanke schwarze Frau erstarrte und erkannte dann ihr eigenes Spiegelbild im Fenster.
»So, das ist also der Grund, weshalb Peggy Donner dafür bekannt ist, Augen in ihrem Hinterkopf zu haben.«
»Einer der Gründe.« Margaret Armstrong drehte sich herum und lachte herzlich. Sie hatte Sara selbst im Schwesternbund aufgenommen. »Ich bemerke einen beunruhigten Blick in deinen wunderschönen Augen, Sara. Machst du dir Sorgen wegen dem, was heute abend hier geschehen ist?«
»Ein wenig. Aber deswegen bin ich nicht geblieben, um mit dir zu reden.«
»Oh?«
»Peggy, vor einigen Tagen starb Johnny Chapman in deiner Klinik an einer massiven allergischen Reaktion — wahrscheinlich zurückzuführen auf falsche Medikamente, sagen sie. Hast du von ihm gehört und von der Arbeit, der er nachging?« Armstrong nickte.
»Nun, ich habe Johnny schon seit Jahren gekannt. Ich habe in unzähligen Kommissionen mit ihm zusammengearbeitet, ich weiß schon gar nicht mehr, in wie vielen.«
»Und?«
»Ich habe mich mit einigen Leuten über seinen Tod unterhalten — du weißt schon: Leute aus meinem Bereich. Mindestens einer von ihnen meint, sein Tod sei kein Unfall gewesen. Du kannst dir wahrscheinlich vorstellen,

daß Johnny über die Jahre hinweg manchen Leuten ein Dorn im Auge gewesen ist.«

»Meine Liebe, immer, wenn eine wichtige oder einflußreiche Persönlichkeit stirbt, hat jemand eine Theorie, daß es sich nicht um einen natürlichen Tod oder um einen Unfall handelte. All diese Theorien sind jedoch ausnahmslos Unsinn.«

»Ich verstehe«, sagte Sara, »und ich hoffe, du hast auch in diesem Fall recht. Wir werden es nämlich nicht sicher herausbekommen, weil Johnnys Kirche Autopsien verbietet. Seine Frau sagte mir das. Sie hatte es mit einem dicken roten Stift auf die Vorderseite seiner Akte geschrieben, neben einer Liste der Substanzen, auf die er allergisch reagierte.«

Armstrong fühlte sich sichtlich unbehaglich. »Also, worauf willst du hinaus?«

»Peggy, mir hat jemand gesagt, er hätte schon vor längerer Zeit gehört, daß Johnny Chapman das Krankenhaus nicht lebend verlassen würde: Und so geschah es auch. Dann, zwei Tage, nachdem Johnny plötzlich einen anaphylaktischen Schock bekam und starb, hatte Senator Richard Cormier einen Herzstillstand mit tödlichem Ausgang auf dem Operationstisch. In den Papieren steht, er habe einen Herzinfarkt gehabt, aber in den Papieren steht auch, daß bei seiner Autopsie keine eindeutigen Schäden am Herzen festgestellt werden konnten, weil der Tod sofort eingetreten war.«

»Sara, ich sehe noch immer nicht —«

»Peggy, zwei der Fälle, die ich für den Schwesternbund erledigt habe, wurden mit intravenösem Strophanthin durchgeführt. Beide sahen nach Herzinfarkten aus. Da dieses Medikament nicht zu entdecken ist, wäre es dann nicht möglich —«

»Einen Moment, ich denke, ich habe jetzt genug gehört. Deine Anspielungen sind geschmacklos und ohne Grundlage. Noch schlimmer als das: Sie kommen zu einer Zeit, wo unsere Organisation eigentlich vollkommene Einheit und Zusammenhalt braucht.«

Sara wurde nachdrücklicher. »Peggy, bitte, mir brauchst du keine Vorwürfe zu machen. Ich will kein großes Gerede über die Sache veranstalten. Ich frage mich nur, ob es in deiner Klinik vielleicht jemanden gibt, der auch unsere Methoden benutzt. Es gibt unter dem Personal des Boston Doctors mehr Bundesschwestern als irgendwo anders.«

»Und ich kenne jede davon persönlich«, sagte Armstrong ernst. »Sie sind alle hervorragende Krankenschwestern und ehrenhafte Personen. Falls du keine konkreteren Anhaltspunkte hast als die, die du mir präsentiert hast, möchte ich vorschlagen — nein, ich bestehe darauf —, daß du deine weit hergeholten Vermutungen für dich behältst. Wir — du und ich — haben uns um wichtigere Dinge zu kümmern; vor allem um den Mann, der unsere ganze Organisation in ihrer Existenz bedroht.« Armstrong spürte, welchen Eindruck ihr Gefühlsausbruch hinterließ, und wurde sanfter. »Sara, wenn die ganze Shelton-Angelegenheit erledigt ist, werden wir deine Bedenken detaillierter besprechen — in Ordnung?«

Sara Duhey sah die ältere Frau prüfend an und nickte. »In Ordnung.«

»Ich danke dir«, flüsterte Armstrong erleichtert.

Die beiden Frauen verließen gemeinsam den Raum 133. Draußen war der Sturm stärker geworden, der Wind blies in heftigen Böen und rüttelte an den Häusern.

KAPITEL XIV

»Dort oben, die Risse, sehen aus wie Fische...« David wiederholte diese Worte immer wieder, als er die schmalen Linien betrachtete, die sich an seiner Wohnzimmerdecke abzeichneten.

»... sehen aus wie lust'ge Fische.« Wo hatte er das nur gelesen? Waren das die richtigen Worte? Egal: Keine der Linien bildete auch nur irgendwie die Form eines Fisches. Außerdem hatte ihm der Hausmeister zugesichert, sie spachteln zu lassen, also waren seine Überlegungen sowieso fruchtlos.

Er rollte sich auf die Seite, legte eine Hand unter den Kopf und starrte aus dem Fenster. Die Konturen der Gebäude auf der gegenüberliegenden Straßenseite waren schemenhaft durch den kalten, strömenden Regen erkennbar.

Es waren jetzt fast zwei Tage vergangen seit dem Abend, an dem Dockerty seine schaurige Veranstaltung inszeniert hatte. Am Morgen danach hatte David versucht, seinen Dienst im Krankenhaus wie gewöhnlich durchzuführen. Er fühlte sich dabei, als würde er in einem Gefrierschrank arbeiten. Kein Virus hätte sich auf den Stationen schneller verbreitet als die stillschweigende Anschuldigung, die gegen ihn vorgebracht wurde. Die meisten Krankenschwestern und das medizinische Personal taten alles, um ihm aus dem Weg zu gehen. Manche tuschelten miteinander, als er an ihnen vorbeiging, eine Schwester zeigte sogar auf ihn. Jene, die dennoch mit ihm sprachen, wählten ihre Worte mit einer Vorsicht, die an Soldaten erinnerte, wenn sie ein Minenfeld durchqueren.

Am frühen Nachmittag konnte er es nicht länger aushalten. Aldous Butterworth und Edwina Borroughs waren die einzigen Patienten, die er im Krankenhaus hatte. Butterworth war eigentlich wieder Dr. Armstrongs Fall. Die Blutzirkulation in seinem operierten Bein war besser als in dem anderen. Edwina Burroughs hatte Angst davor, nach Hause zu gehen, es machte jedoch keinen Unterschied, ob sie schon heute oder erst morgen entlassen werden würde. David schrieb eine Notiz in Butterworth's Akte, die Dr. Armstrong darauf hinweisen sollte, seine Fäden in drei Tagen zu ziehen. Dann stellte er eine Liste von Anweisungen für Edwina Burroughs zusammen und schickte sie nach Hause.

Er ging gerade mit gesenktem Kopf auf den Hauptausgang zu, als er mit Dotty Dalrymple zusammenstieß. Sie entschuldigten sich gegenseitig, dann fragte Dalrymple: »Zum Sprechzimmer unterwegs?« David kämpfte dagegen an, auf ihre höfliche Frage mit einer Lüge zu antworten. »Nein«, sagte er. »Ich habe den Rest des Tages gestrichen und bin gerade dabei, nach Hause zu gehen.«

Er war über ihren interessierten und besorgten Blick verwundert. Obwohl sich die beiden kannten, hatten sie sich nie länger miteinander unterhalten.

»Dr. Shelton, ich möchte Ihnen sagen, wie sehr ich wegen gestern abend bedrückt bin.« David fiel auf, daß sie heute die erste Person war, die offen diese Veranstaltung ansprach.

»Ich auch«, murmelte er.
»Wir haben nicht die Möglichkeit gehabt, uns näher kennenzulernen, aber ich habe eine Menge über Ihre Arbeit von meinen Krankenschwestern gehört — sie haben Sie in den höchsten Tönen gelobt.« Er lächelte verkniffen. »Für mein Lob können Sie sich nichts kaufen. Das denken Sie jetzt doch?« Davids Lächeln wurde ungezwungener und entspannt. Dalrymple stützte sich mit einem fleischigen Arm gegen die Wand. »Nun, ich fürchte, ich habe keine guten Neuigkeiten für Sie, aber Lieutenant Dockerty war heute morgen bei mir, Ihr Name wurde nur kurz erwähnt; ich denke, er ist überhaupt nicht davon überzeugt, daß Sie der Schuldige sind — trotz dieser Zirkusveranstaltung gestern abend.«
»Wenn ich mir die Reaktionen heute morgen auf den Stationen ansehe, Miss Dalrymple, würde ich sagen, daß er zu einer ganz kleinen Minderheit gehört, falls er das wirklich so sieht. Mit einem Mal habe ich gemerkt, daß ich ebenso wenig über mein Leben bestimmen kann wie eine Labormaus. Zur Zeit steht Lieutenant Dockerty weit unten auf der Liste der Personen, die ich am meisten mag.«
»Wenn ich in Ihrer Situation wäre, würde ich wahrscheinlich genauso denken«, sagte Dalrymple. Sie schwieg plötzlich, als suche sie nach Worten, um das Gespräch fortzusetzen. Schließlich zuckte sie mit den Schultern, nickte ihm zu und wünschte ihm einen schönen Tag, bevor sie sich abwandte.
Sie war schon einige Schritte gegangen, als David ihr hinterherrannte. »Miss Dalrymple, bitte«, rief er laut. »Wenn Sie noch eine Minute Zeit hätten. Ich habe eine Bitte. Vielleicht könnten Sie mir helfen.« Die Leiterin des Pflegepersonals verlangsamte ihre Schritte und steuerte wie

ein schwerfälliges Schiff erwartungsvoll lächelnd auf ihn zu. »Sie hatten gestern abend die Akte von Charlotte Thomas«, sagte David. »Wenn es möglich wäre, würde ich sie mir gern für einen Tag ausleihen. Ich weiß nicht genau, wonach ich suchen will, aber vielleicht entdecke ich darin etwas, was nicht ganz stimmt.«
Dalrymples Gesichtsausdruck verdüsterte sich. »Es tut mir leid, Dr. Shelton«, sagte sie, »die Akte, die ich gestern abend hatte, war nur eine Kopie. Der Lieutenant hat das Original.« Sie zögerte. »Und nun habe ich nicht einmal mehr die Kopie.« David sah sie verwundert an. Es machte ihn unruhig, wie sie alle Wörter abwog. »Ich ... äh ... gab sie ... heute morgen ... Wallace Huttner und Charlottes Mann ... und einem Rechtsanwalt. Sie kamen zu mir mit einer richterlichen Verfügung über meine Kopie der Akte. Offensichtlich war das die einzige Kopie, die der Lieutenant von der Akte zu machen erlaubte.«
Davids Hände wurden feucht. Ein lähmender Kälteschauer durchfuhr seinen Körper. Er hatte keinen Zweifel darüber, was sie vorhatten: Anklage wegen eines ärztlichen Kunstfehlers. Eine andere Erklärung ergab keinen Sinn. Er würde ein Vermögen darauf wetten. Peter Thomas wollte vorbereitet sein, falls man gegen ihn, David, etwas vorbringen würde. David erschauderte. Vor allem aber wollte Thomas ihn wegen eines ärztlichen Kunstfehlers vor Gericht stellen lassen — und sein eigener Chef der chirurgischen Abteilung half ihm dabei, das zu tun.
Dalrymple hob die Hand, um ihm auf die Schulter zu klopfen, zögerte dann aber. »Es tut mir leid, Doktor«, sagte sie kühl. »Ich wünschte, ich könnte etwas für Sie tun, aber es ist mir unmöglich.«
David biß die Lippen fest zusammen, um seine Zunge

im Zaum zu halten. »Danke«, murmelte er und eilte zum Ausgang.

Als er zu Hause ankam, war er vollkommen frustriert. Er schritt langsam im Zimmer auf und ab; dann, überwältigt vom Gefühl, nichts ausrichten zu können, ließ er sich aufs Bett fallen und griff zum Telefon. Er wollte Dr. Armstrong anrufen, oder Dockerty, oder sogar Peter Thomas: egal wen, solange er nur das Gefühl hätte, er täte etwas. David war unentschlossen, das hielt ihn vom Wählen ab. Sein Adreßbuch lag auf dem Tisch neben dem Bett. Er öffnete es und überflog die Seiten, in der halbherzigen Hoffnung, ein Name könnte ihm ins Auge springen: Jemand, der ihm helfen könnte.

Die meisten Seiten waren leer.

Seine Brüder waren darin vermerkt — einer in Kalifornien, ein anderer in Chicago. Aber selbst, wenn sie gleich nebenan gewohnt hätten, würde er sie nicht um Hilfe bitten. Nach dem Unfall, dem Alkohol und den Tabletten und schließlich der Klinik, hatten sie ihn allmählich aus ihrem Leben gestrichen. Weihnachtskarten und alle sechs Monate ein Anruf, das war alles, was verblieben war.

Ein paar Kollegen aus seiner Zeit am White Memorial waren verzeichnet. Von Zeit zu Zeit in den vergangenen acht Jahren hatten ihn sogar manche zu Partys eingeladen. Es hatte ihm dort immer gefallen und alle hatten ihn gemocht, solange er gut drauf war. Je offener er über den Weg sprach, den sein Leben eingeschlagen hatte, um so seltener waren die Einladungen geworden. Von niemandem unter ihnen war wirkliche Hilfe zu erwarten.

Im Leben eines Arztes, das in College, Studium, Medizinalpraktikum, die Zeit als Assistenzarzt, Heirat, Kinder und Aufbau einer Praxis zerstückelt ist, sind feste Freundschaften sowieso sehr selten. Da David viele Schritte von neuem beginnen mußte, waren enge Verbindungen unmöglich.

Das Gefühl der Isolation wurde stärker. Er hatte niemanden, niemanden außer Lauren, und die war fünfhundert Meilen weit weg, speiste vielleicht gerade mit einem Kongreßmitglied zu Mittag und ... Halt! Es *gab* jemanden. Es gab Rosetti. Seit zehn Jahren war, immer wenn er sich niedergeschlagen fühlte oder Hilfe brauchte, Joey Rosetti für ihn da. Joey und auch Terry. Seit er mit Lauren zusammen war, hatte er ihn nicht sehr oft gesehen, aber Joey war ein Freund von der Sorte, dem das überhaupt nichts ausmachte. Aufgeregt suchte er die Nummer von Joeys NORDSTADT-KNEIPE und wählte. Selbst wenn Rosetti ihm nicht helfen könnte — was unwahrscheinlich war, weil Rosetti eigentlich immer einen Rat hatte —, würde er ihn zumindest ermuntern, und wahrscheinlich hätte er auch ein oder zwei neue Geschichten parat. Allein die Aussicht, mit ihm zu sprechen, stimmte ihn fröhlich.

Eine kurz angebundene, rauhe Stimme in der NORDSTADT-KNEIPE sagte ihm, daß Mr. Rosetti nicht da sei. Davids Fröhlichkeit verschwand augenblicklich.

»Hier spricht Dr. Shelton, Dr. David Shelton.« David betonte seinen Titel, wie er es sonst nur bei Tisch- und Hotelreservierungen machte oder um von der Telefonistin einer unbekannten Klinik schnell weitervermittelt zu werden. »Ich bin ein enger Freund von Mr. Rosetti. Können Sie mir sagen, wann er zurückkommen wird oder wo ich ihn erreichen kann?«

Die Stimme rief jemanden, ohne sich darum zu kümmern, die Sprechmuschel zuzuhalten. »Hey, ein Doktor

ist am Hörer. Er sagte, er ist ein Freund von Mr. Rosetti. Kann ich ihm sagen, wo er ist?«
Es dauerte einen Augenblick, dann hörte er die Stimme wieder. »Äh, Sir, Mr. und Mrs. Rosetti sind zu ihrem Haus an der Nordküste gefahren. Sie werden am späten Abend wieder zurückkommen.«
David hörte, wie die Stimme ihn noch fragte: »Soll ich ihm etwas ausrichten?«, aber er legte schon auf. Kaum eine Minute danach wurde die Stille und die Untätigkeit unerträglich. Rein aus Verzweiflung rief er Wallace Huttner an. Als das Klingeln begann, preßte er den Hörer fest gegen sein Ohr, um nicht dem Drang nachzugeben, wieder aufzulegen. Sein Ohr schmerzte, als Huttner abnahm.
»Ja, Dr. Shelton, worum geht's?« In seiner Stimme lag eine Distanziertheit zu David, die man in Lichtjahren hätte messen können.
»Dr. Huttner, ich bin sehr beunruhigt und bestürzt über das, was gestern abend geschehen ist und über einige Dinge, die mir heute zu Ohren gekommen sind«, begann David unsicher. »Ich ... ich habe mich gefragt, ob ich nicht einige Minuten darüber mit Ihnen sprechen könnte.«
Huttner sagte: »Also, ich stecke gerade tief in der Arbeit und —«
»Bitte!« unterbrach ihn David. »Es tut mir leid, daß ich so laut werde, aber bitte hören Sie mich an.« Als nach einer kurzen Pause Huttner keine weiteren Einwände machte, atmete David erleichtert auf. Er rang mit sich, langsam und ruhig zu sprechen. »Dr. Huttner, ich weiß, daß Sie Mr. Thomas und seinem Anwalt zu einer Kopie von Charlottes Akte verholfen haben. Sie müssen mir wirklich glauben, daß ich nichts mit diesem Mord zu tun ha-

be. Es mag sein, daß ich Ihnen und einigen anderen den Eindruck vermittelt habe, als befürworte ich Sterbehilfe, aber dem ist nicht so. Ich ... ich brauche Ihre Hilfe, Hilfe von irgend jemandem, um Peter Thomas und den Lieutenant davon zu überzeugen. Ich ...« In diesem Moment erkannte David, wie falsch er diesen Anruf geplant hatte. Er wußte überhaupt nicht, was er ihm sagen oder was er ihn fragen wollte. Huttner bemerkte das auch.

»Dr. Shelton«, sagte er in gönnerhaftem Ton, »bitte verstehen Sie. Weder werfe ich Ihnen vor, die Tat verübt zu haben, noch bin ich von Ihrer Unschuld überzeugt. Ich tat heute morgen lediglich meinem alten, besorgten Freund Peter einen Gefallen — weiter nichts.«

Alter Freund? David war kurz davor, laut loszulachen. Vor einigen Tagen noch hatte Peter Thomas klargestellt, daß sie sich kaum kannten. Jetzt auf einmal waren sie alte Freunde. Er preßte den Hörer noch fester gegen sein Ohr und zwang sich dazu, Huttner weiter anzuhören, als dieser fortfuhr: »Der Lieutenant war heute morgen bei mir, und es sieht ganz so aus, daß er tiefgehende Nachforschungen zu der ganzen Angelegenheit vornehmen wird. Wir müssen abwarten, welchen Verlauf Dockertys Nachforschungen nehmen. Wenn es, wie Sie sagen, stimmt, daß Sie keine Schuld an Charlottes Tod haben, dann bin ich mir sicher, daß er das auch herausfinden wird. Wenn Sie keine weiteren Fragen haben ...«

David hängte ein, ohne eine Antwort zu geben.

Als er wieder erwachte, war es fünf Uhr dreißig am nächsten Morgen, und ihn schmerzten die Kiefermuskeln.

David vertrieb sich fast eine Stunde damit, daß er die Sekunden zwischen dem Widerschein des hellen Blitzes in der Allee und dem Donner des Gewitters zählte. Drei hintereinanderliegende Berechnungen stimmten überein — die elektrische Entladung war eineinhalb Meilen entfernt. Verglichen mit den Enttäuschungen in den letzten beiden Tagen, fühlte er sich nach diesem mathematischen Triumph, als hätte er eine olympische Medaille gewonnen. Er las fünfzehn Minuten lang in einem uninteressanten Taschenbuch, stemmte dann zwei Minuten lang die Hanteln und beschäftigte sich dann wieder kurze Zeit mit dem Buch. Er erkannte, daß das die ziellosen, ängstlichen Bewegungen eines Menschen waren, der keinen Ort hatte, wo er hingehen konnte; dieselbe Ruhelosigkeit, die auch die ersten Wochen seiner Unterbringung im Briggs-Institut bestimmt hatte.

Er starrte aufs Telefon und überlegte, Lauren nochmals anzurufen. Er hatte es schon früher am Tag versucht — ihre Privatnummer und auch die der Hotels, in denen sie gewöhnlich wohnte. Sie wird bald wieder hier sein, sagte er sich — wenn nicht heute, dann morgen. Ihr einziger Kontakt, nachdem sie weggefahren war, war ein kurzes Gespräch gewesen vor der scheußlichen Veranstaltung mit Dockerty im Amphitheater. Lauren hatte ihn angerufen, um ihm zu sagen, sie sei schon auf dem Weg, um im Fall des Senators Cormier zu recherchieren. Sie erklärte, daß sie ihn nicht anrufe, »um Hallo zu sagen«, sondern um ihn zu fragen, ob er mit den Leuten im Krankenhaus sprechen könnte, um interne Informationen über diese unerwartete Tragödie zu bekommen. Zu diesem Zeitpunkt hatte er noch gedacht, er könnte etwas herausfinden. Nichts lag ferner als die Vorstellung, daß er innerhalb weniger Stunden zum Paria im Boston Doctors Hospital werden würde.

David ging in die Küche, um sich ein Glas Wasser zu holen, dann ins Bad.

Sie hatte gesagt, sie wäre heute in Springfield, um von der Beerdigung zu berichten; wahrscheinlich auch noch ein oder zwei Tage danach. Vielleicht würde sie anrufen, und sie könnten sich in Springfield treffen. Vielleicht könnten sie sogar nach New York fahren oder ... oder vielleicht nach Montreal.

Ziellose Bewegungen, ziellose Gedanken.

Er schlug den Krimi wieder auf, las eine Zeitlang und merkte dann, daß die letzten zehn Seiten des zerfledderten Taschenbuches fehlten. Er nahm das kaum wahr, zuckte nur mit den Schultern, wand sich aus seinen Kleider heraus, um sich zu duschen — bereits das zweite Mal heute. Als er den Wasserhahn aufdrehte, klingelte das Telefon.

Er hastete in den Korridor und rannte ins Schlafzimmer.

»Hey, wo bist du gewesen?« keuchte er. »Ich habe mir Sorgen gemacht. Ich habe nicht einmal gewußt, in welcher Stadt du bist.«

»David, ich bin's, Dr. Armstrong. Sind Sie in Ordnung?«

»Ha?« Oh, verdammt. »Es tut mir leid, Dr. Armstrong. Ja, mir geht's gut. Ich habe einen Anruf von Lauren erwartet und ... äh ... sie ist die Frau, die ich ...«

»David? Nicht so schnell, beruhigen Sie sich erst einmal. Soll ich Sie später wieder anrufen?«

»Nein, nein, mir geht's gut, wirklich.« Er riß am Telefonkabel, um an die Kommode zu kommen, zog sich Shorts an, seufzte dann und ließ sich schließlich aufs Bett fallen. »Eigentlich geht es mir nicht gut. Den ganzen Tag schon sitze ich hier rum. Die Hälfte der Zeit warte ich, und die andere Hälfte versuche ich herauszufinden, worauf.«

»Aber Sie haben doch nicht etwa ...« Sie ließ diese Frage nur anklingen.

»Nein, nicht einmal der Gedanke daran«, sagte er und lachte gequält. »Keine Tablette und keinen Tropfen. Ich habe Ihnen neulich abend gesagt, daß mich nichts dorthin zurückbringen könnte.« In Wirklichkeit hatte er den Drang einige Male verspürt — flüchtig, aber unmißverständlich. Es dauerte nie lange genug, daß es eine wirkliche Bedrohung für ihn gewesen wäre, aber nach so vielen Jahren machte ihm jedes derartige Gefühl angst.

»Gut, ich freue mich, das zu hören«, sagte Armstrong. »Es tut mir leid, daß es so lange gedauert hat, bis ich mich wieder mit Ihnen in Verbindung gesetzt habe.«

»Ich verstehe.« Er unterbrach sie mit der Absicht, ihr unbequeme Erklärungen über das Getuschel zu ersparen, das ihn — und sie — im Krankenhaus umgab. »Gibt es Neuigkeiten?«

»Eigentlich nicht. Unser Freund, der Lieutenant, war seit Sonntag immer wieder hier. Er meldete sich entweder bei mir oder bei Ed Lipton, um uns wissen zu lassen, daß er da ist, aber das ist eigentlich alles.«

»Ich stieß gestern mit Miss Dalrymple zusammen und fragte sie nach einer Kopie von Charlotte Thomas' Akte. Ich dachte, ich würde vielleicht beim Lesen auf irgendeine Idee kommen.«

»Und hat Miss Dalrymple sie Ihnen gegeben?«

David merkte nicht, wie ihr Interesse plötzlich größer geworden war. »Nein. Ich denke, sie hätte sie mir gegeben, aber sie hatte sie bereits nicht mehr.« Er ließ kurz seine Unterhaltung mit Dotty Dalrymple und seinen späteren Anruf bei Huttner Revue passieren.

»So«, sagte sie nach einer kurzen Pause, »der Bussard dreht also seine Kreise und lauert.«

David lächelte trübselig, als er sich das Bild vorstellte. »Er dreht seine Kreise und lauert«, sagte er. »Ich fühle mich verdammt hilflos. Ich will etwas tun, um allen zu zeigen, daß ich noch immer da bin und daß ich kämpfe, aber ich habe nicht die geringste Idee, was ich machen kann.«

»Ich verstehe. Wenn ich an Ihrer Stelle wäre, würde ich mich nicht darum kümmern, sondern abwarten, wie sich die Dinge entwickeln.«

»Sie haben wahrscheinlich recht, Dr. Armstrong, aber unglücklicherweise war Passivität niemals eine meiner stärksten Seiten. Wenn ich nichts unternehme, um die Angelegenheit aufzuklären — wer wird es dann machen?«

»Ich, David.«

»Wie bitte?«

»Ich sagte Ihnen bereits neulich abend, daß ich alles tun werde, was im Bereich meiner Möglichkeiten liegt.«

»Ich erinnere mich.«

»Ich habe einen Freund in der Belegschaft, der im Krankenhauscomputer nach früheren geisteskranken Patienten, nach Drogenproblemen und nach Vorstrafen unter dem Personal sucht — all diese Sachen eben.«

David wurde aufgeregt. »Das ist eine sehr gute Idee. Man könnte auch bei Charlotte Thomas' Krankenschwestern-Agentur nachfragen.«

»Das können wir versuchen.«

»Oder mit Absolventinnen ihrer Schwesternschule sprechen. Und ... und mit Aktivisten, die sich für die Rechte der Patienten, für Erklärungen über Sterbehilfe und solche Sachen einsetzen. Dann ...«

»Halt! Langsam, David. Die wichtigsten Sachen zuerst. Bleiben Sie, wo ich Sie erreichen kann, und kämpfen Sie gegen die selbstzerstörerischen Impulse in Ihnen an. Ich übernehme den Rest — machen Sie sich keine Sorgen. Werden Sie wieder Dienst machen?«

»Morgen. Ich habe mir überlegt, morgen wieder zu kommen. Alles ist besser als hier herumzusitzen und darauf zu warten, daß die anderen ihren nächsten Schritt unternehmen.«
»Es wird etwas geschehen«, sagte Armstrong zuversichtlich.

Margaret Armstrong legte den Hörer auf und sah durch die halboffene Tür in das Wartezimmer, in dem ein halbes Dutzend komplizierter Fälle saß, die sie mit großer Sicherheit diagnostizieren und lösen würde. Selbst nach so vielen Jahren war sie sehr stolz auf ihre Fähigkeiten.
»Mama, bitte sag mir, was ich tun kann, um dir zu helfen.«
Jetzt verstand sie es. Sie hatte das Wissen und die Macht, sie verstand es. Aber wie konnte damals von ihr erwartet werden, zu wissen, was richtig ist? Sie war immer noch ein Mädchen, kaum fünfzehn Jahre alt.
»Erlöse mich! Um Gottes willen, bitte töte mich.«
»Mama, sei still. Du weißt nicht, was du da sagst. Ich will dir etwas gegen deine Schmerzen besorgen. Wenn du dich dann besser fühlst, wirst du aufhören, solche Sachen zu sagen. Das weiß ich genau.«
»Nein, Kind. Das hilft nichts. Seit Tagen hat nichts die Schmerzen gelindert. Nur du kannst mir helfen. Du mußt mir helfen.«
»Mama, ich habe Angst. Ich kann nicht mehr klar denken. Diese Frau am anderen Ende des Flurs schreit noch immer, und ich kann nicht mehr klar denken. Ich fürchte mich so. Ich . . . ich hasse diesen Ort.«
»Das Kopfkissen. Leg es einfach auf mein Gesicht und drück darauf, so stark du kannst. Es wird nicht lange dauern.«
»Mama, bitte, ich kann das nicht tun. Es muß einen anderen

Weg geben — irgend etwas. Hilf mir doch, daß ich's begreife, hilf mir doch, daß ich weiß, was ich machen soll...«
Margaret Armstrongs Sprechstundenhilfe ließ mehrere Male die Sprechanlage surren, ging dann zur Tür hinüber und klopfte. »Dr. Armstrong?«
Die Tür öffnete sich, und sofort wußte sie, daß sie etwas rücksichtsvoller hätte sein sollen. Es war gerade einer jener Zeitpunkte, wo die Kardiologie-Chefin vollkommen in Gedanken versunken war, wo sie an einem schmalen Streifen Leinen herumfingerte und ziellos in den Raum starrte. Solche Momente kamen unregelmäßig und hielten nie lang an.
Die Sprechstundenhilfe schloß die Tür vorsichtig und setzte sich wieder hinter den Schreibtisch. Minuten später surrte ihre Sprechanlage.

Das Gespräch mit Margaret Armstrong und ihr — wenn auch unausgeklügelter — Plan brachten einen Hauch Optimismus in Davids Tag. Etwas Orgelmusik von Bach und fünfundzwanzig Minuten anstrengendes, fast schon verbissenes Gewichtheben ließen seine Stimmung steigen. Er war frisch geduscht und angezogen, hatte es sich gerade bequemgemacht und blätterte ein Journal durch, als sich ein Schlüssel in der Eingangstür drehte. Er rannte den Korridor entlang und war fast an der Tür, als Lauren hereinkam. Sie trug ihren Regenmantel und einen Schlapphut, sah aber sonst eher danach aus, als käme sie gerade von einem Gartenfest. Ihr hellblaues Kleid klebte an ihrem Körper, wahrscheinlich, weil sie es so wollte und nicht, weil es so geschnitten war. Eine dünne goldene Halskette strahlte auf der braunen Haut ihres Dekolletés.

Im ersten Augenblick war ihm alles andere egal — einfach nur dazustehen und sie anzusehen, bedeutete ihm alles. Dann blickte er ihr ins Gesicht: Sie sah weg. Plötzlich erschrak David, er traute sich nicht mehr, sie anzufassen. »Willkommen zu Hause«, sagte er unsicher und streckte zögernd eine Hand nach ihr aus. Sie nahm sie und ging auf ihn zu, aber es lag keine Wärme in ihrer Umarmung. Ihre Kälte und der Geruch ihres Parfüms — es war derselbe Duft, den sie am Morgen ihrer Abreise aufgelegt hatte — erfüllten ihn mit dem Gefühl der Leere und der Vorahnung. »Ich wußte nicht, wann du wieder zurück sein wolltest«, sagte er und hoffte, daß irgend etwas in ihrer Antwort seine Befürchtung zerstreuen würde.

»Als ich dich neulich anrief, habe ich dir gesagt, daß ich mit der Geschichte über Cormier beschäftigt bin«, sagte sie und setzte sich in einen Sessel im Wohnzimmer. David bemerkte, daß sie bewußt die Couch vermied. »Was für eine beschissene Sache, die da passiert ist«, fuhr sie fort. »Von allen Politikern, die ich jemals in Washington interviewt habe, war Dick Cormier der einzige, dem ich wirklich vertraute. Alle vertrauten ihm. Seine Beerdigung war sehr ergreifend. Der Präsident sprach und der Justizminister und ...«

David konnte die Spannung in sich und in ihrem nervösen Geschwätz nicht länger ertragen. »Lauren«, sagte er, »da ist noch etwas anderes, nicht wahr? Ich meine, es geht nicht nur um den Senator. Irgend etwas nagt in dir. Ich ... ich fühle mich sehr unwohl bei der Stimmung, die hier gerade herrscht. Es gibt viel, was ich dir erzählen muß, aber zuerst einmal müssen wir einiges klären.« Ein anderer Mann, dachte er. Lauren hat einen anderen Mann getroffen. Nichts in ihrem Gesichtsausdruck wies

diesen Gedanken zurück. Sie sah aus dem Fenster und biß sich auf die Unterlippe. Einen Moment lang dachte David, sie würde gleich losheulen, aber als sie schließlich sprach, war ihre Stimme eher ärgerlich als traurig.
»David«, sagte sie, »ein Polizist wartete auf mich, als ich zu Hause ankam. Ich verbrachte mehr als zwei Stunden auf dem Revier, um die Fragen von Lieutenant Dockerty zu beantworten — manche waren sehr persönlich: über dich und über uns.«
»Hat dir Dockerty erzählt, worum es sich bei der ganzen Angelegenheit handelt?« fragte er sie, erleichtert, daß er sich mit dem anderen Mann geirrt hatte.
Lauren schüttelte den Kopf. »Nur kurz. Zuerst war er sehr freundlich, dann aber wurden seine Fragen immer gezielter und immer offensiver. Schließlich stand ich einfach auf und sagte ihm, ich würde nur noch in Gegenwart meines Anwalts mit ihm reden. Er tat so, als seist du krank und ich würde dich irgendwie decken. David, ich konnte nicht . . .«
»Zum Teufel mit dem Mann!« schrie David. »Wenn das alles vorbei ist, wird er mir dafür geradestehen. Ich habe schon so viel einstecken müssen, ich kann das nicht mehr ertragen.« Seine Fäuste, weiß vor Anspannung, hielt er fest gegen die Schenkel gepreßt. »Lauren, das ist ein Alptraum. Der Mann ist wie von der Rachsucht besessen. Seit er aufgetaucht ist, ist er hinter mir her, als hätte er Scheuklappen aufgesetzt. Ich habe überhaupt nichts getan. Er versucht aus einem Haufen zusammengewürfelter Indizien einen Fall zusammenzuzimmern und beschuldigt mich.« David fühlte, wie er die Beherrschung verlor, konnte es aber nicht verhindern. Er stieß ein Wort nach dem andern heraus, jedes lauter und schriller als das vorherige. »Ich werde mit der Scheiße,

die er im Krankenhaus anstellt, schon fertig. Ich werde damit fertig. Aber dich da reinzuziehen ... Der Bastard ist zu weit gegangen.« David schritt jetzt nervös auf und ab und hämmerte mit der Faust gegen seinen Körper.
»David, bitte hör auf!« kreischte Lauren. »Du machst dich selbst verrückt. Bitte, nimm dich zusammen. Es macht mir angst, dich so zu sehen.«
Er blieb abrupt stehen und zwang sich, die Fäuste zu öffnen. Ein tiefer Atemzug, dann sagte er: »Es tut mir leid, Liebling, wirklich. Eigentlich ist die ganze Sache viel zu lächerlich und viel zu verrückt.« Er versuchte ein Lächeln. »Ich denke, es ist einfach ... zuviel für mich, was?« Er sank wie betäubt auf die Couch. »Lauren, halte mich eine Minute, ja?« bat er sie und streckte seine Hände nach ihr aus.
Lauren preßte die Lippen zusammen. Sie starrte zu Boden und schüttelte den Kopf. »David, wir haben etwas zu bereden.«
»Dann rede.« Er faltete die Hände im Schoß zusammen.
»Meine Nachrichtenagentur hat überall im Land ihre Leute sitzen, David. Auch bei der Polizei hier. Solche Dinge — wie auf einer Polizeistation verhört zu werden —, mein Chef ist sehr ordentlich und sehr konservativ. Wenn er Wind von der Sache bekommt ...«
»Verdammt!« David schäumte vor Wut. »Du tust ja gerade so, als habe ich das alles gemacht, um dir eins auszuwischen. Willst du nicht verstehen, daß ich überhaupt nichts getan habe? Mein Gott, ich werde nach allen Regeln der Kunst von einem Wahnsinnigen schikaniert, der von einer fixen Idee besessen ist, ich bin kurz vor dem Zusammenbruch meiner Karriere, und meine Freundin macht sich Sorgen, vor ihrem Bürovorsteher in

Verlegenheit zu geraten. Das ist doch verrückt. Vollkommen verrückt!«
»David«, Lauren sprach mit leiser, aber zorniger Stimme, »ich habe dir immer wieder gesagt, wie ich den Ausdruck ›Freundin‹ hasse. Nun beruhige dich bitte wieder und versuche, auch meine Einstellung zu der Sache zu verstehen.«
David fehlten die Worte, er konnte sie nur noch ansehen und den Kopf schütteln. Lauren strich ihr Kleid zurecht und saß aufrecht und starr da. Seiner Ungläubigkeit setzte sie ihren Hohn entgegen. »Ich habe eine Nachricht, über die du dich freuen wirst: Nachdem dich ja so vieles belastet, kann ich dich wenigstens von einer Sache befreien, nämlich vom Ball der Kunstgesellschaft am Donnerstag abend. Nachdem mich der Lieutenant nach Hause gefahren hatte, rief Elliot May an und fragte, ob ich vorhabe, dorthin zu gehen. Da ich wußte, wie wenig du daran interessiert bist, nahm ich die Gelegenheit wahr, um dich von dieser Last zu befreien.« Sein wilder Blick war furchterregend. Sie spitzte stolz die Lippen und wandte sich dem Fenster zu.
Er fuhr hoch und machte einen Schritt auf sie zu. In diesem frostigen, fürchterlichen Augenblick bemerkte er, wie er die Beherrschung verlor. Mit geballten Fäusten ging er noch einen Schritt auf sie zu.
Plötzlich summte die Klingel. David drehte sich herum und ging, halb schreitend, halb stolpernd zur Sprechanlage im Korridor.
»Ja«, rief er.
»Hier ist Lieutenant Dockerty, Dr. Shelton.« Die Stimme des Polizisten knisterte vom Erdgeschoß bis zum vierten Stock durch die Leitung. »Darf ich hochkommen?«
»Habe ich eine andere Wahl?« sagte David, als er den Türöffner drückte.

Das einzige Geräusch in der nächsten halben Minute war Davids Atem — bittere, rasende Atemstöße, die allmählich ruhiger wurden in seinem Kampf, wieder die Fassung zu finden. Er hatte den Besuch Dockertys schon seit zwei Tagen erwartet; es war typisch für den Mann, daß er gerade in diesem Augenblick kam. Er hörte das Rasseln, als die Zahnräder des klapprigen Fahrstuhls einrasteten. Er stand an der Tür und schüttelte verächtlich den Kopf über das Knarren der gespannten Drahtseile. Die antiquierte Kiste brauchte mehr als eine Minute, um in den vierten Stock zu kommen. Ein zweites Rasseln und ein Klappern der automatischen Tür im Fahrstuhlinneren signalisierten die Ankunft. David ging gerade in dem Augenblick aus dem Appartement, als Dockerty die schwere Außentür des Fahrstuhls aufstieß. Er wurde von einem großen, uniformierten Polizisten begleitet.

»Dr. Shelton, das ist Officer Kolb«, sagte Dockerty. »Dürfen wir eintreten?« Das war ein Befehl. David dachte kurz an Lauren, nickte dann und ließ sie ins Wohnzimmer.

»Miss Nichols.« Dockerty nickte ihr zu, machte aber keine Anstalten, ihr den Officer vorzustellen.

Sie nahm ihren Regenmantel und wollte soeben zur Tür gehen, als Dockerty sagte: »Ich denke, es ist vielleicht besser, wenn Sie bleiben, Miss Nichols.« Lauren sah ihn mit zusammengekniffenen Augen an und ging zu ihrem Stuhl zurück.

David fühlte, wie ihn wieder Verwirrung und Panik ergriffen.

Dockerty starrte einige Sekunden lang zu Boden, griff dann in seine Jackentasche und zog einen braunen Umschlag hervor. Die Formulare darin waren grün. »Dr. Shelton«, sagte er und gab David den Umschlag, »erkennen Sie die wieder?«

David überflog die Seiten und stotterte dann: »Ja, es sind meine Bestellformulare C 222. Aber ich verstehe nicht, was ...«
»Um Narkotika zu bestellen?« fragte Dockerty.
»Ja, aber ...«
»Ihr Name ist schon auf allen Formularen vorgedruckt, nicht wahr?«
»Genug!« stieß er hervor. »Ich habe die Nase von all dem voll. Wollen Sie mir bitte sagen, was Sie wollen, oder ... gehen Sie«, schrie er fast. Es gärte in seinen Eingeweiden.
»Dr. Shelton, ich habe alle Apotheker in der Stadt benachrichtigt und sie nach den Namen derjenigen gefragt, die im vergangenen Monat injizierbares Morphium gekauft haben.« Er zog ein weiteres grünes Formular aus der Brusttasche. »Dieses Formular C 222 wurde verwendet, um drei Glasfläschchen Morphiumsulfat bei der Quigg-Apotheke in West-Roxbury zu kaufen. Es ist auf den zweiten Oktober ausgestellt, dem Tag, an dem Charlotte Thomas ermordet wurde. Es ist Ihr Formular, Dr. Shelton, Ihr Name steht darauf.«
David riß ihm das Formular aus der Hand. »Das ist nicht meine Unterschrift«, sagte er automatisch. Er starrte auf den Schriftzug und schloß dann die Augen. Jahrelang war er auf den Arm genommen worden, hatte selbst Witze gerissen über das Geschmiere, das seine Unterschrift war. »Ein gewissenloser Schimpanse könnte meine Rezepte unterschreiben«, hatte er einst gespottet. Das Formular C 222 hätte mit dieser Unterschrift ohne aufzufallen seinen Schreibtisch passiert.
»Vielleicht«, antwortete Dockerty tonlos. »Aber ich glaube, daß das Ihre Unterschrift ist. Und sehen Sie, Dr. Shelton, das ist nicht alles. Der Durchsuchungsbefehl, den

ich für Ihr Büro erwirkt habe, erlaubte mir nicht nur, in Ihren Formularen zu blättern, ich fand auch dies hier.« Er griff wieder in seine Tasche und holte ein Bild in einem goldfarbenen Rahmen hervor. »Mr. Quigg von der Apotheke hat Sie als denjenigen identifiziert, der bei ihm das Morphium erworben hat.«

David starrte auf das Bild. Es war das, was er niemals hätte wegstellen können. Die ganze Familie — David, Ginny und die dreijährige Becky — posierte vor einem der schwanförmigen Boote im Bostoner Stadtpark. Es war nur zwei Monate vor dem Unfall aufgenommen worden.

Einen Augenblick lang schien Dockerty nicht mehr in der Lage, weiterzureden. Schließlich schüttelte er den Kopf. »David Shelton, ich verhafte Sie wegen des Verdachts, Charlotte Thomas ermordet zu haben.«

Diese Worte trafen ihn wie ein Hammer. Ein unangenehm schrilles Geräusch begann in seinem Kopf zu dröhnen. Er versuchte, es von sich abzuschütteln, als ihm der große Polizist von einem zerschlissenen Pappdeckel vorlas, welche Rechte er habe. Die Stimme des Polizisten klang in Davids Ohren undeutlich und verzerrt. Als wäre er ein unbeteiligter Zuschauer, sah David, wie sich uniformierte Arme nach ihm ausstreckten und seine Handgelenke hinter seinem Rücken in Handschellen legten. Dockertys Entschuldigung für diese Maßnahme ging in dem immer stärker werdenden Dröhnen in Davids Kopf fast unter.

David war verwirrt und vor Furcht fast gelähmt. Er versuchte freizukommen, aber der Griff des Polizisten wurde fester.

Bestürzt und verärgert wandte sich Lauren ab, als David, der nicht mehr allein gehen konnte, zur Tür hinausgeführt wurde.

Dockerty wollte folgen, drehte sich dann aber nochmals zu ihr um. »Er wird einen Anwalt brauchen, Miss Nichols«, sagte er grimmig. »Wäre ich an Ihrer Stelle, würde ich dafür sorgen, daß er einen verdammt guten bekommt.« Mit einem Nicken verschwand er im Flur.

Der Wind hatte sich gelegt, aber der starke, schwere Regen fiel noch immer. Dockerty legte eine Windjacke um Davids Schultern und machte vorn den Reißverschluß zu. Aber es half nichts, die kurze Strecke zum Streifenwagen reichte aus, um ihn bis auf die Haut zu durchnässen. In bizarren, unzusammenhängenden Szenen verfolgte er die Geschehnisse seiner Verhaftung: Das schaurig blaue Licht des Streifenwagens ... winzige, regelmäßige Rauten im engmaschigen Gitter ... Passanten, eingehüllt in Regenkleidung gegen den Platzregen — sie schienen durch die Fenster hindurch erstarrt zu sein. David sah sie alle im Stillstand. Eine groteske Dia-Schau.
Die Polizeiwache ... die Lichter ... die Uniformen. Dann die Stimmen: »Leeren Sie Ihre Taschen ...« »... Mensch, verstehen Sie mich nicht? Hey? ...« »... hier ist seine Brieftasche. Schreib die Angaben aus seiner Fahrerlaubnis ab ...« »... Hier drüben, bleiben Sie hier stehen ...« »... jetzt die andere Hand ...« »Mensch, stell dich nicht so an, ist nur 'ne Nummer. Laß sie hier hängen ...« »Kopf geradeaus ... nun drehen ... nein so, schauen Sie ...« »Drei ist leer. Steck ihn da rein ...«
Dann kamen die Geräusche. Das Kratzen von Metall auf Metall ... ein lauter Schlag — der Fahrstuhl? — nein, nicht hier. Das kann nicht der Fahrstuhl sein ... Musik ... woher? ... woher kommt die Musik? ... mehr Stimmen ... »Hier, Chef, da drüben ...« »... ein Streich-

holz, ich brauch noch eins, meine verdammte Zigarette ist feucht.« »Scheiße, wann gibt's endlich was zu essen. Können wir hier nicht einmal fett werden?«

Schließlich die großen, verschwommenen Streifen vor ihm ... von unten nach oben. Allmählich klärte sich das verschwommene Bild auf ... Gitter! — Es waren Gitter!

Das Dröhnen in seinem Kopf wurde wieder stärker. Bilder anderer Gitter und Absperrungen brachten ihn um den Verstand.

»Nein! Bitte nicht, mein Gott — nein!« schrie er verzweifelt. David drehte sich herum, fiel in der Nähe der Toilette auf die Knie und erbrach sich unkontrolliert ins Wasser, das von Desinfektionsmitteln getrübt war.

Er nahm kaum wahr, daß ihm die Galle die Kehle und Nase reizte. David kroch über den steinernen Boden und schmiß sich auf die Liege mit dem eisernen Gestell. Er sank in einen kalten, unnatürlichen Schlaf, noch bevor sein Schluchzen aufgehört hatte.

KAPITEL XV

»Zeit aufzustehen, Mann. In dieser Tasse ist Kernseife. Spritzen Sie sich etwas kaltes Wasser ins Gesicht und spülen Sie sich eine Minute lang mit dem Zeug den Mund. Das wird Ihnen helfen aufzuwachen.«
David öffnete die Augen einen Spalt weit. Sei erster Blick heute morgen nahm — genauso wie sein letzter gestern abend — das Gittermuster wahr. Diesmal allerdings das des blau-weiß gestreiften, schweißdurchtränkten Kissens neben seinem Kopf.
Der Beamte war etwa um die fünfzig, sein kugelrunder Bauch hing ihm einige Zentimeter über den Gürtel. Er lehnte sich gegen den Türrahmen der Zelle und beobachtete geduldig, wie David aufstand und sich den Schlaf aus den Augen rieb. »Können Sie jetzt reden, Mann?« fragte er.
David nickte, warf einen Blick auf ihn und spülte sich den Mund aus. Der Beamte schien es nicht besonders eilig zu haben. Diese Gelegenheit nutzte David, um sich zu strecken und die Verspannung in seiner Nacken- und Rückenmuskulatur loszuwerden und sich gleichzeitig ein Bild über seine Lage zu machen. Im Augenblick waren die Verwirrung und die schreckliche Angst des vorherigen Abends jedenfalls verschwunden. An deren Stelle trat ein sonderbares, aber angenehmes Gefühl des

Wohlbehagens. Er preßte die Knie zusammen, beugte sich nach vorn und preßte alle zehn Fingerspitzen auf den Boden. Friedlich, dachte er. Dieses Dreckloch, all dieser Wahnsinn, und ich fühle mich friedlich.
Dann erinnerte er sich: Es war in einem Zeltlager im Sommer gewesen — er war elf oder zwölf Jahre alt, bekam einen plötzlichen Magenkrampf, als er weit vom Floß entfernt schwamm. Im Nu war er auf dem Grund, er krümmte sich vor Schmerzen, und Wasser versuchte sich den Weg in seine Lungen zu erzwingen. Dann, auf einmal, waren die Schmerzen und die Todesangst, so schnell wie sie gekommen waren, wieder verschwunden. An ihrer Stelle: derselbe losgelöste Frieden. Damals wie heute — er starb, hilflos starb er.
Die radieschenroten Backen des Sergeanten verzogen sich zu einem Grinsen. »Ich bin froh, daß es Ihnen besser geht«, sagte er. »Die Jungs von der Nachtschicht waren sehr besorgt. Sie sagten, Sie waren nicht mal in der Lage, ein Zehncentstück zwischen den Fingern zu halten, nahmen nicht mal den Telefonhörer wahr, den sie Ihnen zum Telefonieren geben wollten.« Als David nicht antwortete, fügte er hinzu: »Sie fühlen sich doch jetzt besser — oder?«
»Ja, ja, ich bin in Ordnung, danke«, sagte David abwesend, noch immer in seinem Körper und seinen Gefühlen nach Schmerzen suchend, die ihm die Verhaftung bereitet hatte. »Wo . . . wo bin ich eigentlich?«
»Im ersten Distrikt«, antwortete der Mann. Er sah David wieder besorgt an. »Sie sind im Gefängnis des ersten Distrikts in Boston. Verstehen Sie das?« David nickte. »Wir müssen jetzt gehen. Sie müssen zum Gericht. Der Richter und die Leute vom Gericht werden Ihnen helfen. Machen Sie sich keine Sorgen.«

David sah in gedankenverlorener Neugier, wie der Polizist ihm eine Handschelle um sein rechtes Handgelenk legte und ihn dann aus der Zelle führte. David lächelte dem grauhaarigen schwarzen Häftling zu, dem die andere Handschelle angelegt wurde. Sanft, wie im Dämmerzustand, betrachtete er die gefesselten Hände — schwarz und weiß — und folgte ihnen in den Streifenwagen. »Ich heiße Lyons«, sagte der Schwarze, als der Wagen losfuhr. »Reggie Lyons.« Sein weises Gesicht durchzogen unzählige kleine Linien, die ihm ein schweres Leben hineingeschnitten hatte, und einige größere, die durch greifbarere Dinge hineingefurcht worden waren.

»David. Ich bin David«, antwortete er. »Du bist diese Strecke noch nie gefahren, David, oder?« fragte ihn Lyons. David zuckte mit den Schultern, sah aus dem Fenster und schüttelte den Kopf. »Ah, hast die Verhandlung noch vor dir. Mensch, der Knast in Suffolk ist der mieseste; ich meine, wirklich das Letzte.« David sah auf das Motorrad, das neben ihnen fuhr, und nickte. »Hey, alles in Ordnung? Ach, ist ja auch egal — so oder so. Verrückt hältst du's eh besser aus. Halt dich immer nur an den alten Reggie — er wird auf dich aufpassen.«

Der Knast, in dem die Gefangenen darauf warteten, dem Gericht vorgeführt zu werden, war wirklich ein Käfig. Zwanzig Männer, für die vor »dem Gesetz die Unschuldsvermutung« galt, wurden in diesen Käfig gesteckt, um auf ihre gerichtliche Vorführung zu warten — Vergewaltiger, Trinker, Penner, Mörder, Exhibitionisten. Im Sprechzimmer wetteiferte ein halbes Dutzend Anwälte, um sich gegenüber den anderen und dem Lärm im Käfig durchzusetzen und von ihren Klienten gehört zu werden. »Perkins, wer von Ihnen ist Perkins? . . .« »Mal ganz ehrlich, Arnold, es ist mir scheißegal, ob der Kerl schuldig oder unschuldig. ist. Entweder er gesteht im ersten Anklagepunkt und wir sparen uns einen Prozeß, oder er wird für beides angeklagt werden und zwei bis fünf Jahre in Walpole verbringen...« »Junge, ich weiß, daß du *Perry Mason* gesehen hast, aber so laufen die Sachen hier nun einmal nicht. Wir reden heute nicht über schuldig oder unschuldig: Heute sprechen wir über Geld. Wenn du was auftreiben kannst, dann setzen wir dich auf freien Fuß, wenn nicht, dann wartest du auf deinen Prozeß in der Charles Street. Niemand wird sich heute um deine Geschichte kümmern. Es geht nur um Kaution oder nicht. Verstehst du? — Nur um Kaution...«

David zwängte sich durch die Menge in eine Ecke des Käfigs und starrte durch das Gitter zu einem hohen, schmutzigen Fenster hoch. Alles Stück für Stück Wirklichkeit — die schreckliche Angst ergriff ihn wieder. Er dachte an das Krankenhaus. In den Operationsräumen wurde heute sicher schon die zweite Schicht Patienten operiert.

»Hey, David, hast du einen Anwalt?« Reggie Lyons stand neben ihm an das Gitter gelehnt. Eine krumme, ausgefranste Zigarette klebte ihm zwischen den Lippen und bewegte sich auf und ab, als er sprach.

»Äh, nein, Reggie, ich habe keinen«, sagte David abwesend. »Wenigstens nicht, daß ich wüßte.« Ein unangenehmer Druck schwellte unter seinem Brustbein an. Er versuchte sich zu erinnern, wann er das letzte Mal etwas gegessen hatte; wann er zuletzt am Fluß entlanggelaufen war. Er blickte durch den Raum vor dem Käfig. David wurde sich jede Sekunde stärker seiner Lage bewußt, und seine abgrundtiefe Verzweiflung wuchs.

»Shelton? David Shelton. Wer von Ihnen ist Shelton?« Der Justizwachtmeister war ein untersetzter Mann Ende fünfzig. Er hatte ein Gebaren an sich und einen Blick in den Augen, daß man annehmen mußte, seine Lieblingsbeschäftigung außerhalb des Gefängnisses sei, Insekten die Flügel auszureißen.

Reggie Lyons beugte sich herüber und flüsterte: »David, du mußt keine Angst haben. Geh einfach rein und denk an den Strand, deine Lieblingsfrau oder an irgendwas. Mit den Uniformen, den Roben und all dem Zeug wollen sie sich nur herausputzen. Es ist ein Spiel, das sie spielen, um sich gegenseitig zu beeindrucken und uns ins Bockshorn zu jagen.«

David drehte sich herum und sah in Reggies altes, zeitloses Gesicht. »Danke«, sagte er heiser. »Danke vielmals.«

Der Mann starrte ihn merkwürdig an und nahm eine von Davids Händen zwischen seine beiden. Er hatte große fleischige Hände, die stark mit Hornhaut bewachsen waren. »Viel Glück, Mensch«, flüsterte er. »Laß dich nicht weichmachen.«

Der dickbäuchige Justizwachtmeister legte David Handschellen an, als sie den Käfig verließen. Wenige Augenblicke später saß er auf der Anklagebank. Das einen Meter hohe und eineinhalb Meter breite quadratische Podest hob ihn aus dem Gerichtsraum heraus. Aufgefordert zu stehen, stemmte er seine Beine gegen eine niedrige Holzlatte, als neue Wörter, neue Stimmen und Szenen seinen Alptraum vervollständigten.

Die Beamtin, die die Anklagepunkte verlas, war eine altjüngferliche Frau, die aussah, als sei sie in diesem reich verzierten Gerichtsraum geboren worden.

»Wir kommen zur Anklage Nummer drei eins neun vier sieben. Der Kläger ist John Dockerty, der ehrerbietig die Stadt Boston im Bezirk Suffolk im Namen des besagten

Gemeinwesens vertritt. David Edward Shelton, Einwohner der Stadt Boston im Bezirk Suffolk, wird angeklagt, am zweiten Oktober, unter Verletzung des Paragraphen des Strafgesetzbuches zweihundertfünfundsechzig Absatz eins, die Charlotte Winthrop Thomas vorsätzlich ermordet zu haben, indem er ihr Morphiumsulfat in den Körper injizierte.
Das Gericht hat die Erklärung des Angeklagten, er sei ›nicht schuldig‹, in die Akten aufgenommen.«
David lehnte sich noch stärker gegen die Umrandung, als der junge, aalglatte Staatsanwalt, der an jeder Hand zwei Ringe trug, kurz seinen Fall darlegte. Man konnte nur unzusammenhängende Worte verstehen. »... vorsätzlich ... skrupelloser Mißbrauch seines Könnens und Wissens ... eine heimliche Injektion ... identifiziert als ... der Mörder, so abscheulich wie jeder Täter, der aus Leidenschaft tötet ...«
»Dr. Shelton, haben Sie die Anklagepunkte vernommen, die gegen Sie erhoben werden?« fragte der Richter automatisch. »Äußern Sie sich bitte. Haben Sie die Punkte verstanden?«
David brachte ein »Ja« hervor.
»Und haben Sie einen Verteidiger?«
Einige Sekunden lang herrschte tiefes Schweigen im Saal. Dann rief eine Stimme aus der letzten Sitzreihe: »Ja, ja, den hat er, Euer Ehren.« Ein dünner Mann in einem dreiteiligen Nadelstreifenanzug stand auf und ging den Durchgang entlang zum Richter.
»Sie vertreten diesen Mann, Mr. Glass?«
»Ja, Euer Ehren.«
»Nehmen Sie zu Protokoll: Der Angeklagte wird durch Mr. Benjamin Glass vertreten.«
David kniff seine Augen zusammen, als er den Mann, der

für ihn eintreten wollte, betrachtete. Schwarzes Haar ... die dünnen Haarsträhnen sorgfältig verteilt ... eine abgenutzte Ledertasche ... ein breiter, verschlungen geformter Ehering.

Glass ging zu ihm hin und lächelte ihm ermunternd zu. »Wie geht es Ihnen?« fragte er sanft. David nickte ihm zu. »Sie sind weiß wie ein Gespenst. Wollen Sie zu einem Arzt oder brauchen Sie sonst irgend etwas?« David schüttelte den Kopf. Der Anwalt hatte ein glattes, braun gebranntes, jugendliches Gesicht, das gleichzeitig reif und überzeugend wirkte. Dunkle Ränder unter den Augen unterstrichen seinen fesselnden Blick. »Entschuldigen Sie, daß ich so spät gekommen bin. Lauren setzte sich erst heute morgen mit mir in Verbindung. Ich bringe Sie jetzt erst einmal hier raus und dann werden wir uns unterhalten.«

Ben Glass wandte sich dem Richter zu. »Euer Ehren, ich plädiere dafür, ihn gegen eine Kaution freizulassen, und stelle einen Antrag auf Anhörung zwecks Überprüfung des Tatverdachts.« Er warf einen kurzen, fast zarten Blick auf David. Seine ganze Haltung strahlte Vertrauen aus.

Das hier war seine Welt, erkannte David — sein Operationsraum. »Danke, Lauren«, flüsterte er. Das erste Mal sah er ein wenig Hoffnung in seinem Alptraum aufflackern.

»Aus welchem Grund?« fragte der Richter.

»Euer Ehren, Dr. Shelton ist ein anerkannter Chirurg und bisher nicht im Vorstrafenregister aufgeführt. Sein Verhalten in den letzten Jahren gibt keine Veranlassung, eine psychiatrische Beobachtung und Beurteilung durchzuführen.«

»Also gut. Fünfzigtausend Dollar Kaution.«

»Euer Ehren«, sagte Glass ungläubig, mit genau dem

richtigen Ausdruck des Erstaunens, »der Mann ist zwar Doktor der Medizin, aber ich versichere Ihnen: kein Millionär. Bitte ersparen Sie uns doch heute nachmittag eine Fahrt zum Obersten Gericht zwecks Revision. Machen Sie Hunderttausend daraus, aber lassen Sie mich eine Bürgschaft bei einem gewerblichen Bürgen erwerben.«

Der Richter tippte einige Sekunden lang seine Fingerspitzen gegeneinander und sagte dann: »In Ordnung, Mr. Glass. Die Kaution wird auf einhunderttausend Dollar festgelegt.«

Ben zog David am Arm und führte ihn, dicht gefolgt vom Justizwachtmeister, aus dem Gerichtssaal. »Sie sind fast frei, David«, sagte er zuversichtlich. »Mein Freund, der Bürge, wird zehntausend Dollar verlangen. Haben Sie soviel?«

»Ich ... ich denke nicht«, antwortete David.

»Haben Sie Familie? Können Sie es von Ihren Eltern bekommen oder sonstwoher?«

»Meine Eltern sind tot. Ich ... ich habe zwei Brüder und ... eine ... äh, eine Tante, die vielleicht helfen könnte. Was ist, wenn ich das Geld nicht auftreiben kann?«

»Glauben Sie mir, Sie werden alles tun, um diese Situation zu vermeiden. Die Zelle, in der Sie vergangene Nacht waren, ist ein Palast im Vergleich zu der in der Charles Street, wo man Sie jetzt hinbringen wird. Maury Kaufman ist durch meine Klienten so fett geworden, daß er mir jetzt etwas schuldig ist. Er wird eher zustimmen, das Geld einen Tag später zu erhalten, als zu riskieren, mich als Geschäftspartner zu verlieren. Ich gebe Ihnen bis Freitag morgen Zeit, um mit der Knete rüberzukommen. In Ordnung?«

»In Ordnung«, sagte David, als ihm der Justizwachtmeister wieder die Handschellen anlegte und in den Käfig zurückführte. »Und Mr. Glass — vielen Dank.«

»Ich hoffe, das, was ich Ihnen jetzt erzähle, wird Ihr Vertrauen in mich nicht zu sehr erschüttern: Während Sie nämlich brav die Vorlesungsbänke drückten, gehörte ich zu den verrückten Hippies, die von einer Anti-Kriegsdemonstration zur anderen zogen. Ich heiße Ben. Nennen Sie mich ruhig Mr. Glass, wenn Ihnen das hilft, nicht zu vergessen, daß Sie mir ein schönes Honorar zahlen müssen.« Er drehte sich um und verließ den Vorraum, während der Justizwachtmeister die Tür des Käfigs schloß.

»Hey, David, ist dieser gewiefte Glass dein Anwalt?« Ein Zahnstocher steckte jetzt anstelle der Zigarette in Reggies Mundwinkel.

»Ich ... ich glaube schon«, sagte David und hörte zufrieden den Klang seiner jetzt schon etwas lebhafteren Stimme.

»Na, dann kann ich ja aufhören, mir den Kopf zu zerbrechen und mir Sorgen um dich zu machen. Er sieht nicht nach sehr viel aus, aber ich habe ihn schon bei ein paar Auftritten vor Gericht rumtanzen sehen: Der smarte Kerl ist ein Tiger. Ich meine, er ist *der* Verteidiger.«

»Danke, daß du mir das erzählst, Reggie. Es hilft.« David brachte wirklich ein Lächeln zustande. »Du bist sehr nett zu mir gewesen. Sag, warum bist du eigentlich hier?« Lyons lächelte und zwinkerte mit den Augen. »Ja, warum, Kumpel?« sagte er. »Bin nur so zum Spaß hier.«

Auf dem Schild über der Theke stand PADDY O'BRIENS DELICATESSEN, *Heimat der weltweit besten gebratenen Leber und des berühmtesten irischen Juden seit Mayor Briscoe.*

»Ich habe niemals von diesem Laden gehört.« David

grinste, als er auf die Holzbank gegenüber Ben rutschte. Überall waren Kleeblätter, als Wahrzeichen Irlands, und Davidssterne zu sehen. An der Wand über ihrer Sitzgruppe hing eine Fotografie zerlumpter irischer Revolutionäre Seite an Seite mit dem Bild einer wie aus dem Ei gepellten israelischen Panzereinheit.

»Sind Sie Jude?« fragte Ben.

»Nein.«

»Sind Sie irisch?«

»Nein.«

»Damit ist die Beweisaufnahme abgeschlossen. Kein Wunder, daß Sie den Laden nicht kennen. Früher oder später lernen ihn doch alle kennen. Und nun sind Sie hier.«

»Dank Ihnen.«

»Und dank Ihnen«, antwortete Ben sachlich. »Wenn eines Tages mein Blinddarm platzen wird, könnte es sein, daß ich hier dann die gebratene Leber würze — dank *Ihnen*. So spielt das Leben — richtig?«

»Richtig«, sagte David. Er wußte, daß die ungezwungene Unterhaltung, die sie führten, seitdem sie den Gerichtssaal verlassen hatten, genauso sorgfältig von Ben inszeniert war wie die Wahl dieses bodenständigen, lebendigen Restaurants. Er wußte auch, daß das eine kluge Wahl war. Von Minute zu Minute wurde er entspannter und verspürte immer stärker das Wiederaufleben eines Hoffnungsschimmers.

Ben bestellte eine »Platte der Gaumenfreuden«, von der gut zehn Leute satt geworden wären. Sie aßen eine Zeitlang schweigend, dann sagte Ben: »Es ist wahrscheinlich unfair, wenn wir uns erst nach dem Essen über mein Honorar unterhalten, denn diese Spesen werden schon auf Ihre Rechnung laufen: Es sind zehntausend Dollar, David.«

David erschrak augenblicklich, zuckte und nahm einen Schluck Wasser. Sich plötzlich mit 20 000 Dollar in der Kreide stehen zu sehen, war keine Kleinigkeit in seinem Alptraum. »Die habe ich nicht«, sagte er kategorisch.

»Ich bin meinen Schuldnern gegenüber ein wenig nachsichtiger als Maury, der Bürge«, sagte Ben, »aber ich erwarte, bezahlt zu werden.«

Davids Lippen zogen sich zusammen. »Ich denke, nach einer Anklage wegen Mordes und einer Nacht in der Zelle ist hier wohl nicht der richtige Ort für falschen Stolz. Ich bin sicher, daß ich das Geld auftreiben kann, wenn ich es nur schaffe, das bißchen Stolz, das ich noch habe, zu unterdrücken, um lang genug zu bitten. Meine Brüder werden mir vielleicht helfen. Und ich habe diesen Freund, dem die NORDSTADT-KNEIPE gehört —«

»Rosetti?«

»Sie kennen Joey?«

»Nicht besonders gut, aber gut genug, um zu wissen, daß es bestimmt kein Schaden ist, einen Kerl wie Joey zum Freund zu haben. Irgendwie hat es Rosetti immer geschafft, sowohl mit den Leuten im North End als auch mit den Wohlhabenden auszukommen, ohne sich mit einer Seite zu stark einzulassen. Wenn er Ihr Freund ist, mein Rat: Rufen Sie ihn an.«

»Wenn es soweit kommt, will ich es tun.«

»Wie gesagt: Ich erwarte, bezahlt zu werden.« David nickte. »Dann sind wir also jetzt im Geschäft«, sagte Ben und reichte seine Hand über den Tisch. David schlug ein. »Jetzt kann ich Ihnen erzählen, was Sie für Ihr Geld bekommen — und was ich von Ihnen erwarte. David, Sie bekommen alles, was ich Ihnen geben kann: Zeit, Freunde, Einfluß, Schweiß — alles, was Sie brauchen. Dafür verlange ich von Ihnen nur eines — neben der Bezahlung natürlich —, und zwar — er machte eine rhetorische Pause — Ehrlichkeit. Ich meine vollkommene Ehrlichkeit, nichts Halbes oder Gekünsteltes, darauf verzichte ich. Bei mir gibt es keine zweite Chance. Erwische ich Sie auch nur bei dem kleinsten Schwindel, können Sie sich einen anderen Anwalt suchen. In diesem Job erlebt man so viele böse Überraschungen, dann müssen sie nicht noch ausgerechnet vom eigenen Klienten kommen.«

»Wir sind noch immer im Geschäft«, sagte David.

»Fein. Warum fangen Sie nicht an, mir etwas über sich zu erzählen? Gehen Sie davon aus, daß ich nicht das Geringste weiß.«

In diesem Moment sprang ein kleiner lebhafter Mann mit einem Gesicht voller Sommersprossen und ergrauenden roten Haaren auf sie zu und beugte sich über den Tisch. Er trug eine fettverschmierte Schürze, auf der ein großer grüner Davidsstern zu sehen war. Sein ausgeprägter irischer Akzent machte aus jedem Wort eine Melodie. »Benjy, mein Junge. Du öffnest also gerade wieder die Zweigstelle deines Büros.«

»Hallo, Paddy. Ist schon lange her, seit wir uns zuletzt gesehen haben.« Ben schüttelte seine Hand. »Sieht fein hier aus. Hör mal: Das hier ist mein Freund David. Er ist Chirurg. Ich rate dir also, die flegelhafte Bande hier ruhig zu halten, während wir am Arbeiten sind, oder ich lasse ihn deine edelsten Teile auf die Dartscheibe verpflanzen.«

Paddy lachte und klopfte David auf die Schulter. »Nur zu, wenn sie dann wieder besser funktionieren. — Benjy ist der beste von allen Anwälten, aber auch ein Schlitzohr, nehmen Sie sich also in acht. Macht nur ruhig euer Geschäft weiter, ich lasse euch zwei Bier rüberbringen — auf Rechnung des Hauses.«

»Bring nur eins, Paddy«, sagte Ben. Er sah David einen Moment lang an. »Nur für mich.«
»Ein Bier und eine Cola also«, sagte der kleine Mann, ohne mit der Wimper zu zucken.
»Ich soll also davon ausgehen, daß Sie nichts über mich wissen, oder?« David grinste verschmitzt.
»Ich kam heute morgen zu spät, weil ich mich noch mit John Dockerty unterhalten habe«, erklärte Ben. »Ich war nicht lange genug bei ihm, um viel zu erfahren, aber ich kann Ihnen sagen, daß er die ganze Angelegenheit nicht zu den Akten gelegt hat. Bitte, halten Sie mich bei guter Laune und nehmen Sie an, ich wüßte nichts — in Ordnung?«
»In Ordnung«, sagte David und zuckte die Achseln. »Wie weit soll ich zurückgehen?«
»Es ist Ihre Geschichte«, antwortete Ben.
»Meine Geschichte...« Einen Augenblick lang verstummte David, als ihm bruchstückhaft Ereignisse und Personen in Erinnerung kamen. »Ich glaube, es fing mit einer heilen Welt an.« David zuckte mit den Schultern. »Zwei ältere Brüder; anständige, liebenswerte Eltern; weißer Lattenzaun ums Haus; die Arbeit. Als ich ungefähr vierzehn war, wurde das alles zerstört: Mutter hatte Krebs bekommen. Der Tumor war schon in ihrem Gehirn, lange bevor es irgend jemand wußte. Trotzdem lebte sie noch acht qualvolle Monate. Meinem Vater gehörte ein kleiner Krämerladen; er mußte ihn verkaufen, um Mutter zwischen ihren Krankenhausaufenthalten zu pflegen. Einige Wochen bevor sie starb, hatte *Vater* eine Herzattacke. Er war schon tot, ehe er auf den Boden schlug, sagte man mir.
Ich bin mir noch immer nicht sicher, warum, aber von diesem Augenblick an wollte ich nichts anderes mehr

werden als Arzt — und dann vor allem Chirurg. Schon damals.«

Es ist schon Jahre her gewesen, als David sich die ganze Sache zuletzt vor Augen geführt hatte. Es überraschte ihn, wie leicht er Worte dafür fand. »Ist das das Zeug, das Sie wissen wollen?« fragte David. Ben nickte.

»Meine Tante und mein Onkel versorgten mich, bis ich aufs College kam, von da an war ich vollkommen auf mich allein gestellt. Ich bin niemals ein Genie gewesen, aber ich wußte, was ich wollte; ich biß die Zähne zusammen und kämpfte mich durch. Mit Stipendien und Jobs kam ich während meiner medizinischen Ausbildung über die Runden. Ich habe mir immer Ziele gesetzt, die ich unbedingt erreichen wollte, und dann habe ich alles getan, um diese Leistungen zu bringen. Aber schon während meines medizinischen Praktikums geriet ich aus dem Gleis. Ich war eine Art Wunderkind in der Klinik, aber draußen kam ich nicht mehr mit dem Leben zurecht. Ich rauchte zuviel, schlaflose Nächte kamen hinzu und Depressionen, die nicht mehr verschwanden. Ich kämpfte gegen das Problem auf die einzige Art an, die ich kannte: Ich zwang mich dazu, mehr zu arbeiten. Wenn ich so zurückblicke, bin ich mir ziemlich sicher, daß ich bald vor dem Abgrund gestanden hätte, wären da nicht einige Kinder gewesen, die ein Stopp-Schild gestohlen hatten.«

Ben war zuerst von den seltsamen Gedankensprüngen Davids überrascht, grinste aber schließlich. »Eine Frau?«

David nickte. »Sie hieß Ginny. Ihr Auto stieß mit meinem auf der Kreuzung zusammen: Das Schild in ihrer Fahrtrichtung fehlte. Darin liegt auch die quälende Ironie des Schicksals: Ich lernte sie bei einem Autounfall

kennen und ...« Hier versagte ihm zum ersten Mal die Stimme und es fiel ihm schwer, Worte dafür zu finden.
Ben hob eine Hand. »David, wenn es Ihnen jetzt zu schwer fällt, darüber zu sprechen, können wir das auch ein andermal machen. Allerdings muß ich diese Sachen früher oder später wissen.«
»Nein, es geht schon«, sagte David, während er abwesend mit dem Glas in der Hand spielte. »Unterbrechen Sie mich aber, wenn es zu weinerlich und zu langweilig wird.« Ben grinste und bat ihn fortzufahren. »Wir haben zwei Monate später geheiratet. Sie war Innenarchitektin. Eine liebenswerte Frau, wie man sie selten findet. Mein ganzes Leben änderte sich, nur weil sie da war. Alles, was ich in den nächsten vier Jahren machte, gelang mir ausgezeichnet. Der Chef der chirurgischen Abteilung am White Memorial hatte mich gefragt, ob ich noch ein Jahr als Chef-Assistenzarzt bleiben würde. Nur über diese Stelle ist es am White Memorial möglich, irgendwann zum Stammpersonal zu gehören. Alles schien seinen besten Weg zu gehen — für eine kurze Zeit wenigsten.
Wir hatten ein kleines Mädchen, Becky. Ich hatte gerade meine Zeit als Assistenzarzt beendet und angefangen, selbst zu praktizieren — da kam der Unfall. Ich habe den Wagen gesteuert. Aber ich ... ich glaube, die Details sind sowieso nicht wichtig: Becky und Ginny waren tot, das waren die Fakten. Ich hatte auch einige Schrammen und Knochenbrüche, aber nichts Gefährliches, außer, daß ich innerlich auch starb. Ich habe niemals wieder wirklich zu meiner Arbeit zurückgefunden. Früher habe ich nur ab und zu in Gesellschaft getrunken, aber danach entwickelte ich mich schnell von einem Fast-Abstinenzler zum Trinker. Ich war ständig betrunken. Gott sei

Dank hatte ich zu der Zeit genug Verstand, vom Operationsraum wegzubleiben.
Ich versuchte aber, einfachere Fälle in meinem Sprechzimmer zu behandeln. Das war zu der Zeit, als ich mit den Tabletten anfing. Verstehen Sie, das ist meine Art des Platzwechsels auf der ständig weiter sinkenden *Titanic* gewesen. Aufputschmittel, um überhaupt hochzukommen, Beruhigungsmittel, um einzuschlafen. Am Anfang waren meine Kollegen noch tolerant, sogar hilfsbereit. Irgendwann jedoch habe ich es fertiggebracht, sie so zu enttäuschen, daß sie sich schließlich von mir abgewendet haben. So ging es fast ein Jahr lang weiter; zum Schluß wurde ich dann entlassen. Ich habe es nicht einmal mitbekommen, weil ich schon wieder betrunken war.«
»Muß verdammt schwierig gewesen sein, da wieder rauszukommen«, sagte Ben.
»Ja, wenn man allein ist, sicher. Eines Morgens fand ich mich dann in einer Zelle eingesperrt wieder. Der letzte Freund, den ich noch hatte, konnte es nicht länger ertragen. Es war keine Zelle, in Wirklichkeit befand ich mich in einer Klinik, im BRIGGS-INSTITUT.« Ben nickte, um zu zeigen, daß er dieses Haus kannte. »Es stellte sich heraus, daß das genau der richtige Ort für mich war, die ersten Wochen allerdings waren kaum auszuhalten: Keine Klinke an der Tür, Gitter vor den Fenstern. Es war einfach alles ... Sind Sie noch wach?«
Ben brachte ein kurzes Lächeln hervor. »Ich habe Bruchstücke Ihrer Geschichte von Lauren und Dockerty aufgeschnappt«, sagte er kopfschüttelnd, »aber wie Sie es erzählen, berührt es mich tief. Und dann wurden Sie in der vergangenen Nacht wieder in eine Zelle ...«
David zittert. »Ich bin kein klassischer Fall von Klaustrophobie — denke ich doch wenigstens. Aber seit den Wo-

chen im BRIGGS ruft in mir jeder Gedanke, in einem kleinen Raum eingeschlossen oder gefangen zu sein, dieses schreckliche, zermürbende Gefühl in meinen Eingeweiden hervor, und manchmal kommt auch ein Schüttelfrost, der ...« Er unterbrach sich und lächelte gezwungen. »Es klingt doch nach Klaustrophobie, nicht wahr?«

»Ich mag keine Etiketten«, antwortete Ben.

»Gut, es ist ja auch nicht von Bedeutung.« David schluckte wegen seiner staubtrockenen Kehle und trank dann ein halbes Glas Wasser. »Also weiter ... Es ist nicht mehr viel zu erzählen übrig. Nach einigen Monaten im Institut war ich wieder soweit, zur Medizin zurückkehren zu können, aber nicht zur Chirurgie. Ich war fast drei Jahre als praktischer Arzt in einer der Kliniken im Stadtzentrum angestellt, kam dann wieder zurück und wiederholte die beiden letzten Jahre als Assistenzarzt in der Chirurgie. Zum Personal des Boston Doctors gehöre ich seit etwa zwei Jahren. Es ist nicht einfach gewesen, aber langsam hat sich alles zum Guten hin entwickelt — wenigstens bis vor einer Woche.«

»David, das ist bereits viel mehr, als ich jemals gehofft habe, heute von Ihnen zu erfahren«, sagte Ben. »Ich bin Ihnen dankbar, daß Sie es mir erzählt haben. Das macht meine Arbeit viel leichter.«

David sah ihn verwirrt an. »Ich frage mich«, sagte er, »warum Sie mich nicht gefragt haben, ob ich diesen Mord begangen habe oder nicht.«

Ben grinste und stützte sein Kinn auf die Hand. »Das habe ich gemacht, mein Freund: Viele verschiedene Male und auf viele verschiedene Arten. Meiner Ansicht nach haben Sie schon viel zuviel durchgemacht, um nicht Himmel und Erde zu bewegen, damit Sie nicht noch einmal reingerissen werden.«

»Danke«, flüsterte David. »Ben, als Sie mit Lauren gesprochen haben, sagte sie ...? Was ich sagen will, ist, wir hatten einen Streit und ...«
»David, ich möchte nicht in solche Geschichten hineingezogen werden, aber ich möchte Ihnen noch etwas sagen: Ich kenne Lauren Nichols nun schon seit Jahren. Sie ist eine kluge, unglaublich schöne Frau, die niemals in ihrem Leben besonders viel Unglück hat ertragen müssen. Sie ... äh ... bat mich, Ihnen dies hier zu geben.« Ben zog einen rosa Briefumschlag heraus — Lauren benutzte diese Farbe ständig — und reichte ihn David.
»Es gibt wohl keine großen Zweifel darüber, was da drin steht, oder?« David faltete den Umschlag zusammen, als er sprach, und steckte ihn in seine Jackentasche.
»Nein, ich glaube nicht«, antwortete Ben sanft. »Sind Sie in der Lage, nach Hause zu gehen? Ich meine, wenn Sie ein Zimmer für diese Nacht brauchen ...«
»Nein, danke, Ben. Es ist alles in Ordnung. Wirklich.«
»Ich werde Sie morgen anrufen«, sagte Ben.
»Morgen«, wiederholte David.

Der stählerne Nachmittagshimmel wirkte bedrohlich, aber der anhaltende Regen der letzten Tage hatte aufgehört. Sein Appartement war etwa zwei Meilen von Paddy O'Briens Restaurant entfernt. David zwang sich, in aller Ruhe zu gehen, und hielt einmal an, um den alten Friedhof zu besuchen, auf dem Paul Revere beerdigt lag. Er dachte, daß dieser Friedhof der passende Ort sei, um Laurens Brief zu lesen.
Ich hätte mich nicht beunruhigen brauchen, meinte er später. Der fast förmliche Brief enthielt genau das, was er erwartet hatte: Ein Drittel Danke-für-alles und zwei Drit-

tel Wir-scheinen-aber-nicht-zusammenzupassen. »Ich glaube, ihr Motto für unser Zusammensein war: ›In Freud und nur in Freud‹«, sagte David, als er den Brief in kleine Stücke zerriß und feierlich die rosa Schnitzel auf das alte Grab streute. Er war selbst überrascht, wie wenig verletzt er sich fühlte. Vielleicht ging es ihm so, weil diese Beziehung nur ein weiterer Stein in der Mauer gewesen war, die ihn vom Leben trennte. Als er dann mühsam in Richtung Innenstadt ging, wurde ihm klar, daß er sich selten vollkommen entspannt in Laurens Umgebung gefühlt hatte. Es war größtenteils sein Fehler gewesen, die Lücke, die Ginny in seinem Leben hinterlassen hatte, mit Lauren auszufüllen. Schon bevor ihre Beziehung begonnen hatte, hatte er sie durch seine Erwartungen verdorben.

Auf dem nächsten Abschnitt seines Heimwegs begannen sich die Bürgersteige der Stadt zu füllen. Abgehärmte Geschäftsleute, Gruppen von kichernden Sekretärinnen und elegante Karrierefrauen — sie alle durchquerten den grünen Park auf ihrem Weg vom Tag zum Abend. Eine Zeitlang amüsierte sich David damit, mit jeder Person, die ihm begegnete, Blickkontakt aufzunehmen. Während der ersten paar Minuten war der Erfolg nach fünfundzwanzig oder dreißig Versuchen gleich Null. Er sah auf das Pflaster und fragte sich, ob ihm vielleicht etwas Entscheidendes fehle. Schließlich wettete er mit sich, daß der Alptraum, der mit dem Tod von Charlotte Thomas begonnen hatte, bald beendet sein würde, falls ihm nur ein einziger Blickkontakt gelänge, bevor er zu Hause war.

Als er in die Commonwealth Avenue einbog, hatte wieder ein feiner Sprühregen eingesetzt. Er blickte hoch und setzte dann seinen Weg fort.

Einen Häuserblock vor ihm saß ein dünner, älterer Herr auf einer Bank und las die frühe Abendausgabe des Boston Globe.
Er prüfte mit einer ausgestreckten Hand, wie stark der Regen fiel, und kam zu der Ansicht, daß es nun Zeit sei, die letzten Sätze des Artikel über die Sterbehilfe im Doctors Hospital zu lesen.
Der Artikel stand auf Seite drei, es handelte sich um eine zwei Spalten lange Beschreibung von Davids Verhaftung und Vernehmung. Weil in der Eile kein Bild von David zu bekommen war, hatte der Gerichtsreporter ein Foto von Ben Glass aus dem Archiv abdrucken lassen. Der kleine, elegante Mann beendete den Artikel, klemmte sich die Zeitung unter den Arm und machte sich auf den Heimweg. In Gedanken noch bei der Geschichte, die er gerade gelesen hatte, bemerkte er nicht, wie David sich um einen Blickkontakt mit ihm bemühte.

KAPITEL XVI

»Chrissy, schau dir mal das Badezimmer an, sieht es in Ordnung aus?« rief Lisa, während sie sich den Rock überstreifte und den Reißverschluß an der Seite zuzog.

»Lisa, das Badezimmer sieht glänzend aus. Ich habe dir doch schon gesagt, mach dir darüber keine Sorgen. Ich habe eine Stunde Zeit, bevor sie kommt. Viel Zeit zum Saubermachen also.« Christine legte eine Schallplatte in ihre Hülle zurück und stellte sie ins Regal. Sie brauchte einen Augenblick, um die Alben wieder ordentlich in eine Reihe zu stellen. Dalrymples Anruf am späten Nachmittag hatte sie furchtbar nervös und besorgt gemacht. Sie wünschte, die beiden Frauen, mit denen sie zusammen wohnte, würden nun endlich ausgehen, damit sie vor Dalrymples Eintreffen noch etwas Zeit für sich selber hätte.

Ihre Chefin hatte keine Andeutung gemacht, aus welchem Grund sie vorbeikommen wollte, aber Christine konnte sich nur schwer vorstellen, daß der Besuch mit etwas anderem in Verbindung zu bringen sei als mit dem Tod von Charlotte Thomas. Sie hatte daran gedacht, beim Regionalen Prüfungsausschuß um Rat zu fragen, wie sie sich in der Situation verhalten sollte, fand das aber schließlich töricht, weil sie nicht genau sagen konnte, um welche Situation es sich eigentlich handeln würde.

Lisa platzte mit nacktem Oberkörper ins Wohnzimmer. »Carole, BH oder keinen BH bei diesem Kerl?«
»Der ist ja sowieso blind, Lisa«, schrie Carol aus ihrem Zimmer heraus. »Laß ihn einfach nicht an dich heran, und er wird nicht sagen können, ob du einen getragen hast oder nicht.«
»Was meinst du, Chrissy? BH oder kein BH?«
Christine betrachtete sie einen Augenblick lang. »Ich denke, du solltest einen tragen.« Ihre Stimme klang viel weniger anfeuernd, als sie es eigentlich beabsichtigt hatte.
Lisa zuckte die Achseln und schlüpfte in eine Bluse. »Du siehst ziemlich angespannt aus. Willst du über irgend etwas sprechen?«
»Glaub mir«, sagte Christine, »wenn ich irgendwelche Probleme hätte, würde ich darüber sprechen. Niemals hat mich Miss Dalrymple bisher besucht, das ist alles. Es kann sein, daß sie mich befördern will; vielleicht hat sie auch vor, mich zu feuern: Ich weiß es einfach nicht. Hört zu: Macht euch einen schönen Abend. Ich hoffe, er ist nett. Und vielen Dank, daß ihr mir beim Saubermachen geholfen habt.«
»Oh, einen Augenblick noch!« Lisa schnippte mit den Fingern und stürzte, ohne ihren Satz zu unterbrechen, in ihr Zimmer. »Diese hier wurden heute morgen abgegeben. Wahrscheinlich, als du gerade weg warst.« Sie kehrte mit einer Vase voller Blumen zurück. »Ich denke, sie werden sich dort drüben am Fenster sehr gut machen ... nein, auf dem Tisch ... nein, ich glaube, eher da drüben ...«
»Lisa, die sind ja wunderschön. Von wem sind sie?«
»Der Kaminsims. Ja, dorthin passen sie am besten.«
»Lisa, von *wem*?«

»Oh, sie sind von Arnold. Arnold Ringer, der Schwarm des ganzen Büros. Dieser Verrückte glaubt, daß er dadurch schneller bei mir ankommt. Und wißt ihr was?«
»Er hat recht damit!« sagten die beiden unisono und lachten.
Christine räumte gerade die Küche auf, als es klingelte. Einen Augenblick später verabschiedeten sich Carol und Lisa, nun war sie allein.
Ihre Einsamkeit währte nur einen Seufzer lang und einen Schritt ins Wohnzimmer und zurück, dann klopfte Ida Fine — wie immer nur symbolisch — an die Hintertür und trat ein. Unter ihrem Arm steckte eine Abendausgabe des GLOBE. Sie begann bereits zu sprechen, noch bevor Christine ihr erklären konnte, daß sie sich keinen falscheren Zeitpunkt für ihren Besuch hätte aussuchen können.
»Wo sind denn die beiden anderen Hübschen? Ausgegangen, um sich einen schönen Abend zu machen? Warum Sie denn nicht?« Ida fragte selten, ohne ihre Fragen selbst zu beantworten oder wenigstens eine weitere, oft völlig unzusammenhängende Frage zu stellen.
»Sie sind verabredet, Ida«, antwortete Christine mit eintöniger Stimme und hoffte, ihr auf diese Weise begreiflich zu machen — ohne allzu deutlich zu werden —, daß sie jetzt unerwünscht sei.
»Und Sie, die Hübscheste von den dreien, Sie haben keine Verabredung? Sie sind krank, daran liegt's? Sie fühlen sich nicht wohl. Ich habe noch Suppe oben. Ich weiß, ihr Krankenschwestern seid viel zu gescheit, um euch davon überzeugen zu lassen, aber ...«
»Nein, Ida, mir geht's gut.« Wenn sie einen Frontalangriff plante, konnte man Ida nicht stoppen. »Ich habe heute abend sehr viel zu tun. Meine Chefin wird bald

kommen, deshalb müssen wir jetzt aufhören. Vielleicht können wir morgen oder auch heute am späten Abend miteinander reden, in Ordnung?«
Ida schmiß die Zeitung auf den Tisch. »Ich wette, es ist wegen dieses Arztes, der die Frau in Ihrem Krankenhaus umgebracht hat«, sagte sie. »Ein Duktor sogar. Meine Mutter wollte immer, daß ich einen Arzt heirate; aber nein, dickköpfig wie ich war, habe ich meinen Mann geheiratet — Gott sei seiner Seele gnädig . . .«
Christine starrte Ida an, die noch immer einfach weiterredete. ». . . nicht, daß Harry schlecht gewesen wäre, nein. Er war ein sehr guter Ehemann. Aber manchmal —«
»Ida, wovon sprechen Sie eigentlich?«
»Der Mord im Krankenhaus. Irgendein David soundso soll es getan haben, ist bestimmt ein Jude. Nein, doch nicht, er kann kein Jude sein: Ein jüdischer Kerl, der eine Patientin tötet? Nein, ich kann —«
»Ida, bitte!« Christines Schrei sorgte augenblicklich für Stille. »Um Himmels willen, wovon sprechen Sie?«
»Es steht hier drin, im GLOBE. Ich dachte, Sie wüßten es schon. Hier, behalten Sie die Zeitung. Ich brauche nur den Teil mit dem Fernsehprogramm. Diese Woche habe ich nämlich vergessen, mir eine Programmzeitschrift mitzubringen, als ich einkaufen war.«
Ida redete weiter, aber Christine nahm sie nicht mehr wahr. Sie wühlte in der Zeitung herum und hielt sie, selbst nachdem sie die Seite aufgeblättert hatte, zitternd in den Händen. »CHIRURG DER STERBEHILFE ANGEKLAGT, AUF KAUTION FREIGELASSEN«, las sie in dem Blatt. Ihre Wangen wurden rot, sie weinte. »O mein Gott,« sagte sie leise, als sie den Bericht über Davids Verhaftung und Vernehmung las. »O mein Gott . . .«

Idas verbale Attacke gegen David hielt eine weitere Minute lang an, wurde dann schwächer und hörte endlich auf. Christine las den Artikel jetzt Wort für Wort und bemerkte nicht, wie ihre Vermieterin den Blick ständig auf sie gerichtet hielt.
Ida holte einen Stuhl vom Küchentisch und Christine sank wie betäubt darauf, als sie die letzten Zeilen des Artikels las.

> Aus zuverlässigen Quellen des GLOBE geht hervor, daß Shelton Rezepte für große Mengen Morphium am Tag von Mrs. Thomas' Tod ausgestellt hat. Verteidiger Glass wollte zu den Beweisen keine Stellungnahme abgeben, stellte aber erneut fest, daß er von der Unschuld seines Klienten überzeugt ist. »Ich bin sicher«, sagte er, »wenn alle Fakten auf dem Tisch liegen und wir die Wahrheit erfahren, wird mein Mandant entlastet werden.« Dr. Shelton wurde gegen eine Kaution von 100 000 Dollar auf freien Fuß gesetzt. Ein Termin für die Gerichtsverhandlung steht noch nicht fest.

Ida eilte zum Waschbecken, holte einen nassen Waschlappen und legte diese kalte Kompresse Christine auf die Stirn. Fast eine Minute lang blieb Christine völlig regungslos. Schließlich nickte sie und schob sanft Idas Hand von sich.
»Sie haben also noch nichts von diesen Neuigkeiten gehört?« fragte Ida. »Kennen Sie diesen David?« Erstaunlicherweise beließ sie es dieses Mal bei den beiden Fragen.
»Ja, ich ... kenne ihn«, antwortete Christine. Seit sie sich auf Vier Süd das erste Mal begegnet waren, hatte sie oft

an David gedacht; zwar nicht ständig und auch nicht überschwenglich oder gar mit klaren Vorstellungen, aber er war da. Dockertys Untersuchung hatte ihr einen Vorwand gegeben, sich über ihn mit den anderen Schwestern zu unterhalten, ohne zu deutlich und zu interessiert zu erscheinen.

Ida Fine rieb sich besorgt die Hände. »Chrissy, Ihr Gesicht ist bleich wie Elfenbein. Möchten Sie, daß ich Sie ins Bett bringe oder ... oder einen Arzt rufe?«

Christine schüttelte den Kopf. »Ida, mir geht's gut — wirklich. Aber ich möchte jetzt ein wenig allein sein. Bitte.«

»In Ordnung, ich gehe ja schon«, sagte Ida mit einer eher aus Reflex als mit Absicht schmollenden Stimme. »Falls Sie mich brauchen, Sie wissen ja: Ich bin oben. Auch wenn Sie etwas zum Essen brauchen ... behalten Sie die Zeitung ...« Noch als sie ging, redete sie ständig weiter.

Christine las den Artikel ein zweites Mal und notierte sich dann Ben Glass' Namen und die Adresse seiner Kanzlei in ihrem Adreßbuch. Warum hat David so viel Morphium bestellt? Und das an dem Tag, als Charlotte starb. Zufall? Vielleicht, aber sicher keiner, der überzeugen wird. Vielleicht stimmt das Gemauschel im Krankenhaus über ihn dieses Mal. Vielleicht nimmt er Drogen oder handelt mit ihnen — oder beides. Aber ihr Gefühl bei diesem Mann — wie verschwommen es auch sein mochte — sagte ihr, daß dies nicht sein konnte.

Sie preßte die Finger gegen die Schläfen, als ein dumpfer Schmerz begann, jeden Schlag ihres Herzens zu begleiten. Sie war sich klar darüber, daß es eigentlich vollkommen egal war, ob David Morphium erworben hatte oder nicht. Sie wußte, was sie mit dem Fläschchen gemacht hatte, das der Schwesternbund ihr geschickt hatte, und es durfte nicht sein, daß sie ihn dafür leiden ließ. Es schien alles so richtig gewesen zu sein. Verdammt, es *war* richtig gewesen. Charlotte wollte es so. Der Prüfungsausschuß hatte zugestimmt. Sie hatte nicht allein gehandelt. Gegen den Schmerz, der jetzt in ihr hämmerte, kniff sie die Augen fest zusammen. Jede Bewegung mit dem Kopf verschlimmerte nur diese Schläge.

»Leg dich hin«, sagte sie zu sich selbst. »Nimm Aspirin oder Valium, irgend etwas, und leg dich hin.« Sie zwinkerte mit den Augen wegen des Lichts der Küchenlampe, das ihr jetzt grell wie die Sonne zu strahlen schien, und stand auf. In diesem Moment klingelte es.

Sie stakste unbeholfen zum Herd. Tee, ich muß mir Tee machen, dachte sie. Die Klingel schellte ein zweites Mal, eindringlicher nun.

Mit einem Stöhnen drehte sie sich herum und rannte durch den Korridor zur Eingangstür.

Dotty Dalrymple trug einen purpurroten Mantel und wirkte imposanter als gewöhnlich. Sie lächelte herzlich unter ihrem ebenfalls purpurroten breitkrempigen Regenhut und trat ein. »Der ist naß«, sagte sie und hielt ihren schwarzen Regenschirm wie einen Marschallstab in der Hand. »Kann ich ihn irgendwo hinstellen?« Sie schien sich wie zu Hause zu fühlen.

Das Hämmern in Christines Kopf begann nachzulassen, als sie den Schirm neben die Tür stellte und den zeltgroßen Regenmantel aufhängte. »Tee?« fragte sie und vergaß vollkommen, die Frau hineinzubitten. »Möchten Sie eine Tasse Tee?«

»Ja, ich nehme gern eine Tasse, Christine.« Dalrymples Lächeln wurde breiter. Mit einem Blick in den Korridor fragte sie: »Im Wohnzimmer?«

Christine wurde jetzt etwas ruhiger. »Oh, es tut mir leid,

Mrs. Dalrymple«, antwortete sie. »Ich wollte nicht unhöflich sein. Treten Sie ein ... Und entschuldigen Sie bitte das ganze Durcheinander hier ...«

»Unsinn«, unterbrach sie die Leiterin des Pflegepersonals. »Es ist eine wunderschöne Wohnung. Bitte, Christine, entspannen Sie sich. Ich verspreche, Sie nicht aufzufressen.« Sie begutachtete kurz das Wohnzimmer und setzte sich dann auf einen gepolsterten Stuhl ohne Armlehnen gegenüber der Couch. »Sie sprachen von Tee?«

»O ja, das Wasser steht auf dem Herd. Lassen Sie es mich heiß machen.«

»Zitrone, wenn Sie haben«, rief Dalrymple, »sonst nichts.«

»Es wird nur eine Minute dauern«, sagte Christine und hastete in die Küche. Sie probierte einen Keks aus der einzigen Schachtel, die sie finden konnte. »Verdammt«, zischte sie und spuckte den alten, ungenießbaren Keks in den Mülleimer.

In den wenigen Minuten, die sie brauchte, um zwei Tassen Tee und Zitronenscheiben auf einem Tablett herzurichten, verbrühte sie sich den Unterarm und schnitt sich mit dem Messer in den Daumen. Sie tat zwei Schritte ins Wohnzimmer und erstarrte; sie war gerade noch in der Lage, das Tablett zu halten: Auf Dotty Dalrymples Schoß lag ein unaufgeschlagenes Exemplar des GLOBE.

»Aufgrund Ihrer Reaktion nehme ich an, daß Sie dieses Abendblatt bereits gelesen haben«, sagte Dalrymple.

Christine schloß die Augen und atmete tief ein. Wenn ihre Chefin sie mit Charlotte in Verbindung gebracht hatte, ja dann könnte ihr was Schönes blühen. Sie wünschte jetzt, sie hätte den Regionalen Prüfungsausschuß des Schwesternbundes um Rat gefragt. »Ich ... meine Ver-

mieterin zeigte mir gerade eben den Artikel«, stotterte sie. »Es ist schrecklich.«
»Kennen Sie Dr. Shelton gut?« fragte Dalrymple und wies sie zur Couch.
»Nein, eigentlich nicht. Wir haben kaum miteinander gesprochen. Ich ... ich traf ihn vergangene Woche das erste Mal.« Zu viele Worte, dachte Christine. Was will sie wohl?
»Kennen Sie seine Vergangenheit?«
Seine Vergangenheit? Ihre Wachsamkeit ließ nach dieser Frage nach. Warum fragt Dalrymple danach? Ahnt sie etwas? Versucht sie, sie irgendwie zu decken? Christine entschied sich, das verbale Turnier fortzuführen, bis Dalrymples Absicht klarer ersichtlich wäre. »Seine Vergangenheit? Nein, eigentlich nicht. Nichts als den Tratsch im Krankenhaus.«
»Dieser Mann ist bekannt als Drogenabhängiger und er ist wahrscheinlich auch Alkoholiker«, sagte Dalrymple schonungslos. »Haben Sie das gewußt?« Christine war durch die Worte Dalrymples zu erschüttert, um antworten zu können. Nach einer kurzen Pause redete die Frau weiter. »Vor einigen Jahren wurde er vom White Memorial entlassen. Seine Anstellung in unserer Klinik kam gegen den lauten Protest vieler unserer Ärzte zustande. David Shelton macht seinem Beruf keine Ehre.«
Davids Gesicht erschien ihr in Gedanken — sanft und ausdrucksvoll, mit freundlichen, ehrlichen Augen. Vor diesem Bild ergaben Dalrymples Worte keinen Sinn. »Ich ... weiß nicht, was ich dazu sagen soll.«
Dalrymple beugte sich in ihrem Stuhl vor und starrte sie entschlossen an. »Offensichtlich bin ich hier, um Ihnen diese Fakten aus einem bestimmten Grund mitzuteilen.« Ihre Stimme klang fremd und hatte etwas Rätselhaftes an sich. »Christine, wir sind Schwestern, Sie und ich.

Schwestern.« Christine atmete schwer. »Ich hätte es Ihnen so gern neulich nachmittags im Flur auf Vier Süd gesagt, aber unsere Regeln verbieten das. Ich gehöre seit meinen ersten Tagen als Krankenschwester zum Schwesternbund. Ich sitze für unseren nordöstlichen Bezirk im Verwaltungsrat des Schwesternbundes.«

»Ich hätte niemals gedacht ... Was ich meine, ist, niemals hätte ich vermutet ...«

Dalrymple lachte. »Es gibt einige Tausend von uns, Christine, überall im Land. Die besten Krankenschwestern des Landes sind darunter. Alle verbunden durch dieselben Ideale und den Schwur, unsere Sache vorwärtszubringen: das Eintreten für ein menschliches Leben in Würde.«

»Dann wissen Sie alles über Charlotte?«

»Ja, meine Liebe, ich kenne den Fall. Alle Mitglieder des Verwaltungsrates kennen ihn, der Prüfungsausschuß für Neuengland und natürlich auch Peggy. Ich bin in ihrem Auftrag hier. Ich bin hier, um zu helfen.«

»Um mir zu helfen?«

»Ja.«

Christine schüttelte den Kopf. »Wer wird Dr. Shelton helfen?« fragte sie verdrossen.

»Meine Liebe, Sie scheinen nicht verstanden zu haben, wovon ich gerade geredet habe.« Dalrymple beugte sich weiter vor, um ihren Worten mehr Nachdruck zu verleihen. »Der Mann ist ein ...«

Christine unterbrach sie mit erhobener Hand und hielt einen Finger vor die Lippen, als Zeichen, still zu sein. Sie starrte in Richtung Wand. Dalrymple sah sie fragend an und folgte dann ihrem Blick zu der Stelle.

»Ich habe etwas gehört«, flüsterte Christine. »Draußen vor dem Fenster.«

Dalrymple hob herausfordernd ihren Kopf und lauschte in diese Richtung. »Nichts«, sagte sie leise.
Christine war nicht überzeugt davon. Auf Zehenspitzen schlich sie sich zu der einen Seite des Fensters und schaute in die Nacht hinaus. Auf der Auffahrt und auch auf der Straße bewegte sich nichts. Sie blieb dort an der Wand gepreßt einige Minuten lang stehen. Noch immer nichts. Mit einem Schulterzucken zog sie schließlich die Rolläden herunter und ging zur Couch zurück. »Ich habe ein Geräusch gehört«, sagte sie. »Es klang wie ein kurzer Schrei.«
»Vielleicht eine Katze«, meinte Dalrymple.
»Vielleicht.« Ihre Stimme klang wenig überzeugt. Dalrymple nippte geduldig an ihrem Tee, während sie darauf wartete, daß Christine sich wieder konzentrierte, damit sie mit der Diskussion fortfahren konnte.
»Es tut mir ... es tut mir leid«, sagte Christine schließlich.
Dalrymple lächelte. »Meine Liebe, ich verstehe, was Sie gerade durchmachen«, sagte sie beruhigend. »Wir leiden alle darunter, wenn auch solch eine Situation wie bei Ihnen noch niemals vorgekommen ist und wahrscheinlich auch in Zukunft nicht wieder vorkommen wird. Wir stehen vor keiner einfachen Aufgabe. Auf dem Weg, den wir gehen, gilt es ständig Entscheidungen zu treffen, und nur einige wenige davon — wenn überhaupt — sind einfach.« Es lag eine Gereiztheit in ihrer Stimme, die Christine tief beunruhigte.
»Nun, was schlagen Sie mir also vor zu unternehmen?« fragte sie.
»Warum? Nichts, meine Liebe«, antwortete Dalrymple. »Überhaupt nichts.«
Christine starrte sie ungläubig an. »Miss Dalrymple, ich

bringe es nicht fertig, diesen Mann für etwas leiden zu lassen, was ich getan habe. Damit könnte ich nie leben.«

Dalrymple blickte sie gleichmütig an und schüttelte den Kopf. »Ich fürchte, Christine, daß viel mehr Leute darunter leiden würden, falls Sie einen Versuch unternehmen, ihm zu helfen.«

Ein ungutes Gefühl beschlich Christine. »Wa... was meinen Sie damit?«

»Peg, die Frau, mit der Sie gesprochen haben, ist Peggy Donner. Sie gründete den Schwesternbund vor fast vierzig Jahren. Sie hat ihr ganzes Leben dem Wohle unserer Organisation gewidmet.«

»Und?«

»Christine, sie wird Ihnen und auch keiner anderen Schwester erlauben, für das, was richtig ist, bestraft zu werden. Sie befürchtet, daß Ihre Bloßstellung zur Bloßstellung der ganzen Bewegung führen würde.«

»Aber das ist nicht wahr!« schrie Christine. »Ich würde niemals etwas enthüllen über...«

»Bitte. Was zählt, ist nicht, was Sie meinen, was passieren wird, sondern was Peggy meint, was passieren wird. Sie müssen wissen, Christine, bevor sie es riskieren wird, daß die Öffentlichkeit durch eine schmutzige Untersuchung der Polizei und durch Sensationsberichte in der Presse von uns erfährt, wird Peggy selbst an die Öffentlichkeit gehen, um sie über unsere Organisation aufzuklären.« Dalrymples Gesichtsausdruck wirkte drohend. »Sie hat unsere Aufzeichnungen, Christine — alle. Wenn Sie sich an die Polizei wenden sollten — und das hat sie dem Verwaltungsrat versprochen — dann wird sie sie alle nach ihrem Gutdünken veröffentlichen. Schon seit einigen Jahren hat sie diese Absicht. Nur der Widerstand von uns übrigen konnte sie davon abhalten. Wir sind nicht der Ansicht, daß die Zeit schon dafür reif ist.«

Das Hämmern in Christines Kopf begann von neuem. »Das ... das kann doch nicht wahr sein«, murmelte sie. »Es darf einfach nicht wahr sein.«

»Aber es ist wahr, Christine. Die Zukunft aller Bundesschwestern hängt an dem seidenen Faden Ihrer Verschwiegenheit. Ich bin keineswegs glücklich über diese Situation, trotz meiner Abneigung gegen degenerierte Ärzte wie diesem Dr. Shelton. Ich kenne Peggy jetzt schon seit Jahren, und Sie müssen mir glauben: Sie wird es tun.«

Christine war fassungslos und konnte nur noch den Kopf schütteln.

»Wir möchten gern, daß Sie eine Zeitlang Ferien machen und nicht mehr ins Krankenhaus kommen«, fuhr Dalrymple sanft fort. »Ich habe keine Probleme, Ihnen einen Urlaub von, sagen wir, drei oder vier Wochen zu genehmigen. Wenn Sie dann wiederkommen, wird eine Stelle als Leiterin einer Schicht auf Sie warten. Wie wär's mit Griechenland? Die Inseln sind zu dieser Jahreszeit wunderschön. Lassen Sie sich einen Monat lang von der Sonne verwöhnen, dann wird auch hier die ganze Sache vorbei sein.«

»Ich ... ich glaube nicht, daß ich das kann.«

»Um unser aller willen, Christine, Sie müssen. Glauben Sie bitte nicht, daß Peggys Drohung nicht ernst gemeint sei. Unsere Größe und das positive Bild, das sie von uns hat, lassen sie glauben, daß der Schwesternbund jetzt einer Aufdeckung standhalten könnte. Wenn Sie zur Polizei gehen, wird niemand mehr Peggy aufhalten können. Sie könnte vielleicht sogar recht haben; aber was mich betrifft, ich möchte meine Karriere und mein Leben nicht darauf verwetten.«

»Es würde ein Chaos geben«, sagte Christine niedergeschlagen.

»Wenigstens.«

»Ich brauche Zeit, ein wenig Zeit, um nachzudenken.«

»Je eher Sie Ihre Reise antreten, um so besser«, sagte Dalrymple. »Ich kann Ihnen versichern, wenn Sie aus der Stadt weg sind, wird die ganze Angelegenheit viel einfacher für Sie sein.« Sie stand auf, nahm einen Umschlag aus ihrer Handtasche und gab ihn Christine. »Dies wird Ihnen dabei helfen, das, was Sie tun müssen, zu ertragen. Bitte rufen Sie mich an, wenn ich Ihnen irgendwie weiterhelfen kann. Es ist eine schwierige Situation, Christine, einen Menschen tief in den Abgrund zu stürzen, um großen Schaden von vielen abzuwenden — aber die Wahl ist klar.«

Christine folgte ihr in den Korridor und lehnte sich wie betäubt gegen die Wand, während Dalrymple sich den Mantel anzog. »Ihre Schwestern«, sagte Dalrymple, »sie alle danken Ihnen für das, was Sie tun.« Sie drückte Christine die Hand, drehte sich um und verließ die Wohnung.

Die blaue Limousine, die im Schatten zwischen zwei Straßenlaternen parkte, war so gut wie unsichtbar. Lässig hinter das Lenkrad gelehnt saß Leonard Vincent und beobachtete aufmerksam das Haus, während er um Atem rang. Die nahe Stimme unter dem Fenster und sein Zurückstürmen zum Wagen hatten ihn — trotz der kühlen Luft in dieser Nacht — außer Atem gebracht, er war schweißdurchtränkt. Auf seinem Schoß beschrieb seine rechte Hand fortwährend Kreise; mit dem liebevollen Bogenstrich eines Konzertviolinisten glitt die Klinge seines Messers über den Schleifstein. Die spitz zulaufende Klinge war zwanzig Zentimeter lang und vorne leicht gekrümmt. Der verzierte Griff verschwand fast in seiner großen Faust. Dieses Messer war Leonard Vincents ganzer Stolz — das perfekte Instrument für die Arbeit im Nahbereich.

Die Eingangstür öffnete sich. Vincent kicherte beim Anblick der mächtig dicken Frau, die mühsam die betonierten Stufen der Treppe vor dem Haus hinunterstieg. Als sie über die Straße zu ihrem Auto ging, machte er sich einen Spaß daraus, sich in Gedanken die Beschreibung der Frau zurechtzulegen, die er später in seinem Bericht durchgeben würde. »Um genau 17 Uhr dreißig bewegte sich ein Kleinluftschiff in das Haus hinein.« Vincents fahles Gesicht verzog sich zu einem häßlichen Grinsen. »Sie schob sich aus dem Haus heraus und polterte die Stufen zu ihrem Wagen hinunter. Um exakt 18 Uhr fünfzehn begann sie sich hinter das Lenkrad zu quetschen. Um 18 Uhr dreißig hatte sie es geschafft.«

Abgelenkt durch seine eigenen Späße reagierte Vincent zu langsam, als die Frau plötzlich wendete und auf ihn zusteuerte. Erst einen Augenblick bevor ihre Scheinwerfer in seine Richtung wiesen, duckte er sich unter das Armaturenbrett und stieß sich den Kopf an dem Griff an der Beifahrertür. Er verfluchte den Griff, dann die Tür und dann die fette Schlampe, die daran schuld waren. Aber am meisten verfluchte er sich selbst dafür, einen Job angenommen zu haben, ohne genau zu wissen, für wen er arbeitete und was eigentlich von ihm verlangt wurde.

Es hatte mit dem Anruf eines Freundes, der in einem Laden als Barkeeper arbeitete, begonnen. »Leonard«, hatte er gesagt, »ich denke, ich hab da was für dich. Da war dieses Frauenzimmer hier, sie fragte mich, ob ich einen kenne, der daran interessiert ist, 'ne Stange Geld zu verdienen. Sie sagte, wer auch immer es sei, er müßte das Maul halten können und nur das tun, was ihm gesagt wird. Ich versuchte herauszufinden, worum es eigentlich ging, aber sie sah mir nur mit diesem verfluchten Blick in die Augen, schob einen Fünfziger über die Theke und sagte, daß da noch mehr drin sei, wenn ich ihr einen nennen könnte, der weniger Fragen stellt als ich. Bist du interessiert? Ich sag dir, Leonard, das Frauenzimmer kam mir unheimlich vor, aber ich denke, sie ist in Ordnung. Große Titten hat sie auch.«

Vom ersten Augenblick an mißfiel ihm die Frau, und die ganze Sache stank ihm auch. Sie hatte ihm einen Namen genannt: Hyazinthe. Er war überzeugt davon, daß er falsch war. Aber egal, dachte er. Sie würde ihm nur den Auftrag erklären und das Geld rüberschieben — das war alles, was er mit ihr zu tun hätte.

So hatte er schließlich mit 2500 Dollar im voraus, einer Telefonnummer und einem Namen — Dahlia, der auch falsch war — dagestanden. Vincent kratzte sich an der Beule, die langsam über dem linken Auge anschwoll. Er verfluchte Dahlia, weil sie daran schuld war, daß er bei diesem Orkan hier herumsitzen mußte und sich den Kopf an der verdammten Tür gestoßen hatte. Seh den Tatsachen ins Auge, Leonard, sagte er zu sich selbst, diesmal hast du wirklich den letzten Job angenommen, egal, wieviel verdammte Scheine dafür rüberkommen.

Er beobachtete das Haus, bis er sich vollkommen sicher war, daß Christine nicht herauskommen würde, steckte sein Messer dann in die handgearbeitete Lederhülle zurück und fuhr um die Ecke zu einer Telefonzelle. Nach dem zweiten Klingeln meldete sich eine Frau.

»Ja?«

»Hier ist Leonard«, sagte er mit seiner monotonen, schnarrenden Stimme.

»Ja?«

»Sie wollten einen Bericht über jeden, mit dem diese Christine spricht.«

»Und?«

»Eine große fette Frau hat sie gerade verlassen. Sie ist vor ungefähr fünfundvierzig Minuten hierher gekommen.«

»Mr. Vincent, Ihre Anweisung lautete, anzurufen, sobald sie mit jemandem zusammentrifft, und nicht zu warten, bis die Person sie wieder verlassen hat.«

»Hey, Sie klingen nicht nach Dahlia. Mit wem spreche ich?«

»Mr. Vincent, bitte. Als Hyazinthe Sie bezahlte, sagte sie Ihnen, Sie sollten diese Nummer anrufen und Bericht erstatten. Entweder werden Sie jetzt genau das tun, was Ihnen gesagt worden ist oder ich verspreche Ihnen Schwierigkeiten — große Schwierigkeiten. Ist das klar?«

Die Zurechtweisung hatte Erfolg. Leonard Vincent hatte vor nichts Angst, was er sehen konnte, aber eine eiskalte, körperlose Stimme war etwas anderes. Er verfluchte sich wieder selbst, diesen Job angenommen zu haben.

»Ja, ist klar«, antwortete er.

»In Ordnung. Wie lange haben Sie das Haus beobachtet, nachdem die Frau gegangen war?«

»Zehn oder fünfzehn Minuten. Ich weiß es nicht genau. Lang genug jedenfalls — sie rührt sich nicht aus dem Haus.«

»Also gut. Gehen Sie jetzt wieder auf Ihren Posten.«
»Und was ist mit Schlafen?«
»Mr. Vincent, Sie werden dafür bezahlt — und gut bezahlt —, daß Sie diese Frau beobachten und über all ihre Bewegungen Bericht erstatten. Kehren Sie jetzt bitte wieder auf Ihren Posten zurück. Und denken Sie daran, wir wollen in dem Augenblick, in dem sie mit irgend jemandem spricht, davon erfahren, und nicht erst, nachdem diese Person wieder gegangen ist. Rufen Sie diese Nummer gegen zwei Uhr an, und wir unterhalten uns über Ihren Schlaf. Oh, einen Punkt habe ich noch. Bevor sie Ihnen den Vorschuß gab, hat die Frau, die Sie engagierte, einige Erkundigungen über Sie eingezogen. Sie hat von Ihrer Neigung gehört, Leuten manchmal etwas anzutun, auch ohne provoziert worden zu sein. Niemand wird auch nur angerührt, ohne daß wir es ausdrücklich angeordnet haben! Ist *das* klar?«
Vincent zuckte die Achseln. »Wie Sie meinen, es ist ja Ihr Geld.« Er hing den Hörer ein, starrte ihn einen Moment lang an und spuckte dann darauf. Ein Reflex ließ ihn den Geldrückgabeschacht überprüfen, dann fuhr er zurück und beobachtete wieder das Haus.
Das einzige Licht in der Wohnung schien durch die Rolläden des Wohnzimmerfensters. Alle paar Minuten erschien Christines Silhouette und verschwand wieder. Leonard Vincent holte wieder den Schleifstein heraus und klopfte damit eine monotone Melodie vor sich hin, während er ein zweites Messer aus dem Handschuhfach hervorholte.

Christine hatte, seit Dalrymple sie verlassen hatte, keine Ruhe gefunden. Sie ging nervös von einem Zimmer ins andere und schlug immer wieder mit der einen Hand den ungeöffneten Briefumschlag gegen die andere. Mit einem Mal sah sie den Umschlag an, als hätte sie ihn jetzt erst bemerkt. Dann riß sie ihn auf.

Es lagen fünf ordentlich gebündelte Päckchen Hundert-Dollar-Noten drin — zehn in jedem Bündel.

»Die Wahl ist klar«, wiederholte sie laut die Worte ihrer Chefin. In ihren Gedanken erschien wieder Davids Gesicht. Sie starrte auf die Geldbündel und warf sie auf ihren Schreibtisch.

»Die Wahl *ist* klar«, flüsterte sie.

KAPITEL XVII

Wie in den vorangegangenen drei Tagen sagte der Bostoner Wetterbericht auch für Donnerstag, den neunten Oktober, ein Ende des beständigen Tiefdrucksystems und des Regens voraus. Auch an diesem vierten Tag lag er daneben.

In Huddleston, New Hampshire, neunzig Minuten nördlich der Stadt gelegen, wurde eine hundertfünfzig Jahre alte überdachte Brücke vom Crystal Brook weggeschwemmt — im August noch war dieser Fluß kaum größer als ein Rinnsal gewesen.

Die Unfallzahlen auf der vielbefahrenen Fernstraße 128, obschon auch normalerweise nicht gerade niedrig, hatten sich mehr als verdreifacht.

Auf David Shelton, wie auf die meisten Menschen in dieser Gegend, wirkte dieser ununterbrochene Regenguß geradezu heimtückisch. Von seinem Appartement aus waren der Finanzdistrikt und das Rechtsanwaltsbüro von Wellman, MacConnell, Enright und Glass mehr als eine Meile entfernt. Shelton war gereizt und frustriert vom Nichtstun und entschied sich dafür, dem Sturm zu trotzen und zu seiner Verabredung mit Ben zu Fuß zu gehen. Schon nach einem Block war er so durchnäßt, daß ein Umkehren keinen Sinn mehr hatte. »Naß ist naß«,

stellte er unwirsch fest und stapfte mit eingezogenem Kopf durch den Regen.
Die Büroräume erstreckten sich auf das gesamte dreiundzwanzigste Stockwerk eines mit Spiegelglas verkleideten Gebäudes, dessen Name und Adresse identisch waren: Bay State Square Nummer Eins. »Kein Wunder, daß er 10 000 Dollar verlangt«, murmelte David, als er zum Empfangsraum ging. Drei Frauen bewältigten dort in einem Raum, der fast so groß war wie Davids Praxis, den Geschäftsverkehr mit profihafter Ruhe.
Er fühlte sich wie eine ersäufte Ratte und sah auch so aus. Einen Augenblick lang dachte er daran, die streng dreinblickende Empfangsdame nach Handtüchern und trockenen Kleidern zu fragen, aber ihrem Gesichtsausdruck nach zu urteilen konnte man eine solche Frivolität nicht wagen. »Mr. Glass«, sagte er bescheiden, »ich habe ein Verabredung mit Mr. Glass.« Die Frau, die sich redlich bemühte, ihr Amüsiertsein zu verbergen, winkte ihn zu einer Reihe von Ledersesseln. Ein sanfter Glockenton war zu hören, der Ben informieren sollte.
Was auch immer die Innenarchitekten mit der Einrichtung bezweckt haben, überlegte sich David, sicherlich war es nicht das Ziel gewesen, Klienten, die wie ersäufte Ratten aussehen, das Gefühl zu geben, hier am richtigen Platz zu sein. Die dicken goldfarbenen Teppichböden, die Ölgemälde an den Wänden und der Dschungel an Bambusstauden und großen Farnen vermittelten eine sterile Atmosphäre des Überflusses. Eine reichhaltige Bibliothek war auffällig hinter Glasscheiben untergebracht. Noch eindrucksvoller erschien ihm aber die Tatsache, daß mehrere Leute sie tatsächlich benutzten.
Ben kurvte um eine Ecke, lächelte, als er David sah, und streckte ihm dann beide Hände entgegen. »Entweder Sie

sind es tatsächlich oder vor mir steht die Antwort des Herbstes auf den Sturm von Achtundsiebzig«, sagte er.

»Beides ist richtig.« Er packte die Hände des Rechtsanwalts und drückte sie heftig. Ben war ein kleiner Lichtblick — ein Ruhepunkt in dem Chaos von verrückten Dingen.

»Schon gegessen?« fragte er, als sie zu seinem Büro gingen.

»Zuletzt gestern. Bitte jetzt nichts für mich. Wenn Sie etwas wollen, lassen Sie sich nicht stören.«

»Braten à la Amy?« Er hob einen braunen Beutel vom Schreibtisch hoch. »Es ist genug davon da. Sie wollen wirklich nichts?«

David schüttelte den Kopf. »Nein, danke, wirklich nicht.« Er schaute sich im Zimmer um. Das Durcheinander in Bens Büro stand in krassem Gegensatz zur strengen Ordnung der sonstigen Einrichtung. Bücher und Zeitschriften lagen überall herum, viele von ihnen aufgeschlagen oder mit Lesezeichen aus gefaltetem Büropapier versehen. Die Wände waren vollbehangen mit eingerahmten Fotografien und Tintenzeichnungen. »Ihre Partner akzeptieren diese Art von menschlichem Stil?« fragte er und deutete auf die Unordnung.

»Sie halten das für Nostalgie.« Ben grinste. »Einer meiner Partner bezeichnete den Zustand meines Büros als ›Gefühlsduselei‹. Eintausend Miete im Monat nur für diesen Raum, und er spricht von Gefühlsduselei.« Er biß ein Stück von seinem Sandwich ab und sprach weiter, während er noch kaute: »Obwohl Sie völlig durchnäßt sind, schauen Sie besser aus als gestern. Ist alles in Ordnung?«

David zuckte die Achseln. »Man hat mich im Krankenhaus vom Dienst suspendiert«, sagte er matt.

»Wie?«

»Suspendiert. Heute morgen kam Dr. Armstrong bei mir vorbei — sie ist Vorsitzende der Belegschaft und die einzige dort, die sich offensichtlich darum kümmert, was mit mir geschieht. Nun, sie rief an und wollte vorbeikommen. Ich wußte, was sie zu sagen hatte, und schlug vor, sie solle es mir gleich am Telefon mitteilen, aber sie bestand darauf, es mir unter vier Augen zu sagen. So ist diese Frau.«

»Und?«

»Gestern abend hat der Krankenhausausschuß gegen ihre Stimme entschieden, mir nahezulegen, meinen Dienst und die chirurgischen Sonderrechte freiwillig niederzulegen, bis dieser Fall geklärt ist.«

Ben schüttelte den Kopf. »Verschwendet nicht gerade viel Zeit, Ihr Ausschuß.«

»Wie Dr. Armstrong sagt, war der Chefarzt der Chirurgie, Wallace Huttner, dabei die treibende Kraft. Er hilft auch dem Ehemann der ermordeten Frau, mich wegen ärztlicher Kunstfehler zu verklagen. Wenn ich schuldig gesprochen werde, wollen sie schon Gewehr bei Fuß stehen und einen Prozeß eröffnen. Dr. Armstrong sagte, daß der freiwillige Rücktritt vom Dienst zu meinem Vorteil sei — weil eine erzwungene Suspendierung aktenkundig werden würde. Ich glaube, sie wollten nur nicht so viel Papierkram haben.«

»Scheiße«, murmelte Ben.

»Ist wahrscheinlich sowieso egal. Schon vor meiner Verhaftung wurde in dem Moment, wo ich ein Zimmer betreten habe, die Atmosphäre kalt und eisig. Das ist alles ganz schön verrückt. Ich ... ich weiß nicht, was ich tun soll, verdammt noch mal. Ich würde zurückschlagen, wenn ich auch nur den leisesten Schimmer hätte, gegen wen oder was, aber ...«

»Hey, nur die Ruhe«, unterbrach Ben ihn. »Das Ganze geht gerade erst los. Für's erste werde *ich* mal die Schläge austeilen, aber auch Sie sollen schon noch die Möglichkeit dazu bekommen. Heute nachmittag sprechen wir über das Wie und das Warum. Morgen werden wir über die konkrete Vorgehensweise reden. Irgendwo da draußen wartet eine Antwort auf diese Fragen auf uns. Nur Geduld, und lassen Sie sich keinesfalls zu unbedachten Handlungen hinreißen. Wir machen das schon.«

David nickte und brachte ein gequältes Lächeln zustande. »Hey, fast hätte ich das vergessen.« Er zog einen nassen Umschlag aus seiner Hosentasche. »Gut, daß die Schrift nicht verschmiert ist«, sagte er und reichte ihn Ben. »Dr. Armstrong wollte nicht, daß ich im Krankenhaus noch mehr Probleme bekomme. Deshalb hat sie für mein Versprechen, stillzuhalten, einige Nachforschungen angestellt. Auf diesem Blatt sind vier Namen. Sie hat sie aus dem Personalcomputer des Krankenhauses. Zwei Pfleger mit Vorstrafen, eine Krankenschwester, die einmal drogensüchtig gewesen ist, und eine weitere Krankenschwester, die veranlassen will, daß das Krankenhaus eine Art Charta für Patientenrechte herausgibt. Ich kenne keine dieser Personen. Es ist nicht viel, aber Dr. Armstrong meinte, sie würde diese Namen an Lieutenant Dockerty weitergeben.«

Ben unterbrach ihn. »Sie hat das bereits getan, David.«

»Wie?«

»Der Lieutenant hat vor kurzem angerufen. Ich habe mit ihm eine halbe Stunde lang gesprochen. Er möchte, daß Sie — und Dr. Armstrong — mit dem Sherlock-Holmes-Spielen aufhören und ihn seine Arbeit allein tun lassen.«

»Ihn seine Arbeit tun lassen?« Davids Stimme klang ungläubig. »Ben, dieser Mann hat mich beinahe eine ganze Woche lang an den Pranger gestellt. Er unterstützt die Gegenseite. Ihn sollten wir bekämpfen.«

Ben schüttelte den Kopf. »Nein, Kumpel, ihn nicht«, sagte er entschieden. »Er ist ein verdammt guter Bulle. Ich kenne ihn, seit ich meine Praxis habe. Ob Sie das glauben oder nicht, er will Sie nicht fertigmachen.«

»Warum, verflucht noch mal, hat er mich dann verhaftet?«

»Er mußte.« Ben zuckte die Achseln. »Druck von allen Seiten und eine Fülle von Indizien. Motiv, Gelegenheit, Waffe — Sie kennen das ja.«

David ballte die Fäuste. »Ich weiß aber auch, daß ich diese Frau nicht umgebracht habe«, erklärte er.

»Nun, John Dockerty ist da auch nicht hundertprozentig überzeugt. Sonst würde er sich ja auch nicht um Marcus Quigg kümmern, den Apotheker, der —«

»Dockerty hat mir gesagt, wer das ist«, unterbrach ihn David. »Aber, Ben, ich habe diesen Mann noch nie gesehen. Warum würde er mir so etwas antun wollen?«

»Da sind die großen Drei«, meinte Ben. »Rache, Angst, Geld.«

David schüttelte den Kopf. »Ben, ich bin mir sicher, daß ich diesen Namen, bis Dockerty ihn nannte, noch nie gehört habe. Marcus Quigg ist nicht gerade ein Allerweltsname wie John Jones, oder? Wenn ich irgendwo Quigg gehört hätte ... nein, Rache ergibt hier überhaupt keinen Sinn.«

»Wenn es sich dabei um eine Schwester oder eine Tochter gehandelt hat«, sagte Ben, »dann ist es ein anderer Name.«

»Sicher.« David schlug erbittert auf den Schreibtisch. »Es gibt einfach zu viele unvorhersehbare Ereignisse, als daß man schließen könnte, daß mich jemand hineinreiten will, viel zu viele.«

»David, zum jetzigen Zeitpunkt kann es nur schaden, über diese Sache nachzudenken und etwas herausfinden zu wollen. Wir haben einfach noch zu wenig Informationen ... noch.« Ben machte eine Pause, drehte an seinem Ehering herum und suchte nach Worten. »David«, sagte er schließlich, »ich wollte das heute eigentlich gar nicht ansprechen, aber vielleicht ist es doch das beste. Ich habe Ihnen gestern gesagt, daß ich von Ihnen vollkommene Ehrlichkeit verlange, stimmt's?« David nickte. »Sie haben mir nicht gesagt, daß Sie schon einmal wegen bewußter Verabreichung einer Überdosis von Medikamenten an eine Ihrer Krebspatienten angeklagt waren. Stimmt das?«

David erstarrte. Seine Augen weiteten sich ungläubig. »Ben, ich ... das ist verrückt«, stammelte er. »Das ist schon mindestens neun Jahre her. Ich wurde völlig entlastet. Ich ... woher wissen Sie das?«

»Lieutenant Dockerty weiß das. Ich weiß nicht, wer, aber irgend jemand gab ihm den Hinweis.«

»Die Schwester, es muß diese gottverdammte Krankenschwester gewesen sein. Wie, zum Teufel ...?«

»Was geschah damals?«

»Nichts Wichtiges, wirklich nicht. Ich verschrieb einer sterbenden alten Frau ein Schmerzmittel — alle vier Stunden, wenn nötig. Glauben Sie mir, sie hatte enorme Schmerzen. Nun, es stellte sich heraus, daß diese Schwester zu faul war, um nachzuprüfen, ob sie das Mittel wirklich brauchte. Daher änderte ich die Anweisung auf alle zwei Stunden, setzte die Dosis herunter und strich ›wenn nötig‹, so daß die Frau das Mittel nehmen mußte. Am nächsten Tag zeigte mich die Schwester an. Es gab eine Untersuchung und ich glaube, *sie* bekam schließlich einen Verweis.«

»Aha, jetzt scheint sie es Ihnen heimgezahlt zu haben«, meinte Ben. »Hören Sie, David, Sie müssen mir alles erzählen, ganz egal, wie unwichtig es Ihnen erscheint. Alles. Diese Schwester, die da nach neun Jahren wieder aufgetaucht ist — das kann ein bloßer Zufall sein. Jedenfalls stand in der gestrigen Abendausgabe der Artikel über Sie. Aber wenn jemand sie angestiftet hat, ist die Sache noch problematischer, als wir dachten. Vielleicht, ja vielleicht, haben Sie die Antwort darauf in Ihrem Innern, ohne es zu wissen.«

»Vielleicht ...« Davids Stimme wurde immer leiser. Einige Sekunden lang blinzelte er und kratzte sich über dem Ohr.

»Nun? Was ist los? Erinnern Sie sich an etwas?«

David schüttelte den Kopf. »Ich könnte schwören, daß mir irgend etwas durch den Kopf gegangen ist. Etwas, was irgend jemand über Charlotte Thomas gesagt hat. Ich ...« Er zuckte die Achseln. »Was es auch war — *wenn* da überhaupt etwas war —, jetzt ist es weg.«

»Gut, gehen Sie jetzt heim und nehmen Sie's leicht, Kumpel. Wir treffen uns morgen wieder. Zur selben Zeit?«

»Zur selben Zeit«, sagte David matt.

»Hören Sie mal, wenn Sie morgen abend Zeit haben, warum kommen Sie dann nicht gleich um vier hierher? Wir können uns dann unterhalten und anschließend kommen Sie zu uns zum Essen. Sie lernen Amy und die Kleinen kennen und kriegen auch ein gutes Essen. Sie wollte Sie gerne kennenlernen, selbst wenn sie nicht von mir wüßte, daß Sie den Kieferspezialisten des kleinen Barry bezahlen.«

»Das klingt gut«, sagte David ohne allzu großen Enthusiasmus.
»Wird Ihnen guttun«, fügte Ben hinzu. »Außerdem hat Amy da eine Schwester ...« Er lächelte und dann brachen plötzlich alle beide in Gelächter aus. David konnte sich nicht mehr daran erinnern, wann er zum letzten Mal gelacht hatte.

»Du wirst verlieren, Shelton«, sagte David, als er in seinem Appartement hin und her ging. »Du wirst verlieren, das weißt du ganz genau.« Die zwei Stunden seit seinem Aufbruch von Bens Kanzlei kamen ihm wie zehn Stunden vor.
Draußen goß es weiterhin unaufhörlich; bisweilen hörte man aus weiter Entfernung ein dumpfes Donnergrollen. Das eine Mal kamen ihm die drei Zimmer wie ein riesiges Stadion vor, ein andermal wie ein Käfig. Es fiel ihm immer schwerer, herumzusitzen oder sich zu konzentrieren und sich mit irgend etwas intensiv zu beschäftigen. Ruf jemanden an, überlegte er sich. Ruf jemanden an oder scher dich nicht um den Regen und lauf ein bißchen. Aber hör endlich mit dem Hin- und Hergehen auf. Er nahm seine Sportschuhe und trat ans Fenster. Der herunterprasselnde Regen verdunkelte wie ein Vorhang den düsteren Nachmittagshimmel. Dann tauchte ein Blitz wie zur Warnung das Zimmer in ein gespenstisches Blauweiß. Sekunden später wurde ein sanftes Donnergrollen immer lauter, und schließlich krachte es so laut, daß es im Appartement widerhallte. Er warf die Schuhe wieder in den Wandschrank.
Genauso hatte er sich damals gefühlt; er kannte das, damals nach dem Unfall. Genauso war es damals losgegangen. Seine Unruhe verstärkte sich noch.

Ist im Arzneischränkchen noch etwas? Hat Lauren nicht immer etwas hier für ihre Kopfschmerzen? Nur für den Fall, daß das Hin- und Hergehen nicht aufhört oder falls die Einsamkeit zu unerträglich wird. Du brauchst eigentlich gar nichts, es ist nur für den Notfall, falls du nicht einschlafen kannst, falls die Nacht nicht aufhört.

Er ging von einem Ende des Flurs zum anderen, hin und her. Jedes Mal hielt er vor der Tür des Badezimmers an. Nur für alle Fälle . . .

Plötzlich stand er vor dem Arzneischränkchen und streckte seine Hand nach der Spiegeltür aus. Ich strecke ja meine Hand nach mir selbst aus, stellte er unvermittelt fest. Es fröstelte ihn, als er mit seiner ausgestreckten Hand deren Spiegelbild berührte. Seine Augen, die Angst und Einsamkeit ausstrahlten, bohrten sich in ihr gespiegeltes Gegenüber. Eine Minute verstrich, dann noch eine. Allmählich hörte das Zittern seiner Lippen auf. Sein Atem ging langsamer und stetiger. »Du bist nicht allein«, sagte er sanft zu sich selbst. »Du hast einen Freund, der in acht harten Jahren dich lieben gelernt hat — ganz egal, was passiert. Du hast dich selbst. Öffne diese Tür, berühre eine Tablette, und du verlierst ihn. Trotz all der Jahre, er ist dann einfach . . . weg. Dann wirst du allein sein.«

Seine Hand zog sich vom Spiegel zurück. Auf seinem Gesicht zeigte sich wilde Entschlossenheit, er verzog die Mundwinkel, bis er schließlich lächelte. Er nickte sich zu — einmal, dann noch einmal, schneller und immer schneller. Er sah, wie jetzt seine Augen Kraft und Entschlossenheit ausstrahlten.

»Du bist nicht allein«, sagte er zu sich, als er sich vom Spiegel abwandte und zum Wohnzimmer ging. »Du bist nicht allein«, murmelte er noch einmal, als er sich auf dem Sofa ausstreckte. »Du bist nicht ...«

Als zwanzig Minuten später das Telefon klingelte, lag David immer noch auf dem Sofa. Er überflog die letzten Zeilen des Gedichtes von Frost, das er gerade las, rollte sich auf die Seite und nahm den Hörer ab.

»David, ich hatte schon Angst, Sie wären noch nicht zu Hause.« Es war Ben.

»O nein, ich bin da«, sagte David. Er lächelte und fügte dann hinzu: »Ich bin voll da.«

»Schön, freuen Sie sich über die freie Zeit, solange Sie sie haben«, meinte Ben aufgeregt, »denn ich glaube, daß Sie in ein oder zwei Tagen Ihre Arbeit wieder aufnehmen können.«

Sofort stieg Davids Blutdruck. »Ben, was ist passiert? Sprechen Sie langsam, damit man etwas mitbekommt.«

»Ich habe gerade einen Anruf erhalten, David, und zwar von einer Krankenschwester Ihrer Klinik. Sie teilte mir mit, daß sie Sie im Mordfall Charlotte Thomas eindeutig entlasten kann. Ich treffe mich mit ihr in einigen Stunden in einem Café. Ich denke, sie sagt die Wahrheit, Junge, und wenn ich das richtig sehe, ist der Alptraum vorbei.«

David blickte in Richtung Badezimmer. »Gott sei Dank«, sagte er halb ins Telefon und halb zu sich selbst. »Ben, soll ich mitkommen? Soll ich dabeisein?«

»Bis ich weiß, was mir diese Frau zu sagen hat, will ich Sie nicht dabeihaben. Passen Sie mal auf: Ich bin abends um neun bei Ihnen — nein, besser halb zehn. Ich weihe Sie dann ein. Wenn wir Glück haben, wird unser Abendessen morgen ein Festessen werden.«

»Das wäre ja wunderbar«, meinte David sehnsüchtig. »Sagen Sie, wie heißt denn die Schwester?«

»Oh, sie sagt, sie kennt Sie. Sie heißt Beall. Christine Beall.«

Als David diesen Namen hörte, stieg sein Blutdruck erneut schlagartig an. »Ben, das war es, an was ich mich in Ihrer Kanzlei erinnern wollte. Wissen Sie noch? Als mir etwas durch den Kopf ging, was mir dann wieder entfiel?«

»Ich erinnere mich.«

»Nun, es war etwas, was *sie* gesagt hatte, Christine Beall. Gleich nachdem ich gegenüber Charlottes Ehemann meinen Mund nicht halten konnte. Sie flüsterte mir zu, daß sie stolz darauf sei, wie ich Dr. Huttner Paroli bieten würde, und ... und dann fügte sie hinzu: ›Keine Sorge. Für das alles gibt es eine Lösung.‹ Dann war sie plötzlich verschwunden. Ben, glauben Sie ...«

»Hören Sie mal, mein Junge, tun Sie uns beide einen Gefallen. Versuchen Sie, nicht zu spekulieren. In ein paar Stunden werden wir's wissen. In Ordnung?«

»In Ordnung«, stimmte David zu. »Aber Sie wissen ja, ich werde es doch nicht lassen können.«

»Ja, ich weiß«, sagte Ben. »Halb zehn.«

»Gut.« David schaute prüfend auf seine Uhr. »Könnten wir nicht unsere Uhren vergleichen, damit ich beim Warten nicht durchdrehe?«

Ben lachte. »Fünf vor fünf, Kumpel. Ich habe fünf vor fünf.«

»Vier Uhr fünfundfünfzig ist es«, sang David. Er legte den Hörer auf.

Seine gehobene Stimmung hielt nicht lange an. In den letzten Tagen waren die Gedanken an Christine im Alptraum untergegangen. Jetzt stellte David fest, daß sie immer nur knapp unter der Oberfläche geschlummert hatten.

»Du warst es nicht, oder?« sagte er sanft. »Du weißt, wer es getan hat, aber du warst es nicht.«
Seine Gefühle für Christine klangen ab, weil sich jetzt die Wirkung von Bens Anruf zeigte. Er ballte die Fäuste und fuchtelte in der Luft herum. In seinem Gesicht zeigte sich zunächst ein Grinsen, dann kicherte er und schließlich lachte er. Er stürzte zu seiner Schallplattensammlung. Kurz darauf hüpfte er durch das Wohnzimmer und übte Schattenboxen mit Geraden und Kinnhaken. Die Musik von *Rocky* hallte durch das Appartement.
Immer noch die dröhnende Melodie in den Ohren, marschierte er durch den Flur ins Badezimmer. Er stand vor dem Arzneischränkchen und betrachtete sich. »Du hast es geschafft, Junge«, sagte er zu seinem Spiegelbild. »Bist jetzt stärker denn je. Ich bin stolz auf dich, wirklich.«
Nicht, weil er es brauchte, sondern aus Neugierde öffnete er das Schränkchen.
Die Regale waren leer.

Mit Duschen und einem längst überfälligen Brief an seine Brüder konnte er eineinhalb Stunden totschlagen. Ein Schlemmermahl mit Spaghetti und Ragoutsauce nahm weitere dreißig Minuten in Anspruch. Die Sieben-Uhr-Nachrichten verkürzten die Zeit auf zwei Stunden bis Bens Ankunft.
David ging ungeduldig eine Weile hin und her und holte dann sein Schachbrett und das Buch *Eröffnungen — leichtgemacht* aus dem Wandschrank. Nach kurzer Zeit gab er es auf. Wieder mußte er an Christine denken; so konnte er sich unmöglich konzentrieren. Irgendwie hatte sie ihn in der kurzen Zeit, in der sie miteinander gesprochen hat-

ten, und bei ihren kurzen Kontakten tief beeindruckt. Sie hatte eine entwaffnende, unschuldige Art an sich — eine Art von Energie, von der er wußte, daß sie sich nur selten noch nach Ausbildung oder Schwesternschule erhalten läßt. Schließlich waren da auch noch ihre Augen — groß und warm, einmal einladend und forschend, dann wieder vor Ärger blitzend. Er stellte fest, daß er immer mehr hoffte, ja sogar betete, daß sie nicht direkt in den Tod von Charlotte Thomas verwickelt war. Um neun Uhr war er überzeugt davon, daß sie es auf keinen Fall war.

Eine Zeitlang unterhielt er sich damit, daß er das, was er von dieser Frau wußte, gegen Lauren ausspielte. Schnell stellte er fest, daß er typischerweise Christine Qualitäten zuschrieb, von denen er *wollte,* daß sie sie habe. »Wann wirst du es endlich kapieren, Shelton?« Er tadelte sich laut und kehrte dann zu seinem Schachbrett zurück.

Um Viertel nach neun ging er wieder auf und ab. Als er den Lift hörte, rannte er in den Flur. Dann fiel ihm ein, daß er Ben mit dem Türöffner erst einmal durch das Foyer im Erdgeschoß hätte hereinlassen müssen. Trotzdem wartete er im Flur für alle Fälle. Der Lift hielt einen Stock weiter unten.

Er ging in sein Appartement zurück und spielte ein Gespräch mit Wallace Huttner durch: Der Chefarzt der Chirurgie entschuldigte sich dabei für seine Fehlschlüsse und schlug vor, daß sie die Möglichkeiten einer Zusammenarbeit erörtern sollten. David übte, wie er diesen Vorschlag ablehnte, beziehungsweise, falls Huttners Reue echt sein sollte, wie er ihn annahm.

Um genau halb zehn ertönte der Summer. David sprang zur Sprechanlage.

»Ja?«

»David, ich bin's.« Bens Erregung war deutlich zu hören, trotz der kaum funktionierenden Sprechanlage. »Die Frau sagt die Wahrheit. Alles ziemlich traurig, aber wahr. Es ist vorbei, Kumpel, es ist vorbei.«

Das Wort *traurig* stach aus den anderen heraus. »Kommen Sie hoch«, sagte David, als er den Türöffner drückte. Seine Stimme klang erstaunlich wenig begeistert.

Dreißig Sekunden später surrte der Lift. Scheiße, dachte David, sie war es *doch*. Er stand in der geöffneten Türe und hörte den krächzenden Kabeln zu. Daß der ganze Alptraum jetzt auf Christine Beall überging, hatte er nicht gewollt, ganz egal, was ihm durch ihre Schuld passiert war. Er war schon den halben Weg zum Lift gegangen, als das Licht der Fahrkabine im rautenförmigen Fenster der äußeren Tür erschien. Eine Sekunde später kam die Kabine knirschend zum Stehen. Die automatische Innentüre ging knatternd auf.

David stand ein bis zwei Meter von der Tür entfernt und wartete, daß Ben herauskäme. Fünf Sekunden vergingen, dann nochmals fünf. Er ging zaghaft vorwärts. Die Tür blieb geschlossen. Schließlich lugte er durch das schmutzige Fenster. Ben stand ruhig an die eine Wand angelehnt.

»Hey, was ist denn los?« fragte David und schwang die schwere Tür auf. Die Augen des Rechtsanwaltes starrten ihn feucht und leer an. Sein Gesicht war leichenblaß. Plötzlich verzogen sich seine Mundwinkel zu einem leichten Lächeln.

»Ben, das ist nicht witzig«, meinte David. »Hören Sie auf mit dem Mist und kommen Sie da raus. Ich will die Neuigkeiten hören.«

Bens Mund öffnete sich, als er einen Schritt nach vorne ging. Ein blutroter Schwall kam aus seinem Mund und lief ihm über das Kinn. David fing ihn auf, als er zu Boden stürzte. Auf dem Rücken von Bens Regenmantel breitete sich kreisförmig das Blut aus. Aus der Mitte ragte ein geschnitzter weißer Messerknauf hervor.

Klebriges, warmes Blut ergoß sich über Davids Hände und Kleidung, als er seinen Freund vom Lift wegzerrte.

»Hilfe!« schrie er. »So helft mir doch!«

Er zog das Messer heraus und warf es auf den Teppich. Dann drehte er Bens Körper so, daß das Gesicht nach oben lag. Die dunklen Augen des Rechtsanwalts starrten regungslos gegen die Decke. David überprüfte seinen Puls an der Halsschlagader, aber er wußte, daß das Blut, das jetzt aus einem Mundwinkel sickerte, auf eine tödliche Verwundung des Herzens oder einer Hauptarterie hinwies.

»Helft mir doch, bitte!« Davids Flehen wurde zu einem Wimmern. »Bitte.«

Die Tür zum Treppenhaus am anderen Ende des Korridors wurde aufgeschleudert. Leonard Vincent stand da, sein massiger Körper hob sich aus dem Licht hinter ihm hervor. Fast wie unbeabsichtigt griff er an seinen Hüftgurt und zog einen Revolver. Die häßliche Silhouette eines Schalldämpfers war zu erkennen.

»Jetzt sind Sie dran, Dr. Shelton«, krächzte Vincent, der sich sicher war, dem Mann gegenüberzustehen, den ihm Dahlia beschrieben hatte. Er war Christine Beall in ein Café gefolgt und hatte den Rechtsanwalt erkannt, mit dem sie sich da traf. Dahlias Reaktion auf seinen Anruf war eindeutig gewesen: Zuerst Glass, dann Shelton und später das Mädchen. Jetzt konnte er dank des Rechtsanwalts die beiden ersten gleichzeitig zur Strecke bringen.

David stolperte rückwärts und versuchte, sich wieder ganz aufzurichten. Aber seine blutverschmierte Hand rutschte an der Wand ab, und er fiel auf den Teppich. Das Messer lag ein Stück weit entfernt. Er packte es an der Spitze und schleuderte es auf die herannahende Gestalt. Aber er hatte um zwei Meter zu kurz geworfen. Vincent hob es auf und wischte die Schneide in aller Seelenruhe an seiner Hose ab. Er war jetzt weniger als fünfzehn Meter entfernt. Zwischen ihnen lag der leblose Körper Bens. Eine Neonröhre beleuchtete das Gesicht des riesigen Mannes von oben. Er lächelte. Sein Lächeln wurde noch breiter, als er jetzt den Revolver mit dem Schalldämpfer hob.

David hastete nach hinten; sein Mund war zu einem lautlosen Schrei geöffnet. Er registrierte ein Aufblitzen an der Spitze des Schalldämpfers, und im selben Moment splitterte neben seinem Ohr der Türpfosten.

Er stürzte mit dem Kopf voraus in sein Appartement und versuchte dabei, mit den Füßen die massive Holztür zuzuschlagen. Er schaffte es, das Schloß schnappte zu, aber unmittelbar darauf war ein leises Knirschen zu hören; zwei fingergroße Löcher taten sich neben dem Türknauf auf.

David blickte sich gehetzt um und rappelte sich mühsam hoch. Dann raste er ins Wohnzimmer. Die Feuerleiter! Er riß das Fenster auf und merkte jetzt erst, daß er keine Schuhe anhatte. Einen Augenblick lang überlegte er, zum Wandschrank zu laufen und seine Sportschuhe zu holen. Geht nicht, dachte er. Resigniert stöhnend schwang er sich auf die Metalltreppe hinaus. Er hörte, wie die Tür seines Appartements aufkrachte. Eine Sekunde später hastete David hinunter auf die vier Stockwerke unterhalb liegende Straße.

Die Nacht war pechschwarz und kalt. Die Metallsprossen, die durch den unaufhörlichen Regen sehr glitschig geworden waren, schnitten ihm in die Füße, aber David spürte das kaum. Kurz nach dem dritten Stock rutschte er mit den Fersen am Sprossenrand ab, stürzte fast ein halbes Stockwerk tief und kam sehr unsanft auf. Von seinem rechten Unterarm hingen einige Hautfetzen. Über ihm war das laute Klirren von Metall zu hören, als nun Leonard Vincent auf den Treppenabsatz des vierten Stockes stieg. In diesem Augenblick hatte David den unsinnigen Einfall, daß er das Fenster zur Feuerleiter hätte öffnen und sich dann im Wandschrank verstecken sollen.

Ich möchte wetten, es hätte geklappt, dachte er, während er keuchend zum Treppenabsatz des zweiten Stockes kletterte. Noch einmal rutschte er aus. Durch sein Rückgrat schoß es wie Strom, als er die letzten paar Stufen hinunterschlitterte. Über sich sah er durch die Metallrippen hindurch den Mann als undeutlichen, dunklen Schatten, der sich vom Nachthimmel abhob.

Auf Händen und Knien kämpfte David darum, die Leiter vom Absatz des ersten Stocks zur Straße hinunterzulassen. Durch sein durchnäßtes Hemd prasselte ihm der Regen auf den Rücken, als wären es Nadelstiche. Die Metallrippen schnitten ihm in die Knie. Und die Leiter bewegte sich keinen Zentimeter.

David blickte noch einmal nach oben, dann hielt er sich am Rand des Absatzes fest und ließ sich hinabgleiten. Einen Augenblick lang hing er so und versuchte, die Entfernung zum Bürgersteig abzuschätzen. Dann ließ er sich fallen. Er hörte, wie es in seinem Knöchel knirschte, und spürte Schmerz, als er aufkam. Sein Bein knickte um. Er schrie auf, dann biß er sich so stark auf die Fingerkuppe, daß sie blutete.

Als er auf dem nassen Bürgersteig lag, hörte er die klir-

renden Schritte auf den Sprossen und das grunzende Keuchen des Mannes über ihm. Der Killer war schon fast auf dem zweiten Absatz.
David stand mühsam auf, hüpfte auf einem Bein vorwärts und hielt dann inne. Wenn der Knöchel verstaucht war, würde das zwar unangenehm sein, aber er könnte laufen. Wenn er gebrochen war, würde seine letzte Stunde schlagen. Mit zusammengebissenen Zähnen setzte er den linken Fuß vorsichtig auf den Boden. Als er das Bein belastete, schoß ihm der Schmerz durch den Knöchel, aber der Fuß gab nicht nach — er versuchte es einmal, dann noch einmal, und dann rannte er los.
Am Ende der Straße blickte er sich um. Der Mann hatte die Leiter herabgelassen und stieg nun in aller Ruhe herunter.
Die Clarendon Street war fast menschenleer. David hielt ratlos an; dann entschloß er sich, zur vielbefahrenen Boylston Street zu laufen. In diesem Augenblick sah er eine Gestalt, die einen halben Block entfernt von ihm in die entgegengesetzte Richtung zum Fluß ging. Instinktiv rannte er auch in diese Richtung. Mit seinem Fuß war es grauenhaft. Jeder Schritt war qualvoll. Trotzdem kam er der Gestalt näher.
»Hilfe«, schrie er. »Bitte helfen Sie mir.« Sein Schrei ging im nächtlichen Sturm unter. »Bitte helfen Sie mir.«
Er war noch drei Meter entfernt, als sich die Gestalt torkelnd umdrehte und ihn ansah. Es war ein alter Mann — zahnlos, unrasiert und betrunken. Von der Krempe seines zerfetzten Hutes tropfte das Wasser. David wollte etwas sagen, konnte aber nur noch den Kopf schütteln. Keuchend lehnte er sich an ein parkendes Auto. Ohne irgendeine Vorwarnung zersplitterte plötzlich die Heckscheibe des Wagens. David fuhr herum. Durch die Dü-

sternis und den Regen hindurch sah er den Schatten seines Verfolgers, der sich kniend in Schußposition gebracht hatte. David rannte wieder los, als aus dem Schalldämpfer Flammen schlugen. Er rannte, als die Kugel, die eigentlich für ihn gedacht war, den alten Mann traf und ihn auf das Pflaster warf.

David hetzte weiter, trotz des Schmerzes und trotz des strömenden Regens. Er rannte wie noch nie zuvor in seinem Leben. Wenn er mit den Fersen auf kleine Steinchen trat, zuckte es wie Dolchstiche durch seine Beine. Er hörte nicht auf zu rennen — durch die Marlborough Street, die Beacon Street, hinunter zum Fluß. Das war sein Jogging-Route — der Weg, den er schon so oft morgens, wenn die Sonne einen vielversprechenden Tag ankündigte, gelaufen war. Jetzt aber versuchte er, dem Tod zu entkommen. Der riesige Killer hinter ihm kam mit jedem Schritt näher.

Am Storrow Drive gab es nur wenig Verkehr. David rannte quer über die Straße, ohne langsamer zu werden — auf den steinernen Steg über das spiegelnde Hafenbecken. Vor ihm schimmerten die Lichter von Cambridge durch den Regen und reflektierten im pechschwarzen Fluß.

Kehr um, dachte er. Kehr um und hilf Ben. Vielleicht braucht er dich. Vielleicht ist er gar nicht tot. Um Gottes Willen, *mach was*.

Er riskierte einen Blick über die Schulter. Der Mann hatte wegen mehrerer Autos auf dem Storrow Drive zwar an Boden verloren, aber das war nicht genug. David wußte, daß die Verfolgungsjagd bald ein Ende haben mußte. Weil Angst sein einziger Antrieb war für seinen gehetzten Lauf, war er jetzt einem Zusammenbruch nahe. Er suchte in der verlassenen Esplanade nach einem Versteck. Der Killer war zu nahe. Seine einzige Hoffnung war der Fluß. Die Steine am Ufer rissen ihm die letzten Reste seiner zerfetzten Socken von den Füßen. Dann plumpste er in das eisige, ölige Wasser.

Erschöpft von den Qualen, spürte er einen bohrenden Schmerz wie von eisigen Stiletten. Hinter ihm überquerte Leonard Vincent gerade den Steg und näherte sich dem Ufer. David holte so tief wie möglich war Luft ein und tauchte. Sechs Meter vom Ufer entfernt robbte er über den schmutzigen Flußboden. Seine Kleidung wurde schwer wie Blei; zunächst half ihm das, unten zu bleiben, aber er fürchtete auch, nicht mehr hochzukommen. Er kam schließlich doch nach oben, schnappte nach Luft, dann noch einmal. Er robbte weiter. Das Wasser brannte ihm in den Augen und verwehrte ihm jede Sicht. Es schmeckte scharf und abstoßend, trotz der jahrelangen Abwasser- und Wasserverschmutzungskontrollen, und drang ihm in Nase und Mund.

Plötzlich stieß er mit dem Kopf an etwas Stabiles. Benommen und fast blind betastete er das Hindernis mit den Händen. Es war ein Dock — ein schwimmendes, hölzernes T, an dem einige der Dutzende von Segelbooten festgezurrt waren, die während der warmen Monate über den Fluß schossen, in dem sich die Stadt spiegelte. Ein oder zwei Minuten lang war alles ruhig; nur der Regen prasselte auf das Dock und auf den Fluß. David kauerte sich im einen Meter zwanzig tiefen Wasser am Dock zusammen und rieb sich den Schlamm aus den Augen. Seine Beine und Füße waren taub. Da hörte er Schritte — vorsichtige, dumpfe Schritte. Der Killer war auf dem Dock! David preßte den Kopf an das rauhe, schlüpfrige Holz. Die Schritte wurden lauter und kamen näher. Er tastete mit der Hand unter dem Dock entlang.

Hielt es das Wasser zurück? Gab es genügend Luft zum Atmen? Wenn er sich darunterkauerte, würde er vielleicht keine Luft mehr zum Atmen haben. Wenn er das nicht machte . . .
Er holte langsam und tief Luft; es war ihm klar, daß dies sein letztes Atemholen sein konnte. Er schloß fest die Augen und zog sich unter das Dock. Sein Kopf schlug gegen das Holz. Entsetzen packte ihn. Er war gefangen, seine Lungen hatten kaum noch Luftreserven. Verzweifelt schlug er mit den Händen nach oben und faßte schließlich die Seite eines Balkens. Ein Stützbalken! Er stieß sich auf diese Seite, und augenblicklich war sein Gesicht oberhalb des Wasserspiegels. Hier waren zehn Zentimeter Luft. Ein dünnes Lächeln machte sich auf seinem Gesicht breit, erstarb aber sofort wieder. Die Schritte dröhnten jetzt direkt über seinem Kopf. Durch die engen Schlitze zwischen den Balken hindurch hätte er jetzt sogar die Schuhsohlen des Mannes berühren können, die nur wenige Zentimeter von ihm entfernt waren. Jetzt waren keine Schritte mehr zu hören. David bog seinen Hals so weit er konnte nach hinten und drückte die Stirn gegen die Unterseite des Docks. Mit geschürzten Lippen sog er die Luft langsam und unhörbar ein.
Über seinem Gesicht knirschten Schritte, zuerst in die eine Richtung, dann in die andere. Vincent suchte mit den Augen den Fluß ab. Dann ging der Killer quälend langsam in Richtung des anderen Armes des T.
David fing an, im eisigen Wasser zu zittern. Er biß mit aller Kraft die Zähne zusammen, um nicht mit den Zähnen zu klappern, und zwängte sich noch fester zwischen das Flußbett und das Dock. Vom Kopf abwärts war sein Körper taub. Die Schritte entfernten sich immer weiter und waren schließlich nicht mehr zu hören. In seinem ei-

sigen Versteck überfielen ihn nun Angstzustände. Sitzt er jetzt über mir? fragte sich David. Sitzt er da und wartet? Wie lange noch? *Wie lange kann ich es noch aushalten?* Er zählte bis hundert und dann wieder zurück bis null. Er sang sich etwas vor — primitive kleine Lieder aus seiner Kindheit. Langsam, aber unerbittlich verlor er die Kontrolle über das leise Stakkato seiner Zähne. Er bewegte sich aber immer noch nicht. »... Hänsel und Gretel verliefen sich im Wald ...« »... Hänschen klein ging allein ...« »... Alle meine Entchen ...«

Es fröstelte ihn tief in seinem Innern. Er konnte das Zittern nicht mehr unterdrücken. Wie lange war er jetzt schon da? Seine Beine schienen gelähmt zu sein. Konnte er sich überhaupt noch bewegen? »... Wer fürchtete sich vorm Schwarzen Mann? ...« »... Wenn er aber kommt? ... Dann laufen wir davon ... Wetten, er kriegt mich nicht, er kriegt mich nicht ...«

»Wetten ... wetten ... wetten, der Tod kriegt mich.«

KAPITEL XVIII

Joey Rosetti schloß die Augen und atmete den Duft von Terrys Erregung ein. Dieser Geruch, der Duft ihres Körpers, die Art, wie ihre dunklen Brustwarzen unter seiner Hand fest wurden — selbst nach zwölf Jahren noch waren diese Gefühle neu und erregend, warm und angenehm.

Er rieb seine Wangen an der seidigen Haut zwischen ihren Schenkeln und strich dann mit seiner Zunge über ihren feuchten Schoß.

»Das tut gut, Joey, so gut«, stöhnte Terry und zog sein Gesicht fester an sich heran. Sie lächelte zu ihm herab und vergrub ihre Finger in die pechschwarzen Locken seines Haars.

Zitternd suchte ihr Mund nach dem seinen. Mit den Schenkeln umklammerte sie ihn, als sie sich leidenschaftlich küßten. Dann drang er langsam und tief in sie ein.

»Joey, ich liebe dich«, flüsterte Terry. »Ich liebe dich so sehr.«

Sie saugte an seinen Lippen und streichelte die Furche zwischen seinen Hinterbacken. Die mächtigen Muskeln spannten sich, als ihre Finger tiefer glitten.

Joey wurde immer schneller und heftiger. Bald würden sie beide kommen, das wußten sie.

Plötzlich läutete das Telefon auf dem Nachttisch. »Nein«, stöhnte Terry. »Laß es läuten.« Aber schon spürte sie ein Nachlassen von Joeys Intensität. »Laß es läuten«, bettelte sie noch einmal. Sechs, sieben Mal — das eindringliche Klingeln hörte nicht auf. Die Spannung in ihr ließ nach. Ein achtes Klingeln, dann ein neuntes.

»Verdammt«, stieß Joey wütend hervor und rollte von ihr weg. »Wehe, jemand hat sich verwählt.« Er murmelte seinen Namen, hörte eine halbe Minute lang zu und sagte dann nur ein Wort: »Wo?« Er stieß die Bettdecke beiseite und kletterte aus dem Bett.

»Terry, es ist der Doc«, sagte er. »Doc Shelton. Er ist verletzt und braucht Hilfe.« Er knipste die Nachttischlampe an und lief zum Wandschrank.

»Ich komme mit«, verlangte Terry und setzte sich auf.

»Nein, Liebling. Bitte.« Er hielt abweisend eine Hand hoch. »Er ist fast durchgedreht. Ich konnte ihn kaum verstehen, nur, daß er in Schwierigkeiten ist. Ich will nicht, daß du mitgehst. Ruf im Lokal an. Vielleicht arbeitet Rudy Fisher noch. Wenn ja, dann sag ihm, er soll seinen Arsch zur Esplanade des Charles River hinbewegen, zum Hatch Shell. Ich treffe ihn dort.«

»Joey, kannst du nicht jemand anderen anrufen? Du weißt, was ich von diesem Typen ha...«

»Hör mal, ich hab keine Zeit zum Diskutieren. Rudy kenne ich schon länger als di... — schon lange. Wenn es Schwierigkeiten gibt, will ich, daß er dabei ist.«

Zwölf Jahre hatten gereicht, um Terry von der Nutzlosigkeit eines Streits mit ihrem Mann über solche Dinge zu überzeugen. Trotzdem flößte ihr es Angst ein, daß er auf Rudy Fisher bestand, einem Riesen, der auf Gewalt schwor. »Joey, bitte«, drängte sie. »Paß auf dich auf. Keine Brutalitäten. Bitte versprich mir das. Wenn er verletzt ist, bring ihn in ein Krankenhaus und komm dann heim.«

»Baby, der Mann hat mir das Leben gerettet«, sagte er und zog sich eine Hose an. »Wenn er etwas braucht, bekommt er es von mir.«

»Aber du hast versprochen ...«

»Hör mal«, gab Joey zurück, »ich paß auf mich auf. Keine Angst.« Er zwang sich zu einer gelasseneren Tonart. »Ich bin jetzt Geschäftsmann, wie du weißt. Wenn er verletzt ist, bringe ich ihn ins Krankenhaus. Hab keine Angst. Mach nur das, worum ich dich gebeten habe.« Er nahm ein Hemd aus dem Wandschrank.

Terry saß am Bettrand und bewunderte ihn, als er sich anzog. Mit zweiundvierzig hatte er immer noch die scharf gemeißelten Gesichtszüge und den sehnigen Körper eines Filmstars. Er hatte eine ruhige, selbstbewußte Art an sich, die keinen Hinweis auf die lebensgefährlichen Situationen zuließ, die er schon hinter sich gebracht hatte. Allerdings hatten die burgunderroten Narben kreuz und quer über seinen Oberkörper deutliche Andenken an diese zurückgelassen. Eine Narbe lief im Bogen um die linke Körperhälfte; er hatte sie in der Zeit erhalten, als er noch Anführer einer Jugendbande im Bostoner North End war. Oberhalb des Nabels kreuzte sie eine andere Narbe, die zehn Jahre alt war: Sie stammte von einer Schußwunde, die er beim Vereiteln eines Überfalls an der Northside erhielt.

Rosetti war einer der ersten Privatpatienten Davids im White Memorial gewesen — es war eine zwölfstündige Prozedur gewesen, von der einige aus der Belegschaft des Operationssaales noch heute mit Achtung sprachen. Als Joeys Genesung Fortschritte machte, war zwischen den beiden Männern eine Freundschaft entstanden.

»Terry, glotz nicht so dumm und mach den Anruf«, meinte Joey knapp und zog sich schwarze Halbschuhe an. Er wartete, bis sie ihm den Rücken zugewandt hatte, und griff dann nach seinem Revolver und dem Schulterhalfter, die im Wandschrank unter seinen Pullovern lagen.
Er war schon an der Tür, als Terry sagte: »Joey, benutze ihn bitte nicht.«
Rosetti ging noch einmal zurück und küßte sie sanft. »Das werde ich nicht, Liebling. Wenn ich nicht unbedingt muß, werde ich ihn nicht benutzen. Das verspreche ich dir.«
Terry Rosetti wartete, bis die Tür ins Schloß fiel, seufzte dann und nahm den Telefonhörer ab.

David saß auf der Esplanade und hielt sich am herunterbaumelnden Hörer des Münzfernsprechers fest, um nicht umzukippen. Er zitterte unkontrolliert; Perioden des Wachseins wechselten mit Bewußtlosigkeit. Der heftige Regen ließ den Dreck hochspritzen. Wenn er durch den Regenguß blinzelte, konnte er das Amphitheater von Hatch Shell sehen. Die gewaltige Halbkuppel, die einige Hundert Meter entfernt lag und undeutlich zu sehen war, war der einzige feste Punkt gewesen, den er Joey hatte angeben können.
Langsam und mit Schmerzen ließ er den Hörer los, rollte sich in der schmutzigen Pfütze auf die andere Seite und kroch auf eine Lampe an der Kuppel zu. Zehn oder fünfzehn Minuten lang schleppte er sich über den durchnäßten Boden. Die kleine Lampe, zunächst ein Orientierungspunkt, wurde für ihn bald zu einer eigenen winzigen Welt. Sie schien mit jedem qualvollen Zentimeter weiter entfernt zu sein. Immer wieder versuchte er aufzustehen, brach aber jedes Mal unter Schmerzen im Knö-

chel und wegen der überwältigenden Kälte in seinem Körper wieder zusammen. Er fiel auf Hände und Knie und schob sich vorwärts. Zweimal fiel er nach vorne, weil er sich unter Krämpfen übergeben mußte, wobei stinkendes Flußwasser und Gallenflüssigkeit aus Mund und Nase kamen. Das höhnende Licht wurde schwächer und schien weiter entfernt.

»Das darf nicht das Ende sein.« David sagte das immer wieder und benutzte diese Worte als Rhythmus, mit dem er eine Hand vor die andere, ein Knie vor das andere setzte. »Das darf nicht das Ende sein ...«

Plötzlich kroch er nicht mehr auf Gras, sondern auf Asphalt und schließlich auf glattem glitschigen Marmor. Er hatte die Treppe des Hatch Shell erreicht. Sein Zittern ging in krampfartige Zuckungen von Händen, Schultern und Hals über — die Vorboten eines Anfalls. Aus einem Mundwinkel tropfte Blut, da seine Zähne, die unaufhörlich klapperten, seinen Zungenrand verletzten. Über ihm flackerte das Licht ein wenig, dann ging es für ihn völlig aus. David spürte, wie sich der widersinnige innere Frieden des Sterbens in ihm ausbreitete. Er bekämpfte dieses Gefühl mit den letzten Resten seiner Kraft und Konzentration. Christine weiß es, dachte er. Sie weiß, warum Ben tot ist, und jetzt wird sie ebenfalls sterben. Ich darf nicht aufgeben, darf nicht aufgeben und muß ihr helfen. Das darf nicht das Ende sein ... darf nicht.

*

Eine tiefe innere Leere hatte von Christine Besitz ergriffen, nur wenige Minuten, nachdem sie Bens Angebot, sie mit dem Auto mitzunehmen, abgelehnt hatte und nun auf dem Weg nach Hause war. Sie fühlte sich, als würden sämtliche Gefühle wie durch einen Wasserhahn aus ihr herausströmen. Sie ging völlig unbedeckt mitten auf dem Bürgersteig und schien den strömenden Regen vergessen zu haben.

Das Gespräch mit Ben war recht locker verlaufen — lockerer zumindest, als sie erwartet hatte. In seiner gemütlichen, vorurteilsfreien Art hatte er ihr immer wieder versichert, daß ihre Entscheidung, ein Geständnis abzulegen, richtig, ja die *einzig* richtige Entscheidung sei. Er hatte die Erklärung akzeptiert, die sie dafür gegeben hatte — daß sie, ganz allein handelnd, den Wunsch einer engen Freundin erfüllen wollte, die mit großen Schmerzen im Sterben lag. Der schwierigste Augenblick kam, als er das gefälschte Bestellformular C 222 zur Sprache brachte.

»Das was?« hatte Christine gefragt und war für kurze Zeit aus dem Konzept geraten.

»Das Formular, von dem der Apotheker Quigg behauptet, daß Dr. Shelton es in seinem Laden ausgefüllt hat.«

Sie überlegte fieberhaft. Offensichtlich hatte Miss Dalrymple oder eine der anderen das Formular benutzt, um sie zu decken. Da sie nicht vorgewarnt war, hatte sie keine vernünftige Antwort parat. »Ich ... ich habe es verwendet und ... und dann habe ich den Apotheker bestochen.«

»Wie sind Sie eigentlich daran gekommen?« fragte Ben. In seinem Gesicht war kein Mißtrauen zu erkennen.

»Das ... das möchte ich lieber noch nicht sagen.« Christine hatte den Atem angehalten und gehofft, daß der Rechtsanwalt nicht auf eine weitere Klarstellung dringen würde. Innerhalb der nächsten Tage würde sie sich etwas ausdenken können. Wenn Miss Dalrymple den Schwesternbund immer noch decken wollte, würde sie alles, was möglich war, tun müssen, um dafür zu sorgen, daß der Apotheker keine andere Aussage machte als sie. Sie würde auch gegenüber Peggy klarstellen müssen, daß Christine entschlossen war, den Geheimbund aus ihrem Geständnis herauszuhalten.

Ben musterte sie kurz und nickte dann. »Nun gut«, sagte er. »Sprechen wir einmal darüber, wie Sie meiner Meinung nach die Angelegenheit jetzt handhaben sollten. Das heißt, wenn Sie meinen Rat hören wollen.«

»Ich will sogar noch mehr, Mr. Gl... ich meine, Ben. Wenn es möglich ist, würde ich Sie gerne als Rechtsbeistand haben.«

»Ich muß darüber nachdenken, Christine, um sicher zu sein, daß damit kein Interessenkonflikt verbunden ist.« Er lächelte. »Aber mal ganz aus dem Handgelenk, ich glaube nicht, daß da einer wäre. Wir treffen uns am Montag morgen in meiner Kanzlei, um neun Uhr. Ich werde mich darum kümmern, daß Lieutenant Dockerty auch kommt. Keine Sorge. Ich werde Ihnen davor schon noch genau sagen, was Sie ihm erzählen sollen. Montag, in Ordnung?«

Christine nickte.

Montag. Christine wiederholte das Wort immer wieder, als sie jetzt durch den Regen schlurfte. Noch drei Tage, und ihr Leben würde praktisch abgeschlossen sein. Zum Teufel, es ist bereits abgeschlossen, überlegte sie sich. Ein Bus fuhr an ihr vorbei und bespritzte ihre Stiefel und ihren Trenchcoat mit schmutzigem Wasser von der Straße. Sie hielt nicht einmal an. In Gedanken malte sie sich aus, was auf sie zukommen würde: Die Verhaftung... der Richter... Miss Dalrymple... ihre Schwestern... die Zeitungen... ihr Vater, der in einem Pflegeheim war... die Schlagzeilen — Todesengel, Mörderin aus Gnade... ihre Mitbewohnerinnen und deren Familien... Aber am

allerschmerzlichsten für sie war der Gedanke an David und den Haß, den er für sie verspüren mußte.
Sie ging an der Abzweigung zu ihrer Straße vorbei. Allmählich nahmen diese dunklen Gedanken überhand. Die Erleichterung und den Frieden, den sie gespürt hatte, als sie mit Ben gesprochen hatte, fühlte sie nun nicht mehr. Regentropfen ersetzten die Tränen, die sie selbst nicht mehr weinen konnte, weil sie sich zu leer fühlte.
Montag.
Mit leerem Blick studierte sie die Auslagen der Läden und Geschäfte, an denen sie vorbeiging. Plötzlich stand sie vor einer Apotheke — ihrer Apotheke. Der alte Apotheker kannte sie, sie und ihre Mitbewohnerinnen, und mochte sie alle. Wie im Traum ging sie hinein, tauschte ein paar Höflichkeitsfloskeln aus und bat dann den Mann, ihr Darvon zu geben, das sie gelegentlich gegen Krämpfe nahm. Ihr letztes Rezept von vor sechs Monaten lag zu Hause in ihrem Schreibtisch. Nach einem kurzen prüfenden Blick in ihre Medikamentenliste gab der Mann es ihr.
Auf dem Nachhauseweg entwarf Christine in Gedanken den Brief, den sie schreiben würde.

»Rudy, hier ist er!« schrie Joey. »Meine Güte, wie er aussieht! Ich glaube, er ist tot.«
Davids Körper lag bewegungslos in einer Pfütze bei den Treppen des Amphitheaters. Er war die Treppen hinaufgekrochen und hatte sich hinter eine Marmorplatte gezwängt, die man vom Fußweg unten nicht sehen konnte. Joey rollte seinen Freund sanft auf den Rücken. Der prasselnde Regen wusch Schmutz und Blut aus Davids Gesicht. In diesem Augenblick stöhnte er; es war wie ein leichtes Wimmern, das fast im Heulen des nächtlichen Sturmes unterging.

»O Gott, hol eine Decke!« schrie Joey. »Er atmet noch!« Er hielt Davids Kopf mit der einen Hand und schlug mit der anderen auf seine Backe — immer schneller und fester. »Doc, ich bin's, Joey. Kannst du mich hören? Du wirst es schaffen. Doc? . . .«

»Christine . . .« Davids erstes Wort war kaum mehr als ein undeutliches Gurgeln. »Christine . . . muß Christine finden.« Seine Augen öffneten sich ganz kurz, versuchten sich auf Joeys Gesicht zu konzentrieren und schlossen sich dann wieder. Rosetti legte eine Hand auf Davids Brust. Er nickte aufgeregt, als er das leichte Heben und Senken spürte.

»Durchhalten«, sagte er. »Wir bringen dich ins Krankenhaus. Du wirst schon wieder werden, Doc. Durchhalten.« Er schaute hoch und murmelte einen Fluch gegen den strömenden Regen. Allmählich beruhigte sich der Wind. Der heftige Regen wurde von einem leichten Nieseln abgelöst. Joey schaute erstaunt nach oben und nickte dann zum Zeichen seines Einverständnisses.

»Das erste, was es morgen gibt, wird eine Gehaltserhöhung für dich sein.« Er grinste.

David hörte zwar Rosettis Stimme, aber er verstand nur das Wort *Krankenhaus*. Nein, dachte er. Nicht das Krankenhaus. Er kämpfte mit sich, diesen Gedanken nicht zu vergessen, ihn in Worte zu kleiden, aber seine Konzentration wurde immer schwächer, sein Bewußtsein schwand, und um ihn wurde es dunkel.

Fünf Minuten später war er in eine Decke eingewickelt und lehnte im Rücksitz von Rudy Fishers Chrysler an Joey. Sein unkontrolliertes Zittern hörte nicht auf, aber ganz allmählich kehrten seine Sinne wieder. Joey lotste Fisher zur Notaufnahme des Doctors Hospital. David hörte seine eigenen Worte wie das Echo in einem langen

Tunnel — es war ein unzusammenhängendes, metallen klingendes Wimmern. »Ben ist tot ... Christine ist tot ... Mir ist kalt ... so kalt. Bitte wärmt mich ...«
Einige Krankenwagen standen vor dem Eingang der Notaufnahme; ihre Blaulichter blitzten hypnotisierend. Joey sprang heraus und kehrte einen Augenblick später mit einem Rollstuhl zurück.
»Das ist ein verfluchter Ort«, sagte er, als sie David aus dem Wagen heraushoben. »Es muß am Regen liegen. Schaut aus wie eine Szene aus einem Kriegsfilm. Rudy, warte an der Stelle dort drüben auf mich. Alles in Ordnung, Doc?«
David versuchte zu nicken, aber die Lichter, die Schilder und die Gesichter wirbelten in einem ekelerregenden, verschwommenen Bild durcheinander. Er würgte, als wolle er sich erbrechen, als ihn Joey durch die Gleittüren in die künstliche Helligkeit der Aufnahme fuhr. Die Atmosphäre und die Hektik erinnerten an ein Krankenrevier in der Nähe eines Schlachtfeldes. Durch verschiedene Türen kam ein ständiger Strom von Patienten — einige bluteten, andere warfen sich vor Schmerzen hin und her. Überall sah man Tragen. Joey überschaute die Szene, dann zwängte er sich durch die Menge, die um die Aufnahmeschwestern herum stand.
Die Frau, eine gepflegte Brünette, die diesen Dienst erst zwei Monate machte, hörte ihm ungläubig zu und stürmte dann zu David hin. Er stöhnte leicht; sein Kopf rollte von einer Seite zur anderen, weil er ihn nicht stillhalten konnte. »Mein Gott, er ist ja eiskalt«, sagte sie, während sie ihm das Kinn hielt. »Halten Sie seinen Kopf ruhig; ich hole einen Pfleger. Was ist mit ihm passiert?« Sie stürmte wieder fort, noch bevor Joey ihr antworten konnte. Eine matronenhafte Angestellte, die für die Registratur zu-

ständig war, kam mit dem Block in der Hand und stellte Fragen.
»Name?«
»Joseph Rosetti.«
Sie schaute David an. »Das ist nicht Joseph Rosetti, das ist Dr. Shelton.«
»Oh, ich dachte, Sie wollten meinen Namen wissen. Wenn Sie seinen schon wissen, warum fragen Sie dann überhaupt?«
Die Angestellte warf ihm einen bitterbösen Blick zu und riß das oberste Blatt ihres Blocks heraus. »Name?« fragte sie in genau demselben Ton wie vorher.
Joey fischte Davids triefende Brieftasche heraus und konnte der Frau so die Informationen geben, die sie benötigte. Manchmal verlor er fast die Beherrschung, aber er hielt sich zurück, weil er befürchtete, daß sie wieder ein Blatt abreißen und von vorn beginnen würde. Beinahe wollte er bei der Frage »Name und Adresse des nächsten Verwandten« schon passen, aber er dachte an das Durcheinander, das seine Antwort verursachen könnte, und gab seine eigenen Daten an.
»Konfession?« fragte die Frau tonlos.
Joey blickte zu David, dessen Haut schon eine erbsengrüne Färbung annahm. »Hören Sie«, polterte er los, »dieser Mann ist verletzt. Können die Fragen nicht warten, bis ihn ein Arzt untersucht hat?«
»Tut mir leid, Sir«, fuhr sie ihn an, »ich bin nicht verantwortlich für die Krankenhauspolitik, ich führe sie nur aus. Konfession?«
Joey kämpfte gegen den Impuls, der Frau an den Hals zu gehen. In diesem Moment kehrte die brünette Schwester mit einem Pfleger zurück; das ersparte ihm die Entscheidung. »Ich habe Zimmer Zwölf, Unfallabteilung, leer-

gemacht«, sagte sie. »Bringen Sie Dr. Shelton dorthin. Sir, wenn Sie alle Angaben gemacht haben, können Sie dort drüben auf ihn warten. Ich werde Sie informieren, wenn jemand ihn untersucht hat.« Sie schaute Joey ins Gesicht und stellte zum ersten Mal fest, wie gut er aussah. Ihr Lächeln wurde breiter. »Noch irgendwelche Fragen?«

»Nein«, antwortete Joey. »Aber könnten Sie nicht dieser ... äh ... netten Dame hier sagen, daß ich keine Kenntnis über Dr. Sheltons Konfessionszugehörigkeit habe?« Er zwinkerte der jungen Krankenschwester zu. Sie errötete augenblicklich. Dann nahm er die Angestellte beim Arm und führte sie zum Aufnahmetisch zurück.

In der hektischen Notaufnahmestation gab es nur ein einziges Augenpaar, das aufmerksam registrierte, wie David von dem Pfleger weggefahren wurde. Es waren die Augen von Janet Poulos. Nur sie hatte das eine Wort gehört und verstanden, das er stöhnte: »Christine.«

Da es eine ganze Anzahl von Unfällen gegeben hatte und zwei Schußwundenfälle, die das Personal beschäftigten, war Janet einverstanden gewesen, Überstunden zu machen, bis sich der Strom von Patienten verringerte. Sie stellte jetzt fest, daß sich diese Entscheidung ganz unerwartet auszahlen würde. Ihre Gedanke machten sich selbständig, als sie die Bedeutung dessen einzuordnen versuchte, was sie eben gehört hatte.

Leonard Vincent war vom »Garten Eden« angeheuert worden, um Christine Beall zu beobachten und nur dann einzugreifen, wenn Dahlia das Gefühl hatte, daß Christine sich entschloß, zu gestehen und den Schwesternbund auffliegen zu lassen. Soviel wußte Janet. Dahlia hatte die Entscheidung getroffen, um den »Garten Eden«, koste es, was es wolle, zu decken; jede der Blu-

men war schließlich auch Mitglied des Schwesternbundes, ob aktiv oder nicht.
Beall und Shelton mußten sich kurzgeschlossen haben, überlegte Janet. Sie muß zu ihm gegangen sein, muß mit ihm über den Schwesternbund gesprochen habe. Warum sollte er sonst hier in diesem Zustand sein und ihren Namen stöhnen? Dahlia hatte Leonard Vincent von der Leine gelassen, aber Shelton war irgendwie entkommen. Das war die einzige Erklärung, die Sinn machte. Wenn das stimmte, hatte Hyazinthe das Glück, im richtigen Augenblick am richtigen Ort zu sein. Janet fing vor Aufregung zu zittern an. Es lag nun an ihr. Wenn sie die Übersicht behielt, die richtigen Entscheidungen traf, könnte Dahlia sie für würdig befinden, sie in die tiefsten Geheimnisse des »Garten Eden« einzuweihen. Die Belohnung würde außerordentlich sein.
Janet blickte sich um. Die Polizei, die in der Notaufnahme immer präsent war, war mit den Schießerei- und Unfallopfern beschäftigt. Sie spürte, daß sie unbemerkt durch dieses Chaos schlüpfen konnte, aber nur, wenn sie schnell machte. War noch Zeit, Dahlia anzurufen? Sie musterte den Korridor bei Zimmer 12. Vor dem Zimmer war keine Menschenseele. Vielleicht würde eine solche Möglichkeit nie wieder kommen.
Adrenalin, Potassium, Insulin, Digitalis, Pancuronium. Janet ließ sich alle Möglichkeiten durch den Kopf gehen, als sie zur Schwesternstation hetzte. Sie fragte sich, was mit Christine Beall geschehen war. Hatte Vincent sie schon erledigt? Na egal, sagte sie sich. Das einzige Problem, das sie lösen konnte, wartete in Zimmer 12 auf sie.

»Dr. Shelton, mein Name ist Clifford. Könnten sie Ihren Hintern etwas hochheben, damit ich die Hose runterzie-

hen kann?« Der untersetzte Pfleger war schon über dreißig, aber er sah so aus, als ob er seine erste Rasur noch vor sich hätte.
David brummte eine Antwort. Immerhin war er mit einiger Anstrengung in der Lage, das zu tun, was der jungenhafte Mann von ihm verlangte. Allmählich spürte er innerlich warme Wogen, die über die frostige innere Kälte hinweggingen. Langsam nahm er alles deutlicher wahr. Der pochende Schmerz aber in seinem Knöchel und seinem Arm wurde stärker, während sein rechtes Ohr und seine Fußsohlen nun weniger schmerzten.
»Sie schauen aus, als hätten sie ganz schön was erlebt«, meinte Clifford fröhlich und legte Davids durchnäßte Hose auf die Rückenlehne eines Stuhls.
»Der Fluß ... ich ... war im Fluß.« Davids Stimme war leise und klang matt. »Ben ist tot ...«
»Könnten Sie das unter der Zunge halten?« fragte der Pfleger und schob David ein Thermometer in den Mund. »Wer ist Ben?« David murmelte etwas und versuchte, das Thermometer zu greifen. »Nein, nein, nicht berühren«, schimpfte Clifford. »Der Arzt wird gleich kommen, um sie zu untersuchen. Klemmen Sie das nur unter der Zunge fest, bis ich wieder da bin.«
Nie oral eine Temperatur messen, wenn sich einer zu Tode friert, du Idiot! Diese unausgesprochene Mißbilligung blitzte in Davids Augen auf, als der korpulente Pfleger den Raum verließ. Dann brachte er ein mattes Lächeln zustande. Er schaffte es. Schritt für Schritt konnte er seine zunächst unzusammenhängenden Gedanken wieder koordinieren. Plötzlich sah er Bens Gesicht vor seinem geistigen Auge und wie ihm das Blut aus seinem Mund lief. Erneut packte David das Entsetzen. Verzweifelt versuchte er sich hochzuhieven, zuerst mit dem Ell-

bogen, dann mit der ausgestreckten Hand. »Christine«, keuchte er und spuckte dabei das Thermometer aus. »Ich muß zu ihr.« Als er den Kopf hob, begannen sich die Wände zu drehen, zunächst langsam, dann aber immer schneller.

David bekämpfte das Schwindelgefühl und den Brechreiz und zwang sich, sich aufzusetzen. Von seiner Stirn tropfte Schweiß. Der Boden verschwamm unter ihm. Als er sich nach vorne lehnte, begann der Raum für ihn dunkel zu werden. Er wußte, daß er fiel. Einen unglaublichen Augenblick lang hatte er das Gefühl, daß er kein Gewicht mehr hatte und in einem Meer strahlenden Lichts trieb. Dann war nichts mehr.

Janet Poulos erwischte David noch an den Schultern, als er nach vorne umkippte, und schob ihn zurück auf die Trage. Sein Atemrhythmus war schnell und flach, der Puls am Handgelenk unstet. Sie dachte kurz daran, ihn wieder aufzusetzen. Der plötzliche Abfall des Blutdrucks, der dadurch erfolgen würde, könnte vielleicht die Spritze Adrenalin, die schon in ihrer Tasche steckte, überflüssig machen. Zu risikoreich, entschied sie, und zog seine Beine auf die Trage hinauf. Sie spähte noch einmal prüfend zum Korridor hinaus. Einige Zimmer entfernt wurde gerade irgendein akuter Fall behandelt und der Instrumentenwagen für Notfälle hineingeschoben. Ausgezeichnet, dachte sie, ging in das Zimmer zurück und schloß die Türe hinter sich. Jeder sollte jetzt am besten da bleiben, wo er gerade war.

»Dr. Shelton, können Sie mich hören?« fragte sie. »Ich werde den Stauschlauch benutzen, um Ihnen etwas Blut abzunehmen. Das wird nur eine Minute dauern.«

David stöhnte und zog seinen Arm weg, als sie den Stauschlauch um seinen Arm legen wollte. »Aber, aber, David«, sagte sie süßlich. »Halten Sie ruhig. Das wird nicht weh tun.« Sie suchte an der Ellbogenbeuge nach einer Vene. Die Haut war hier bleich und kalt, die Blutgefäße äußerst eng zusammengezogen. Janet stöhnte und schlug heftig auf den Arm. Sie verfluchte sich, weil sie nicht an die Reaktion des Körpers auf Unterkühlung und Schock gedacht hatte.

Davids Kopf wackelte hin und her, als er allmählich wieder zu Bewußtsein kam. Panikartig stach ihm Janet die Nadel in der Hoffnung, eine Vene zu treffen, hinein. In diesem Moment kam Clifford ins Zimmer. Die Spritze rutschte heraus und fiel Janet, die herumwirbelte, aus der Hand. An der Einstichstelle war ein Blutstropfen zu sehen.

»So, Doktor, ich bin wieder da. Tut mir leid, Sie ...« Clifford hielt inne, als er Janets vernichtenden Blick sah.

»Verdammt«, zischte sie, streifte die Schlinge ab und hob schnell die Spritze auf. Sie stellte sich so hin, daß Clifford nichts sah, und spritzte das Adrenalin unter die Trage. Dann wandte sie sich wieder an ihn. »Können Sie nicht klopfen, wenn die Türe zu ist? Ich wollte gerade Blut entnehmen und Sie haben jetzt alles verdorben.«

»Tut ... tut mir leid.« Der Pfleger trat nervös von einem Bein auf das andere und starrte zu Boden.

»Sie werden wegen dieser Sache noch von mir hören«, zischte sie. Sie überlegte fieberhaft, was sie jetzt tun sollte. Dann erstarrte sie. Harry Weiss, der Assistenzarzt in der Chirurgie, stand in der Türe.

»Alles in Ordnung?« fragte er ruhig.

Janet nickte. »Ich ... ich wußte nicht, wann jemand zu Dr. Shelton kommen würde, da habe ich gedacht, ich entnehme erst einmal Blut, damit schon ein Anfang gemacht ist.«

»Danke. Das war gut überlegt.« Weiss lächelte. »Wenn Sie noch nichts entnommen haben, könnten Sie ja warten, bis ich einen Blick auf ihn geworfen habe.«
»Natürlich, Doktor.« Janet warf Clifford einen weiteren eisigen Blick zu und ging dann aus dem Raum. Dann raste sie zum Telefon.

»Dr. Shelton, ich bin's, Harry Weiss.« Der Assistenzarzt mit der Hakennase, den David bei dem schwierigen Fall mit der Hand angeleitet hatte, schaute ihn besorgt an. Davids Augen waren geöffnet, aber er hatte offensichtlich Schwierigkeiten, klar zu sehen. Weiss beugte sich näher über ihn. »Können Sie mich deutlich sehen?«
David blinzelte, dann nickte er. Jetzt wollte er sich unbedingt aufsetzen. »Christine. Lassen Sie mich Christine anrufen«, hörte er sich sagen. Wieder wurde es ihm schwindlig, aber er bekämpfte das Gefühl, indem er mit beiden Händen herumfuchtelte.
Harry Weiss packte seine Handgelenke und drückte ihn zurück. »Bitte, Dr. Shelton, ich will Sie nicht anbinden lassen«, bat er. Er schaute sich nach Clifford um, als David weiter um sich schlug, aber der Mann war bereits gegangen. »Schwester«, rief er, »könnte bitte jemand einen Pfleger holen und vier Fixierschnallen.«
In weniger als einer Minute war David mit Lederschnallen an Armen und Knöcheln an die Bahre gebunden. Seine Anstrengungen ließen nach, und schließlich schluchzte er: »Bitte ... ich muß sie finden ... ich will doch nur anrufen.« Sein Gestammel war für niemanden verständlich.
Weiss schaute zu ihm hinunter und schüttelte traurig den Kopf. »Ich glaube, jetzt ist alles in Ordnung«, sagte er zu der kleinen Gruppe, die herbeigeeilt war, um ihm

zu helfen. »Lassen Sie uns allein, damit ich ihn untersuchen kann. Rufen Sie im Labor an und sagen Sie denen, daß ich Röntgenbilder und ein vollständiges Blutbild haben will. Außerdem noch eine Untersuchung auf Drogenmißbrauch. Wenn ich fertig bin, behandeln wir ihn intravenös — mit einer normalen Salzlösung, dreihundert Kubikzentimeter pro Stunde —, zumindest bis wir wissen, was los ist. Einer von Ihnen könnte nachschauen, wer von den Psychofritzen heute nacht Dienst hat, und es mir mitteilen. Wenn es ein guter Mann ist, könnten wir ihn brauchen. Wenn es aber einer von den Heinis ist, die kränker sind als die Patienten, können wir darauf verzichten.« Die Gruppe grinste bei dieser Bemerkung, aber nur der Pfleger lachte lauthals. Harry Weiss warf ihm einen kurzen beißenden Blick zu, hob ein Stück des zersplitterten Thermometers auf und bemerkte dann: »Clifford, wann werden Sie endlich mal kapieren, daß wir die Temperatur bei Fällen mit Unterkühlung nicht oral messen. Das ist zu ungenau. Nur rektal messen. Ich möchte nichts dergleichen mehr von Ihnen hören.« Er nickte zum Zeichen dafür, daß er keine weiteren Anweisungen zu geben hatte, und das Zimmer leerte sich schnell.

»Harry, alter Junge«, wollte David sagen, aber er brachte kein Wort heraus. Entsetzen, Schock und Unterkühlung forderten ihren Tribut. Auch wenn der Pfleger rektal gemessen hätte, hätte man keine vernünftige Temperatur ablesen können. Seine Augen waren immer noch geöffnet. Er schaute zu, als der großgewachsene Arzt ihn zu untersuchen begann. Sag ihm alles, dachte sich David. Setz dich auf und sag ihm, daß du keinen verdammten Psychofritzen brauchst. Sag ihm, daß Ben tot ist. Sag ihm, daß du Christine finden mußt, daß sie vielleicht schon tot ist. Sag ihm, daß du nicht geisteskrank bist. Aber ... aber vielleicht *bist* du verrückt. Vielleicht fühlt man sich dann so, wie du dich jetzt fühlst. Er ist doch da, zupft und grabscht an dir herum, und du kannst nicht einmal mit ihm reden. Vielleicht ist das die Natur der Geisteskrankheit. Die Leute haben ja nicht plötzlich ein Schild mit Neonschrift um den Hals, auf dem steht: »DIESER MANN HAT SEINEN VERSTAND VERLOREN: DIESER MANN IST VERRÜCKT.« Wo zum Teufel ist Joey? Joey war doch vor einer Weile noch hier. Wo zum Teufel ist er jetzt?

Die Schmerzen schossen beinaufwärts, als Weiss seinen Knöchel untersuchte. David stöhnte und wollte sich unbedingt aufsetzen. Die Lederschnallen verhinderten das jedoch. »Tut mir leid«, sagte Weiss sanft. »Ich wollte Ihnen nicht weh tun. Dr. Shelton, können Sie mich verstehen? Können Sie mir sagen, was passiert ist?«

Ja, ja, dachte David, das kann ich. Geben sie mir nur eine Minute Zeit. Hetzen Sie mich nicht. Ich kann Ihnen alles erklären.

Harry Weiss bemerkte sein Nicken und wartete auf eine Antwort. Schließlich sagte er: »Na also, Sie fühlen sich ja schon wärmer an. Ich habe einige Untersuchungen angeordnet. Wir brauchen Röntgenbilder von Ihrem Knöchel, Ihrem Arm und für alle Fälle vom Schädel. Ich glaube, es ist alles in Ordnung; bei Ihrem Knöchel bin ich mir da allerdings nicht so sicher. Haben Sie verstanden?«

»Joey«, erwiderte David. »Wo ist mein Freund Joey?« Einen Augenblick lang war er sich nicht ganz sicher, ob er diese Frage tatsächlich gestellt oder sie nur in Gedanken formuliert hatte.

Das Gesicht des Assistenzarztes hellte sich auf. »Joey? Ist

das der Mann, der Sie hierher gebracht hat?« David nickte. »Na großartig, das klingt ja, als ob Sie allmählich wieder zur Vernunft kommen würden. Ich werde mit Ihrem Freund reden. Dann werde ich ihn zu Ihnen hereinschicken. Er kann dann bleiben, bis die Röntgenaufnahmen gemacht werden. Wir haben heute abend sehr viel zu tun, da kann es damit ein wenig dauern. Ich werde das Licht an der Decke ausschalten. Versuchen Sie, ein bißchen zur Ruhe zu kommen und schütteln Sie nicht Ihre Bettdecke ab.«

»Danke«, flüsterte David. »Danke.« Weiss schaute kurz zu ihm hinab, schüttelte den Kopf und ging aus dem Zimmer. Unterwegs schaltete er noch das Licht aus.

David überprüfte eine Schnalle nach der anderen. Da gab es keine Chance. Er holte tief Luft, atmete langsam aus und legte sich dann zurück. Er hatte zu zittern aufgehört und die Eiseskälte war auch schon fast gewichen. Die düstere Stille des Raums und der gewohnte Lärm von draußen hatten etwas Beruhigendes an sich. »Zeit zum Ausruhen«, sagte er sich. »Ruh dich aus und schöpfe Kraft. Wenn Joey kommt, werden wir Christine suchen gehen. Wenn Joey kommt...« Langsam schloß er die Augen. Sein Atem ging langsamer und stetiger.

Nach einem friedlichen Schlaf im Zwielicht hörte David, wie offensichtlich sein Freund das Zimmer betrat. Weck mich nicht auf, Joey, dachte David. Noch eine Minute oder zwei, dann gehen wir. Nun gut, ich weiß, du machst dir Sorgen um mich. Ich kann ja später schlafen. Er öffnete seine Augen kurz bevor ihm Leonard Vincent seine kräftige Hand auf den Mund drückte und ihn grob gegen die Trage preßte.

In das Weiß der Pfleger gekleidet, das Hyazinthe für ihn besorgt hatte, war es für Vincent kein Problem gewesen, von einem Hintereingang zu Zimmer 12 zu gelangen. Murrend war er Dahlias vorausschauender Weisung gefolgt, bei einer Telefonzelle in der Nähe des Doctors Hospital zu warten. »Eine Vorahnung«, hatte sie das genannt. Er hatte sich dagegen gewehrt, in die Notaufnahme zu gehen, aber die Versicherung, daß die Polizei in der Notaufnahme voll beschäftigt sei, und das Versprechen eines Gefahrenzuschlags hatten ihn schließlich davon überzeugen können, es zu versuchen. Jetzt gratulierte er sich innerlich selbst zu dieser Entscheidung.
»Sie haben mir ganz schön Probleme bereitet, Dr. Shelton«, knurrte er. »Ich würde Ihnen dafür gerne ein paar Schmerzen mehr zufügen. Aber weil Sie es sind, will ich es kurz und schmerzlos machen.«
David schaute mit vor Entsetzen geweiteten Augen hilflos zu, als Vincent ein Messer vor seinem Gesicht zückte. Er konnte die häßliche scharfe Schneide deutlich sehen.
Der Killer hatte seine Hand noch immer auf Davids Mund gepreßt; zwei wulstige Finger der anderen Hand hakte er jetzt unter Davids Kinn fest und zog es hoch. »Ein Schnitt, wie bei einem Chirurgen«, flüsterte er und fuhr mit der stumpfen Seite der Klinge langsam an Davids entblößtem Hals entlang.
»Um Gottes willen, warten Sie! Ich habe doch gar nichts getan«, war alles, was David in seiner Todesangst einfiel. Er hielt seine Augen geschlossen und wartete auf seinen eigenen Todesschrei. Statt dessen hörte er einen dumpfen Knall. Vincents Messer fiel klappernd zu Boden. David öffnete die Augen rechtzeitig genug, um zu sehen, wie der Körper des Killers auf die Seite schwankte und schließlich in sich zusammensackte. Hinter ihm stand

Joey Rosetti, der seinen schweren Revolver als Keule benutzt und ihn schon wieder gehoben hatte, um einen vielleicht notwendigen zweiten Schlag auszuführen.
»Einen netten Arbeitsplatz hast du hier, Doc«, sagte Joey und öffnete schnell die Fixierschnallen. »Wenn ich mal wieder operiert werden muß, erinnere mich daran, wie schön es im White Memorial ist.«
»Das ist der Mann«, stieß David erregt hervor. »Der Mann, der Ben umgebracht hat. Er ... er wollte ...«
»Ich weiß, was er wollte«, sagte Joey. »Ich bin Leonard schon begegnet. Der Scheißkerl bestreitet damit seinen Lebensunterhalt. Wenn er hinter dir her ist, mein Freund, dann bist du in eine ernste Sache verwickelt.«
David setzte sich hoch. Dieses Mal war das Schwindelgefühl erträglich. Instinktiv rieb er sich mit der Hand am Hals. Das Entsetzen hatte ihn mehr als alles andere voll zu Bewußtsein gebracht. »Joey, bring mich hier raus«, bat er. »Erschieß diesen Hund und bring mich dann raus. Wir müssen unbedingt Christine finden.«
Joey warf einen kurzen Blick auf Vincent, wie er auf der Seite lag, die eine Gesichtshälfte vom Fliesenboden verformt. »Die Bullen sollen auf Leonard aufpassen«, sagte er. »Ich habe Terry versprochen, meine Pistole nicht zu benutzen — jedenfalls nicht das andere Ende —, wenn ich nicht dazu gezwungen bin. Irgend jemand wird ihn hier schon finden. Kannst du gehen? Wo zum Teufel ist deine Hose?«
»Da drüben, auf dem Stuhl. Ich ... ich glaube, ich kann mit etwas Hilfe gehen.« David rutschte von der Trage herunter und stützte sich gegen Joeys Arm. Er spürte klopfende Schmerzen im Knöchel, aber er konnte sein Gleichgewicht halten, als er in seine feuchte und schmutzige Jeans schlüpfte. »Joey, da ist doch diese Frau, Christine

Beall. Sie ist die einzige, die das Durcheinander klären könnte, in dem ich mich befinde. Wir müssen sie finden.« Er seufzte vor Erleichterung. Wenigstens kamen seine Gedanken jetzt wieder in verständlichen Worten heraus.
»In Ordnung«, stimmte Joey zu, »aber zuerst müssen wir uns hier so geräuschlos wie möglich verabschieden. Ich habe gesehen, wie dieser Gorilla als Doktor oder was Ähnliches verkleidet hierher zu deinem Zimmer gegangen ist. Niemand hat ihn bemerkt. Ich konnte mir nicht vorstellen, daß er hereingekommen ist, um dich zu untersuchen. Hör zu — mein Geschäftsführer hat am Haupteingang geparkt. Ich besorge mir einen Rollstuhl. Damit versuchen wir so weit wie möglich zu kommen, dann müssen wir laufen, so schnell es geht. Es ist ein roter Wagen, ein Olds oder ein Chrysler oder so was Ähnliches. Kannst du das behalten?«
David schüttelte den Kopf. »Ich werde ihn schon finden, Joey, keine Sorge. Nur schnell hier raus.«
Rosetti half ihm in einen Rollstuhl hinein. Dann schob er ihn den Korridor der Unfallabteilung entlang zur Aufnahme. Als sich die elektronischen Türen öffneten, rief hinter ihnen eine Frauenstimme: »Hey, ihr beiden, wo wollt ihr hin?«
David kletterte aus dem Rollstuhl und klammerte sich an Joeys Arm. Sie rannten die letzten Meter zum Chrysler.
»Nicht mit den Reifen quietschen«, keuchte Joey, als sie sich in den Rücksitz fallen ließen.
Rudy Fisher nickte und fuhr langsam an zwei parkenden Streifenwagen vorbei zur Ringstraße und von da aus zum Bostoner North End.

✷

Janet Poulos stand hilflos in der Aufnahme und mußte zusehen, wie sie flüchteten. Sie hatte Dahlia noch immer nichts mitgeteilt von ihrem mißlungenen Versuch, die Probleme zu lösen. Jetzt mußte sie eine weitere Entscheidung treffen — ob sie nachsehen sollte, ob Leonard Vincent noch am Leben war und Hilfe brauchte oder nicht. Da sie die einzige war, die er identifizieren konnte, wenn man ihn verhaftete, fiel ihr die Entscheidung nicht schwer.

Sie hielt am Medikamentenwagen an, nahm einige Ampullen Pancuronium heraus und steckte sie in ihre Tasche. Die Atemlähmung, die durch dieses Medikament verursacht wurde, unterstützte die Pflege von Patienten am Atemgerät. Nun, jetzt würde das ihr auch helfen, vorausgesetzt, sie bekäme die Möglichkeit, es anzuwenden. Wenn nicht, würde sie dem Mann bei der Flucht helfen müssen. Vielleicht konnte sie immer noch ihr Ansehen bei Dahlia verbessern.

Janet verfluchte ihr Pech und David Shelton, der ihr so viele Probleme bereitete. Dann stolzierte sie den Korridor entlang zu Zimmer 12, in der Hoffnung, Leonard Vincent tot aufzufinden.

»Au! Was ist das für ein Zeug?« David zuckte zusammen, als Terry Rosetti an dem Dreck herumschrubbte, der sich tief in seiner Haut festgesetzt hatte.

»Das ist etwas, was ich zum Fensterputzen benutze«, antwortete sie. »Sitz jetzt ruhig und laß es mich zu Ende machen.«

Die Wohnung der Rosettis im North End war alt, aber geräumig und frisch renoviert. Terry hatte die Wohnung mit Geschmack ausgestattet. Dabei konnte sie auf Familienmöbel zurückgreifen, die sicher in jedem der piekfeinen Antiquitätenläden der Newbury Street sehr begehrt gewesen wären.

David lag ausgestreckt in dem großen Gästebett aus Eichenholz, schnupperte den Geruch frischer Wäsche und fragte sich, ob es ihm je wieder warm werden würde. Er fühlte sich schwach, ihm war schwindlig und er hatte an einem halben Dutzend verschiedener Stellen Schmerzen. Seine Konzentration wurde jedoch besser, die von seiner Unterkühlung verursachte Benebelung ließ allmählich nach. Insgeheim dankte er Joey, daß er ihm davon abgeraten hatte, Christine sofort zu suchen, und dafür zu einer heißen Dusche geraten hatte.

Terry Rosetti, eine lebenslustige Schönheit mit vollen Brüsten, wickelte seinen Arm fachmännisch mit Gaze ein. »Fettucininudeln und Erste Hilfe«, meinte David. »Du bist wirklich die ideale Frau.«

Terry lächelte breit. »Erzähl das mal deinem Freund da draußen. Ich habe das Gefühl, daß er das alles schon für selbstverständlich hält. Weißt du eigentlich, daß er mitten im Liebesakt ans Telefon gegangen ist, als du angerufen hast?«

»Ach so. Deswegen hatte ich das Gefühl, daß es eine Ewigkeit läutete«, sagte er. »Ich wollte fast schon einhängen.«

»Glücklicherweise hast du das nicht gemacht«, meinte Terry. »David, Joey hat diesen Mann doch nicht *getötet*, oder?«

Ihr ängstlicher Blick ließ keinen Zweifel daran aufkommen, daß die Antwort für sie wichtig war.

»Ich wollte ja schon, daß er den Abzug drückt, Terry, wirklich. Dieses Schwein hat meinen Freund umgebracht. Aber Joey sagte mir, daß er dir versprochen hatte, die Waffe nicht zu benutzen, und ließ es sein.«

Terry Rosetti fiel ein Stein vom Herzen.
In diesem Augenblick betrat Joey das Zimmer, trug einen Haufen Kleiderstücke herein, ein Paar Krücken und das Telefonbuch von Boston. »Die Frau hier müßte es sein«, meinte er. »C. Beall, 391 Belknap, Brookline. Ich habe die anderen Bücher durchgeschaut, aber das ist der einzige Name, der paßt. Übrigens, die Kleider und den anderen Mist verdankst du dem Geschäftsleuteverband vom North End.«
»Was ist denn das für ein Verband?« fragte David.
»Oh, das sind ganz normale Geschäftsleute wie ich, die armen, glücklosen Menschen helfen, die von einem Gorilla in den Fluß gejagt werden.« Joey lächelte Terry verschwörerisch zu und zwinkerte mit den Augen. Er sah nicht, daß sie gar nicht reagierte. »Möchtest du los, Doc?« fragte er.
»Ja, sicher. Wie spät ist es eigentlich?«
»Halb eins. Ein neuer Tag hat begonnen.«
»Drei Stunden.« David schüttelte verwundert den Kopf. »Drei Stunden ist es erst her . . .«
»Was?«
»Ach nichts, gib mir das Telefon, bitte. Ich kann nur hoffen, daß es ihr gutgeht.«
Joey blinzelte zu ihm herab. »Bist du dir sicher, daß du noch richtig tickst?« fragte er.
»Ja, warum?«
»Nun ja, du bist derjenige hier, der ein Studium hinter sich hat und graduiert ist oder wie das Zeug heißt. Ich kann mich bei mir nur auf meinen gesunden Menschenverstand verlassen. Auf jeden Fall kann ich dir sechs oder sieben gute Gründe nennen, warum wir mit Christine Beall direkt sprechen sollten, nicht übers Telefon. Denk dran, du bist bereits wegen Mordes verhaftet wor-

den. Momentan ist diese Frau dein einziger rettender Strohhalm.«
David begriff schlagartig. Wenn Christine nichts mit Bens Tod zu tun hatte, könnte die Mitteilung sie in Panik stürzen und sie zu einer hastigen, möglicherweise sogar tödlichen Reaktion verleiten. Wenn sie irgendwie darin verwickelt war oder eine Ahnung hatte, wer Leonard Vincent angeheuert haben könnte... Er wagte nicht, den Satz zu Ende zu denken. »Wenn ich das alles hinter mir habe«, sagte er, »werde ich der medizinischen Fakultät schreiben und ihnen vorschlagen, dich als Gastdozenten zu engagieren. Du könntest den Medizinstudenten die Realitäten des Lebens beibringen. Fahren wir also zu ihr.«
Zehn Minuten später saßen sie bereits wieder in Rudy Fishers Wagen und fuhren nach Brookline. »Fahr nicht so schnell, Rudy«, mahnte Rosetti. »Sonst halten sie uns noch an. Wenn Vincent die Frau schon fertiggemacht hat, nützt uns die ganze Raserei nichts.« David zog eine Grimasse und schaute aus dem Fenster.
Nachdem sie eine Meile in tiefem Schweigen gefahren waren, sagte Joey: »Doc, ich muß dir unbedingt etwas sagen. Nenn es eine Lektion, wenn du willst, da du mich ja sowieso zum Lehrer ernennen möchtest.«
David wandte sein Gesicht seinem Freund zu und erwartete das übliche spöttische Funkeln, das seine Geschichten gewöhnlich begleitete. Aber Joeys Augen waren dunkel und todernst. »Also?« sagte David.
»Leonard Vincent ist vielleicht nicht unbedingt der hellste, aber er ist ein Profi. Solange einer wie er mitspielt, solltest du dich an seine Regeln halten. Verstehst du?« David nickte. »Nun, wir haben nicht viel Zeit, also wird es eine einfache Lektion. Eine Regel mußt du unbedingt

kennen, eine entscheidende Regel für ein Überleben in Vincents Spiel. Ich habe sie vorher im Krankenhaus nicht befolgt, weil ich es Terry versprochen hatte. Aber du hast keine Terry, deshalb paß auf, was ich dir sage. Wenn du auch nur denkst, daß jemand dir was antun will, mach du es als erster. Verstanden?« Er steckte seinen Revolver in Davids Tasche. »Hier. Was auch immer passiert, ich hab so das Gefühl, daß du den mehr brauchst als mich. Terry wird dir was Gutes zum Essen machen, wenn sie erfährt, daß du ihn mir abgenommen hast.«

John Dockerty kniete an der Tür zu Davids Appartement und beobachtete die Szene. Die medizinische Untersuchung von Bens Körper wurde eben abgeschlossen und die Leiche mit einem Handwagen zum Lift gerollt. Er schaute zu einem Streifenpolizisten hoch, der in den anderen Appartements des Stockwerks Nachforschungen angestellt hatte. Der Mann zuckte die Achseln und schüttelte den Kopf. »Nichts«, brummte er.
Das kam für Dockerty nicht überraschend. In der Stadt zu überleben hieß, so wenig wie möglich zu hören, zu sehen und zu sagen.
Er klopfte auf die Einschußlöcher im Türrahmen und stellte den Vorgang im Kopf nach. Auf dem Boden des Flurs und auf einer Wand von Davids Appartement war verschmiertes Blut; ebenso auf dem unteren Rahmen des Schlafzimmerfensters. Er notierte sich, daß er Davids Musterungsbefunde und Gesundheitszeugnisse auf seine Blutgruppe hin nachprüfen wollte.
Eine tödliche Messerwunde, Einschußlöcher, überall Blut, ein alter Alkoholiker, der zwei Blocks weiter erschossen worden war. Dockerty rieb sich müde die Augen und

versuchte, das Szenario nachzustellen. Es gab mehrere Möglichkeiten. Keine davon sprach für Shelton. Er hatte kaum Zweifel, daß er schon tot sein mußte.

In diesem Moment läutete Davids Telefon. Dockerty zögerte und antwortete dann: »Hallo?«

»Lieutenant Dockerty, bitte.«

»Ist am Apparat.«

»Lieutenant, hier ist Sergeant McIlroy vom Vierten. Wir haben gerade von einem unserer Leute im Doctors Hospital einen Anruf bekommen. Offensichtlich ist dieser David Shelton — Sie wissen doch, der, den Sie wegen Sterbehilfe eingeknastet haben —?«

»Ja, ja, ich weiß, ich weiß.«

»Nun, dieser Shelton ist vor kurzem in der Notaufnahme aufgetaucht, ziemlich demoliert. Ich habe bei Ihrem Polizeirevier angerufen und die sagten, Sie wollten so etwas gleich mitgeteilt bekommen.«

»Befehlen Sie Ihren Leuten, ihn im Krankenhaus festzuhalten«, meinte Dockerty.

»Geht nicht. Er ist schon wieder fort. Ist mit irgendeinem Typen abgehauen, bereits ein paar Minuten, nachdem er eingeliefert worden ist. Keiner hat das gemerkt, erst, als es zu spät war. Unsere Leute waren da gerade mit zwei Arschlöchern beschäftigt, die eine Schießerei in der HIGH-FIVE-BAR hatten.«

»Wer zum Teufel war dieser Typ?« In Dockertys Kopf begann es zu schwirren.

»Keine Ahnung.«

»Ist es denn nicht im Aufnahmeformular vermerkt?«

»Das ist es ja gerade. Es existiert kein Aufnahmeformular. Die Angestellte schwört Stein und Bein, daß sie eines mit der Schreibmaschine erstellt hat, aber jetzt kann es keiner finden.«

»O Gott, was zum Teufel wird hier gespielt?«
»Keine Ahnung, Sir.«
»Schön, sagen Sie Ihren Leuten im Krankenhaus, daß ich sofort hinkomme. Sie sollen keinen, der Shelton gesehen hat, gehenlassen. Keinen. Ist das klar?«
»Ja, Sir.«
»O Gott.« Dockerty legte den Hörer auf und strich sich einige Haarsträhnen aus den Augen und schob sie unter den Hut. Eine verdammt lange Nacht stand ihm bevor.

Rudy Fisher ging dreimal auf der Straße vor Christines Wohnung auf und ab, bevor Rosetti sich vor »Überraschungen« sicher wähnte. Er sagte dem Riesen, er solle einen halben Häuserblock entfernt warten, und half David dann, die Betontreppen zu dem Haus hinaufzusteigen. »Der alte Leonard wird es zur Zeit gerade recht schwer haben«, lachte Joey. »Ich kann es mir so richtig vorstellen, wie er sich aus seiner Lage im Krankenhaus mit den zehn oder zwölf Wörtern, die er beherrscht, herauswinden will.«
David stützte sich auf seine Krücken und lugte zu den kleinen Fensterscheiben neben der Türe. Er bewegte sich sehr behutsam, aber schon eine leichte Bewegung seines Kopfes erzeugte neue Schwindelgefühle und Übelkeit. Die lange Unterkühlung mußte, so hatte er das Gefühl, irgendwie seinen Gleichgewichtssinn gestört haben oder vielleicht auch die Fähigkeit seines Körpers, sich über den Blutdruck schnell auf Bewegungen einzustellen.
Es war dunkel im Haus. Nur ganz rechts leuchtete ein gedämpftes Licht in einem Zimmer — das mußte das Wohnzimmer sein, sagte sich David. Er warf einen Blick auf seine Armbanduhr: Es war schon beinahe ein Uhr nachts.

»Wir sollten klingeln, oder?« fragte David ganz nervös.
»Also, Doc, in dieser Lage ist dies eine ziemlich treffende Vermutung. Was bin ich froh, daß du beim Operieren nicht so fahrig bist.«
David lachte etwas gezwungen über sein Verhalten und drückte dann die Klingel. Sie warteten, ob sich etwas tat. Keine Reaktion. David zitterte. Er wußte, daß es ihn nicht nur wegen der umherziehenden Nebelschwaden fror. Er klingelte noch einmal. Zehn Sekunden vergingen, dann zwanzig.
»Brechen wir ein?« fragte er.
»Wir müssen es vielleicht tun, aber ich schlage vor, daß wir erst einmal den Hintereingang probieren.« Joey ging zur Straße und winkte Rudy Fisher zu, daß sie nach hinten gehen würden. David drückte noch einmal die Klingel. Erneut mußte er eine aufkommende Übelkeit bekämpfen. Schließlich folgte er Joey.
Das dritte Klingeln hatte Christine geweckt. Sie lag ausgestreckt auf ihrem Bett und hatte gräßliche Alpträume hinter sich. Auf dem Boden lagen zerrissene Papierschnitzel verstreut um zwei Tablettenfläschchen herum. Beide Fläschchen waren noch voll.
»Einen Moment, ich komme schon«, rief sie. Hatte eine ihrer Mitbewohnerinnen den Schlüssel vergessen? Das konnte bei ihnen schon passieren. Sie stieg aus dem Bett und starrte dann auf den Boden. Das zerrissene Briefpapier, die Fläschchen, gefüllt mit dem orangegrauen Tod — dem sie sehr nahe gekommen war. Sie warf die Pillen in eine Schublade, dann hob sie die Schnitzel auf und warf sie in den Papierkorb. Nachdem sie nach Hause gekommen war, hatte sich Christine nach einer schauderhaften Stunde voller Qualen entschlossen, sich nicht das Leben zu nehmen, komme, was da wolle, ausge-

nommen vielleicht eine Situation wie die von Charlotte Thomas. Sie würde sich dem stellen, was auf sie zukommen würde.

Es klingelte erneut. Diesmal war es der Summer vom Hintereingang. »Ich komme, ich komme.« Sie lief durch die Küche und war schon halb die hintere Treppe hinuntergestiegen, als sie plötzlich erstarrte. Das war ja David. Er stützte sich auf Krücken und lugte durch das Fenster. Sie ging hinunter und machte das Außenlicht an; dann schnappte sie nach Luft. Sein Gesicht war gezeichnet, blaß wie ein Leichnam; seine Augen lagen tief in ihren Höhlen. Ein zweiter Mann stand, ihr mit dem Rücken zugewandt, hinter ihm. Christines Puls ging schneller: Zuerst war sie verwirrt, dann aber begann sie zu begreifen.

»Christine, ich bin es, David Shelton.« Seine Stimme klang schwach und entfernt.

»Ja ... ja, ich weiß. Was wollen Sie?« Sie war geschockt und konnte sich keinen Zentimeter rühren.

»Bitte, Christine, ich muß mit Ihnen sprechen. Es ist etwas passiert. Etwas Furchtbares ...«

Joey packte ihn am Arm. »Bist du verrückt?« flüsterte er und stellte sich nun vor das Fenster. »Miss Beall«, sagte er ruhig, »ich heiße Joseph Rosetti. Ich bin ein sehr guter Freund vom Doc. Man hat ihn verletzt.« Dann machte er eine Pause, um an Christines Gesichtsausdruck ablesen zu können, ob weitere Erklärungen notwendig waren, bevor sie sie hereinlassen würde.

Christine zögerte, dann stieg sie die letzten beiden Stufen herab und öffnete das Schloß. »Tut ... tut mir leid«, sagte sie, als die beiden den Korridor betraten. »Ich weiß gar nicht ... Bitte, kommen Sie ins Wohnzimmer. Schaffen Sie es? Sind Sie schwer verletzt?«

In den nächsten fünfzehn Minuten sprach sie kein Wort mehr, als die beiden Männer ihr erzählten, was passiert war. Jede Einzelheit erzeugte bei ihr ein neues Gefühl. Es war eine Bandbreite von Überraschung, Erstaunen und Entsetzen bis hin zu Schmerz und Leere. David konnte das alles sofort erkennen. Er fragte sich, ob sie überhaupt überzeugend lügen konnte. Jetzt war er sich eigentlich sicher, daß, was immer sie sonst auch getan hatte, sie in keiner Weise für den Mord an Ben verantwortlich sein konnte.

Aber irgendwie hatte sie mit der Sache etwas zu tun. Das konnte er ihrem Gesichtsausdruck entnehmen. »Christine, was haben Sie Ben erzählt?« Sie schien die Sprache verloren zu haben. »Bitte, sagen Sie mir, was Sie ihm gesagt haben.« Seine Stimme klang ein wenig ärgerlich und hatte etwas Dringendes.

»Ich ... ich sagte ihm, daß ich es war, daß ich ... Charlotte das Morphium gegeben habe.«

Davids Herz schlug heftig. Seine Verhaftung, der Schmutz und das Entwürdigende seiner Nacht im Gefängnis, die Zerstörung seiner Karriere, der Tod von Ben Glass — *das alles verdankte er ihr.* »Und das gefälschte Rezept?« Seine Worte klangen jetzt verbittert. »Stecken Sie da auch dahinter?«

»Nein! ... Ich meine, ich weiß es nicht.« Ihre Gesichtsmuskeln verspannten sich, ihre Lippen zitterten. Sie wollte ihm ja die Wahrheit sagen; aber was war die Wahrheit? Der Schwesternbund hatte David geopfert, um sie zu schützen; da war sie sich sicher. Aber warum Ben? Es war schon schlimm genug, akzeptieren zu müssen, daß ein Unschuldiger ins Gefängnis geschickt wird. Aber auch noch Mord?

»O mein Gott«, stammelte sie. »Ich bin völlig durcheinander. Ich weiß nicht, was da abläuft. Ich verstehe es nicht.«

»Was?« fragte David herausfordern. »Was verstehen Sie nicht?« Aus ihren Höhlen heraus blitzten sie seine Augen an.
Christine begann zu weinen. »Ich verstehe es nicht«, schluchzte sie. »Es ist so viel passiert, was keinen Sinn macht. Das ist furchtbar. Wenn ich nur an das Leid denke, das ich Ihnen zugefügt habe. Und dann Ben — sie haben Ben umgebracht. Warum nur? Warum? Ich ... ich brauche Zeit, Zeit, um das alles begreifen zu können. Es ist verrückt. Warum haben sie das nur getan?«
»Wer sind *sie?*« fragte David. Christine antwortete nicht.
»Verdammt«, schrie er, »von wem sprechen Sie? Wer sind *sie?*«
»Einen Augenblick mal.« Joey brachte die beiden mit einer Handbewegung zum Verstummen. »Ihr müßt euch jetzt mal beruhigen, oder wir bekommen alle Probleme. Leonard Vincent ist wahrscheinlich ausgeschaltet, aber wir haben keine Garantie dafür, daß er allein war. Je länger ihr beiden derart aufeinander losgeht, desto größer ist die Wahrscheinlichkeit, daß irgendwelche gedungenen Typen hier einbrechen und uns gleich alle drei erledigen.« Er machte eine Pause, um die Worte wirken zu lassen, und wartete, bis die Spannung etwas gewichen war. »Gut. Also, Miss Beall, ich kenne Sie nicht, aber ich kenne den Doc hier und auch die ganze Scheiße, die er durchgemacht hat. Wenn ihr mich fragt, ihr sitzt beide in der Tinte, solange die Sache nicht geklärt ist. Ich verstehe ja, daß unsere Geschichte Sie geschockt hat, aber dieser Mann hier hat eine Erklärung verdient.«
»Ich ... ich weiß nicht, was ich sagen soll.« Diese Worte kamen sehr leise, sie sprach mehr zu sich selbst als zu den beiden Männern.
Joey erkannte, daß sie allmählich weich wurde. Er warf

einen Blick auf David, dessen Gesichtsausdruck verriet, daß er das auch spürte. »Hören Sie«, meinte Joey schließlich, »vielleicht sollten wir einfach die Bullen anrufen und —«

»Nein!« platzte Christine heraus. »Bitte nicht. Jetzt noch nicht. Es gibt da so vieles, was ich nicht verstehe. Wenn ich was Falsches mache, kann es viele Unschuldige treffen.« Sie machte eine Pause und atmete tief durch. Als sie dann weitersprach, klang ihre Stimme wieder ruhiger. »Bitte, Sie müssen mir glauben. Ich habe mit Bens Tod nichts zu tun. Ich mochte ihn sehr gern. Er wollte mir helfen.«

David lehnte sich nach vorne und vergrub sein Gesicht in den Händen. »Gut.« Dann schaute er langsam hoch. »Also keine Polizei ... zumindest jetzt noch nicht. Was wollen Sie tun?«

»Ich brauche Zeit«, antwortete sie. »Ein bißchen Zeit, um die ganze Angelegenheit zu verdauen. Dann werde ich alles sagen, was ich weiß. Das verspreche ich.«

David spürte, wie ihn die Traurigkeit ihrer Augen besänftigte, und wandte sich ab.

»Hör mal, Doc«, meinte Rosetti ungeduldig, »was ich vorher gesagt habe, meinte ich auch so. Es wäre gar nicht klug, länger als nötig hierzubleiben. Wenn die Polizei nicht eingeschaltet werden soll, dann soll sie eben nicht eingeschaltet werden. Wenn die Zeit zum Reden da ist, dann ist sie eben da. Aber nicht hier.«

David merkte an Rosettis Stimme, daß es ihm sehr ernst war. Zum ersten Mal überhaupt sah er in seinen Augen auch so etwas wie Angst. »Gut, wir verschwinden von hier«, sagte David. »Aber wohin? Wohin sollen wir fahren? Sicher nicht zu meinem Appartement. Wie wär's mit dem Lokal ... oder deiner Wohnung? Glaubst

du, daß es Terry ärgern würde, wenn wir zu euch fahren?«
»Mir fällt da etwas Besseres ein. Terry und ich haben doch diese kleine Rückzugsmöglichkeit an der Nordküste. Ich meine, wenn ihr beide es dort aushalten könnt, ohne mich als Schiedsrichter zu haben, damit ihr euch nicht gegenseitig in Stücke reißt, dann gibt es nichts Besseres. Doc, du kannst dich ja nicht selbst sehen, aber du schaust aus, als wärst du reif fürs Leichenschauhaus. Fahrt doch noch heute nacht dorthin, dann kannst du dich dort ausschlafen. Morgen habt ihr dann alle Zeit der Welt, um euch auszusprechen.« David wollte schon Einwände erheben, aber Rosetti ließ ihn nicht zu Wort kommen. »Wir haben jetzt keine Zeit zum Streiten, Kumpel. Du bist mein Freund und auch Terrys Freund. Deshalb wirst du sicher verstehen, daß ich nicht will, daß sie in eine so konfuse Sache mit hineingezogen wird. Entweder die Nordküste oder ihr müßt selber sehen, wie ihr euch durchschlagen könnt. Also, was meint ihr?«
David warf einen Blick auf Christine. Sie saß zusammengesackt in ihrem Stuhl und starrte auf den Fußboden. Eine Atmosphäre der Unschuld umgab sie – eine Hilflosigkeit –, die es ihm schwermachte, sie mit den höllischen Qualen, die er durchgemacht hatte, in Verbindung zu bringen, für die sie doch verantwortlich war. Wer bist du? fragte er sich in Gedanken. Was genau hast du zu verantworten? Und warum?
»Ich ... ich meine, wenn Christine damit einverstanden ist, bin ich es auch«, sagte er schließlich.
Christine preßte die Lippen zusammen und nickte.
»Dann ist alles klar«, meinte Joey. »Es ist genug zu essen im Haus. Zu dieser Jahreszeit sind außerdem nicht allzu viele Leute am Rocky Point. Ihr könnt also nicht belästigt

werden. Ich werde euch eine Karte zeichnen. Nehmt Christines Wagen. Wir fahren bis zum Highway hinter euch her, nur für alle Fälle. Es ist ganz hübsch dort, besonders, wenn es nicht gerade regnet. In der Garage steht ein alter Jeep. Die Schlüssel sind im Werkzeugkasten, der an der Rückwand steht. Wenn ihr wollt, könnt ihr ihn nehmen. In Ordnung?«

»Ich möchte nur schnell noch ein paar Dinge zusammenpacken«, sagte Christine. »Und meinen Mitbewohnerinnen einen Zettel hinterlassen, daß ich heute abend nicht nach Hause kommen werde.«

»Gut, aber das darf nicht zu lange dauern«, erwiderte Joey. »Noch etwas, Christine, sagen Sie Ihren Freundinnen, daß sie die Türen verschließen sollen — nur für alle Fälle.«

»Mr. Vincent, Sie haben da ganz schön gepfuscht; möglicherweise ist der Schaden auch nicht mehr gutzumachen. Hyazinthe mußte viel wagen, damit Sie bei diesem Durcheinander im Krankenhaus entkommen konnten. Das darf nicht noch einmal vorkommen. Diesmal möchte ich Ergebnisse sehen. Zuerst das Mädchen und dann Dr. Shelton. Verstanden?«

»Ja, ja, ich hab schon verstanden.« Leonard Vincent ließ den Hörer auf die Gabel krachen und kratzte sich dann an der dünnen Schicht getrockneten Blutes, die sich auf seinem Kopf gebildet hatte, wo er genäht worden war. Diese Idiotin Hyazinthe war ja nicht gerade sein Fall, aber die konnte in so einer Situation ganz schön cool bleiben, das mußte man ihr lassen. Nachdem er wieder zu Bewußtsein gekommen war, hatte er sich nicht auf den Beinen halten können. Er erinnerte sich, wie sie ihn zu einer Trage geschleppt hatte. Sekunden später war ein Doktor aufgetaucht. Dem hatte sie dann ganz schön was vorgemacht. Sie erklärte ihm, daß er, der bedauernswerte Pfleger, ausgerutscht und mit dem Kopf auf den Boden aufgeschlagen sei, und daß sie auf den Papierkram aufpassen könnte, während dieser Typ die klaffende Wunde zunähte.

Meine Güte, dachte Vincent, die konnte eine Show abziehen, das mußte man dem Hyazinthchen schon lassen. Er erinnerte sich auch daran, wie sie ihn angeschaut hatte, kurz bevor sie ihn aus dem Krankenhaus hinausgelassen hatte — dieser Haß in ihren Augen. »Sie Arschloch«, hatte sie gesagt, »Sie absolutes Arschloch.«

Die Erinnerung daran verursachte ihm Übelkeit und einen Anfall von Brechreiz — das war schon der dritte, seit er das Krankenhaus verlassen hatte. Vincent hielt sich an einem Baum fest, bis das Würgen aufhörte. »Da werden einige dran glauben müssen«, murmelte er und spuckte. Wie immer bekämpfte er seine Frustration und seinen Schmerz mit dem einzigen Mittel, das er kannte: »Da werden, verflucht noch mal, einige dran glauben müssen.«

Sehr vorsichtig ließ er sich auf den Fahrersitz seines Wagens hinter das Steuer gleiten und fuhr nach Brookline. Er bog genau in dem Moment in die Belknap Street ein, als sich ein anderes Auto an der anderen Straßenecke in Bewegung setzte. Vincent versuchte angespannt, etwas in der Dunkelheit zu erkennen und den Wagen auszumachen, bevor er um die Ecke bog. Der Wagen war rot — hellrot. Der Killer entspannte sich und lehnte sich im Sitz zurück. Er hielt gegenüber von Christines Haus an und spähte über die Straße. Der blaue Mustang war fort.

Er murmelte einen schmutzigen Fluch, langte in das

Handschuhfach und zog den Umschlag heraus, den Hyazinthe ihm gegeben hatte. »Schön, Dahlia, wer immer du auch bist«, sagte er, »ich hab das Gefühl, daß zuerst der Doktor dran glauben muß, ob du das willst oder nicht.«

Er riß den Umschlag auf und legte Davids Aufnahmeformular für die Notaufnahme auf den Beifahrersitz. Auf der leeren Stelle des Formulars mit dem Titel »Arztbericht« war mit roten Buchstaben AUSGERÜCKT OHNE BEHANDLUNG vermerkt. Die Personenangaben oben waren alle fein säuberlich getippt. Mit unruhiger Hand zog Vincent einen Kreis um die Angabe des nächsten Verwandten.

KAPITEL XIX

Der Hafen war dunkel, ruhig und noch unheimlicher als gewöhnlich. John Dockerty zog sich in einen Torweg zurück und lauschte, bis das Echo seiner Schritte von der dunklen Nacht aufgesaugt worden war. Es dauerte mehrere Minuten, bis er die ihn umgebenden Geräusche zuordnen konnte: Das Klappern der Ankertaue, das Kreischen der Möwen, die sich um einen Mitternachtshappen stritten, das Plätschern der Hafendünung gegen dicke Pfähle, das beruhigende Tuten eines Nebelhorns.
Allmählich löste sich die Anspannung in seinem Hals. Er war auf dem Pier allein.
Er spähte durch den schwarzsilbernen Nebel zu den Lagerhäusern hin, den gespenstischen Wachtposten des inneren Hafens. Dann überquerte er einen engen gepflasterten Weg und huschte in eine kleine Gasse. Am Ende dieser Gasse drang durch die Ritzen einer nicht gekennzeichneten Lagerhaustüre schwaches Licht. Dockerty klopfte leise und wartete.
»Komm rein, Dock, es ist offen«, dröhnte Ted Ulanskys Stimme durch die Stille.
Dockerty schlüpfte hinein und machte schnell die schwere Metalltür hinter sich zu. »Mensch, Ted«, meinte er, »ich schleich mich zwanzig Minuten lang draußen herum, um sicher zu sein, daß mir niemand gefolgt ist, und

du gröhlst hier lauter herum als das Nebelhorn da draußen.«
»Das zeigt eigentlich nur, was ich für ein Vertrauen in dich setze, Dock. Komm her und leg deinen Mantel ab.«
Ulansky drückte Dockerty die Hand und winkte ihn zu einem Eichenstuhl mit hoher Lehne. Er war ein überschwenglicher Mann mit einer Körperstatur, die nur noch wenig an den All-American-Spieler am Boston College erinnerte, der er vor zweieinhalb Jahrzehnten gewesen war.
»Nett hier«, sagte Dockerty sarkastisch und blickte sich im großen, schwach beleuchteten Büro um. »Ist es das?«
»Das ist es«, antwortete Ulansky mit ironischem Stolz. »Das sagenumwobene Hauptquartier der Drogenfahndung von Massachusetts. Ein Rundgang gefällig?«
»Nein, danke. Ich glaube, ich kann alles von hier aus sehen.«
Tatsächlich hatte die Drogenfahndung, die im nichtöffentlichen Bereich arbeitete, einen fast schon legendären Ruf, was ihre stille Wirksamkeit und todsicheren Verhaftungen betraf. Ulansky, der Chef dieser Einheit, hatte sogar den Nimbus eines Übermenschen erworben. Das Büro selbst jedoch war kaum aus dem Stoff, aus dem Legenden gemacht werden. Es war sachlich und kalt. Wände aus bloßem Zement und mehr als zwei Dutzend Aktenschränke – alle in der Standardausführung der Regierungsbehörden in Olivgrün –, mehr war es nicht. In den Metallschubladen war, wie Dockerty wußte, praktisch jede Information über illegalen Drogenhandel im Bundesstaat.
In einer Ecke des Raumes, die von Ulanskys lässig hingeworfenem Mantel verdeckt war, stand ein Computer-

terminal, der über Washington mit allen Drogenfahndungsämtern im ganzen Land verbunden war.
Ulansky setzte sich in seinen Schreibtischstuhl. »Ein Drink gefällig? Oder Kaffee?« Dockerty schüttelte den Kopf. »Das muß ja schon eine ganz ernste Angelegenheit sein, wegen der du bei diesem Scheißwetter gekommen bist, wenn du nicht einmal einen Drink willst.«
»Will ich meinen«, erwiderte Dockerty zerstreut, denn er hatte schon wieder den Kampf mit einigen widerspenstigen Haarsträhnen aufgenommen. »Ich finde es gut, daß du auch gekommen bist.«
Ulansky kippte mit einem einzigen Schluck ein Gläschen Old Grand-Dad hinunter. »Glaub mir, du bist der einzige der Jungs vom Revier, der mich heute abend aus dem Haus jagen konnte. Heute ist doch der Czernewicz-Fight im Fernsehen. Jackie Czernewicz, der Prügel-Pole. Du bist doch auf dem laufenden bei den Catchern?«
Dockerty schüttelte erneut den Kopf. »Das erinnert mich zu sehr an einen Tag im Büro.«
Ulansky lächelte. »Sag mir also«, meinte er, »was dich dazu bewegt hat, diesem Hilton des Gesetzesvollzugs einen Besuch abzustatten.«
»Ich hab da mit einem wirklich seltsamen Fall zu tun, Ted.« Dockerty kratzte sich an der Nasenspitze. »Eine alte Dame wurde ermordet. Sie war Patientin im Boston Doctors Hospital. Morphium. Bis jetzt habe ich den Kreis der Verdächtigen auf etwa drei Dutzend eingeengt; einen habe ich sogar verhaftet.«
»Ja, davon habe ich gelesen«, meinte Ulansky. »Einen Arzt, stimmt's?«
»Stimmt. Eine Menge Verdachtsmomente sprachen gegen ihn, aber das paßte irgendwie alles zu gut, wenn du

weißt, was ich meine. Der Captain, diese Säule des Rechts, hat von irgendeinem hohen Tier aus dem Krankenhaus Druck gekriegt und darauf bestanden, daß ich den Doktor einknaste. Ich hab das zwar gemacht, aber ohne echte Überzeugung. Nun ist der Rechtsanwalt von dem Typen, Ben Glass, umgebracht worden. Kennst du ihn?« Ulansky zog eine Grimasse und nickte. »Mit einem Messer ist er ermordet worden, vor der Appartementtür des Arztes. Überall sind Einschußlöcher, und die Appartementtür ist aufgebrochen. Sowohl im Korridor als auch an der Wand klebt Blut.
Und jetzt wurde der Doktor durchnäßt, fast erfroren und halb durchgedreht in die Notaufnahme gebracht. Noch bevor er irgendwie behandelt worden ist, haut er mit einem anderen Typen ab. Als ich dann darüber informiert werde und im Krankenhaus ankomme, existiert keinerlei Formular, daß er überhaupt da war. Ich bin mir da zwar nicht sicher, aber es könnte sein, daß er jetzt schon tot ist. Ich hab den üblichen Bericht angefertigt, aber was die Lösung des Falls betrifft, bin ich in einer Sackgasse. Ich hab das Gefühl, daß das ganze verfluchte Durcheinander zum Teil auch meine Schuld ist, denn ich hab mich vom Captain überreden lassen, ihn zu verhaften.«
»Wie können wir jetzt helfen?«
»Meine einzige Hoffnung, daß wir da etwas bewegen können, ist ein Apotheker namens Quigg, Marcus Quigg. Er hat eine kleine Apotheke in West Roxbury. Quigg behauptet steif und fest, daß dieser Dr. Shelton ein Rezept für eine Menge Morphium ausgestellt hat, und zwar genau an dem Tag, an dem diese Frau dann an einer Überdosis gestorben ist.«
Ulansky runzelte die Stirn, als er sich den Namen durch

den Kopf gehen ließ. »Irgendwo haben wir da was über diesen Mann«, sagte er. »Da bin ich mir fast sicher. Existiert ein C 222?«

»Quigg hat eins. Der Doktor behauptet allerdings, daß es ihm aus der Praxis gestohlen worden sei und daß er kein Morphium bestellt hat.«

»Die Unterschrift?«

»Die Identifizierung ergab ein ›Vielleicht‹. Die Jungs von der Abteilung meinten, Sheltons Unterschrift sei ein Gekritzel und somit leicht zu fälschen.«

»Also ist es vielleicht *doch* seine«, meinte Ulansky.

»Vielleicht.« Dockerty zuckte die Achseln. »Meine Vermutungen haben mich allerdings schon manchmal getrogen.«

»Na ja, so häufig wie eine Sonnenfinsternis auftritt.«

Dockerty nahm dieses Kompliment mit einem müden Grinsen entgegen. »Ich brauche eine Handhabe gegen diesen Apotheker, Ted«, erklärte er. »Der Mann windet sich zwar, aber er wird nicht weich. Ich kann mir vorstellen, wenn er Geld genommen hat, um so etwas zu tun, dann hat er sich sicher bisweilen auch woanders die Hände schmutzig gemacht.«

»Gut«, bot ihm Ulansky an, »wir können die Akten durchgehen und den Computer befragen. Ich hab da so ein Gefühl, daß wir etwas über ihn haben.« Er machte eine Pause und fuhr dann leise fort: »Dock, du weißt ja, wenn wir nichts über ihn finden, können wir problemlos etwas konstruieren, was es genauso tut oder vielleicht sogar besser ist. Wärst du damit einverstanden?«

Dockerty straffte sich, stand auf und ging langsam zum anderen Ende des Raumes. Ulansky lehnte sich nach vorne, um noch etwas hinzuzufügen, setzte sich dann aber zurück. Es herrschte Schweigen. Dockerty lehnte

einen Arm auf einen Aktenschrank. Eine Zeitlang betrachtete er die leere Wand. »Weißt du, Ted«, sagte er schließlich, »in all den Jahren, die ich bei der Polizei war, habe ich nie jemanden absichtlich hereingelegt. Wenn ich es diesmal täte, dann doch nur, um die Fehler auszubügeln, die ich schon gemacht habe.« Er schüttelte den Kopf und wandte sich wieder Ulansky zu. »Ich möchte es nicht tun, Ted. Ganz egal, welche Folgen die Scheiße, die ich produziert habe, für den Doktor gehabt hat, ich möchte es einfach nicht tun.« Ulansky nickte verständnisvoll. »Hör mal«, fügte Dockerty hinzu, »tu alles, was in deinen Kräften steht, um etwas über Quigg herauszufinden. Ruf mich gleich morgen an. Wenn ich nichts habe und du nichts hast, können wir uns wieder treffen.«
»Keine Sorge, Dock«, sagte Ulansky mit harter Stimme. »Sollte Marcus Quigg irgendwann einmal in einer öffentlichen Toilette gepinkelt haben, werde ich das auch herausfinden. Du brauchst dir da überhaupt keine Sorgen machen.«

»Da war sie, da war die Ausfahrt. Ich habe doch gesagt, einhundertsiebenundzwanzig. Sie sind eben daran vorbeigebraust.« David, der sich in eine Armeedecke gewickelt und sich im Auto gegen die Beifahrertür gequetscht hatte, blickte zu Christine hinüber, schaute aber schnell weg, bevor sie es merkte.
»Tut mir leid«, sagte sie matt. »Meine Gedanken waren gerade woanders.« Sie nahm die nächste Ausfahrt und fuhr zurück. Es war nicht viel Verkehr, aber ihre Konzentrationsschwierigkeiten waren so groß, daß sie nicht schneller als fünfzig Meilen fahren konnte. Eine Zeitlang fuhren sie dahin, ohne daß jemand gesprochen hätte. Beide merkten, daß sich zwischen ihnen eine Spannung aufbaute.

Schließlich konnte Christine das nicht mehr aushalten. Sie fuhr auf einen schmutzigen Parkplatz, an dem eine mit Brettern vernagelte Imbißstube stand, und wandte sich ihm zu: »Hören Sie, vielleicht war das doch keine so gute Idee — vielleicht sollten wir zurückfahren.«
David starrte aus dem Fenster. Er versuchte, die Existenz und den unglaublichen Wirkungskreis des Schwesternbundes zu begreifen. Christine hatte ihm nur einen groben Überblick über den Geheimbund vermittelt, ihm aber auch versprochen, am Morgen weitere Einzelheiten mitzuteilen. Doch bereits das, was sie ihm bis jetzt erzählt hatte, war furchteinflößend genug gewesen. Mehrere Tausend Krankenschwestern! Dorothy Dalrymple auch mit dabei! Er hatte mit geschlossenen Augen zugehört, hatte das Gefühl gehabt, sein Kopf müßte ihm bersten, als sie mit sachlicher, erstaunlich leidenschaftsloser Stimme Geheimnisse enthüllt hatte, die ohne weiteres verheerende Folgen für das Krankenhauswesen haben konnten, dem er einen so großen Teil seines Lebens gewidmet hatte.
Nun fühlte er sich krank. Müde, verärgert und krank.
Christine spürte seine Stimmung, aber sie konnte auch ihre eigene wachsende Verärgerung nicht zurückhalten.
»Verdammt, David«, meinte sie, »ich habe doch versucht, Ihnen so gut wie möglich darzustellen, was ich weiß. Ich habe dafür sicher keine Belohnung erwartet, aber auch nicht dieses dauernde Schweigen.«
»Was haben Sie sich denn erwartet?« David konnte nur mühsam seinen Ärger unterdrücken.
»Verständnis vielleicht«, antwortete sie sanft.
»Du meine Güte. Sie bringt eine meiner Patientinnen um, ich darf für sie ins Gefängnis gehen, sie ist verantwortlich, daß mein Freund in meinen Armen stirbt und

jetzt will sie Verständnis. Und dann ... und dann dieser Schwesternbund. Warum kann man nur eine solche verrückte Dreistigkeit ...«
»David, ich habe Ihnen vom Schwesternbund erzählt, weil ich meinte, daß Sie diese Informationen verdient hätten. Bei mir zu Hause schienen Sie noch gewillt zu sein, zuzuhören und zumindest versuchen zu wollen, zu verstehen. Statt dessen haben Sie sich fast völlig in sich zurückgezogen und hacken alle paar Meilen auf mich ein. Ich sage es Ihnen noch einmal: Ich habe mit Ihrer Verhaftung nicht das geringste zu tun. Ich wußte nicht einmal etwas davon, bis ich es in der Zeitung gelesen habe. Ich denke mir, daß der Schwesternbund dafür verantwortlich ist, und das macht mich krank. Ich habe mitgemacht, weil sich der Geheimbund der Hilfe, der Sterbehilfe verschrieben hat. Jetzt muß ich aber feststellen, daß schlimme Verbrechen begangen wurden — gegen Sie, gegen Ben und wer weiß gegen wen noch. Wenn ich das alles schon vorher gewußt hätte, hätte ich das sicher zu verhindern gewußt. Warum sonst hätte ich denn zu Ben gehen sollen, um ein Geständnis abzulegen?«
Sie machte eine Pause, damit David etwas erwidern konnte, aber der starrte immer noch aus dem Wagenfenster. »Ich habe mir gedacht, daß Sie mir dabei helfen könnten, die Sache richtig anzupacken«, fuhr sie fort, »aber das war dumm von mir. Sie haben jedes Recht, wütend zu sein und mich zu hassen. Ich will jetzt heimfahren.«
Sie ließ den Motor an. David griff zum Zündschlüssel hinüber und machte ihn wieder aus. »Warten Sie bitte. Es ... es tut mir leid.« Er sprach stockend und unbeholfen. »Ich habe nur auf meine Verbitterung und meine Wut gehört, und wollte verstehen, woher diese Gefühle

kommen. Zunächst dachte ich, es wäre mein Schmerz, meine Enttäuschung oder sogar Angst, aber jetzt beginne ich es allmählich zu begreifen. Ich fühlte etwas für Sie — vielleicht sogar mehr, als ich mir zugestehen wollte. Genau das ist es. Ich wollte einfach nicht glauben, daß Sie mit in dieser Geschichte stecken. Jetzt erzählen Sie mir, daß Sie sehr wohl in dieser Geschichte stecken, aber bitten mich, Ihnen zu glauben, daß Sie nicht wußten, zu was dieser Geheimbund alles fähig ist. Schön, ich möchte das ja glauben. Wirklich. Nur ...« Er gab es auf, nach Worten zu suchen. Wieviel von dem, was sie ihm gesagt hatte, hatte sich eigentlich schon in sein Gedächtnis eingegraben? »Hören Sie«, sagte er schließlich, »ich bin vollkommen erschöpft. Ich kann mich auf nichts mehr konzentrieren. Bitte, schließen wir Frieden für die Nacht und fahren wir zu Rosettis Häuschen. Morgen werden wir dann weitersehen. In Ordnung?«

Christine seufzte und nickte dann. »In Ordnung, Frieden.« Zögernd hielt sie ihm ihre Hand hin. Er legte ihre in seine Hand, dann umfaßte er ihre Hand mit beiden Händen. Die Wärme der Berührung machte ihn nur noch verwirrter. Warum mußte es ausgerechnet sie sein? Warum nur? Diese Frage quälte ihn wieder und wieder; sie ließ ihn nicht mehr los und vertrieb die innere Unruhe. Er hörte noch, wie der Motor ansprang, und spürte, daß der Mustang auf die Straße fuhr; dann überwältigte ihn die Erschöpfung.

»David? ... Tut mir leid, aber ich muß Sie wecken.« Christine zog ihm die Decke vom Gesicht und wartete, bis er seine Augen aufschlug. »Fühlen Sie sich jetzt besser?«

»Wenn es verschiedene Stadien des Todes gibt, dann ja«, murmelte er. Er streifte die Decke auf seinen Schoß hinab und strengte seine Augen an, um etwas durch die Windschutzscheibe hindurch zu sehen. Sie parkten am Rande einer engen, pechschwarzen Straße. »Wo sind wir?«

»Wir sind in Verfahren«, antwortete sie wie selbstverständlich.

Dieses unerwartete Aufblitzen ihres Humors bemerkte er nicht sofort. Er starrte sie kurz an und stammelte dann: »Aber ... aber da wollten wir ja gar nicht hin. Ich glaube, wir sollten bei der nächsten Möglichkeit nach rechts abbiegen, oder zumindest nach links.«

»Zumindest ...« Sie lachten beide.

»Wie spät ist es?«

»Kurz nach zwei Uhr. Laut Karte waren wir noch vor fünfzehn oder zwanzig Minuten richtig, dann verschwanden plötzlich die Straßenbegrenzungspfosten.« Sie reichte ihm Joeys Zeichnung.

David öffnete auf seiner Seite das Autofenster und atmete tief ein. Die Luft, von vier Tagen Regen gesäubert, war kühl und roch süßlich nach Herbst. Ein fast unsichtbarer Nebel hing tief über der Straße. Nach ein paar Atemzügen konnte er das Salz der Nebeltröpfchen schmecken. Dann hörte er rechts durch die Wälder hindurch das Meer rauschen, als würde ein endloser Zug vorbeifahren. »Sind wir schon an Gloucester vorbeigekommen?« fragte er.

»Ja, kurz, bevor ich mich verfahren habe.«

Er lächelte. »Sie haben das schon nicht schlecht gemacht, Christine. Der Ozean ist da irgendwo hinter den Bäumen. Es hört sich so an, als ob wir hier ziemlich weit über dem Meeresspiegel sind. Ich möchte einen Höllenhund wetten, daß wir hier in der Nähe der Gegend sind, die Joey als ›Klippen‹ beschrieben hat.«

»Einen was wetten?«
»Einen Höllenhund. Sehen Sie, ich . . . ach, egal. Ich werde Ihnen das morgen erklären. Wenn ich nicht zu benebelt bin, um diese Karte richtig zu lesen und wenn keine weiteren Straßen zwischen uns und dem Ozean existieren, müßten wir in der Nähe der Abzweigung zum Rocky Point sein. Ich bin dafür, geradeaus weiterzufahren.«
Sie fuhr den Mustang langsam in den asphaltierten Straßenbereich zurück und in die Dunkelheit hinein.
Nach einer Viertelmeile stieg das Straßenpflaster auf der rechten Seite stark an. Einige Augenblicke später fuhren sie aus dem Wald ins Freie. Die Aussicht war atemberaubend. Der mit Bäumen und Steinblöcken gespickte steile Hang fiel mehr als einhundert Meter zum pechschwarzen Atlantik ab. Am Himmel waren die Wolken auseinandergerissen; Sterne und die Mondsichel kamen zum Vorschein. Christine fuhr an den Straßenrand und stellte den Motor ab.
»Auch wenn wir überhaupt keine Ahnung hätten, wo wir sind, könnten wir uns jetzt orientieren«, sagte David sanft. »Sehen Sie das dunkle Gebilde auf der anderen Seite der kleinen Bucht? Ich glaube, das ist Rocky Point.«
Christine antwortete nicht. Sie stieg aus dem Wagen und ging zum Rand des Abhangs. Dort stand sie mehrere Minuten lang wie eine Statue, die sich gegen den schwarzblauen Himmel abzeichnete. Als sie zurückkehrte, hatte sie Tränen in den Augen. Während der restlichen Fahrt schwiegen beide.
Die kleine Rückzugsmöglichkeit, wie Joey sie genannt hatte, war sehr hübsch — es war ein sechseckiges Häuschen aus Glas und Redpine, das direkt auf die Landspitze gebaut war.

»David, es ist wunderschön«, meinte sie.
»Gehen Sie voraus und schließen Sie schon mal auf«, sagte David. »Ich komme nach.«
»Brauchen Sie Hilfe?«
David schüttelte den Kopf, obwohl er sich keineswegs sicher war, ob er es allein schaffen würde. Er schob sich aus dem Wagen und stützte sich auf die Krücken. Sofort wurde ihm schwindlig und übel. Er kämpfte sich bis zur untersten Stufe der Treppe vor, die zum Vordereingang hinaufführte. Stundenlang hatte ihm die nervöse Spannung dabei geholfen, Schmerzen und Folgeerscheinungen der Unterkühlung zu überwinden. Jetzt war er fast am Ende. Er wollte das Geländer greifen, rutschte aber ab und fiel plump auf den Boden. Sofort war Christine neben ihm, stützte ihn und führte ihn hinein.
Die großen Aussichtsfenster und die hohe Balkendecke nahm er nur als verschwommene, sich drehende Schatten wahr, als sie ihn an einem breiten Steinkamin vorbei zum Schlafzimmer führte. Während sie ihm half, sich aufs Bett zu legen, läutete im Wohnzimmer das Telefon.
»Gehen Sie nur hin und heben Sie ab, ich komme schon klar«, sagte er mit geschlossenen Augen. »Wahrscheinlich ist es Joey.«
Er hörte, wie sie wegging. Minutenlang kämpfte er gegen die aufziehende Erschöpfung und wartete auf sie. Als sie dann aber zurückkam, hatte er diesen Kampf schon fast verloren.
»David, sind Sie wach?« Als Antwort kam nur mehr ein Nicken. »Sie hatten recht, das war Joey. Er wollte sich nur vergewissern, daß wir ohne Zwischenfälle hier angekommen sind. Sie brauchen nur zu nicken, wenn Sie verstanden haben, was ich sage, ja? Gut. Er hat seine Freunde bei der Polizei angerufen. David, keiner weiß

etwas davon, daß Leonard Vincent heute nacht festgenommen worden ist. In Boston suchen alle Sie, aber Vincent muß aus dem Krankenhaus entkommen sein, ohne daß jemand etwas gemerkt hat. Joey meinte, er würde weitere Nachforschungen anstellen und uns dann entweder noch heute oder Samstag morgen anrufen. Es sei alles in Ordnung, solange wir hier sind, aber wir sollten vorsichtig sein, wenn wir in die Stadt zurückfahren, sagte er. David?«

Diesmal kam keine Reaktion mehr.

Stunden später wachte David auf und blinzelte durch einen Schleier.

Er lag ausgezogen unter der Bettdecke, sein verletzter, geschwollener Knöchel war auf mehrere Kissen gebettet. Daneben war eine zugeknotete Plastiktüte voll Wasser befestigt — sozusagen ein improvisierter Eisbeutel.

Er stützte sich auf einen Ellbogen und schaute durch die Fenster, die von der Decke bis zum Fußboden reichten. Ein endloses Meer von Sternen glitzerte am aufgeklarten Nachthimmel.

Von außerhalb des Zimmers war ein Schrei zu hören. David packte seine Krücken und humpelte in die Richtung, aus der der Schrei gekommen war. Christine lag auf der Wohnzimmercouch und schlief. Sie schrie erneut, diesmal aber weniger laut. David wollte sie schon wachrütteln, aber dann zögerte er. Er könnte sie zwar wecken; sie wäre dann minutenlang oder sogar eine Stunde wach, aber das würde ihr auch nicht helfen. Er kannte die Unverwüstlichkeit von Alpträumen.

KAPITEL XX

Das Brutzeln und der Duft von gebratenem Speck weckten David aus einem traumlosen Schlaf. Seine ersten Gedanken beschäftigten sich daher nicht mit den Schrecken der vergangenen Nacht.

Das Sonnenlicht konnte seine Wirkung ungestört entfalten, da die frische Ozeanbrise durch die wandhohen Fenster ferngehalten wurde. Die Sonnenstrahlen badeten ihn in einer fast unangenehmen Wärme. Sonne! David öffnete die Augen und blinzelte in die strahlende Helligkeit. Fast eine ganze Woche war die Welt in stumpfes, monotones Grau getaucht gewesen. Jetzt konnte er den weißblauen Himmel schon beinahe schmecken.

David trug Terrys weiten Schlafanzug. Ihn schmerzte der Unterarm, aber das war auszuhalten. Er ließ seine Beine vom Bettrand baumeln und bewegte die Knöchel. Er schmerzte dumpf, aber auch das war erträglich. David stellte fest, daß die Schmerzen tatsächlich etwas seltsam Beruhigendes an sich hatten — vielleicht, weil ihm der Schmerz der Verletzungen bestätigte, daß er noch am Leben war. Ein flüchtiges Lächeln huschte bei diesem Gedanken über sein Gesicht. Wie oft hatte er Patienten kennengelernt, die ihren Schmerz geradezu zu genießen schienen. Das nächste Mal würde er dafür mehr Verständnis haben.

Er hörte, wie Christine in der Küche hin und her ging. Dann hörte er plötzlich Radiomusik. Klassische Musik! Telemann? Auf jeden Fall, wettete er. Eine Riesenpizza und sechs geistlose Stunden ununterbrochenes Fernsehen wette ich dagegen, wenn es nicht Telemann ist. Er hörte eine Zeitlang zu und machte sich über diese Frau und ihre phantastische Geschichte, die sie ihm erzählt hatte, Gedanken. Gestern nacht war er noch wütend auf sie gewesen, ja so verärgert wie schon lange nicht mehr. Aber nun, bei Sonne und Musik, meinte er, daß sie fast so unschuldig in diesen Alptraum verwickelt war wie er selbst. Sicher, sie hatte Charlotte Thomas das Morphium gegeben, aber sie hatte das, was dann folgte, nicht voraussehen können. Er wollte das einfach glauben. Um seiner psychischen Gesundheit willen wollte er das glauben.

Er schloß die Augen, um schnell noch einige Sekunden eines vielversprechenden strahlenden Tages zu genießen. Dann nahm er eine Krücke und humpelte aus dem Schlafzimmer.

Die Küche war vom Wohn- und Speisebereich mit einer massiven Theke abgetrennt und lag auf der westlichen Seite des Sechsecks. Christine stand am Spülbecken und ging gerade mit dem elektrischen Rührgerät durch den Pfannkuchenteig. Als David sie so sah, wogte eine warme Welle durch seinen Körper. Keine Nachmittagssonne hätte dem Raum mehr Licht geben können, als sie das momentan tat. Ihr strohblondes Haar baumelte, locker geflochten, halb den Rücken hinunter. Ein unten verknotetes hellblaues Männerhemd betonte die Form ihrer Brüste und ließ an der Taille einen honigfarbenen Streifen Haut frei. Dazu trug sie eine ausgebleichte Jeans, die sich eng an die Hüften und die Pobacken schmiegte.

Während er sie so ansah, spürte David ein Hämmern in seiner Brust und versuchte angestrengt, es abzustellen. »Morgen«, sagte er ganz nebenbei. Er fragte sich, ob er lockerer aussah, als er sich gerade fühlte.
Sie drehte sich um. »Ich konnte mich nicht dafür entscheiden, ob ich Sie aufwecken sollte oder warten und möglicherweise das Frühstück verkorksen. Deshalb habe ich mich für die feige Tour entschieden und das Radio angedreht. Haben Sie lang genug geschlafen?«
David sah ihr prüfend ins Gesicht. Wollte sie den Frieden zwischen ihnen verlängern, um die ganze Sache zu einem ihr genehmen Zeitpunkt und auf ihre Weise zu besprechen? »Ich habe gut geschlafen«, antwortete er. »Danke, daß Sie mich ins Bett gebracht haben.«
»Ich hatte schon Angst, das hätte Sie geärgert.« Christine legte das Rührgerät beiseite und ging zu ihm.
»Ich war nur nicht so ganz bei Bewußtsein, als Sie das taten«, meinte er. Ihr Lachen ließ ihn auf eine Idee kommen. Er wollte alles sehr locker nehmen, bis sie bereit war, über die Sache zu reden. »Hören Sie mal, kann ich da mal helfen? Ich bin nämlich ein wunderbarer Koch ... für alles, was als wichtigste Zutat Wasser hat.«
»Ich glaube, die Sache ist schon gelaufen. Sie könnten aber vielleicht ein Feuer anzünden. Auf dieser Seite des Hauses ist es nämlich etwas kühl. Im Kamin ist bereits Holz aufgeschichtet. Heute nachmittag könnten Sie dann das Mittagessen übernehmen.«
»Das ist ein Wort.« Er ging zur Feuerstelle.
Als Christine zum Spülbecken zurückging, hörte sie ihn murmeln: »Vielleicht eine Dosensuppe und Instant-Kartoffelbrei... oder auch Rinderbraten in Weißweinsauce...« Heimlich dankte sie ihm. Ein gequältes Lächeln huschte ihr übers Gesicht, als sie an Dotty Dal-

rymples Urteil über ihn dachte. Einen »Degenerierten« hatte sie ihn genannt. Wohin führt uns das? fragte sich Christine. Uns, die wir es auf uns genommen haben, den Wert eines Menschenlebens zu bestimmen. Uns, die wir so stark an unser Urteil glauben, daß wir meinen, wir müßten es beenden, wann immer wir es für angemessen halten. Wohin führt uns das?
Sie warf einen Blick ins Wohnzimmer. David saß am Feuer und hatte seinen geschwollenen Knöchel mit einem Kniekissen abgestützt. »Sag mir, wie man das übersteht, David«, flüsterte sie. »Sag mir, wie du die Hölle, in die ich dich geschickt habe, überlebt hast. Ich weiß, das ist ziemlich viel verlangt, aber bitte, bitte, versuch es.«

Der Jeep von Joey Rosetti war schon ziemlich altertümlich, was Karosserie, Motor und wahrscheinlich auch Dienstjahre betraf. David saß auf dem Beifahrersitz und bewunderte Christine, wie sie das schnaubende Ungetüm das steile Gefälle um Felsen und schmutzige Pfützen herum zum Ozean hinunterlenkte.
Die Unterhaltung am Morgen war recht entspannt gewesen; das entsetzliche Geschehen, das sie beide zusammengeführt hatte, wurde nur ganz am Rande angedeutet. Als Christine dann ein Picknick am Meer vorgeschlagen hatte, brachte David noch Einwände vor — sie sollten die Sache unbedingt sofort besprechen. Aber recht schnell hatte sich David eingestanden, daß er eigentlich auch eine größere Atempause brauchte. Nach dem Mittagessen würde immer noch Zeit genug sein, um miteinander zu reden.
Der schmutzige und steinige Weg, den sie gewählt hatten, führte durch einen dichten, märchenhaften Wald aus wilden Rosen, Pflaumenbäumen und Strandkie-

fern. Nach mehreren Hundert Metern wurde der Weg noch schlechter, denn es kamen jetzt eine Reihe teilweise hohlwegartiger Haarnadelkurven.

»Vielleicht sollten wir zurückfahren und einen anderen Weg suchen«, meinte David.

»Vielleicht ...« Sie steuerte den Wagen holpernd um eine enge Kurve, die er zunächst für unpassierbar gehalten hatte. »Aber ich wette einen ... einen ganzen Apfelkuchen, daß wir es auf diesem Weg schaffen.«

Kurz darauf verschwand auf beiden Seiten das dichte Gebüsch. Noch eine letzte Haarnadelkurve, und der Weg ging in einen kaum dreißig Meter langen, ovalen Sandstrand über, einem herrlichen weißgoldenen Medaillon, das diesen Meerbusen des Atlantiks schmückte. Christine bremste, kam ins Schlittern und blieb in einer Staubwolke stehen. Das Motorengeräusch verebbte. Sie saßen da und nahmen die Ruhe und die Farben in sich auf.

»Ich würde ein Königreich dafür geben, wenn ich wüßte, was Sie jetzt ...« sagte David schließlich.

»Denken?«

»Mhm.«

»Sie würden das Königreich wiederhaben wollen.«

»Stellen Sie mich doch mal auf die Probe.«

»Gut. Ich habe mir gerade überlegt, wo wir am besten unser Tuch hinlegen und unser Essen ausbreiten.«

»Das war alles?«

»Das war alles.« Sie nahm den Beutel mit dem Essen und das Tuch, streifte dann ihre Schuhe ab und hüpfte auf den Sand. »Nach dem Essen können wir uns dann unterhalten, ja?« Er nickte. »Schön, kommen Sie jetzt?«

»Gleich. Gehen Sie nur voraus.«

Ihre Miene wurde sorgenvoll, aber nur für einen Mo-

ment. Dann rannte sie mit einem Freudenschrei über den Strand.
David sank in seinen Sitz zurück. In seinem oberen Brustkorb spürte er ein unbehagliches Schweregefühl. In den darauffolgenden Minuten wurde es sogar noch schlimmer. Er wollte es unterdrücken, ihm einen medizinischen Namen geben. Aber allmählich begriff er, was das war. Er kam ihr immer näher, ihrer Welt, ihrem Leben. Seine Gefühle wurden beinahe jede Minute stärker. Gefühle für eine Frau, deren Handeln, deren Selbstüberhebung diesen Alptraum für ihn ausgelöst hatten, ja sogar der Tod seines Freundes hatte sich irgendwie daraus entwickelt. Gefühle für eine Frau, die einen Mord gestanden hatte, für eine Frau, deren Lage ... hoffnungslos war.
Das ist verrückt, dachte er, absolut verrückt. Diese Frau hat keine Perspektive mehr — außer vielleicht im Gefängnis. Ihre Karriere ist jetzt beendet. Es gibt für sie keine Zukunft, nur noch das Durcheinander von Verhaftung und Gerichtsverfahren. Lauren kann so viel bieten — Talent, Schönheit, Durchsetzungswillen und Selbstsicherheit. Aber Christine Beall?
»David?« Christines Stimme riß ihn aus seinen Gedanken, und einen Augenblick lang konnte er nicht feststellen, woher sie kam. Dann sah er sie durch die Windschutzscheibe. Sie hatte ihre Ellbogen auf die Motorhaube gestützt und betrachtete ihn. »Ist alles in Ordnung?«
»Wie? Ach ja, natürlich, alles klar«, log er.
»Schön. Ich wußte nicht, ob Sie in Trance lagen oder es einfach nur ein Tagtraum war. Ich jedenfalls habe vergessen, daß Sie ja das Menü zusammenstellen wollten. Es ist also schon aufgetischt und steht bereit.«
David lächelte schwach und ließ sich vom Jeep herab.

Dann hinkte er über den Sand zu dem Picknickplatz, der teilweise im Schatten lag. Dort hatte sie das Tuch ausgebreitet.
Es herrschte Schweigen, als sie sich über die verschiedenen Lebensmittel hermachten, die Christine in dem Häuschen gefunden hatte — Sardinen, marinierte Artischocken, Weizengebäckschnitten, gekochte Eier, schwarze Oliven, Käse und süßes portugiesisches Brot.
»Das war köstlich«, sagte David schließlich. »Wollen wir diese letzte Artischocke unter uns auswürfeln?«
»Nein, danke, ich bin satt. Essen sie nur.« Sie machte eine Pause und fuhr dann in beinahe derselben Tonlage fort: »Charlotte starb nicht an Krebs, oder?« Das klang mehr wie eine Feststellung und nicht wie eine Frage.
Die Tafelrunde haben wir jetzt also hinter uns, dachte David. Ganz bedächtig legte er seine Gabel in ein leeres Glas — er hoffte, daß er damit Zeit gewinnen konnte, um sich eine Antwort zurechtlegen zu können —, dann wandte er sich ihr zu.
»Sie meinen die Autopsiebefunde«, sagte er dann. Sie schluckte hörbar und nickte dann. »Gut, ich kann Ihnen da eine einfache Antwort geben: Wahrscheinlich nicht. Die Autopsie ergab keine offensichtlichen Anhaltspunkte für Krebs. Natürlich hätte das Geschwür in sechs Monaten, einem oder sogar zwei Jahren wieder auftreten können, nur jetzt noch nicht. Mehr kann ich nicht sagen.«
Christine wollte schon antworten, biß sich dann aber auf die Lippen und wandte sich ab. Ohne die geringste Vorwarnung — auch für ihn selbst kam es überraschend — fauchte David sie an: »Verdammt, Christine, tun Sie sich doch das nicht an. Wenn Sie sich schon über die ganze Angelegenheit Gedanken machen wollen — und ich

meine, das sollten Sie —, dann doch nicht so einseitig nur über die Aspekte, die ihre Schuld vergrößern. Entweder wir nehmen alle Aspekte genau unter die Lupe, oder wir können gleich wieder zur seichten Unterhaltung zurückkehren. Begreifen Sie das?«
Christine nickte. Ihre Augen waren glasig und leer. »Ich . . . ich fühle mich so verdammt alleingelassen«, sagte sie heiser. »Ich habe solche Angst und fühle mich so . . . so hoffnungslos.«
Schon wieder dieses Wort. Diesmal war es David, der wegschaute. Er konnte das Gefühl nicht abschütteln, daß sie recht hatte. Welche Perspektiven hatte sie denn noch? Dann dachte er an Lauren. In Freud ›und nur in Freud‹. Diese Abwandlung der Trauformel hatte er zur Beschreibung ihrer Beziehung zu ihm benutzt. Nun mußte er sich entscheiden.
In diesem Augenblick spürte er, wie erneut ein Funken Wut in ihm aufglomm. Christine Beall hatte Entscheidungen getroffen, und wegen ihrer Entscheidungen waren Leute verletzt oder sogar getötet worden. Nun fühlte sie sich ohne Hoffnung. Bekam sie denn jetzt nicht das, was sie verdiente?
Was sie verdiente. David schüttelte den Kopf. Wie viele seiner eigenen Kollegen hatten gemeint, daß seine Verhaftung und die Suspendierung von der Arbeit im Doctors Hospital genau das sei, was *er* verdiente. Hatte er das Recht, so ein Urteil zu fällen, wie sie das gemacht hatten?
Er ergriff Christines Hand. Ihre Finger umklammerten seine. Er konnte ihre Verzweiflung spüren.
Ganz plötzlich verschränkte er seine Arme wie ein strenger Professor. »Wer, glauben Sie eigentlich, der Sie sind, daß Sie es wagen können, eine solche Diagnose zu stellen?« fragte er mit hochmütiger Pose.

»Was für eine Diagnose?«
»Hoffnungslosigkeit. Sie haben die Ehre, den größten Experten der Welt auf diesem Fachgebiet zu sprechen, und da wagen Sie es, sich eine Diagnose zu stellen, ohne ihn zu konsultieren? Das kann nicht akzeptiert werden. Ich übernehme den Fall.« Ihre leeren Augen belebten sich wieder. »Zunächst müssen wir eine Bestandsaufnahme machen. Ich stelle fest, wir haben hier zehn Finger, zehn Zehen und zwei von all den Körperteilen, von denen zwei vorhanden sein müssen. Sind alle voll funktionsfähig, Miss?« Sie unterdrückte ein Kichern und nickte. »Bis jetzt klingt das nicht sehr hoffnungslos. Kennen Sie vielleicht die klassische Züricher Studie zu dieser Problematik? Man hat da die Hoffnungslosigkeit auf einer Skala von Null bis Zehn gemessen; von den tausend Versuchspersonen waren die Hälfte am Leben, die andere Hälfte tot. Der Index Zehn wurde als höchster Hoffnungslosigkeitsindex betrachtet. Können Sie sich das Ergebnis dieser Untersuchung vorstellen?« Sie lachte jetzt. »Nicht? Nun, ich kann es Ihnen verraten. Zwischen den beiden Gruppen ergab sich ein markanter Unterschied. Diejenigen in der Totengruppe erreichten einheitlich den Index Zehn, der Rest einheitlich Null.« Er rieb sich am Kinn und musterte sie von oben nach unten und von unten nach oben. »Es tut mir wirklich leid, Miss, aber ich fürchte, daß ungeachtet dessen, wie sehr Sie es auch sein wollen, Sie einfach nicht hoffnungslos sind. Schönen Dank für Ihren Besuch. Meine Rechnung kommt per Post. Der Nächste bitte!«
Sie schlang die Arme um seinen Hals. »Danke.« Ihre Lippen berührten leicht sein Ohr, als sie sprach. »Danke für die Konsultation.« Sie zog ihren Kopf zurück, um ihn zu betrachten. Sie küßten sich ganz spontan — sanft und

angenehm, keiner von beiden wollte den Kuß beenden. Zwei Minuten vergingen; schließlich löste sie sich von ihm.

»Es ist alles schiefgelaufen«, sagte sie sanft. »Es schien so richtig zu sein und hat sich doch alles ... so verrückt entwickelt. Warum nur, David? Erklär es mir. Wie zum Teufel soll ich je wieder meinen Gefühlen vertrauen, wenn etwas, an was ich glaubte, sich als so verkehrt herausgestellt hat?« Sie sank in den Sand und starrte auf den Atlantik hinaus.

»Willst du wissen, warum das so gelaufen ist?« fragte er und ließ sich neben sie fallen. »Weil du nicht perfekt bist, deshalb. Weil eben niemand perfekt ist, deshalb. Weil jede Gleichung, die mit Menschen zu tun hat, nicht aufzulösen ist oder zumindest nicht zweimal in derselben Weise aufgelöst werden kann. Ich glaube ebenso an die Euthanasie wie du. Das war schon immer so. Ich meine, die Idee ist gut. Im Unterschied zu dir bin ich allerdings zu der Erkenntnis gelangt, daß es zwar eine gute und absolut richtige Idee ist, aber daß sie nicht ebenso überzeugend durchgeführt werden kann. Früher oder später erhebt nämlich immer das menschliche Element, der unvorhersehbare, unkontrollierbare Faktor X, sein häßliches Haupt und *schwuppdiwupp* geht alles daneben.«

»Und unschuldige Menschen müssen sterben«, fügte sie hinzu.

»Chris, ich meine, wenn wir sterben, sind wir alle unschuldig. Das ist das Problem. Irgend jemand im Schwesternbund — möglicherweise diese Peggy — hat die ehrenwerten Überzeugungen einiger wunderbar idealistischer Schwestern aufgeschnappt, und diese Ideen haben sich bei ihr selbständig gemacht. Und jetzt kommt der menschliche Faktor, Geld, Gier, Fanatismus. Wer weiß denn schon, was im Innern des Menschen einen Kurzschluß auslösen kann? Du wolltest beinahe den Schwesternbund hochgehen lassen oder zumindest hat das jemand gemeint. Der Kurzschluß ist da und bringt völlig verrückte Entscheidungen mit sich.

Ich habe da einmal von einem Test gehört«, fuhr er fort. »Es geht dabei darum, daß eine Person gefragt wird, was sie tun würde, wenn man ihr sagte, sie solle ein gesundes, neugeborenes Kind erschlagen, weil dann garantiert sei, daß damit alle Probleme der Menschheit sofort gelöst werden könnten. Irgend jemand im Schwesternbund hat sich eine Antwort auf diese Frage gegeben. Ben, du und ich — keiner von uns ist denen so wichtig, wie es ihnen ihre Ideale sind. Der einzelne wird dem übergeordneten Ganzen geopfert. Das kommt immer wieder vor.«

»Das ist ja furchtbar«, sagte sie.

»Vielleicht. Aber was noch wichtiger ist, es ist menschlich. Du kannst die ganze Last der Verantwortung für meinen Leidensweg oder sogar für Bens Tod übernehmen, wenn du willst. Aber damit gehst du schrecklich hart mit dir um, weil du ja nur etwas getan hast, an was du geglaubt hast, und weil du darauf vertraut hast, daß andere Menschen genauso ehrlich daran geglaubt haben wie du.

Du mußt Entscheidungen treffen, Chris, wichtige, gewichtige und riesige Entscheidungen. Wenn du willst, helfe ich dir dabei. Aber rechne nicht damit, daß ich neben dir stehe und dir Streichhölzer gebe, wenn du dich mit Benzin überschüttest. Ich ... ich mag dich dafür zu gern.«

Langsam wandte sie sich ihm zu. Ihre Augen faszinierten ihn wie anfangs in ihrer Wohnung. Ihre Hände liebkosten seine Wangen. Sie küßten sich; es war ein warmer, tiefer und süßer Kuß, der sie nach unten auf den Sand zog. Die Welt jenseits ihres Strandes verlor allmählich jede Bedeutung, als sie sich gegenseitig auszogen. David küßte ihre Augen und vergrub dann seine Lippen in ihrer weichen Halsbeuge. Ihre Hände strichen über seinen Körper; das erregte sie ebenso wie ihn.

Mit jedem Kuß und jeder Berührung wurde bei beiden das Gefühl von Einsamkeit und Angst geringer. Mit jeder Neuentdeckung am Körper des anderen ebbte die Hoffnungslosigkeit ab.

Christines Gesicht glänzte in der späten Nachmittagssonne, als sie sich auf ihn legte. Er streichelte ihre festen Brüste; zuerst mit den Händen, dann mit der Zunge.

Sie lächelte, als sie nach unten griff und ihn in sich einführte.

»Barbara, hör auf, dich zu ärgern, und sag mir die Namen. Ich werde mich darum kümmern.«

»Aber . . .«

»Die Namen, bitte.« Margaret Armstrong bellte diese Worte heraus, ballte dann einen kleinen Stoffetzen in ihrer Hand zusammen und zwang sich, ruhiger zu werden.

Barbara Littlejohn zögerte. Das Pochen in ihrem Kopf, das während des Fluges von Los Angeles begonnen hatte, wurde stärker. Schließlich öffnete sie eine Mappe und reichte jeweils einen Brief über den Schreibtisch der Kardiologin. »Ruth Serafini«, sagte sie beim ersten. »Hat ihren Posten im Vorstand aufgegeben und ist aus dem Bund ausgetreten. Sie meint, sie weiß, daß du das tust, was du für richtig hältst, aber sie könne es nicht mehr mit gutem Gewissen vertreten.«

»Nicht einmal eine Kopie für mich«, murmelte Peggy, überflog den Brief und warf ihn dann beiseite.
»Susan Berger«, fuhr Barbara fort. »Sie meint im wesentlichen dasselbe wie Ruth, aber fügt noch hinzu, daß sie alle Aktionen des Schwesternbundes in Nordkalifornien einschränken will, bis alles geklärt ist. Sie gibt keine Genehmigung für neue Fälle und empfiehlt, daß die Beiträge für die CLINTON-STIFTUNG momentan nicht weiter gezahlt werden.«
Peggy legte den Brief auf den anderen, ohne ihn zu lesen. »Susan wird auf Vernunftgründe hören«, sagte sie schließlich. Sie erwog die Möglichkeit, das halbe Dutzend Tonbänder mit Susans Stimme zurechtzufrisieren, die sie in ihrem Keller eingeschlossen hatte. Wenn keine Verbindung zum Schwesternbund erkennbar wäre, wären diese Bänder gleichbedeutend mit einem niederschmetternden Geständnis. »Sie ist eine viel zu ehrgeizige Frau, um nicht der Stimme der Vernunft zu folgen.« Peggy rieb den Stoffetzen geistesabwesend zwischen ihren Fingerspitzen.
Barbara Littlejohn, die trotz des sorgfältig aufgelegten Make-ups grau und gezeichnet aussah, reichte ihr den dritten Brief. »Das ist der, der mich am meisten bestürzt hat«, meinte sie. »Er ist von Sara.«
Verdammt! In Gedanken fluchte sie.
»Sie meint, daß sie sich ihren Austritt noch einmal überlegen würde, wenn wir eine sorgfältige Untersuchung darüber durchführen, ob der Schwesternbund in die Todesfälle John Chapman und Senator Cormier — beide ereigneten sich in diesem Krankenhaus — verwickelt ist. Peggy, wir haben doch überhaupt nichts mit —«
»Natürlich nicht«, unterbrach Peggy. »John Chapman war ein Bekannter von Sara. Das hat sie etwas aus der

Fassung gebracht. Senator Cormier wurde einer Autopsie unterzogen, und die Todesursache wurde sorgfältigst erörtert. Mit Nachdruck habe ich die Kollegen darauf hingewiesen, zur Erörterung zu erscheinen. Er litt an extensiver Erkrankung der Kranzarterien und hatte schlicht einen Herzanfall während der Operation. Mehr ist dazu nicht zu sagen.«

»Da bin ich aber froh.« An Barbaras Stimme und Gesicht war zu erkennen, daß ihre Erleichterung echt war. »Peggy, ich weiß nicht, was ich gemacht hätte, wenn ich dich nicht hätte sprechen können. Alles schien auseinanderzubrechen.«

»Unsinn. Du machst deine Arbeit ausgezeichnet. Unser Bund hat nicht nur vierzig Jahre überlebt, sondern ist auch größer geworden. Eine Sache wie die mit diesem Shelton mag vielleicht unserer Solidarität einen Knacks geben, aber sie kann sie nicht zerstören. Laß diese Briefe bei mir. Bis heute abend habe ich diese ganze Angelegenheit unter Kontrolle.«

»Danke«, sagte Barbara und ergriff Peggys Hand. »Vielen Dank.« Sie war erleichtert.

»Das Kopfkissen, Kind. Leg es einfach auf mein Gesicht und drück darauf, so stark du kannst. Es wird nicht lange dauern.« Sie wollen mich vernichten, Mama. Sie wollen den Schwesternbund vernichten. Margaret Armstrong hatte ihre Augen schon geschlossen, noch bevor die Außentür ihres Büros hinter Barbara zuschnappte. Die Atmosphäre dieses Abends vor so vielen Jahren, des Krankenhauszimmers, der Schmerz, der das Gesicht ihrer Mutter gezeichnet hatte — plötzlich war das alles wieder da.

»Mama, ich ... Bitte, Mama. Bitte, zwing mich nicht dazu, es zu machen.«

»Ich liebe dich. Wenn du mich auch liebst, dann läßt du nicht

zu, daß man mir solche Schmerzen bereitet. Sie sagen alle, daß es keine Hoffnung mehr gibt ... Laß nicht zu, daß man mir solche Schmerzen bereitet ...«

»Ich liebe dich, Mama, ich liebe dich.« Peggy Donner flüsterte diese Worte immer wieder, während Margaret Armstrong zusah und zuhörte. Über ihre Fingerspitzen ließ sie dabei ständig das Stück Leintuch gleiten.

»Ich liebe dich, Mama ...«, sagte Peggy, als sie das Kissen auf das schmale Gesicht legte und sich mit aller Kraft darauflehnte.

Margaret beobachtete, wie sich immer weniger unter dem Kissen rührte, schließlich gar nichts mehr. Sie zitterte, als das Mädchen das Kissen an seinen Platz zurücklegte und ihre tote Mutter auf die Lippen küßte. Schließlich betrachtete sie den Stoffetzen, als sehe sie ihn zum ersten Mal.

Dann war der Spuk wieder einmal vorbei.

John Dockerty ging im unordentlichen Hinterzimmer der Apotheke von Marcus Quigg nervös auf und ab. Ted Ulansky beobachtete die Szene; sein breites Gesicht wirkte wie eine ausdruckslose Maske. Nachdem sie in Quiggs Akte genug entdeckt hatten, um ihm zumindest seine Lizenz nehmen zu können, hatten sie ihn beinahe zwei Stunden lang in die Mangel genommen. Dockertys Gefühl hatte nicht getrogen. Es war überhaupt nicht notwendig, etwas Belastendes gegen den an ein Eichhörnchen erinnernden Apotheker zu konstruieren. In einigen wenigen Stunden hatten sie durch Überprüfung von Rezepten und Anrufen bei einigen Ärzten eine erdrückende Beweislast zusammengetragen, die eigentlich genügt hätte, um Quigg in die Knie zu zwingen und ihn zu irgendeiner Übereinkunft zu drängen. Der kleine

Mann hatte sich aber als erstaunlich widerstandsfähig erwiesen — oder er hatte Angst.
»Mr. Quigg«, sagte Dockerty verärgert, »fangen wir also noch einmal von vorne an.« Der Detektiv klatschte einen kleinen Stapel der von Quigg gefälschten Rezepte gegen seine Handfläche. Er und Ulansky hatten sich bereits vorher darauf geeinigt, daß Dockerty während des Verhörs die Rolle eines harten und bedrohlichen üblen Burschen spielen sollte und Ulansky auf den Zeitpunkt warten würde, an dem seiner Meinung nach die entsprechende Spannung herrschte, um dann wie ein ritterlicher Held Quigg zur Seite zu springen.
»Wie Sie meinen«, murmelte Quigg. Nur durch Kettenrauchen und dadurch, daß er jeden Augenkontakt mied, konnte er sich über Wasser halten. Ulansky merkte jedoch, daß Quiggs Hand schon zitterte. Jetzt würde es nicht mehr lange dauern, bis sein Einsatz käme.
»Ich hab es ja bereits deutlich gesagt«, stieß Dockerty hervor. »Diese Rezepte sind für mich der Beweis, daß Sie zumindest ein Gauner sind. Im schlimmsten Fall sind Sie ein verfluchter Drogenhändler, der sein Brot damit verdient, daß er Pillen an Kinder verkauft. Entweder erzählen Sie uns jetzt, was wir wissen wollen, wer sie geschmiert hat, um David Sheltons Unterschrift zu fälschen, oder ich werde dafür sorgen, daß Ihre Apothekerlizenz kleingehackt und Ihnen als erstes Gefängnismahl ins Maul gestopft wird. Ist das klar?«
Quigg biß sich auf die Unterlippe. Sein Zittern wurde stärker.
Aus seinem Augenwinkel heraus sah Dockerty Ulansky nicken. Die Zeit für das Finale war gekommen. Er spannte die Backenmuskeln und sagte mit zusammengebissenen Zähnen: »Ich will einen Namen hören, Quigg, und

zwar sofort. Im Walpole wartet bereits eine Zelle auf dich. Glaub mir, so einen reizenden kleinen Burschen wie dich fressen die Jungs da gern zum Frühstück. Nach spätestens einer Woche ist dein Arschloch dort vom Ficken so breit, daß du in die Hose scheißen wirst, wenn du einen Schritt machst.« Seine Stimme donnerte jetzt. »Den Namen, Quigg — ich will den Namen.«

»Genug jetzt!« Ulanskys Worte knallten wie Peitschenhiebe. Quigg wandte sein aschfahles Gesicht ihm zu. Der Drogenfahnder mischte sich wie ein Schiedsrichter bei einem Preiscatchen in das Gespräch der beiden ein. Er legte seine Hand Dockerty beruhigend auf die Brust, der sie aber wegschlug. Einen Augenblick lang war er sich nicht sicher, ob der Ire tatsächlich nur schauspielerte. »John, beruhige dich. Nur die Ruhe. Dein Temperament ist dir schon öfter mal durchgegangen und hat dich in Schwierigkeiten gebracht. Reiß dich zusammen.« Er wandte sich wohlwollend Quigg zu und bemerkte zu seiner Genugtuung, daß dessen Wangen schon nicht mehr so blaß waren.

»Marcus, ich will Ihnen helfen, wirklich«, meinte er. Jedes Wort klang dabei ausgesprochen vertrauenserweckend. »Aber Sie müssen sich im klaren darüber sein, um was es hier geht. Sie riskieren Ihre berufliche Laufbahn, Ihre Freiheit und Ihre Gesundheit, nur wegen eines Namens. Es geht nur um einen Namen, mehr will der Lieutenant nicht wissen. Ich weiß, daß Sie Angst haben, daß Ihnen etwas passieren könnte, wenn Sie ihn uns mitteilen. Aber denken Sie einmal daran, was passiert, wenn Sie nichts sagen. Der Lieutenant hier kann Ihnen wenigstens etwas Hoffnung machen. Kann die Person, deren Namen wir suchen, das auch?«

Ulansky studierte das Gesicht des Apothekers. Er sah

darin Angst und Unsicherheit, aber kein Aufgeben — keinesfalls die Art von Kapitulation, die er erwartet hatte. Er blickte Dockerty an und schüttelte den Kopf.
»Ich . . . ich will meinen Rechtsanwalt sprechen«, meinte Quigg.
Dockerty schoß quer durch den Raum, packte den Mann am Kragen und zog ihn hoch. »Da geht nichts. Erst möchte ich einige Antworten haben.« Widerwillig lockerte er seinen Griff. »Wir nehmen dich mal mit, Quigg«, sagte er. »Ich möchte, daß du zuerst einmal siehst, wie das so im Gefängnis ist. Wir haben noch miteinander ein Hühnchen zu rupfen, wir beide. Los, du Gauner, gehen wir.«
Marcus Quigg spürte an seinem Brustbein einen bohrenden Schmerz. Er glaubte einen Moment lang, daß hier und jetzt sein letztes Stündchen schlage. Das hauchdünne Aneurysma, das seinen Herzmuskel eingeengt hatte, dehnte sich wieder. Er hatte ihnen ganz am Anfang erzählen wollen, daß er kein Gauner war. Er wollte ihnen jetzt sagen, daß die illegalen Rezepte nur eine Frage des Geldes waren — eine Art Pflaster für den Zusammenhalt seines schlechtgehendes Geschäfts, für seine angegriffene Gesundheit und seine Frau, die entsetzliche Angst davor hatte, mit den vier Kindern alleingelassen zu werden. Er wollte ihnen das sagen, aber er konnte nicht.
Was hätte das außerdem schon gebracht? Er überlegte sich das, während ihm Dockerty die Handschellen anlegte und ihn aus dem Laden führte. Dieser Shelton hatte also wegen ihm Schwierigkeiten. Nun, er hatte auch Schwierigkeiten, große Schwierigkeiten. Der gottverdammt Ballon in seiner Brust dehnte sich ständig aus, und seine Ärztin hatte ihm gesagt, er könnte es noch ein Jahr machen oder aber nur einen Monat . . . oder gar nur noch eine Stunde. Sie hatte gemeint, daß man nichts

mehr für ihn tun könnte. Würde Dockerty so etwas verstehen? Würde er verstehen, daß er nach einem ganzen Leben, das er so rechtschaffen wie möglich verbracht hatte, sich nur noch um eine ängstliche Frau, vier Kinder, die etwas zum Beißen haben mußten, und einen Blutball in der Brust, der jederzeit explodieren konnte, kümmern wollte?

Quigg spürte den Kloß im Hals und schmeckte Säure in der Speiseröhre. Er wollte es ihnen erzählen und dann heim ins Bett gehen. Aber er wußte auch, was dann passieren würde: Er würde kein Geld mehr bekommen. Er wußte, daß dann die zusätzlichen Tausende von Dollar, die ihm versprochen worden waren, wenn das ganze Tohuwabohu vorbei wäre, nie gezahlt werden würden.

Als Marcus Quigg auf den Rücksitz des Polizeiwagens gestoßen wurde, fluchte er klammheimlich auf Dr. Margaret Armstrong, die ihn in diese miserable Situation gebracht hatte.

Eine Kanne Kaffee, ein gemeinsames Duschbad, und schon war die kristallklare Nacht hereingebrochen. Ein Kaminfeuer mit Birkenholz hatte aus Joeys Wohnzimmer eine rauchig-warme Höhle werden lassen. David und Christine lagen ausgestreckt auf der Couch, wechselten ab und zu ein paar Worte und betrachteten immer wieder ausgiebig den samtartigen Himmel.

»Rote Seide«, meinte David und betastete den Bademantel, den er sich aus Rosettis Wandschrank geborgt hatte. »Ich habe mich nie für einen Seidensnob gehalten, aber ich fühle mich darin wirklich wohl.«

Christine setzte sich hoch und zog dann den Saum ihres Bademantels über ihren Schoß hinunter. »David, ich muß dir einfach sagen, wieviel dieser Tag für mich bedeutet hat.« Seine Augen verengten sich. »Du weißt hoffentlich, daß ich das nicht geplant habe, oder?« Er nickte. Sie sah in seinem ernsten Gesicht den feuchten Film über seinen Augen. »Plötzlich fühle ich mich ... so egoistisch — ja sogar grausam.«

»Das ist doch Unsinn.«

»Nein, ist es nicht. Ich habe das alles zugelassen, obwohl ich doch ständig gewußt habe, daß es nicht lange dauern würde.«

»Da war doch noch jemand, der das so wollte«, meinte er heiser.

»Ja, schon ...« Ihre Stimme verlor sich. »David«, sagte sie schließlich, »ich werde morgen früh zurückfahren.«

»Bleib noch einen Tag.« Seine Antwort kam so schnell, daß beiden deutlich wurde, daß er sich mit dem Gedanken auch schon herumgeschlagen hatte.

Christine schüttelte den Kopf. »Ich glaube nicht, daß das gegenüber uns beiden fair wäre. Ich weiß, was du fühlst. Ich fühle das auch, den ganzen Tag schon. In meinem Kopf ist ein riesiges Chaos. Einmal schmiede ich Pläne für die Zukunft, wie ich sie mir wünsche, und dann komme ich wieder in die Realität zurück. Wenn ich hier bleibe — auch wenn es nur ein weiterer Tag ist —, wird der Trennungsschmerz nur um so größer sein. Ich habe dir schon genug Leid zugefügt.«

»Ich möchte nicht, daß du fährst.« Er kämpfte gegen die Wahrheit in ihren Worten. Selbstverständlich wußte er, daß sie recht hatte. Trotzdem konnte er seinen Redefluß nicht zurückhalten: »Das ... das wäre riskant. Joey hat das ja gestern nacht gesagt. Vincent treibt sich irgendwo in Boston herum. Er sucht mich und ziemlich wahrscheinlich auch dich. Wenn wir jetzt zurückfahren, müßten wir gleich zu Dockerty. Was sollen wir ihm dann sagen? Wir können jetzt noch nicht zurück. Zum Teufel, Chris, wir müssen überhaupt nicht mehr zurück. Wir könnten uns absetzen, am besten sofort, heute nacht noch. Wir könnten nach Kanada oder . . . oder nach Mexiko fahren. Ich spreche ein bißchen Spanisch. Vielleicht könnten wir irgendwo eine kleine Klinik aufmachen und dort zusammen arbeiten. Was haben wir denn davon, wenn wir jetzt zurückfahren?«

Sie gab ihm einen leichten Kuß. »Das geht nicht, David. Das wissen wir doch beide. Dieser Schwesternbund hat einige entsetzliche Dinge getan. Ich würde mit mir nicht mehr zurechtkommen, wenn ich dagegen nichts unternehme. Ich hoffe nur, daß ich das in einer Weise tun kann, die solche Krankenschwestern wie mich, die daran geglaubt haben, nicht trifft —«

»Verflucht, es muß doch einen anderen Weg geben!« David wurde wütend und murmelte dann eine Entschuldigung für diesen Gefühlsausbruch. Erschöpft sank er zurück ins Kissen. Sie hatte recht. Seine Vernunft und seine Logik sagten ihm das. Wenn sie beide in der umgekehrten Situation wären, würde er dasselbe sagen. Aber momentan waren es nicht seine Vernunft und seine Logik, denen er folgte.

»Hör mal«, meinte er, »vielleicht gibt es eine andere Möglichkeit. Vielleicht könnten wir uns irgendwohin zurückziehen und deine Informationen per Post Dockerty zukommen lassen oder . . . oder Dr. Armstrong informieren. Klar, das ist es — Dr. Armstrong. Sie war sehr hilfreich und freundlich zu mir, seit dieser ganze Alptraum begonnen hat. Wenn uns irgendwer dabei helfen könnte, die Behörden von der Existenz des Schwesternbundes zu überzeugen, dann sie.« Obwohl er selbst nicht recht daran glaubte, begann sich diese Idee in ihm festzusetzen. »Chris, das wäre die perfekte Lösung. Du hast es ja damals auf Vier Süd selbst gehört. Sie ist absolut gegen jede Euthanasie. Sicher ist es zwar nicht, aber wenn jemand vom Format einer Dr. Armstrong da eingreift, könnte es sehr gut sein, daß sich der Schwesternbund zu einer völligen Auflösung seiner Organisation entschließt. Wir könnten ihr schreiben, und sie könnte dann —«

»David, bitte, mach das nicht.«

»Nein, warte, laß mich den Gedanken zu Ende führen. Charlotte Thomas wollte ja sterben. Soweit wir wissen, hätte sie auf jeden Fall sterben müssen. Vielleicht hätte sie noch einen Tag oder sogar einige Wochen voller Qualen vor sich gehabt, aber ihr Tod hätte sich nicht vermeiden lassen.« Davids innere Stimme warnte ihn davor, weiterhin so gedankenlos vor sich hin zu reden und sie so unter Druck zu setzen. Doch er achtete nicht darauf. »Wenn wir in Betracht ziehen, was wir von der Frau wissen, meinst du, sie hätte gewollt, daß du, beziehungsweise wir uns jeder Möglichkeit einer Perspektive berauben, nur weil du ihr dabei geholfen hast, das durchzuführen, was sie wegen ihrer körperlichen Schwäche nicht selbst durchführen konnte? Nur noch ein oder zwei Tage, um Zeit zum Überlegen zu haben, mehr will ich nicht. Wir werden schon einen anderen Weg finden; wir können auch gemeinsam zurückfahren und die Angelegenheit gemeinsam durchstehen. Laß uns aber wenigstens warten, bis wir etwas von Joey hören. Vielleicht hat er bereits herausgefunden, daß Vincent doch irgendwo im Gefängnis steckt.«

Sie schloß die Augen und umarmte ihn mit aller Kraft. Während des nun folgenden Schweigens malte sie sich in Gedanken den Vorschlag von David aus. Vor ihrem geistigen Auge sah sie eine kleine Ortschaft, ganz staubig, am Fuße eines Felsengebirges. Dort stand ihre und seine gemeinsame Klinik — ein weißes Gebäude aus Lehm am Ende einer staubigen, sonnendurchfluteten Dorfstraße. Sie konnte die Wärme und heitere Ruhe ihres gemeinsamen Lebens spüren und die friedliche Atmosphäre, die das Leben an einem solchen Ort mit einem solchen Mann durchdringen würde.

Christine preßte die Lippen zusammen und nickte. »Gut, noch einen einzigen Tag. Aber keine weiteren Versprechen.«

»Abgemacht.« Er verspürte nur eine sehr kurze Freude über seinen Sieg. Dann wurde ihm allmählich klar, was er schon die ganze Zeit innerlich gewußt hatte: Er würde sie so lange nicht gehen lassen, bis sie eine wirklich zufriedenstellende Lösung des Problems gefunden hätten.

Sie liebten sich sanft und harmonisch, ohne Eile. Beinahe eine Stunde lang erforschten sie gegenseitig ihre Körper mit Augen, Mund und Fingerspitzen. Als zuletzt beide das Gefühl hatten, daß keiner von beiden mehr eine Berührung des anderen aushalten konnte, ohne zu explodieren, drang er in sie ein.

Marion Anderson Cooper war ein hartgesottener Typ. Er war nicht nur ein harter Bulle, sondern er war hart in einer Art und Weise, wie es nur ein Junge sein konnte, der mit einem weibisch klingenden Namen in den Straßen von Roxbury aufgewachsen war. Seine Härte hatte sich entwickeln müssen, als er auf der schäbigen Matratze, die er mit seinen zwei Brüdern teilte, von Ratten gebissen wurde, und war ihm schließlich in den zwei Jahren Schmutz und Tod in Vietnam endgültig anerzogen worden. Seine Härte wurde auch jetzt noch immer wieder durch bestimmte Situationen auf die Probe gestellt, wie sie im Little-Italy-Viertel von Boston — dem North End — vorkamen, wo er als einer der ersten schwarzen Sergeanten Dienst tat.

Am frühen Morgen des elften Oktober fuhr Cooper zum zweiten Mal auf Patrouille durch die einsamen Straßen. Ab und zu hielt er mit seinem Streifenwagen an, um mit dem Scheinwerfer in das Fenster eines Ladens oder eines Restaurants zu leuchten, wenn er das Gefühl hatte, daß da etwas nicht stimmte. Jedesmal entdeckte er dann den Grund seiner Beunruhigung — eine neue Schaufensterauslage oder ein umgestellter Tisch — und fuhr wieder weiter.

Der purpurrote Fiat, der ganz unauffällig bei einer Mülltonne in einer der kleinen Gassen geparkt war, hatte bei seiner ersten Patrouillenfahrt noch nicht dagestanden. Cooper blockierte die Gasse mit dem Streifenwagen, richtete seinen Scheinwerfer auf das Nummernschild und schaltete den Funk ein.

»Hier ist Alpha neun einundzwanzig«, sagte er, »erbitte Information, ob ein purpurroter Fiat mit einem Nummernschild aus Massachusetts gestohlen gemeldet ist. Die Nummer ist drei fünf drei, Martha, Wilhelm, Quebec. Gibt es irgendwelche Hinweise?«

»Liegt nichts vor, Alpha neun einundzwanzig. Bitte noch einmal das Kennzeichen.«

Cooper wiederholte es und wartete. Der Wagen war heiß — da war er sich sicher. Er war ja eigentlich schon überrascht, daß in der ersten schönen Nacht nach über einer Woche schlechten Wetters noch keine Autos abgängig waren. Wenn der hier gestohlen war, dann waren das keine Profis gewesen, sondern Jugendliche. Wären es

Profis gewesen, wäre der Fiat schon umgespritzt und mit einem neuen Kennzeichen versehen worden und würde unterwegs sein, um in Springfield, Fall River oder anderswo einen neuen Besitzer zu finden.

Er mußte länger warten als üblich. Cooper trommelte ungeduldig auf das Steuerrad. Dann schnappte er sich sein Walkie-Talkie und stieg aus dem Wagen. In diesem Moment meldete sich der Funk krächzend wieder.

»Alpha neun einundzwanzig, ich habe da eine Information über einen 79er Fiat mit dem Kennzeichen Massachusetts drei fünf drei, Martha, Wilhelm, Quebec.« Die Stimme der Frau klang sinnlich und aufreizend. Cooper erkannte sie; sie gehörte einer hundertsiebzig Pfund schweren Mutter von fünf Kindern mit Frauenbart.

»Hier ist Alpha neun, Gladys«, antwortete er. »Was kannst du mir sagen?«

»Mit dem Wagen ist alles sauber, so sauber wie dein Pfeifchen, Alpha neun — nicht gestohlen gemeldet, kein Steckbrief. Er gehört einem gewissen Joseph Rosetti, Damon Street einundzwanzig, Appartement C.«

»Alpha neun Ende«, sagte Cooper. Als er sich nun dem Wagen näherte, öffnete er instinktiv die Klappe seiner Dienstrevolvertasche.

Die Fahrertür des Fiat stand offen. Cooper leuchtete mit seiner Taschenlampe auf die Sitze und dann auf den Boden. Nichts. Plötzlich stutzte er. Ein intensiver, Übelkeit verursachender Blutgeruch — das Parfüm des Todes — strich ihm um die Nase. Hinter die Vordersitze gezwängt und unter einer schmutzigen Decke lag offensichtlich ein Körper. Er holte tief Luft und schob die Decke beiseite. In diesem Augenblick halfen ihm weder seine Hartgesottenheit noch all die schauderhaften Feuergefechte in den Reissümpfen, dem Dschungel und den Straßen der Stadt.

Marion Anderson Cooper drehte sich weg und erbrach sich auf das Straßenpflaster.

Man hatte Joey Hände und Füße gebunden. Bevor er starb, war er mehrere Dutzend Male mit dem Messer traktiert worden. Auf seiner Brust lagen sauber arrangiert eines seiner Ohren und Teile von drei Fingern. Die Presse schrieb am nächsten Morgen, daß sein grauenhafter Tod »wahrscheinlich das Werk einer Bande« gewesen sei.

Zwanzig Meilen nördlich der Stadt lag der wirkliche Grund für die Tat, eine blutverschmierte, grob gezeichnete Karte, auf dem Beifahrersitz von Leonard Vincents Limousine, der sie Joey nach einstündiger Folter abgenommen hatte.

KAPITEL XXI

Christine schlich leise zur Vordertür, setzte dort ihren Koffer ab und kehrte zum Schlafzimmer zurück. Ihre Augen waren von einer Stunde Weinen gerötet. Sie schaute noch einmal im blassen Morgenlicht auf David, der friedlich schlief, das buschige Haar im Kissen vergraben und ans Gesicht gedrückt. Mit einem schmerzlichen Blick auf den Brief, den sie zwischen Ankleidespiegel und Wand gesteckt hatte, tippelte sie auf Zehenspitzen aus dem Haus.

Es war ein kühler und ruhiger Morgen. Sie konnte ihren Atem in der Luft schwach sehen. Weit hinten auf dem Ozean lag, so weit man sehen konnte, dichter, silbrig glänzender Nebel. Mit Bewegungen wie im Traum, die der unwirklich erscheinenden Umgebung entsprachen, nahm sie den Wagenschlüssel aus dem Jeep, steckte ihn in einen Umschlag und ging langsam zu ihrem eigenen Wagen. Jeden Augenblick erwartete sie, seine Stimme oben vom Fenster zu hören. Sie wußte, daß sein Anblick genügen würde, ihre Entschlossenheit wie einen trockenen Zweig zu brechen.

Ohne noch einmal rückwärts zu schauen, setzte sie sich vorsichtig auf den Fahrersitz des Mustang und ließ den Wagen den Weg hinunterrollen. Erst dann machte sie den Motor an. Als sie am Ende der Zufahrt nach Rocky

Point angekommen war, etwa eine Viertelmeile von dem Häuschen entfernt, hielt sie an und legte den Umschlag mit dem Wagenschlüssel auf einen kleinen Steinhaufen. Dann vergewisserte sie sich noch einmal, ob David auch keine Mühe haben würde, ihn zu entdecken, und bog schließlich nach links auf die kurvenreiche Küstenstraße ab, die nach Süden in Richtung Boston führte.
Ihre aufgewühlten Gedanken und Gefühle machten ihr es unmöglich, sich zu konzentrieren. Daher bemerkte sie auch die dunkle Limousine nicht, die ihr entgegengekommen war, und den riesigen, gesichtslosen Mann, der am Steuer dieses Wagens saß. Erst als der Wagen dann plötzlich nur ein paar Meter hinter ihr im Rückspiegel erschien, fiel ihr das auf.
Leonard Vincent manövrierte seinen Wagen dicht an den kleineren Mustang heran. Zuerst war Christine noch verärgert, daß der Hintermann so eng auffuhr, dann aber wich ihr Ärger blankem Entsetzen, als sich die Stoßstangen beider Wagen berührten. Zunächst hörte man nur ein Kratzen, das aber schnell in ein Knirschen überging. Plötzlich fuhr Vincent von rechts heran und zwang sie so auf die andere Straßenseite. Christines Fingerknöchel wurden vor Anstrengung weiß; sie versuchte verzweifelt, nicht die Kontrolle über das Lenkrad zu verlieren. Sie suchte eine Möglichkeit, nach links auszuweichen, und schlagartig klebte der eisige Schweiß des Entsetzens auf ihrer Stirn.
Denn keine drei Meter entfernt war der Rand eines Abgrundes — des steilen Abhangs mit Bäumen und Felsen, an dem sie noch vor sechsunddreißig Stunden, was ihr jetzt wie ein ganzes Leben entfernt schien, gestanden und zum ersten Mal Rocky Point gesehen hatte. Mehr als einhundert Meter weiter unten war der Atlantik.

Wieder knirschte es, diesmal lauter. Christine warf ihren Kopf nach rechts. Vincents Wagen war bereits auf der Höhe der Beifahrertür. Jenseits seines Wagens war eine seichte Wasserrinne und ein fast senkrechter Sandsteinwall. Der Mustang vibrierte; gnadenlos hüpften seine Reifen seitwärts. Christine drückte kräftig auf die Bremse. Der beißende Geruch von brennendem Gummi erfüllte den Innenraum des Wagens.
Leonard Vincents Gesichtsausdruck war gelassen, fast friedlich, als er sie nun immer näher an den Abgrund drückte. Zwischen dem Mustang und dem Straßenrand blieben nur noch weniger als zwei Meter. Christine ließ die Bremse los und stieg aufs Gas. Ihr Wagen schoß vorwärts. Aus ihrem Augenwinkel sah sie, wie die Limousine nach hinten verschwand, dann krachten die Stoßstangen der beiden Autos aneinander.
Unmittelbar darauf gerieten beide Wagen außer Kontrolle; sie tanzten auf der Straße einen wilden Todestanz. Christine versuchte das Lenkrad mit aller Kraft unter Kontrolle zu bekommen, aber es riß sich ihr aus den Händen. Ihr rechter Arm krachte dabei gegen die Gangschaltung und brach oberhalb des Handgelenks. In dem Augenblick, als sie den heißen Schmerz spürte, prallte ihr Wagen gegen den Sandsteinwall. Ihr Kopf schnellte nach vorne und krachte in die berstende Windschutzscheibe. Sie sah noch das zersplitternde Glas, dann wurde alles schwarz.
Sie hörte schon nicht mehr das Kreischen von auseinanderbrechendem Metall, als sich die Wagen voneinander lösten. Ebenso wenig konnte sie die vor Entsetzen weit aufgerissenen Augen von Leonard Vincent sehen, als sein Wagen mit einem Knall von ihrem Wagen wegschlitterte und dann auf den Ozean zuschoß. Die Limousine

stürzte kopfüber den steilen Abhang hinunter und wälzte sich, an Felsblöcke und Bäume krachend und sich überschlagend, bergab, bis er im dichten Nebel verschwand. Sie bemerkte auch nicht mehr, wie ihr eigener Wagen von der Felswand abprallte, sich um dreihundertsechzig Grad drehte und dann zum Abgrund hin rollte.
Sie lag immer noch ohnmächtig auf ihrem Sitz, als die Hinterreifen des Mustang bereits über der Böschung hingen. Der Wagen stoppte, sein Chassis wippte im weichen Boden. Dann kippte er über die Kante.

David spürte ihre Abwesenheit bereits, als er noch gar nicht richtig wach war. Er öffnete die Augen ein wenig, machte sie dann aber wieder fest zu, so als wollte er einfach nicht wahrhaben, was geschehen war. Sie sitzt ganz ruhig im Wohnzimmer und schaut auf den Ozean hinaus. Ich möchte einen Dollar wetten, daß sie im Wohnzimmer sitzt. Er hielt den Atem an. Die Stille im Haus war mehr als die bloße Abwesenheit eines Geräusches. Sie war ein abgrundtiefer Schlund, ein Nichts. Nichts bewegte sich, nicht einmal die Luft. Auch sonst gab es kein Lebenszeichen.
Sie ist bestimmt spazierengegangen, versuchte er sich verzweifelt vorzumachen. Nur ein kleiner Morgenspaziergang, und schon verfällt der große Chirurg in Panik. Er rollte sich zum Fenster hin und blinzelte mit den Augen in die sonnenlose Helligkeit. Der Himmel war mit perlenähnlichem Dunst überzogen — das war die Art von Dunst, die im Lauf des Morgens auf wundersame Art und Weise verschwinden würde, indem er sich wie ein Vorhang aufteilte, um die zauberhafte Aufführung eines neuen Tages zu ermöglichen. Ein Morgenspaziergang, das ist es.

Er stützte sich auf einen Ellbogen und schaute im Zimmer umher. Kaum, daß er festgestellt hatte, daß ihre Kleider nicht mehr da waren, sah er auch schon den Briefumschlag, der zwischen Spiegel und Wand steckte. Das war ja wie eine Szene aus einem zweitklassigen Film, nur daß es sich diesmal um bittere Realität handelte. Große Traurigkeit überkam ihn, wie der Dunst, der den morgendlichen Himmel überzogen hatte.
»Scheiße«, war das erste, was er an diesem Tag sagte. Er wiederholte es gleich noch zweimal. Dann quälte er sich aus dem Bett und ging absichtlich an dem Spiegel vorbei ins Bad. Er pinkelte, dann wusch und rasierte er sich. Schließlich humpelte er in die Küche und stellte Kaffeewasser auf. Sein Knöchel war immer noch steif, er konnte ihn nur vorsichtig bewegen, aber er schmerzte kaum mehr. Seine Krankenschwester hatte ganze Arbeit geleistet.
Er räumte das Wohnzimmer auf und wartete, bis das Wasser kochte. In einem Anflug von Hoffnung schaute er noch einmal auf die Auffahrt. Der Mustang war weg und mit ihm Christine. Mexiko und jede Chance für einen unbelasteten Neuanfang zu zweit waren damit gestorben.
Ganz benommen schlurfte er zurück ins Schlafzimmer.
Auf dem weißen Umschlag stand sein Name, direkt in der Mitte. Er sah sich den Briefumschlag aufreißen. Schon wieder ein Brief, schon der zweite in weniger als einer Woche. Diesmal spürte er aber in jedem Wort ihren Schmerz — so wie er geschrieben war und wie man ihn nur lesen konnte.

Lieber David,
ich konnte einfach nicht warten, bis Du aufwachst, weil Du mir alles ausgeredet hättest. Ich habe die ganze Nacht versucht, mir einzureden, daß es einen anderen

Weg gebe. Mein Gott, wie ich das versucht habe. Aber ich habe schließlich immer daran denken müssen, wieviel Schmerz und Leid ich Dir zugefügt habe. Das ist alles so verrückt. Es war doch etwas, was gut und richtig zu sein schien. Und jetzt... werde ich zu Lt. Dockerty gehen, um ein volles Geständnis bezüglich Charlotte abzugeben. Davor werde ich noch mit Dr. Armstrong sprechen. Was Du mir gestern abend gesagt hast, hat sehr viel für sich. Ich weiß, sie wird mir helfen können. Trotz allem, was passiert ist, weiß ich doch tief in meinem Herzen, daß die meisten von uns an ethische Grundsätze glauben. Mit etwas Glück kann mir Dr. Armstrong helfen, die Angelegenheit mit sowenig Aufsehen wie möglich zu regeln. Ich kann ihr zunächst einmal drei Namen geben, einige Telefonnummern und ein paar Mitteilungen der Clinton-Stiftung. Das ist zwar nicht viel, aber immerhin ein Anfang. Vielleicht finden wir einen Weg, den Geheimbund zu kontaktieren und einiges herauszubekommen. Dann ist da noch die Frage, wer für die Anwerbung von Bens Mörder verantwortlich ist. Ich tu, was ich kann, um das herauszufinden, noch bevor sich die Polizei damit befaßt.

Schließlich, da bist Du — ein außergewöhnlicher Mann mit magischen Fähigkeiten. In einer so kurzen Zeit hast Du es geschafft, Gefühle in meinem Inneren zu wecken, von denen ich nicht einmal wußte, daß es sie gibt. Dafür und für vieles mehr schulde ich Dir etwas. Ich schulde Dir ein Leben, das frei ist von Flucht und von beständigen Blicken zurück über die Schulter. Ich schulde Dir eine Möglichkeit, Dir die Träume zu erfüllen, für die Du so hart gearbeitet und so viel erlitten hast. Wenn wir uns unter anderen Umständen kennengelernt hätten, lieber, zärtlicher David — nur nicht unter diesen — hätte ich

das gewagt. Ich wäre mit Dir gegangen, wohin auch immer. Ich glaube aufrichtig, daß Du das Risiko wert sein würdest.
Aber die Umstände sind nun mal so. Mach Dir keine Sorgen um mich. Ich werde direkt zu Dockerty gehen, nachdem ich mit Dr. Armstrong gesprochen habe. Paß lieber auf Dich auf.
Bitte hab Verständnis, sei stark und verzeih mir vor allem, daß ich Dir so vielLeid bereitet habe.

In Liebe
Christine

P. S. Der Schlüssel für den Jeep ist in einem Umschlag wie diesem an der Abzweigung von der Küstenstraße nach Rocky Point.

Der Jeep. David lachte, obwohl ihm überhaupt nicht danach zumute war. Bei einem Wettrennen würde der Jeep wahrscheinlich nicht mehr als ein paar Meter mit Christines Mustang mithalten können. Sie war offensichtlich fest entschlossen, sich nichts ausreden zu lassen. Nun, er würde sich auch so einiges nicht ausreden lassen. Er konnte zwar nichts an der momentanen Situation ändern, aber er würde seine Vorstellungen einfach der neuen Lage anpassen. Was auch immer jetzt auf sie zukam, er würde an ihrer Seite stehen, solange sie das wünschte.
David zog sich an. Dabei spielte er im Kopf die Situationen durch, auf die sie in den nächsten Tagen und Wochen stoßen konnten. Er bemerkte den riesigen Pullover, den er auf der Fahrt nach Rocky Point getragen hatte. Christine hatte ihn ordentlich zusammengelegt und auf

einen Stuhl bei der Spiegelkommode gelegt. David grinste. Vielleicht konnte er ihn Joey zurückgeben als Spende für die Garderobe des Mannes, der als nächster in den Charles River gejagt werden würde. Als er ihn hochhob, fiel Rosettis schwerer Revolver heraus. Den hatte David völlig vergessen. Er wog den Revolver in einer Hand und spürte dabei das Übelkeit erregende Spannungsgefühl, das er immer bekam, wenn er irgendwelche Waffen berührte. Dann versuchte er sich daran zu erinnern, was Christine gesagt hatte, wann Joey anrufen würde. Gestern nacht noch? Heute morgen? Er überlegte noch einen kurzen Augenblick und ging dann zum Telefon. Rosettis Nummer in Boston stand auf einer kleinen Karte, die an den Hörer geklebt war.
Seinen Anruf beantwortete eine Frauenstimme, die älter als die von Terry klang.
»Hallo, bin ich hier bei Rosetti?« fragte er.
»Ja. Kann ich Ihnen irgendwie helfen?«
»Gewiß, könnte ich bitte mit Mr. oder Mrs. Rosetti sprechen?« Am anderen Ende der Leitung herrschte Schweigen.
»Wer spricht da, bitte?« fragte die Frau schließlich. Ihre Stimme klang eisig.
David trat nervös von einem Bein auf das andere. »Ich heiße Dr. Shelton. Ich bin Joeys und Terrys Freund und bin gerade —«
»Ich weiß, wer Sie sind, Dr. Shelton«, sagte die Frau kalt. Erneut herrschte Schweigen. David spürte ein widerliches Gefühl im Magen. »Hier spricht Mrs. D'Ambrosio, Terrys Mutter. Terry kann jetzt nicht ans Telefon kommen. Der Arzt hat ihr einige Medikamente gegeben und ...« Plötzlich begann die Frau zu weinen. »Joey ist tot ... er ist ermordet worden«, schluchzte sie. David

ließ sich auf die Couch fallen und starrte ins Leere. »Terry war noch nicht in der Lage, die Polizei zu informieren, aber sie hat schon mit mir gesprochen. Sie meinte, das alles wäre passiert, weil Joey Ihnen geholfen hat.« Jetzt brach sie völlig zusammen; ihr Kummer überwältigte sie so, daß der Zorn gegen ihn darin unterging.
»Aber das ist... unmöglich«, murmelte er, während ihm die Gedanken durch den Kopf jagten. Das war Leonard Vincent gewesen. Das mußte er gewesen sein. Er preßte seine Augen zusammen und versuchte, wieder einen klaren Gedanken zu fassen. Zuerst Ben, jetzt Joey... und Christine irgendwo unterwegs. »Wann geschah das?« Seine Stimme klang leer.
»Am frühen Morgen. Man fand ihn in seinem Wagen, erstochen, aufgeschlitzt und... Dr. Shelton, ich will mich mit Ihnen nicht weiter unterhalten. Joeys Beerdigung ist am Dienstag. Sie können danach mit meiner Tochter sprechen.«
»Warten Sie...« Die Frau hängte auf.
Mehrere Minuten lang saß David bewegungslos da; er hatte völlig vergessen, daß in seinem Schoß noch der Hörer tutete. Dann packte er den Pullover, den Revolver und seine Krücken und raste aus dem Haus. Obwohl es hoffnungslos war, durchsuchte er den Jeep. Aber da war kein Schlüssel. Er warf den Revolver auf den Sitz und humpelte den Weg mit großen, schwankenden Schritten hinunter. Trotzdem verging eine halbe Stunde, bis er wieder zurück war. Seine Rippen waren von den ungepolsterten Armstützen lädiert und schmerzten stechend, als er sich nun, naßgeschwitzt und nach Luft japsend, hinter das Lenkrad quetschte. Dann hielt er inne.
»Beruhige dich doch mal«, keuchte er. »Es geht ihr gut. Sie ist in Ordnung.« Er ließ den Motor an. Wahrschein-

lich war sie jetzt gerade in Dr. Armstrongs Büro oder sogar schon bei Dockerty. Er mußte sich vor allem erst einmal beruhigen und dann ohne Pause nach Boston fahren.

Er blickte auf den Revolver und dachte an Rosettis Warnung. Wie hatte er das ausgedrückt? Wenn du auch nur denkst, daß jemand dir was antun will, mach es als erster? So etwas Ähnliches jedenfalls. David schauderte es, dann wog er den Revolver in seinen Händen. War Joey umgekommen, weil er den Revolver nicht zur Verfügung hatte, als er ihn brauchte? Diese Möglichkeit verlieh ihm neuen Auftrieb, den er dringend nötig hatte. Jetzt war er wütend. Neben der Wut spürte er einen alles verzehrenden Haß. Er würde Vincent schon finden oder wer auch immer Joey ermordet hatte. Er würde die Täter finden und sie entweder töten oder selber sterben. Er ballte die eine Hand zur Faust und umfaßte sie so stark mit der anderen, daß es weh tat. Schließlich legte er den Rückwärtsgang ein und fuhr den Weg hinunter.

Die Sorge um Christine ließ ihn bald seine Wut vergessen; an deren Stelle trat das Gefühl, schnell machen zu müssen. Er versuchte schneller zu fahren, aber der Vergaser, mit Sand und Staub malträtiert, machte da nicht mit. Dabei kam ihm die Idee, daß es zum Dank ein schönes Geschenk für Joey gewesen wäre, den Jeep wieder herzurichten.

Gewesen wäre. David schüttelte hilflos den Kopf und schaute dann auf die Uhr, die ihm Joey gegeben hatte. Es war neun Uhr vorbei. Über ihm zeigte der schwache Dunst Anzeichen, sich aufzulösen und die Herbstsonne durchzulassen. Er zwang sich dazu, lockerer zu sein. Als er schließlich die Küstenstraße erreicht hatte, beherrschte er bereits einen bestimmten Rhythmus von Schalten und Gasgeben, der dem altertümlichen Gefährt einigermaßen entsprach. Seine Gedanken kehrten zu Christine zurück. Vielleicht hätte er die Polizei anrufen sollen. Wenn sie nicht allzu schnell vorangekommen war, hätte er sie damit zumindest so lange aufhalten können, bis er nachgekommen war. Aber welche — die Polizei des Bundesstaates? Würde sie denn nicht verärgert sein, wenn er sie in die Sache hineinzog, bevor sie dazu bereit war? Er ließ sich das durch den Kopf gehen. Dann entschloß er sich, bei der nächsten Telefonzelle anzuhalten. In diesem Moment sah er die Blinklichter und die Barrieren einer Straßensperre.

Vor ihm bemühte sich ein zerbeulter dunkelbrauner Kleinlaster zu wenden. Der grauhaarige Fahrer fluchte vor sich hin. David lehnte sich aus dem Jeep und rief ihm zu: »Hey, was ist denn da vorne los?«

»Hm?« Der Mann hielt seinen Laster an, der jetzt querstehend die Straße versperrte, ohne sein Wendemanöver beendet zu haben.

»Was ist denn da vorne passiert?« David versuchte noch einmal, eine Auskunft zu bekommen, diesmal schreiend.

»Ein Unfall. Ziemlich schlimm sogar, verflucht noch mal.« Der alte Mann ließ keinen Zweifel daran aufkommen, das konnte man an seinem Tonfall hören, daß er das alles persönlich nahm. »Zwei Autos sind den steilen Abhang runter. Eines haben sie gerade hochgezogen, eines muß ganz unten liegen. Noch fünfzehn oder zwanzig Minuten dauert's, hat man mir gesagt. Wahrscheinlich wird's 'ne Stunde werden, so wie Mac Perkins mit seinem alten Abschlepper arbeitet.«

David wurde unruhig und versuchte, ein wenig an dem Laster vorbei zu sehen. »Haben Sie die beiden Unfallautos gesehen?« fragte er. Wieder war es offenbar zu leise.

»Hm?«

David stöhnte. »Die Autos«, brüllte er. »Haben Sie die beiden . . . Ach, egal. Könnte ich bitte vorbeifahren?«

»Klar, aber Sie kommen da nicht weiter. Und außerdem brauchen Sie mich auch nicht so anzuschnauzen.« Jetzt wurden ihm plötzlich Davids Fragen bewußt. »Die Autos, sagten Sie? Ob ich die Autos gesehen habe?« David, fast schon verzweifelt, nickte. »Nur das kleine blaue«, rief der Mann ihm zu. »Das ist ja total kaputt.«

David packte mit beiden Händen das Lenkrad. In ihm breitete sich helles Entsetzen aus. Er schloß die Augen, während der Alte seinen Laster aus dem Weg manövrierte. Vor seinem geistigen Auge tauchte das einer Fotografie ähnelnde Bild eines anderen Unfalls auf: Regen, Lichter und die Gesichter von Becky und Ginny, sogar ihre Schreie. Er wollte seine Augen öffnen, um dieses entsetzliche Bild loszuwerden, aber er wußte, daß ihn dann nur ein weiterer Alptraum erwartete. Zweifellos war der blaue Wagen, den der alte Mann gesehen hatte, der von Christine.

»Mister, die Straße ist gesperrt. Es tut mir leid, aber Sie müssen wenden.«

David drehte den Kopf in die Richtung, aus der die Stimme kam. Ein großer, schlanker Polizist stand da. Sein Gesicht glich dem eines Gymnasiasten, was ihn in seiner ehrfurchtsgebietenden blauen Uniform etwas lächerlich erscheinen ließ. David antwortete nicht, denn jetzt konnte er über die Stelle hinausschauen, an der der Laster gestanden hatte. Er konnte eine dichte Ansammlung von Polizeiautos, Abschleppwagen und Krankenwagen erkennen. Dazwischen stand auf Reifen, aus denen die Luft entwichen war, das vollkommen zerbeulte und verbogene Wrack von Christines Mustang.

»Mister? ...« Die Stimme des jungen Polizisten klang besorgt.

Davids Gesicht war aschfahl. »Ich ... ich kenne die Frau, die den Wagen dort gefahren hat«, sagte er mit einer Stimme, die von weit weg zu kommen schien und hohl klang. »Es ist eine ... Bekannte von mir.«

»Mister, ist alles in Ordnung?« Als David nicht antwortete, rief der Polizist einem zu, der vorne auf der Straße stand: »Gus, schick doch mal einen Sanitäter her. Ich glaube, der Typ wird ohnmächtig oder so.« Er öffnete die Tür des Jeeps. In diesem Moment stürzte David heraus und rannte humpelnd zu dem Wagen, ungeachtet der stechenden Schmerzen in seinem Knöchel. Die letzten fünf Meter kam er dann ins Stolpern und schlug heftig an der Wagentür auf. Keuchend streckte er seine Arme über das Dach und hielt sich damit aufrecht. Der Wagen war leer. Die Windschutzscheibe war herausgebrochen und der Motor hatte sich nach hinten fast bis zum Vordersitz geschoben. Ein häßlicher brauner Blutfleck bedeckte einen Teil des blauen Sitzbezugs.

»Verfluchte Scheiße«, heulte er leise vor sich hin. »Verfluchte Scheiße ... Verfluchte Scheiße!« Er sagte das immer lauter, und schließlich schrie er es hinaus.

Einige Männer rannten auf ihn zu. Der Polizist nahm ihn beim Arm.

»Mister, bitte, beruhigen Sie sich«, sagte er mehr bittend als befehlend. Dann ging er mit David an den Straßenrand und half ihm, sich an den Stamm einer halbtoten Birke zu lehnen.

Gleich darauf brachte David wieder ein paar Worte heraus. »W... wo ist ihre Leiche?« stammelte er.

»Was?«

»Ihre Leiche, verdammt noch mal«, schrie er. »Wo habt ihr sie hingebracht?«
Der junge Mann grinste erleichtert. »Mister, es gibt keine Leiche. Jedenfalls nicht aus diesem Wagen.«
David sank auf ein Knie und starrte zu ihm hoch.
»Ein Autofahrer hat die Dame aufgegabelt, als sie die Straße entlangging«, erklärte der Polizist. »Sie ist ziemlich zerbeult, hat einen oder zwei häßliche Kratzer und wahrscheinlich einen gebrochenen Arm, aber tot ist sie deswegen nicht. Könnten Sie sich jetzt so weit beruhigen, daß Sie mir sagen können, wer Sie sind?«

Statt zwanzig Minuten, wie der Polizist gemeint hatte, brauchte David mit dem Jeep fünfunddreißig Minuten, um zum Kensington Community Hospital zu kommen. David war nur kurz am Unfallort geblieben, hatte dabei aber versucht, soviel wie möglich zu erfahren. Daß Christine überlebt hatte, war ein Wunder. Ein Ehepaar hatte sie blutverschmiert und aufgelöst angetroffen, wie sie die Straße entlangwanderte. Später hatte dann das Rettungsteam ihren Mustang gefunden, der fünfzehn Meter unterhalb des Straßenniveaus senkrecht in einem Baum steckte, beinahe eine halbe Meile von dem Ort entfernt, an dem sie aufgegabelt worden war.
David war noch am Unfallort gewesen, als die bis zur Unkenntlichkeit zerquetschte Leiche von Leonard Vincent aus seinem Auto herausgeschweißt worden war und in einen Krankenwagen gebracht wurde. Er hatte diese Szene ohne jede Gefühlsregung beobachtet. In der Aufregung, die sich an der Entdeckung eines Revolvers mit Schalldämpfer und einer Reihe von Messern entzündet hatte, war er dann gefahren. Während der Fahrt zu

dem Krankenhaus spürte er, wie sich erneut Haß in ihm aufstaute — nicht mehr Haß auf Leonard Vincent, sondern auf die, die ihn angeheuert hatten.

Das Krankenhaus war ziemlich neu und sehr klein — es hatte fünfzig Betten oder sogar noch weniger, schätzte David. Er stoppte kurz in der Eingangshalle, um sich einen Überblick zu verschaffen. In der Halle selbst befand sich niemand außer der allgegenwärtigen Praktikantin im lachsfarbenen Kittel, die hinter dem Empfangstisch saß und den Inhalt ihrer Handtasche neu ordnete. Rechts von ihr standen auf einem eindrucksvollen Messingschild die Namen der zwei Dutzend Ärzte des Krankenhauspersonals. Neben jedem Namen war ein kleines gelbes Lämpchen angebracht, das leuchtete, wenn der entsprechende Arzt »im Haus« war. Momentan leuchtete nur eines. Man konnte dem Kensington Community Hospital beim besten Willen nicht vorwerfen, beim Personal übermäßig ausgestattet zu sein, dachte David zynisch.

Der Notaufnahmeflügel war mit schwarzen Buchstaben gekennzeichnet, die über eine automatische Tür geklebt waren. Als sich hinter ihm die Tür schloß, hörte David die Praktikantin fragen: »Kann ich Ihnen irgendwie behilflich sein, Sir?« Er schüttelte den Kopf, ohne sich auch nur die Mühe zu machen, sich umzuschauen.

Die diensthabende Ärztin, eine Inderin mit dunklen, müde wirkenden Augen, kam ihm auf halbem Wege im Korridor entgegen. Sie trug unter ihrem Klinikkittel einen hellorangefarbenen Sari und hatte ein Namensschild des White Memorial, das sie als Dr. T. Ranganathan auswies.

»Verzeihen Sie«, sagte David unruhig, »mein Name ist David Shelton. Ich bin Chirurg im Boston Doctors Hos-

pital. Vor kurzem ist doch wohl eine Bekannte von mir, Christine Beall, hier eingeliefert worden?«
»Ah ja, der Autounfall«, meinte sie in akzentfreiem Englisch. »Ich habe sie mir nur kurz angeschaut. Dann ist Dr. Onge gekommen und ... äh ... hat den Fall übernommen. Das Handgelenk ist gebrochen und möglicherweise auch einige Rippen auf der linken Seite. Ferner hat sie zwei Fleischwunden am Kopf. Als mich Dr. Onge abgelöst hat, schien sie nicht in Lebensgefahr zu schweben. Sie ist dort vorne.« Die Ärztin deutete auf eine der Zimmertüren.
Mit Dr. Onge zusammen waren noch drei weitere Personen bei Christine im Zimmer — eine Schwesternhelferin, der Labortechniker und eine Krankenschwester. David ignorierte sie alle und eilte zum Untersuchungstisch.
»Dr. Onge, mein Name ist Dr. David Shelton«, sagte er, aber er schaute nur Christine an. Sie lag auf der rechten Seite. Man hatte ihr sterile Kopfverbände angelegt. Über dem linken Ohr war ihr ein großes Haarbüschel wegrasiert worden. Die Verbände ließen eine häßliche, acht Zentimeter lange Schnittwunde frei, die schon fast völlig vernäht war.
»David?« Christines Stimme klang wie das einsame Wimmern eines Kindes, das seine Eltern nicht mehr findet.
Er kniete beim Tisch in sicherer Entfernung vom sterilen Bereich nieder. »Ja, Liebes, ich bin's.« Das Beruhigende in seiner Stimme stand in krassem Gegensatz zu der Wut und der Traurigkeit, die er verspürte. »Es ist alles in Ordnung bei dir. Es sind nur ein paar Kratzer, aber sonst ist alles gut.«
»Wir sind jetzt zusammen, nicht wahr?« fragte sie schwach. Mehr als diese wenigen Worte brachte sie nicht heraus.

»Wer zum Teufel sind Sie?« Dr. Onge war mit der Art, wie David sich vorgestellt hatte, offensichtlich nicht einverstanden. Er war ein breitschultriger Mann mit klobigen Händen, seine Sommerbräune hatte sich noch erhalten und seine Kleidung war maßgeschneidert. David schätzte ihn auf fünfzig.
»Oh, tut mir leid«, antwortete David und ging einen Schritt zurück. »Mein Name ist Shelton, David Shelton. Ich bin Chirurg im Boston Doctors. Christine ist eine ... gute Bekannte.«
»Schön, aber momentan ist sie meine Patientin«, knurrte Onge. »Ich bin mir sicher, auch Sie würden es nicht zu gerne sehen, wenn sich jemand in Ihre Arbeit einmischt, auch wenn es ein Kollege von der Chirurgie ist.«
David schluckte herunter, was er sagen wollte, trat einen weiteren Schritt zurück und murmelte: »Tut mir leid. Könnten Sie mir bitte sagen, was ihr fehlt?«
Dr. Onge durchwühlte sein Instrumentensortiment, fand schließlich eine Nadeldose und wandte sich wieder der Schnittwunde zu.
»Sie hat eine weitere tiefe Wunde über der, die ich bereits zugenäht habe. Ihr Arm ist so kaputt, daß Stan Keyes ihn wahrscheinlich im Operationssaal verkürzen muß. Das heißt, vorausgesetzt, er kentert nicht und ertrinkt bei dieser dummen Regatta, an der er heute teilnimmt.«
David straffte sich. »Ist er der einzige Orthopäde hier?«
»Mhm. Aber keine Angst. Glücklicherweise ist er als orthopädischer Chirurg um einiges besser denn als Segler.« Onge lachte in sich hinein. »Der Arm hält schon, bis er zurückkommt.«
David wandte seine Aufmerksamkeit den vier Röntgensichtgeräten an der Wand gegenüber der Tragbahre zu und studierte die Aufnahmen, die von Christines Brust,

Unterleib, Rippen, Unterarm und Schädel gemacht worden waren. Die Fraktur des Unterarms sah schlimm aus, mit vielen Splittern, die aber glücklicherweise nicht bis zum Gelenkbereich vorgedrungen waren. Die Funktionsfähigkeit ihrer Hand war wahrscheinlich nicht eingeschränkt. Er dachte an das ausgezeichnete orthopädische Personal im Boston Doctors Hospital und überlegte sich, ob nicht vielleicht eine Überweisung dorthin möglich sein würde.

David befestigte gerade die vier Röntgenaufnahmen von Christines Schädel wieder an ihrem Platz, als Onge mit dem Zunähen der Fleischwunde fertig war. Der Mann streifte seine Handschuhe mit prahlerischer Grandeur ab und ließ sie auf den Boden fallen. »Richten Sie sich nach einem meiner Standardschemata für Kopfverletzungen, Tammy«, meinte er. »Keyes wird sie wahrscheinlich sowieso übernehmen wollen, wenn er sich mit dem Handgelenk beschäftigt. Noch irgendwelche Fragen, Dr. . . .«

»Shelton«, ergänzte David eisig, streifte an ihm vorbei und kniete sich zu Christine nieder. Der sterile Verband war nun abgenommen, und David konnte somit zum ersten Mal das Ausmaß ihrer Verletzungen erkennen. Trotz des Versuchs, ihre Wunden zu säubern, sah man an Gesicht und Hals immer noch getrocknetes Blut mit feinen Rissen. Fast die gesamte linke Seite ihrer Kopfhaut war rasiert worden, und so waren die beiden üblen Schnittwunden offengelegt. Winzige Glasstückchen glitzerten in ihrem Resthaar. Ihre Oberlippe hatte die Farbe und die Größe einer kleinen Pflaume.

»Christine«, sagte er sanft. »Wie hältst du das alles aus?«

»O David . . .« Ihre Worte klangen wie schmerzvolles, trä-

nenloses Schluchzen. David ballte seine Fäuste und preßte sie gegen die Schenkel.
»Dr. Onge, hat sich schon ein Radiologe mit den Röntgenaufnahmen befaßt?« Er stand absichtlich langsam auf und wandte sich an den Kollegen.
»Noch nicht, nein. Der Radiologe hat frei. Er ist zwar telefonisch erreichbar, wenn es dringend ist, aber in diesem Fall habe ich keinen Grund gesehen, ihn anzurufen, da die Befunde ja offensichtlich...«
»Entschuldigen Sie, Miss«, unterbrach ihn David, »könnte ich bitte ein Otoskop haben. Und wenn Sie schon dabei sind, auch ein Ophthalmoskop.« Die Schwester hatte einen amüsierten Gesichtsausdruck, als sie seiner Anweisung Folge leistete. Onge war sprachlos.
David legte die Spitze des Otoskops in Christines linkes Ohr. Nun fand auch Dr. Onge seine Sprache wieder: »Verdammt, warten Sie mal einen Moment. Diese Frau ist immer noch meine Patientin, und wenn Sie...«
»Nein!« stieß David wütend hervor. »Warten *Sie* mal einen Moment. Diese Frau wird nämlich jetzt nach Boston überwiesen.«
»Na, Sie haben ja Nerven!« Onges Gesicht war tiefrot angelaufen. »Ich werde Sie dafür vor die Gesundheitsbehörde und vor das Berufsgericht der Stadt bringen.«
»Tun Sie das, bitteschön«, ermunterte ihn David. Er gab den Rest der Zurückhaltung, den er noch aufrechterhalten hatte, völlig auf. »Und wenn wir schon einmal dort sind, können wir an Ort und Stelle erörtern, warum Sie zu arrogant waren, um einen Radiologen für die Röntgenaufnahmen zu rufen. Wir können dann auch erörtern, warum Sie die Basisfraktur des Schädels bei zwei Aufnahmen übersehen haben. Schließlich können wir erörtern, warum Sie das Blut hinter dem linken Trom-

melfell, das auf diese Fraktur schließen läßt, übersehen haben. In Ordnung so?« Im Zimmer herrschte peinliches Schweigen. Er senkte die Stimme und wandte sich an die Schwestern. »Könnte eine von Ihnen bitte einen Krankenwagen für uns rufen?«
Die Krankenschwester Tammy zögerte und antwortete dann mit einem unmißverständlichen Leuchten in den Augen: »Ja, Doktor.« Dann eilte sie hinaus. Onge schaute, als würde ihn der Schlag treffen.
David wandte sich an die andere Schwester. »Ich brauche für die Fahrt einige Medikamente und ein paar Instrumente. Ich werde das Zeug dann mit dem Krankenwagen zurückschicken. Könnten Sie inzwischen bitte eine Ringerlösung als Infusion anlegen? Fünfzig Kubik pro Stunde.«
»Ich werde Ihren Kopf dafür fordern, Shelton«, zischte Onge und stolzierte davon.
David benutzte das Telefon der Schwesternstation, um Dr. Armstrong anzurufen. Während er wählte, hörte er vom Personal in Christines Zimmer Kichern und unterdrücktes beifälliges Gemurmel.
»David, ich habe mir große Sorgen um Sie gemacht«, sagte Dr. Armstrong. »Was ist los? Ist bei Ihnen alles in Ordnung?«
»Mir geht es gut, Dr. Armstrong, wirklich«, antwortete er. »Aber Christine Beall nicht. Erinnern Sie sich an sie? Sie ist Krankenschwester auf Vier Süd.«
»Ich glaube ... doch, selbstverständlich. Ein nettes Mädchen. Was ist los mit ihr?«
»Sie hatte einen Unfall, einen Autounfall. Wir sind jetzt im Kensington Community Hospital, aber ich kümmere mich gerade darum, daß sie zum Doctors Hospital überwiesen wird. Könnten wir uns dort treffen, und Sie ihre

Behandlung übernehmen? Sie hat eine Fraktur am Arm, einen Schädelbasisbruch und ein Brusttrauma. Wahrscheinlich werden Sie da der Schiedsrichter für eine ganze Reihe beratender Kollegen sein dürfen. Wollen Sie das tun?«

»Selbstverständlich«, antwortete Dr. Armstrong. »Sind Sie sicher, daß die Fahrt kein Problem für sie ist?«

»Einen Versuch ist es jedenfalls wert, schon deswegen, weil sie dann von hier wegkommt und weil Sie auf sie warten. Ich habe eine Menge mit Ihnen zu besprechen, aber das kann alles zurückstehen, bis Sie Christine übernommen haben. Wir werden in knapp einer Stunde dort sein.«

»Das ist schön«, sagte Dr. Armstrong sanft. »Ich werde auf Sie warten.«

KAPITEL XXII

Auf Davids Anweisung hin fuhr der Krankenwagen mit beständigen fünfzig Meilen pro Stunde, ohne Blaulicht und Sirene. Die fünfundfünfzig Minuten der Fahrt erschienen ihm wie eine Ewigkeit, aber die geringe Zeitersparnis einer Raserei mit Blaulicht und Sirene wog das Risiko eines dann möglichen schweren Unfalls nicht auf.

Während der Fahrt wurde Christine mehrere Male ohnmächtig. David, der rechts von ihr saß, überprüfte systematisch ihren Puls, ihre Atmung, den Blutdruck und die Größe der Pupillen, um nichts zu übersehen, was auf eine Steigerung des Druckes gegen ihr Gehirn andeutete. Wenn es eine bedeutsame Steigerung gäbe, die entweder aus der Blutung oder den Schwellungen resultierte, würde er nur wenige Minuten Zeit haben, um diesem Prozeß entgegenzuwirken; ein dauerhafter Schaden wäre sonst die Folge.

Die Spannung in ihm war unerträglich. Er war gegenüber Dr. Onge sehr entschieden aufgetreten, aber war er da nicht zu voreilig gewesen? Dieser Gedanke quälte ihn. Jede Verschlimmerung ihres Zustandes war nämlich im fahrenden Krankenwagen unvergleichbar schwieriger zu bekämpfen als in einem Krankenhaus. Es war dies eine Entscheidung von der Art gewesen, wie er sie erst nach jahrelanger Praxis zu treffen gewagt hatte — eine Entscheidung von der Art, die er inzwischen schon oft getroffen hatte. Aber dieses Mal war alles anders.

»Christine?« Er drückte ihre Hand. Sie reagierte nicht. »Überprüfen wir noch einmal die Instrumente«, sagte er zu dem Sanitäter neben sich. Als David es nicht sehen konnte, schüttelte der Mann, früher einmal Soldat in Vietnam, verzweifelt den Kopf. Es war ja schon genug, daß das das erste Mal war, daß er Instrumente dabei hatte, um ein Loch in die Schädeldecke zu bohren, aber das war nun schon das dritte Mal, daß er von David gebeten wurde, die Instrumente zu überprüfen.

Zufällig konnte Christine hören, wie David mit dem Rücken zu ihr die Liste der Instrumente und Medikamente flüsternd durchging. Der Sanitäter hielt dann jedesmal den entsprechenden Gegenstand hoch oder zeigte an, daß er genau wußte, wo er sich befand: Da waren die Skalpelle, die Bohrerspitzen, das Betäubungsmittel, das Laryngoskop, einige Tubusse, der Beatmungsbeutel, Adrenalin, Cortison, die Saugkatheter und eine Intrakardialnadel — sie waren auf das Schlimmste vorbereitet.

Sehr widerwillig wandte sich David dann von Christine wieder ab und fragte, wie weit es noch bis zum Krankenhaus sei. Es waren noch fünfzehn Meilen, aber er versuchte erst gar nicht, diese Information zu verarbeiten.

»Puls: Einhundertzehn, beständig; Atmung: Zwanzig; Blutdruck: Einhundertsechzig zu sechzig; Pupillen: Vier Millimeter, seitengleich und reagierend.« Er rasselte diese Angaben alle zwei Minuten herunter. Pflichtbewußt wiederholte sie der Sanitäter und schrieb sie nieder. Weder erzählten sich die beiden Männer dazwischen irgend etwas Vergnügliches, noch gab es irgendeine ande-

re Form der Kommunikation außer der alle zwei Minuten erfolgenden Zahlenangabe: Puls ... Atmung ... Blutdruck ... Pupillen.
Als sie in die Vororte von Boston kamen, nahm die Spannung zu. David rutschte ständig hin und her, untersuchte Christine wieder und wieder und rüttelte sie bisweilen wach. Der Sanitäter, der jetzt auch allmählich nervös wurde, fingerte an den Notfallinstrumenten herum. Der Fahrer, ein stämmiger junger Mann mit dichten braunen Locken, brummte ein Paar Worte in das Sprechfunkgerät und spielte mit den Schaltern für Blaulicht und Sirene. Sie hatten nicht mehr weit zu fahren. Wenn es hinten irgendwelche Probleme geben würde, würde er losrasen, ganz egal, ob ihm der Doktor eine Anweisung geben würde oder nicht.
Dann hatten sie auf einmal die Fahrt hinter sich. Der Krankenwagen wendete und fuhr rückwärts auf die angehobene Empfangsplattform zu. Die Hintertüren wurden aufgerissen. Eine Krankenschwester eilte in den Krankenwagen und machte sich nach einem schnellen Blick auf Christine am Infusionsbeutel zu schaffen. Ein Pfleger kam gleich hinter ihr und packte die zusammenklappbare Trage an der Seite. Ein kurzes Nicken des Sanitäters, und schon waren sie wieder weg. Die Krankenschwester hielt den Infusionsbeutel hoch und hatte Mühe, mit dem Tempo mitzuhalten.
David wollte schon folgen, sank dann aber wieder auf seinen Sitz zurück. Er sah kurz, wie Margaret Armstrong dem Personal auf halbem Wege auf der Zementplattform entgegenkam und Christine bereits zu untersuchen begann, als sie noch nicht einmal den Klinikeingang erreicht hatten. Sie hatte ihren weißen Klinikkittel aufgeknöpft; er flog hinter ihr her wie der Umhang einer

Königin. Jede ihrer Bewegungen, ihr ganzes Auftreten vermittelten überlegtes Handeln und Kompetenz.
Sie hatten es geschafft. Sie waren da. Die Entscheidung, hierher zu kommen, hatte sich bewährt. David begann vor Erleichterung zu zittern.
Er kämpfte sich durch die bevölkerte Empfangshalle und den Triagebereich zur Unfallabteilung vorwärts. Ob es stimmte oder ob er es sich nur einbildete, er hatte das Gefühl, als würde ihn jedermann anstarren — Personal und Patienten. Er war der Phönix aus der Asche oder wie Lazarus von den Toten auferstanden.
Als er zu Zimmer 12 der Unfallabteilung kam, hielt er an und sah hinein. Das Zimmer war leer. Es fröstelte ihn, als er daran dachte, wie er Leonard Vincents Messer an seinem Hals gespürt hatte. Dann dachte er an Rosetti. Sobald Christine nicht mehr in Gefahr war und er mit Dr. Armstrong gesprochen hatte, würde er zu Terry gehen.
Als David sich Zimmer 1 näherte, kam Dr. Armstrong heraus und winkte ihn hinein. Christine war wach. Obwohl jede Menge Weißkittel da waren — diensthabende Ärzte, technisches Personal und Krankenschwestern — trafen sich ihre Blicke. Christines Augen waren in ihre Höhlen gesunken; in ihnen konnte David zunächst nur Schmerz erkennen. Als er dann aber näher kam, sah er darin ein Aufflackern von Energie. Ihre geschwollenen, verfärbten Lippen zogen sich fest zusammen — sie versuchte ein Lächeln.
»Wir haben es geschafft«, flüsterte sie. David nickte. »Jetzt mußt du mir keine Löcher mehr in den Kopf bohren.«
David sah sie groß an. »Du warst während der Fahrt wach?«

»Wach genug«, brachte sie heraus. »Ich ... ich bin froh, daß wir hier sind.«
Sie schloß die Augen. Ein spindeldürrer Assistenzarzt von der chirurgischen Abteilung kam herein, betupfte sie oberhalb des Brustkorbs mit einem antiseptischen Mittel und bereitete eine intravenöse Spritze vor. Als der Arzt die Nadel unterhalb von Christines Schlüsselbein einführte, zog David eine Grimasse und wandte sich ab. Er schaute jetzt in das Gesicht von Margaret Armstrong, die etwas mehr als einen Meter hinter ihm stand und ruhig das Geschehene verfolgte.
»David, ich bin so erleichtert, daß Sie in Ordnung sind«, meinte sie. »Die Geschichten, die man sich so über Sie nach Ihrem kurzen Aufenthalt hier erzählt hat, konnten einem ganz schön Angst einjagen.«
»Es gehen in diesem Krankenhaus schlimme Dinge vor — vielleicht mehr in einer ganzen Anzahl von Krankenhäusern. Ich habe eine Menge mit Ihnen zu besprechen, Dr. Armstrong«, meinte David. Dann blickte er über die Schulter auf den Arzt, der in aller Ruhe den Plastikkatheter für die Infusion anlegte, indem er ihn mit einem Stich an der Haut von Christines Brust befestigte. »Was geschieht jetzt mit Christine?«
»Nun«, antwortete Dr. Armstrong und führte ihn aus dem Zimmer, »ich werde Sie sehr sorgfältig untersuchen lassen, sobald sich die Leute aus ihrem Zimmer entfernt haben. Mein erster Eindruck entspricht ungefähr dem Ihren. Sie hat auf jeden Fall eine Schädelfraktur und hinter dem Trommelfell etwas Blut, aber sie scheint mir neurologisch stabil zu sein. Ich habe sowohl einen Neurochirurgen als auch einen Orthopäden zur Hand, aber ich denke, daß wir mit dem Handgelenk etwas warten, bis wir sie ein wenig beobachtet haben. Der Neurochirurg heißt Ivan

Rudnick. Kennen Sie ihn?« David nickte. Rudnick war der beste vom Personal, wenn nicht von der ganzen Stadt. »Also, Ivan wird sie sich ansehen und sobald wie möglich eine Computertomografie machen. Wenn es keinen Hinweis auf aktives Bluten gibt, werden wir warten und hoffen.«

»Was ist mit ihrem Thoraxtrauma?« fragte David.

»Soweit ich das beurteilen kann, ist das kein Problem. Das EKG weist auf keine Herzverletzungen hin. Eine ausgedehntere Untersuchung von mir müßte das eigentlich bestätigen.«

»Dr. Armstrong, ich bin Ihnen wirklich dankbar dafür, wie Sie die Behandlung durchführen.«

»Unsinn«, meinte sie. »Ich kann Ihnen gar nicht sagen, wie sehr es mir schmeichelt und wie es mich freut, daß Sie mich gebeten haben, die Behandlung zu übernehmen. Übrigens«, fügte sie hinzu, »da fällt mir ein, es gibt da ein kleines Problem.«

»Ja?« Davids Augen wurden schmal.

»Nichts Schwieriges, David, aber wir haben keine Betten mehr auf Intensiv. Kein einziges. Vielleicht können wir einen Patienten verlegen, der gerade operiert worden ist, aber da habe ich meine Zweifel, weil er nicht sehr stabil ist. Daher wäre es mir lieber, wenn wir Christine auf ein Stockwerk brächten. Auf Vier Süd ist ein Privatzimmer frei. Ich bin mir sicher, daß sich die Mädchen dort um sie intensiver kümmern werden als das irgendwo anders der Fall wäre, inklusive der Intensivstation. Sie wird dort hinauf verlegt, sobald es möglich ist.«

»Das klingt gut«, meinte David. »Wenn die Schwestern dort nichts dagegen haben, werde ich mich auch dort aufhalten und tun, was ich kann, um beim Beobachten zu helfen. Das heißt natürlich, nachdem wir beide uns unterhalten haben.«

»Ja«, sagte Dr. Armstrong distanziert.

»Schön, dann führen Sie nur Ihre Untersuchung zu Ende. Ich warte inzwischen im Ärztezimmer, bis Sie Zeit für unsere Unterhaltung haben. Übrigens, in welches Zimmer wird sie eigentlich verlegt?«

»Wie bitte?«

»Welches Zimmer?« fragte David. »In welches Zimmer wird sie verlegt?«

»Ah ja, äh, hier steht es. Vierhundertzwölf. Vier Süd, Zimmer vierhundertzwölf.« Die Kardiologin lächelte und verschwand dann in Zimmer 1.

Vierhundertzwölf! David hatte das Gefühl, als hätte er einen Kloß im Hals, und schluckte. Das Zimmer von Charlotte Thomas! Es war der erste Schritt auf der blutigen Straße, die durch ein Land des Wahnsinns führte. Er bekämpfte sein abergläubisches Gefühl und versuchte, sich statt dessen diese Ironie des Schicksals vorzustellen. Zimmer 412 würde nun zum Ausgangspunkt ihres Kampfes gegen den Schwesternbund werden. Dieser Gedanke wirkte immerhin so, daß er nicht zu Dr. Armstrong zurückrannte und ein anderes Zimmer verlangte. Er ging statt dessen durch den Triagebereich zum Ärztezimmer und machte es sich dort mit einer Ausgabe der Monatszeitschrift MEDICAL ECONOMICS bequem. Der Leitartikel hatte die Überschrift: »Zehn Steuerschlupflöcher, die möglicherweise nicht einmal Ihr Buchhalter kennt.« Noch bevor er sich mit Schlupfloch Nummer Eins befaßt hatte, war David eingeschlafen.

Eine Stunde später riß ihn das Telefon über ihm aus einer Reihe fürchterlicher Träume — Charlottes Herzstillstand und all die darauffolgenden bizarren Ereignisse spielten dabei die Hauptrolle; alle Personen, die daran beteiligt waren, kamen darin vor, ausgenommen Christi-

ne, die immer wieder auf grausamste Art und Weise starb.
Seine Kleidung war unangenehm feucht. Er hatte gewisse Schwierigkeiten zu sprechen, da es ihn in der Kehle wie Sandpapier kratzte.
»Bereitschaftszimmer, Shelton«, krächzte er heiser in den Hörer.
»David? Margaret Armstrong am Apparat. Habe ich Sie aufgeweckt?«
»Nein, vielmehr ja. Das heißt, ich habe nicht gerade ...«
»Also«, unterbrach sie ihn, »unsere Christine ist sicher in ihrem neuen Zimmer gelandet. Ansonsten kann ich über ihren Zustand nichts Neues berichten, was wir nicht schon wüßten. Ich denke, sie wird es schaffen.«
»Wunderbar.«
»Ja ... so ist es.« Dr. Armstrong machte eine Pause. »Sie sagten, Sie möchten mit mir sprechen?«
»O ja, das möchte ich. Das heißt, wenn Sie ...«
»Jetzt würde es mir ausgezeichnet passen«, unterbrach sie ihn erneut. »Ich bin in meinem Büro — nicht in dem im Verwaltungsturm, sondern in dem von Nord Zwei.«
»Ich weiß, wo es ist«, meinte David, der inzwischen wieder ganz wach war. »Ich werde in fünf Minuten dort sein.«

Das kardiologische Untersuchungslabor diente zugleich als Margaret Armstrongs Büro »im Haus«.
David klopfte einmal an die Tür, auf der BELASTUNGSTESTS stand, und ging dann hinein. Das kleine und bequeme Wartezimmer war leer. Er zögerte und rief dann: »Dr. Armstrong? Ich bin es, David.«
»David, kommen Sie herein.« Die Türe zum Labor ging

auf und Dr. Armstrong stand da. »Ich habe uns gerade einen Kaffee gemacht.«

Als er an der Stelle vorbeiging, wo sie eben gestanden hatte, konnte David deutlich einen Schnapsgeruch wahrnehmen.

Instinktiv blickte er auf seine Armbanduhr. Es war noch nicht einmal dreizehn Uhr. Er versuchte sich irgendwie zu erklären, warum die Chefärztin der Kardiologie unter solchen Umständen trank, noch dazu zu dieser Tageszeit. Aber er fand keine vernünftige Erklärung. Trotzdem, die Ärztin schien sich unter Kontrolle zu haben. Momentan zumindest verdrängte er diese Gedanken.

Das Labor war geräumig und gut ausgerüstet. Einige Heimtrainer standen im Raum herum, ein jeder war an eine Reihe von Untersuchungsinstrumenten angeschlossen. Die erforderliche Notfallausrüstung und der Defibrillator waren unauffällig an der Seite plaziert — das war geschehen, wie David wußte, um Patienten nicht zusätzlich zu belasten, wenn sie schon wegen der Herztests nervös waren.

Ein Teil des Raumes wurde als Konferenzraum genutzt. Um einen niedrigen Rundtisch herum standen ein gepolsterter Sessel aus Ahornholz und mehrere Stühle mit harten Lehnen. Dr. Armstrong bot David den Sessel an und holte dann die Kaffeekanne und zwei Tassen. Sie schien deprimiert zu sein. So hatte sie David überhaupt noch nicht gesehen.

»Sie sind anscheinend müde«, meinte er. » Wenn Sie lieber später mit mir sprechen wollen, könnte ich ...«

»Nein, nein. Es geht schon«, sagte sie eine Spur zu heftig. »Verwaltungsgeschichten, wissen Sie. Zur Abwechslung möchte ich mich jetzt einmal zurücklehnen und zuhören. Ich schenke uns erst einmal einen Kaffee ein,

dann können Sie Ihre Chronik der Ereignisse loswerden.«
Sie schob ihm ein Döschen Kaffeesahne hin, aber er schüttelte den Kopf. »Wo soll ich nur beginnen?« meinte er und nippte ein wenig vom Kaffee, um zu überlegen.
»Mit dem Anfang?« Sie ermunterte ihn mit einem freundlichen Lächeln.
»Mit dem Anfang, stimmt. Also, ich meine, es fängt damit an, daß nicht ich Charlotte Thomas das Morphium gegeben habe, sondern Christine.« Er nippte erneut am Kaffee. »Dr. Armstrong, was ich Ihnen sagen will, ist unglaublich und möglicherweise eine hochexplosive Angelegenheit. Christine und ich haben beschlossen, Sie einzuweihen, weil ... nun, weil wir uns davon erhoffen, daß Sie Ihre Position und Ihren Einfluß nutzen, um uns zu helfen.«
»David, Sie wissen, daß ich Ihnen voll und ganz zur Verfügung stehe.« Sie lehnte sich nach vorne, damit er an ihren Augen sehen konnte, daß sie ihm Rückhalt zu geben bereit war.
Kurz darauf war er schon mitten in der Geschichte von Charlotte Thomas, ihrem Tod und dem Schwesternbund.
Am Anfang ermutigte Dr. Armstrong ihn noch mit Nicken, ermunternden Gesten und Lächeln und unterbrach ihn nur gelegentlich, um einen bestimmten Punkt zu klären. Bald jedoch wurde sie steifer und ihr Blick teilnahmsloser. Ganz allmählich erlosch die einladende Wärme in ihren blauen Augen, und schließlich blickte sie ausgesprochen kalt. Trotzdem erzählte David weiter; die Erleichterung, sich dieses entsetzliche Geheimnis vom Herzen reden zu können, das bis jetzt, als einziger Außenstehender, nur er kannte, spornte ihn an. Erst

nach einer halben Stunde bemerkte er die Veränderung an ihr.

»Stimmt ... stimmt etwas nicht?« fragte er.

Ohne eine Antwort zu geben, stand die Chefärztin auf und ging unsicher zu einem Telefon, das am anderen Ende des Labors auf einem Tischchen stand. Nach einem kurzen, leisen Gespräch kam sie wieder schwerfällig zurück und ließ sich in einen Stuhl am Tisch ihm gegenüber fallen. Ganz plötzlich machte sie einen ziemlich gebrechlichen Eindruck und schien um Jahre gealtert zu sein.

»David«, meinte sie ernst, »haben Sie darüber schon mit irgend jemand anderem gesprochen?«

»Nein, eben nicht. Ich habe Ihnen das schon vorher gesagt. Wir erhoffen uns von diesem Gespräch, daß Sie uns helfen, ohne daß wir die Poliz...«

»Ich möchte, daß Sie noch einmal von vorne beginnen. Es gibt da einige Punkte, die Sie mir noch genauer erklären müssen.«

»Chris, sind Sie wach? Können Sie mich hören?«

Die Stimme schien aus weiter Ferne zu kommen. Christine öffnete die Augen, blinzelte einige Male und versuchte sich dann zu konzentrieren. Sie stellte fest, daß ihr die Krankenschwester bekannt war, aber sie konnte ihre Gesichtszüge nur verschwommen wahrnehmen. Nun versuchte sie, sich auf die Seite zu drehen. Das war jedoch nicht möglich, weil es Wellen von Übelkeit und einen unerträglichen Druck im Kopf verursachte. Das Zimmer selbst war dunkel, aber sie konnte nicht einmal das Licht aus dem Korridor aushalten. »Ich bin wach«, antwortete sie. »Meine Augen vertragen das Licht nicht.« Langsam schloß sie die Augen wieder.

»Chris, Dr. Armstrong hat angeordnet, daß Ihre Pupillen jede Stunde untersucht werden. Ich werde das so schnell wie möglich machen.«
Christine spürte auf ihrem rechten Auge den Finger der Schwester und dann einen brennenden Schmerz, als der Lichtstrahl der Stablampe ihre Pupille traf. Eine kurze Pause, und dann folgte dieselbe Prozedur auf dem linken Auge. Sie versuchte ihre Hände zu heben, aber sie bewegten sich nicht. War sie angeschnallt? Besonders ihr rechter Arm fühlte sich taub und schwer an. Einen Augenblick lang befürchtete sie, daß sie keinen rechten Arm mehr habe. Dann aber erinnerte sie sich an den Befund von Dr. Armstrong, daß ihr Arm gebrochen sei. Sie legte ihren Kopf wieder auf das Kissen und zwang sich, sich zu entspannen.
»Hören Sie mal, ich werde Sie jetzt eine Zeitlang schlafen lassen«, sagte die Schwester. »In etwa zwanzig Minuten ist eine neue Infusion fällig. Ich werde Sie dann wieder aufwecken. Wir können dann auch versuchen, weitere Glassplitter aus dem Haar zu entfernen. Ja?«
Christine nickte, so gut sie konnte. »Hey, das habe ich fast vergessen. Sie sind noch nicht einmal ein paar Stunden im Krankenhaus, und schon schenkt man Ihnen Blumen. Sie wurden vor ein paar Minuten abgegeben und sind wunderschön. Ich werde Sie hier auf den Tisch stellen. Ich weiß, Sie können sie nicht sehen, aber vielleicht sieht das heute abend schon anders aus. Eine Karte liegt auch bei. Wollen Sie, daß ich sie vorlese?«
»Ja, bitte«, antwortete Christine schwach.
»Da steht: Beste Wünsche für eine baldige Genesung, Dahlia.«
Dahlia? Die Schmerzen und der Druck in ihrem Gehirn

machten es ihr schwer, sich zu konzentrieren. »Aber ... ich ... kenne ... keine ... Dahlia«, preßte sie hervor. Doch die Schwester war bereits gegangen.

»David, dieser Killer, dieser ... dieser Vincent — Sie müssen mir noch einmal sagen, wie er Sie Ihrer Meinung nach in der Notaufnahme gefunden und schließlich auch Ihren Freund aufgespürt hat.«
David spielte mit einer Zeitschrift, ließ sie dann auf den Kaffeetisch fallen und rieb sich die Augen. Was für ihn als langersehnte Entlastung begonnen hatte, war nun schon fast zu einer Art Verhör ausgeartet. Dr. Armstrong fragte nach jeder auch noch so unscheinbaren Einzelheit. Er verlor ein wenig sein inneres Gleichgewicht, war verblüfft und fühlte sich schon beinahe bedroht von der Hartnäckigkeit ihrer Fragen und der Spannung in ihrer Stimme.
»Hören Sie«, begann er. Er versuchte nun auch nicht mehr länger zu verbergen, daß er allmählich hellhörig wurde. »Ich habe Ihnen doch alles bereits erzählt, was ich weiß. Zweimal schon. Meine Theorie, wie Vincent zunächst Ben, dann mich und schließlich Joey aufgespürt hat, ist eben nur eine Theorie. Dr. Armstrong, ich weiß, daß hier etwas gespielt wird. Irgend etwas von dem, das ich erzählt habe, hat Sie aus der Fassung gebracht. Ich werde nichts mehr sagen, wenn Sie nicht mit der Sprache herausrücken. Also, was ist los?«
Ihr Blick war eiskalt. »Junger Mann, vieles von dem, was Sie mir erzählt haben, ist schlicht unmöglich, ja absurd. Es handelt sich dabei um eine Reihe von Fehlschlüssen und irrigen Annahmen, die viele unschuldige Menschen ins Unglück stürzen würden.« David starrte sie ungläubig an. »Sie wirbeln unnötig Staub auf, weil Sie

das Ganze nicht begreifen können. Dieser sogenannte Killer, den Sie da beschrieben haben — unmöglich, daß er etwas mit dem Schwesternbund zu tun hat.«

»Aber . . .«

»Unmöglich, sage ich!« Sie brüllte jetzt.

»Was ist hier unmöglich?« David und die Chefärztin wandten sich gleichzeitig zur Tür um. Das stand Dotty Dalrymple, die in aller Ruhe die beiden beobachtete. Sie hatte die Hände in die Taschen ihrer Schwesternuniform gesteckt. Davids Haut prickelte, als er sie sah.

»O Dorothy, ich bin froh, daß du so schnell kommen konntest.« Dr. Armstrongs Stimme klang spannungsgeladen, aber doch gesetzt. »Ich habe dich angerufen, weil mir Dr. Shelton hier gerade eine ganz absurde Geschichte über den Schwesternbund, angeheuerte Killer und —«

»Ich weiß schon, was er erzählt hat«, unterbrach Dalrymple sie. Ihr Gesicht wurde durch den Ansatz eines Lächelns aufgebläht. »Ich weiß sehr gut, was er erzählt hat.« Sie hob ihre rechte Hand. Fast völlig versteckt in ihrer fleischigen Faust lag ein kleiner Revolver.

»Bitte . . . das Licht ausmachen.« Christine spürte die Helligkeit sogar bei fest geschlossenen Augen.

Zwei Frauen — eine Krankenschwester und eine Pflegehelferin — zupften mit Pinzetten Glassplitter aus ihrem Haar. »Schön, Chris«, sagte eine von beiden. »Ich denke, wir haben Sie jetzt genug belästigt. Ich muß Sie in vierzig Minuten wieder aufwecken. Dann könnten wir ein bißchen weitermachen. In Ordnung?« Sie schaltete das Licht an der Decke wieder aus. »Einen Moment noch. Tut mir leid, aber ich muß das Licht noch einmal für ein paar Sekunden einschalten, um die neue Infusion anzulegen.«

»Auf Ihrer Speisekarte war erstklassiger Rippenspeer und Fasan, aber da Sie nicht angekreuzt haben, haben wir uns entschlossen, Ihnen die Spezialität unseres Hauses zu servieren: Dextrose und Wasser.«

Ein zehn Sekunden dauernder Lichtschock, und dann war es wieder dunkel im Zimmer. Christine versuchte, das Pochen in ihrem Schädel zu ignorieren.

»Übrigens«, fügte die Schwester hinzu, »vor einigen Minuten war unsere Tweedledum hier auf dem Stockwerk. Sie hat uns alle in den Konferenzraum gelotst und uns den Marsch geblasen. Köpfe würden rollen, wenn Sie keine erstklassige Behandlung bekämen. Als ob wir etwas anderes im Sinn hätten. Also dann . . . bis später.«

Christine hörte, wie die Schwester ging. Tweedledum! Eine Zeitlang versuchte sie verzweifelt, diesen Namen einzuordnen. Dann fiel es ihr ein: Dalrymple! Plötzlich ging ihr alles Mögliche durch den Kopf. Dalrymple, wie sie sich abschätzig über David geäußert hatte, Dalrymple, wie sie ihren Bestechungsversuch gemacht hatte. Sie strengte sich sehr an, das alles zu verstehen. Ihr Gehirn arbeitete aber ausgesprochen schwerfällig, da das Gewebe gequetscht und geschwollen war. In ihrem Innersten begann sie allmählich etwas zu ahnen, was das Pochen in ihrem Kopf, das sowieso schon unerträglich war, noch verschlimmerte. Dalrymple! War sie vielleicht für alles verantwortlich? Das machte einfach keinen Sinn. Das einzige, was jetzt sinnvoll erschien, war ein Gespräch mit David. Sie mußte unbedingt mit ihm sprechen. Deshalb versuchte sie sich so zu drehen, daß sie an das Telefon am Bett kommen konnte. Schließlich schaffte sie es, mit ihrer freien Hand das Telefon zu be-

rühren. Aber sie konnte den Hörer nicht richtig packen. Klappernd fiel der Hörer zu Boden.
Sie suchte nach dem Rufknopf. Irgendwo mußte er sein. Aber wo? Wo, hatten sie ihr gesagt, war er?
Aus der Dunkelheit über ihrem Bett tröpfelte die intravenöse Infusionslösung unerbittlich aus dem Plastikbeutel durch das Röhrchen in ihre Brust.
Christine kämpfte mit ihrem Bettzeug, um an den Rufknopf zu kommen. Da aber ließen ihre Schmerzen nach. Sie spürte, wie sich in ihr eine äußerst unangenehme Wärme breitmachte. Dotty Dalrymple hatte nicht mehr benötigt, als dreißig Sekunden in der Schwesternstation allein zu sein.
David ... laß David rufen. Christine mußte sich anstrengen, ihre Willenskraft nicht zu verlieren. Die Augenlider fielen ihr zu und ließen sich nicht mehr öffnen. Es ist noch so viel zu tun, dachte sie noch. David ... der Schwesternbund ... so viel zu tun. Dann sank ihr Kopf auf das Kissen zurück. Ihre Hand entspannte sich und fiel zur Seite. Plötzlich war alles egal, völlig egal.
Eine Zeitlang hörte sie noch dem seltsamen Summen im Zimmer zu. Dann seufzte sie unhörbar und ergab sich widerstandslos der heraufziehenden Ohnmacht.

Dalrymple verwies Dr. Armstrong auf den Stuhl neben David. Aus ihren braunen Augen blitzte gegen sie beide der blanke Haß. Ihre fleischigen Finger verkrampften sich nervös am Abzug.
»Dorothy, bitte«, bat Dr. Armstrong. »Wir haben doch schon so viel geschafft, so vieles gemeinsam erlitten. Du bist nur etwas übermüdet. Vielleicht ...«
»O Peggy, lehn dich zurück und halt den Mund«, fuhr sie sie an

David blickte zu Dr. Armstrong: »Sie sind Peggy? Aber Sie sind doch ...«
»Ärztin?« ergänzte Armstrong. »Das waren ein paar Jahre Studium zusätzlich, mehr nicht. Glauben Sie mir, die Schwesternschule war mindestens genauso schwer.« Sie wandte sich erneut Dalrymple zu: »Dorothy, du weißt, ich stehe zu dir.«
»Wirklich? Stehst du überhaupt zu irgend jemandem außer dir selbst? Nicht du hast die Beall besucht. Es ist auch nicht dein Name, den die Beall mit dem Schwesternbund verknüpft. Es ist auch nicht dein Leben, das den Bach hinuntergeht, wenn die Beall die Polizei informiert. Das alles berührt mich viel zu sehr, um einfach dasitzen zu können und nur zuzuschauen.«
»Dann ... dann hast du das tatsächlich getan? Einen Killer angeheuert?« Dalrymple nickte. »Dorothy, wie konntest du das nur tun?«
»Versuch bloß nicht, anmaßend zu werden. Unser Spiel heißt doch töten, oder? Das hast du mir beigebracht. Dabei ziehst du deine Grenze und ich meine. Du hast sehr bereitwillig Rezepte gefälscht und Shelton geopfert, um deinen wertvollen Geheimbund zu schützen. Ich möchte wetten, daß du genau dasselbe gemacht hättest wie ich, um deine Haut zu retten, wenn *du* zur Beall hättest gehen müssen — wenn es deinen Kopf kosten würde.«
Dr. Armstrong wollte einen Einwand erheben, aber Dalrymple brachte sie zum Schweigen, indem sie ihr einen leichten Schlag mit dem Revolver versetzte. Dann griff sie in ihre Tasche und holte eine große Spritze heraus, die bis oben gefüllt war. Sie blickte prüfend auf ihre Uhr. »Zwei Uhr«, sagte sie. »Wenn meine Schwestern so fleißig sind, wie ich ihnen das beigebracht habe, müßte die

Infusion, die du für Miss Beall angeordnet hast, schon angelegt sein.«
Das war das Todesurteil für Christine! David starrte panisch auf Dotty Dalrymple. »Was haben Sie ihr gegeben?« Er wollte aufspringen und suchte nach einer Möglichkeit, zu entkommen, und sei sie noch so klein.
Dotty Dalrymple bemerkte das und fuchtelte mit dem Revolver vor seinem Gesicht herum. »Es ist zwecklos, irgend etwas zu unternehmen.« Dann blickte sie erneut auf ihre Uhr. »Es ist sowieso schon zu spät.« Sie legte die Spritze vor ihn auf den Tisch. »Ihr habt die Wahl zwischen Mord und Selbstmord«, meinte sie ruhig. »Mir ist es völlig egal, wer das eine und wer das andere wählt. Wichtig ist nur, daß die Polizei das abnimmt. Doktor, wählen Sie: die Nadel oder eine Kugel. Da Sie ein scharfsinniger Klinikarzt sind, denke ich mir, daß Sie durchaus einschätzen können, daß das eine erheblich schmerzhafter ist als das andere.«
»Dotty, bitte, du weißt ja nicht, was du tust«, flehte Dr. Armstrong und erhob sich vom Stuhl, um Dotty Dalrymples freie Hand zu packen. Aber noch bevor David reagieren konnte, entzog sich die Oberschwester dem Griff, holte kräftig aus und versetzte der Chefärztin mit der Rückhand einen kräftigen Schlag voll auf die linke Gesichtshälfte. Mit einem hörbaren Knacken ging Dr. Armstrongs linker Backenknochen in Trümmer. Der schlanke Körper der Ärztin flog durch das Zimmer und krachte etwa fünf Meter weiter hinten gegen die Wand.
Dotty Dalrymple hatte ihren Revolver noch immer auf die Stelle zwischen Davids Augen gerichtet und schaute über ihre Schulter auf die zusammengesackte Dr. Armstrong. »Ich hab es mir schon lange gewünscht, das einmal zu tun.« Sie lächelte. »Doktor, Sie müssen jetzt Ihre

Wahl treffen.« Dann ging sie um den Tisch und verschaffte sich dabei mit ihrem massigen Bein Platz, indem Sie den Tisch auf die Seite schob. Jetzt war die Mündung ihres Revolvers nur mehr dreißig Zentimeter von seiner Stirn entfernt. Sie bot ihm die Spritze an. »Bitte wählen Sie«, drängte sie ihn leise.

David starrte sie an, aber aus den Augenwinkeln registrierte er eine Bewegung. Margaret Armstrong schlich auf Händen und Knien über den Boden heran. David zwang sich verzweifelt, mit Dotty Dalrymple in Augenkontakt zu bleiben.

»Also?« fragte die Oberschwester. »Meine Geduld ist allmählich zu Ende.«

David nahm die Spritze und betrachtete sie. »Ich ... ich glaube, ich kann es nicht ohne Stauschlauch machen«, meinte er, um Zeit zu gewinnen. Als Dalrymple nun auf seinen Arm blickte, konnte er schnell noch einmal in Richtung Dr. Armstrong schauen. Die Kardiologin kam näher. Dann blickte er auf ihre Hände. In jeder Hand hielt sie eine kleine Elektrode. *Der Defibrillator!* Dr. Armstrong hatte die Maschine angeschlossen. Die Elektroden, die mit der Maschine über Kabel verbunden waren, waren auf 400 Wattsekunden aufgeladen.

David rollte sich den Ärmel hoch und pumpte mehrere Male mit seiner Faust. Die Kabel waren schon fast ganz ausgerollt, doch Dr. Armstrong war immer noch drei Meter entfernt. Dalrymple packte den Revolver fester.

»Jetzt«, befahl sie.

»Dotty!« kreischte Dr. Armstrong.

Dalrymple wirbelte herum, als sie das hörte. In diesem Moment machte David einen Satz nach vorne und prallte mit seiner Schulter gegen ihre breite Brust. Die Frau stolperte nach hinten und stieß mit ihrem Knie gegen den niedrigen Kaffeetisch. Wie ein Mammutbaum fiel sie hin und zerschmetterte dabei den Tisch. Als ihr massiger Körper den Boden berührte, warf sich Dr. Armstrong auf sie, preßte ihr auf beiden Seiten die Elektroden an den Kopf und drückte den Einschaltknopf herunter.

Unterdrücktes Knacken war die Folge. An den Elektroden sprühten Funken, und dem folgte ein Rauchwölkchen. Die Arme der Oberschwester flogen nach oben, und ihr riesiger Körper zuckte so heftig, daß er mehrmals einige Zentimeter vom Boden abhob. Der Geruch verbrannten Fleisches erfüllte die Luft. Sie erbrach sich und ihr Kopf schnellte zurück. Im Augenblick ihres Todes öffneten sich die Schließmuskeln ihrer Blase und ihres Darms.

Einige Sekunden lang stand David bewegungslos da und starrte auf die beiden Frauen — die eine war böse zugerichtet, die andere tot. Dann stürzte er in aufkommendem Entsetzen aus dem Zimmer und rannte humpelnd und voller Schmerzen nach Vier Süd.

Margaret Armstrong hing mit weichen Knien am Waschbecken und spritzte sich kaltes Wasser übers Gesicht. Sie fühlte sich betäubt und war nicht in der Lage, sich auf irgend etwas zu konzentrieren. Hinter ihr lag ein toter Haufen, der noch vor kurzem Dorothy Dalrymple gewesen war.

Mit erheblichen Schwierigkeiten zwang sie sich dazu, die momentane Situation zu überdenken. Wenn Christine schon tot war, wäre David Shelton der einzige, der eine Gefahr für das Fortbestehen des Schwesternbundes darstellte. Könnte man ihn irgendwie beseitigen? Sollte man das überhaupt tun? Peggy Armstrong wußte, daß

sie freudig den Mord gestehen — also sich selbst opfern— würde, um den Bund zu retten. Aber war sie fähig, einen Unschuldigen umzubringen?
Sie ging schwankend zur Türe, wandte sich dann um und schaute mit Ekel auf Dotty Dalrymple. Wenn schon eine Frau wie diese, von der sie gedacht hatte, daß sie sie gut kennen würde, der sie so vertraut hatte, dazu fähig gewesen war, ihre Absicherung zu einem solchen Preis durchsetzen zu wollen, wie konnte sie dann sicher sein, daß das bei einer erneuten Krise nicht auch andere versuchen würden? Sie zitterte, aber mehr wegen ihrer Gedanken als wegen ihrer Verletzung, und lehnte sich an die Wand. War jetzt alles vorbei? Nach so vielen Jahren, so vielen Träumen?
Dr. Armstrong schleppte sich aus dem Büro und schloß die Türe. Der Hausmeister würde erst irgendwann am Vormittag des nächsten Tages nach dem Rechten sehen. Das waren weniger als vierundzwanzig Stunden Zeit. Wenn sie den Schwesternbund retten wollte, konnte sie nur innerhalb dieses Zeitraumes einen Plan entwerfen, die Vorbereitungen treffen und handeln. Eine ganze Reihe Fragen schossen ihr durch den Kopf. War das das Opfer eines weiteren Lebens wert? Könnte sie das wirklich tun? Könnte sie eine Erklärung erfinden, die schlüssig klang? Momentan fand sie auf diese Fragen keine Antwort.

KAPITEL XXIII

David nutzte das Geländer als Stütze und hüpfte die Treppen von Nord Zwei auf Nord eins hinunter. Die Adrenalinstöße, die durch seinen Körper jagten, reduzierten die Schmerzen an seinem Knöchel ein wenig. Er stürzte durch die Türe zum zentralen Korridor, mitten durch ein Trio erschreckter Nonnen.

Im Hauptfoyer war das übliche mittägliche Chaos. David kämpfte sich zwischen den Leuten wie ein Rugbyspieler durch und ließ dabei zwei Männer hinter sich, die er zu Boden gerissen hatte und ihm hinterherfluchten.

»Halt durch, Baby, bitte halt durch«, keuchte er, als er die Treppen zum Südflügel hinaufhastete. Obwohl er jedes Mal zwei Treppen auf einmal nahm, erschien ihm der Weg endlos, ja die Treppen schienen sich nach jedem Absatz zu vermehren. »Wehr dich gegen das Weibsstück. Wehr dich gegen ihr verdammtes Gift. Bitte ...«

Seine Füße fühlten sich schwer wie Blei an. Zwischen dem dritten und dem vierten Stock gaben seine Beine nach. Dann stolperte er nach Vier Süd.

Der Korridor war beinahe menschenleer. Nur eine Pflegehelferin versuchte verzweifelt, einen alten Mann im Rollstuhl festzuschnallen. Während sie die Erscheinung anglotzte, die da auf sie zuhumpelte, wand sich der Patient, das Opfer eines Schlaganfalls, frei und fiel schwerfällig zu Boden. Die Pflegehelferin, die sofort vermutete, daß es sich um einen Notfall handelte, winkte ihn vorbei. »Schnell«, drängte sie. »Clarence ist dafür zuständig.«

David nickte und rannte zur Schwesternstation. »Notfall in Zimmer vierhundertzwölf«, keuchte er. »Ausrufen und mir Unterstützung schicken. Notfall in Zimmer vierhundertzwölf.«

Die erstaunte Stationsschwester hatte eine Schrecksekunde, griff dann aber zum Telefon.

Die Szenerie in Zimmer 412 erinnerte David an einen entsetzlichen Alptraum: Die schwache Beleuchtung, der blubbernde Sauerstoff, die Infusionsgeräte und der bewegungslose Körper. Schnell schaltete er das Licht ein und eilte zum Bett. Christine lag auf dem Rücken, über ihrem Gesicht lag der düstere Schatten des Todes. Die Stimme der Ausruferin dröhnte mit unüblicher Dringlichkeit über die Lautsprecheranlage durch den Korridor: »Notfall auf Vier Süd ... Notfall auf Vier Süd ...«

In Sekundenschnelle gelang es ihm, Christines Halsschlagader auszumachen. Er fühlte ihren Puls: Ganz schwach spürte er an zwei seiner Fingerkuppen diesen Rhythmus des Lebens. War das aber nun sein eigener Puls oder ihrer? Genau in diesem Augenblick atmete Christine ein, als wollte sie dieser Unsicherheit ein Ende bereiten — ein einziges Mal, ganz schwach, ein wundervoller Hauch eines Atems. Mit diesem ersten Geräusch war ein ganz leichtes Anheben ihres Brustkorbs verbunden. Sofort trat David in Aktion. Er schloß das Infusionsröhrchen, beugte sich dann über sie und begann mit einer Mund-zu-Mund-Beatmung.

Noch bevor er zum dritten Atemzug ansetzen konnte, stürzte eine Krankenschwester herein, die einen Instrumentenwagen mit Medikamenten für den Notfall hinter sich herzog. In den darauffolgenden Minuten arbeiteten beide, Chirurg und Krankenschwester, perfekt zusammen. Die junge Frau erwies sich als ausgezeichnete Helferin — als Wirbelwind. Trotz ihrer Schnelligkeit verlor sie aber nicht die Übersicht. Sie stellte das benötigte Medikament oder Instrument schon fast vor seiner Anweisung bereit.

Da er mit einem unbekannten Gift konfrontiert war, mußte David blitzschnell handeln: Er legte eine frische Infusion an, die er schnell tropfen ließ, um das Gift im Körper zu verdünnen; um die Sauerstoffzufuhr zu garantieren, führte er die orale Beatmung weiter, indem er Christine über einen Ambubeutel versorgen ließ; er benutzte Bikarbonat, um dem Aufbau von Milchsäure entgegenzuwirken.

Christines Gesichtsfarbe wurde trotzdem immer dunkler. Er riskierte es, sie ein paar Sekunden vom Beatmungsbeutel zu trennen, und hob ihre Augenlider. Ihre Pupillen waren winzige schwarze Punkte, die in den sie umgebenden braunen Ringen beinahe verschwanden — es waren die Pünktchenpupillen einer Überdosis Narkotika. O Gott, laß es Morphium sein, dachte David. Laß es so etwas wie Morphium sein, was man bekämpfen kann. Er verlangte Naloxon, ein hocheffektives Gegengift für alle narkotisierenden Drogen. In Sekundenschnelle hatte die Schwester das Mittel injiziert.

Erneut registrierte David einige Atemzüge und hielt inne, um Christines Puls an der Halsschlagader zu prüfen. Erschreckt stellte er fest, daß er keinen Puls mehr registrieren konnte.

»Schieben Sie bitte ein Brett unter ihren Körper«, sagte er und hob Christine an den Schultern vom Bett hoch. »Sie

können die Medikamente vergessen. Führen Sie eine intensive Brustkompression durch, bis wir weitere Unterstützung bekommen. O Gott, wo sind sie denn alle?« Seine Stimme klang gehetzt und ängstlich.
»Eine Schwester hat sich krank gemeldet.« Die Krankenschwester sprach im Rhythmus ihrer Stöße auf Christines Brustbein. »Die anderen zwei sind beim Essen und werden bald kommen.«
David führte die künstliche Beatmung fort. »Wir brauchen jemanden am Instrumentenwagen«, murmelte er. »Wir brauchen da unbedingt jemanden, verdammt noch mal.« Da aber die Krankenschwester nicht einfach mit der Herzmassage aufhören konnte, hätten die Schälchen mit den Notfallmedikamenten genausogut auf dem Mond stehen können.
Ein Pfleger kam herein. David schnauzte ihn an, er solle den Blutdruck messen. Der Pfleger versuchte das zweimal. »Nichts«, meinte er dann.
»Beherrschen Sie die kardiopulmonale Wiederbelebung?« fragte David in der Hoffnung, daß dann die Schwester zum Instrumentenwagen mit den Notfallmedikamenten zurückkehren könnte. Aber der Pfleger schüttelte den Kopf und zog sich zurück. »Scheiße!« zischte David.
Dann wandte er sich wieder Christine zu. Er konnte keine weiteren spontanen Atemzüge ausmachen; sie gab kein Lebenszeichen mehr von sich. Ihr Körper war über und über mit tiefblauen Flecken übersät. Wenn er nicht bald Unterstützung bekäme — er benötigte nur eine einzige Person —, würde jede Wiederbelebung umsonst sein. Fünf, zehn Sekunden stand er bewegungslos da. Die junge Schwester schaute ihn betroffen an.

Plötzlich rief eine Frauenstimme: »Was auch immer Sie brauchen, Doktor, verlangen Sie es.«
Margaret Armstrong stand, mühsam ihr Gleichgewicht haltend, am Medikamentenwagen. Ihr linkes Auge war fast zugeschwollen, die ganze linke Gesichtsseite war mit einem riesigen Bluterguß überzogen. Aus einem Nasenloch tropfte Blut. Trotzdem strahlte sie etwas von einer Königin aus und kümmerte sich nicht um die Blicke, mit denen sie empfangen wurde.
David, der allmählich den Mut sinken ließ, weil sich bei Christine keine Reaktion zeigte, wurde nun noch unsicherer und ängstlicher. »Sie ... Sie können die Herzmassage übernehmen«, stotterte er und wünschte, die Ärztin würde nicht so nahe am Medikamentenwagen stehen. Dort lagen nämlich einige Mittel, die tödlich sein konnten.
Dr. Armstrong schüttelte den Kopf. »Nein, nein. Sie beide sind stärker als ich. Außerdem bin ich auch Krankenschwester, und keine schlechte. Ich werde die Medikamente ausgeben. Keine Einwände mehr, gehen wir die Sache an.«
David zögerte noch etwas, aber dann machte er schnell. Er verlangte Gegengifte für die Substanzen, die Dalrymple möglicherweise verabreicht haben konnte. Der heftige Fausthieb, der Dr. Armstrongs Gesicht verunziert hatte, hatte offensichtlich nicht die Reaktionsfähigkeit und das Können der Ärztin beeinträchtigen können. Sie war tatsächlich, so wie sie es gesagt hatte, eine unglaublich gute Schwester. Ob es nun Adrenalin, konzentrierte Glukose, zusätzliches Naloxon, Kalzium oder weiteres Bikarbonat war, sie stellte die Medikamente schnell und gezielt zur Verfügung.
Sie bekamen weitere Unterstützung. Eine andere Schwe-

ster bot sich an, Dr. Armstrong abzulösen, wurde aber zum Blutdruckmeßgerät verwiesen.

»Sie atmet immer noch nicht selbständig«, meinte David. »Ich glaube, wir müssen eine Intubation vornehmen.«

Dr. Armstrong streckte ihre Hand aus und preßte die Finger an Christines Leistengegend, um den Puls der Femoralarterie feststellen zu können. Grimmig schaute sie David an und schüttelte den Kopf: »Nichts.«

»Schön. Dann geben Sie mir ein Laryngoskop und einen siebenkommafünfer Tubus.«

»Moment!« Dr. Armstrongs Augen begannen zu leuchten. »Warten Sie ... warten Sie ... Ich spür was, Doktor«, rief sie. »Hier.«

Gleich darauf jubelte die Schwester am Blutdruckmeßgerät: »Ich hör was! Der Blutdruck ist da! Schwach, sechzig, nein, Moment, achtzig. Wird lauter! Noch lauter!«

David untersuchte Christines Pupillen. Sie waren definitiv weiter geworden. Nach weiteren fünfzehn Sekunden begann sie wieder zu atmen. Die junge Schwester, die von Anfang an mitgeholfen hatte, hob ihren Daumen und riß dann überschwenglich die Arme hoch.

Als Christine schließlich leise seufzte, ihren Kopf von einer Seite auf die andere warf und dann mit den Augen blinzelte, verschwanden die letzten Bedenken der Anwesenden. Christine blickte sofort David an.

»Hallo«, flüsterte sie.

»Hallo«, antwortete er.

Alle beglückwünschten sich.

»Ich ... ich fühle mich schon sehr viel besser. Ich habe fast kein Kopfweh mehr.« Ihr Gesichtsausdruck verdunkelte sich. »David, ich glaube, Miss Dalrymple war wahrscheinlich diejenige, die ...«

Er legte ihr einen Finger auf den Mund. »Ich weiß, Schatz«, erwiderte er sanft und beruhigend. »Ich weiß jetzt alles.«
Sie versuchte, das Gesagte zu begreifen und beruhigte sich dann sichtlich. »Ich fühle mich tatsächlich besser, viel besser, David. Dr. Armstrong hat Wunder gewirkt.«
David warf einen Blick auf Dr. Armstrong. »O ja«, kommentierte er kalt, »sie hat Wunder gewirkt.«
Margaret Armstrong blickte zurück. Ihrer und Davids Blick trafen sich für einen kurzen Augenblick. Dann bedankte sie sich leise einzeln bei den Anwesenden und bat sie aus dem Zimmer.
Die junge Schwester ging als letzte. Dr. Armstrong begleitete sie in den Korridor und sagte: »Sie haben glänzende Arbeit geleistet. Ich bin sehr stolz auf Sie.«
Die Schwester errötete. »Sie... Sie haben sich verletzt. Soll ich Ihnen etwas besorgen?«
»Nein, ich komme schon zurecht«, antwortete Dr. Armstrong. »Gehen Sie nur zu Ihren Patienten zurück.«
Dann drehte sie sich um und ging wieder ins Zimmer 412. Sie wußte, daß sie in dem Moment, als sie zum Notfallwagen gegangen war und die richtigen Medikamente gereicht hatte, das Schicksal des Schwesternbundes besiegelt hatte.

Christine schlief. David hatte die Vorhänge ein wenig aufgezogen und blickte in den dunstigen Nachmittag hinaus. Er wirkte wie zerschlagen; seine Haltung verriet nichts von dem eben errungenen Erfolg. Dr. Armstrong stellte sich schweigend neben ihn. Er mochte sie nicht anschauen. Eine Zeitlang war im Zimmer nur das Gurgeln der Sauerstoffflasche und das Seufzen von Christine zu hören.

»Da haben Sie ja einen schönen Bluterguß bekommen«, meinte David, ohne sie anzublicken. »Das sollte sich besser jemand anschauen.«
»Sicher«, erwiderte sie, »aber später.«
»Diese Frau da, diese ... diese Bestie, die in Ihrem Büro liegt — das war Ihre Schöpfung, Ihr Ungeheuer.«
»Schon möglich, in bestimmter Hinsicht jedenfalls. Spielt es denn keine Rolle, daß ich immer noch an das Gute glaube, das der Schwesternbund getan hat? Spielt es denn keine Rolle, daß der Kampf für ein würdevolles Sterben ein gerechtes Anliegen ist?«
»Natürlich«, stieß David wütend hervor. »Das spielt eine Rolle. Aber es spielt auch eine Rolle, daß Christine eine Schädelfraktur hat. Es spielt auch eine Rolle, daß sie, *falls* sie sich erholt, in einer ziemlichen Misere steckt. Ebenfalls spielt eine Rolle, daß der Richter, der Staatsanwalt und die Zeitungen sie für den Mord an Charlotte Thomas verurteilen werden. Eine Rolle spielt schließlich, daß meine Freunde tot sind, und das nur, weil ...« Verzweiflung und Wut erstickten seine Stimme.
Eine ganze Minute verstrich, ehe Dr. Armstrong sagte: »David, ich weiß, wie Sie sich jetzt fühlen, wirklich. Ich weiß auch, daß meine Hilfe für Christine und mein Vorgehen gegen Dorothy die Leiden nicht aufwiegen können, die Sie beide ertragen mußten. Allerdings weiß ich noch etwas, was viel dazu beitragen wird, die Wunden zu heilen.« Sie zögerte. »Ich weiß nämlich, daß Christine nie wegen Mordes angeklagt wird.«
David wirbelte herum und starrte sie an: »Was haben Sie da gesagt?«
»Christine hat Charlotte Thomas nicht umgebracht.« Ihr Blick und ihr Gesichtsausdruck wirkten todernst.

»Wie ... wie kommen Sie darauf?«

»Sie hat es nicht getan«, erwiderte Dr. Armstrong matt, »weil ich es getan habe. Und das kann ich auch beweisen.«

KAPITEL XXIV

David überprüfte zunächst noch einmal Christines Blutdruck und hob dann langsam ihre Kopfstütze. Er hatte der Erzählung der Ärztin nur eine oder zwei Minuten lang zugehört. Dann war ihm klar geworden, daß es ja auch für Christine wichtig sein mußte, diese Geschichte zu hören.

David saß an ihrem Bett und schob seine Hand unter ihren Kopf. Im Zimmer war es dunkel; da die Vorhänge nicht ganz zugezogen waren, fielen einige Sonnenstrahlen herein. David war schon ganz aufgeregt. Er zog seine Hand hervor und strich über ihr geschwollenes Gesicht mit den blauen Flecken. »Chris, komm, wach auf, Liebling«, sagte er. »Wach auf.«

Dr. Armstrong schob einen Stuhl zum Kopfende des Bettes.

Christine öffnete die Augen und lächelte David an. Dann schloß sie sie wieder. »Ich bin schon wach«, meinte sie matt. »Es tut nur mit geschlossenen Augen nicht so weh. Aber ich bin schon okay In ein paar Tagen wird es sowieso besser sein.«

»Garantiert«, meinte er. »Chris, Dr. Armstrong ist hier. Sie will dir etwas sagen. Ich ... ich dachte mir, daß du das hören möchtest.«

»Christine? Können Sie mich hören? Ich bin's, Margaret

Armstrong.« Christine wandte den Kopf der Stimme zu und öffnete erneut die Augen. Die beiden Frauen sahen sich einige Sekunden lang an. Dann meinte Dr. Armstrong leise: »Christine, ich bin Peg, Peggy Donner.« Christine studierte im fahlen Licht das Gesicht der Ärztin und nahm sie dann bei der Hand. »Der Schwesternbund ... ist jetzt alles vorbei?«

»Noch nicht, meine Liebe. Aber ... aber bald.«

David suchte in Christines Gesicht nach Wut oder zumindest nach Überraschtheit, aber er konnte nichts entdecken. Es gab so etwas wie ein unsichtbares Band zwischen den beiden Frauen — etwas, was er nicht verstehen konnte. Er betrachtete die Szene schweigend und fasziniert.

»Christine«, sagte Dr. Armstrong und betonte dann jedes einzelne Wort: »Wenn ich anschließend gehe, werde ich mit der Auflösung des Schwesternbundes beginnen. Das wird so durchgeführt, daß keines der Mitglieder in irgendeiner Weise Schaden erleidet. Vorausgesetzt natürlich, daß Sie und David unser gemeinsames Geheimnis für sich behalten können. Haben Sie das verstanden?«

Christine schaffte es zu nicken. »Das habe ich verstanden. Aber was ist mit den Berichten, den Bandaufzeichnungen ...?«

»Das wird alles vernichtet. Alles außer einem Bericht, den ich Ihnen schicken werde. Ich habe ihn angefertigt, nachdem ich Charlotte eine tödliche Dosis Potassium injiziert hatte. Christine, das Morphium, das Sie ihr verabreicht hatten, hatte nicht genügt. Sie war kräftiger, sehr viel kräftiger, als man vermutet hatte. Charlotte war nicht nur eine Freundin für mich, sie war ... sie war auch Schwester in unserem Bund. Ich hatte ihr ein friedvolles Sterben versprochen. Nachdem Sie ihr Zimmer verlassen hatten, bin ich hineingegangen, um mich von ihr ein letztes Mal zu verabschieden. Sie atmete ganz leicht. Ich wartete, aber es schien ihr besser zu gehen. Einmal öffnete sie sogar die Augen. Ich hatte es ihr versprochen. Ich liebte sie wie ... ich liebte sie wie meine Mutter. Ich ...« Dr. Armstrong konnte nicht mehr. Zum ersten Mal seit fast fünfzig Jahren brach sie in Tränen aus.

Christine ließ die Hand der Ärztin los und strich ihr die Tränen aus dem Gesicht. »Ich liebe Sie, Peggy«, sagte sie stockend. »Für das, was Sie versucht haben, liebe ich Sie.«

Erst nach einer Minute konnte Dr. Armstrong weitersprechen. »Wenn ich alles Notwendige für unseren Schwesternbund erledigt habe, werde ich zu Lieutenant Dockerty gehen und die volle Verantwortung für Charlottes Tod übernehmen. Glauben Sie mir, Christine, *ich* habe es getan.« Sie wandte sich an David: »Ich werde auch die Verantwortung für Dorothys Tod und den Ihrer Freunde übernehmen. Ich denke mir, daß es weniger Fragen gibt, wenn nur eine Person in die ganze Angelegenheit verwickelt ist.«

David merkte, wie betroffen Christine war, als das Wort *»Freunde«* fiel. »Das werde ich dir später erklären, Chris«, meinte er. »Dr. Armstrong, ich fand es sehr gut, wie Sie bei der Wiederbelebung geholfen haben. Dafür verspreche ich Ihnen, daß ich mich bei dem, was Sie vorhaben, nicht einmischen werde.«

»Ich danke Ihnen.« Margaret Armstrong bemerkte die Kälte in seinen Augen. Dann bückte sie sich und küßte Christine auf die Stirn. Kurz darauf war sie weg.

David kniete am Bett. Obwohl es im Zimmer recht düster war, konnte man das Glitzern der feuchten Augen von Christine sehen. »Wenn du hier rauskommst«, mein-

te er, »werden wir in irgendein mexikanisches Dorf mit staubigen Gassen fahren.«
»Aber wir fahren dann auch wieder zurück?« In ihrem Lächeln mischten sich Freude und Trauer.
»Wir fahren dann auch wieder zurück.«
Sie schloß die Augen. Einen Augenblick lang schien es, als sei sie eingeschlafen, aber als er sich entfernen wollte, nahm sie seine Hand. »David, könntest du mir noch eine Frage beantworten?« fragte sie.
»Welche?«
»Hast du auf dem Nummernschild deines Wagens deinen Namen stehen?«

John Dockerty würgte es, als er den Rest des abgestandenen Kaffees in seiner Tasse sah. Er sank in seinen Stuhl zurück. Die ganze Nacht und fast den ganzen Vormittag hatte es gedauert, aber schließlich war Marcus Quigg weich geworden und hatte ihm den Namen gesagt. Von einem Triumph wollte er nicht sprechen, eher von einem Pyrrhussieg. Denn die Erinnerung an diesen ängstlichen kranken kleinen Mann würde ihn möglicherweise sein Leben lang verfolgen.
Daß es ausgerechnet Margaret Armstrong war, die die Morde, den falschen Verdacht und den bemitleidenswerten Apotheker auf dem Gewissen hatte, machte die Sache nur noch schlimmer. Sie war jemand, den er respektierte, und, was noch deprimierender war, eine Frau, der er vertraut hatte.
»John Dockerty, du großartiger Spürhund«, meinte er zynisch. »Von einer Dame an der Nase herumgeführt, die nichts anderes ist als eine zweite Ma Barker.* Wenig-

* eine in den USA berühmte Kriminelle (A. d. Ü.)

stens hatte er dann das Vergnügen gehabt, dem Captain — wenn auch nur mit wenigen Worten — zu sagen, was er für ein Idiot gewesen war, die sofortige Verhaftung von David Shelton anzuordnen.
Dockerty schaute auf die Uhr. Bereits vor einer Stunde hatte der Captain versprochen, einen Haftbefehl für Dr. Armstrong wegen schweren Tatverdachts zu erwirken. Er strich mit der Hand über die Stoppeln in seinem Gesicht und überlegte, ob er sich rasieren sollte. Da läutete das Telefon.
»Ermittlungsabteilung, Dockerty«, meldete er sich. »... Jawohl, Captain ... in Ordnung, Sir ... Ich komme gleich runter, um ihn mir zu holen ... Ja, Sir, ich weiß, er hat sich wirklich sehr verdächtig verhalten. Ich an Ihrer Stelle hätte genauso entschieden ... Danke, ich komme in fünf Minuten ... Idiot.« Das letzte Wort sagte Dockerty allerdings erst, als das Freizeichen bereits ertönte. Er kämmte sich das Haar mit den Fingern und stand auf. In diesem Augenblick klopfte es leise; Margaret Armstrong trat in sein Büro.
»Lieutenant Dockerty, ich muß unbedingt mit Ihnen sprechen«, meinte sie.
»Ja«, antwortete er und machte es sich auf dem Rand seines Schreibtisches bequem, »das denke ich auch.«

Nach dreißig Minuten hatte Dockerty genug von Margaret Armstrongs Geständnis gehört, um eine Sekretärin zum Mitstenographieren hereinrufen zu können. Als letzten Akt seiner Privatfehde rief er den Captain an und bat ihn, dem Verhör beizuwohnen. Der Captain, eine Mischung aus aalglattem Politiker und Polizisten, mit pechschwarzen Haaren, hörte schweigend und verblüfft zu, wie Dr. Armstrong die Verantwortung für die Morde an

Charlotte Thomas und Dotty Dalrymple und auch für das Anheuern des Killers von Ben Glass und Joey Rosetti übernahm. Sie erzählte eine Geschichte, die sie sich sorgsam ausgedacht hatte, bevor sie zum Polizeirevier gefahren war — sie hoffte, daß Dockerty ihr Geständnis, daß sie ganz alleine gehandelt habe, akzeptieren würde. Sie empfand es zwar als ekelhaft, Dotty Dalrymple als Heldin darstellen zu müssen, die nur deswegen gestorben war, weil sie der Wahrheit auf die Spur gekommen war, aber irgendein Hinweis auf eine Verschwörung barg die Gefahr, daß der Schwesternbund aufflog. Denn sie war sich im klaren darüber, zu was Polizisten wie Dockerty fähig waren. Außerdem glaubte Margaret sicher, daß Dotty wie sie selbst bis zu ihrem Ende die Sache des Schwesternbundes vertreten hatte. Dotty hatte einfach nur befürchtet, an Position und Einfluß zu verlieren, mehr nicht.

Armstrongs Geständnis war an sich ziemlich schlüssig, aber die Einzelheiten waren so vage, daß es bei Dockerty ein ungutes Gefühl hervorrief. Er wollte sie in die Enge treiben. Aber er wurde vom Captain zum Schweigen gebracht, der schließlich die Sprache wiedergefunden hatte: »Nun, Lieutenant, ich bin mir sicher, daß die Frau Doktor die Einzelheiten in Bälde berichten wird. Sie haben sicher bemerkt, daß sie nur einen ziemlich groben Überblick gegeben hat.«

Margaret Armstrong dankte ihm und ließ in ihrem Blick erkennen, daß Dockerty hier zwischen zwei Menschen von Format nur ein Outsider war.

Trotzdem versuchte Dockerty sein Glück: »Nur eines noch«, wagte er einzuwerfen. »Wie ging dieses Anheuern eines Killers wie Leonard Vincent eigentlich vor sich?«

»Das werde ich Ihnen gleich minutiös darstellen«, antwortete sie und blickte ihn ausgesprochen abschätzig und herrisch an, »aber zuerst könnten Sie mir zeigen, wo die Damentoilette ist.«

»Warten Sie ein bißchen«, sagte Dockerty, »ich werde Ihnen eine Aufseherin schicken, die ...«

»Unsinn«, unterbrach ihn der Captain. »Dr. Armstrong ist noch nicht offiziell angeklagt. Die ... äh ... Damentoilette ist, wenn Sie den Korridor entlanggehen, hinten rechts. Sie können Sie nicht verfehlen.«

Armstrong belohnte den Captain erneut mit einem Blick und machte dann sorgsam ihren Rock zurecht, bevor sie schließlich das Zimmer verließ.

Die Damentoilette sah wie ein Schweinestall aus. Der Mosaikboden hatte Flecken und Risse. Die Papierhandtücher quollen aus dem metallenen Abfallkorb neben dem Waschbecken. Die Luft stank nach Urin und Desinfektionsmitteln.

Margaret Donner Armstrong hatte kein Auge für diesen Schmutz. Sie blickte sich um, ging dann direkt zur Toilette, schloß die Türe aus Furnierholz und setzte sich auf die Schüssel.

Sie spürte eine gewisse Befriedigung darüber, wie sie ihre Geschichte Dockerty und dem Captain verkauft hatte. Wenn David und Christine zu ihrem Wort standen, könnte der Schwesternbund in Würde sein Leben aushauchen. Die Ironie, die in dieser Vorstellung lag, war für sie ein wenig tröstlich.

Nachdem Margaret Armstrong das Krankenhaus verlassen hatte, war sie heimgefahren und hatte ihr Versprechen wahrgemacht. Sie hatte die Tonbänder — alle bis auf eines — verbrannt, hatte nur ab und zu in einen bestimmten Bericht hineingehört oder über die Freund-

schaft zu einer bestimmten Frau nachgedacht. Ihr eigentliches Ziel — die Verwirklichung ihres Traumes — wäre beinahe erreicht gewesen, hätte nur Dorothy nicht durchgedreht.
Barbara Littlejohn war einverstanden gewesen, den Geheimbund aufzulösen. Während ihres Telefongesprächs hatte es sogar manchmal so geklungen, als wäre Barbara erleichtert gewesen. Margaret Armstrong fragte sich, ob Barbara auch so wie Dalrymple reagiert hätte, wenn ihr Ruf und ihre Karriere auf dem Spiel gestanden hätten. Sehr schmerzlich kam ihr zu Bewußtsein, daß sie sich da einfach nicht sicher sein konnte — ob es sich nun um Barbara handelte oder um irgendein anderes Mitglied.
Ein Beschluß wurde gefaßt. Barbara würde die notwendigen Anrufe tätigen und die entsprechenden Briefe schreiben. Sie würde auch alle Hebel in Bewegung setzen, um die Projekte der CLINTON-STIFTUNG fortzuführen. Als sie den Hörer auflegte, wußte Margaret Armstrong, daß jetzt nach vierzig Jahren alles vorbei war.
Jetzt saß sie da und schaute die schmutzigen Witze und primitiven Zeichnungen an, die auf die Toilettentür gekritzelt waren. Sie erinnerte sich, daß sie vor fünfzig Jahren das letzte Mal auf so einer Toilette gesessen hatte. Damals hatte sie Angst gehabt, Angst und ein Gefühl, niederträchtig zu sein. Sie hatte vor den Polizeibeamten Angst gehabt, die immer so seltsam auf ihre Brüste gestarrt hatten. Ihre Gedanken hatte sie in verborgene Bereiche ausschweifen lassen, um ihnen ja nicht zu sagen, was sie wissen wollten. Stundenlang hatte sie ihnen Widerstand entgegengebracht; einmal hatte sie sogar lieber in die Hose gemacht, als zu bitten, das Zimmer schnell einmal verlassen zu dürfen. Schließlich hatte sie den Sieg davongetragen. Durch ihren Sieg hatte sich die Mög-

lichkeit ergeben, eine heilige Mission durchzuführen — die Reise zu einem Ziel, dem sie sehr nahe gekommen war — so nahe.

Jetzt war es Zeit, eine ganz andere Reise durchzuführen.

Margaret Armstrong griff in ihre Bluse, hinunter bis zum Hüftband ihres Rocks, und zog die Spritze heraus, die Dotty Dalrymple vorbereitet hatte. Ein paar Augenblicke lang fingerte sie an dem zylinderförmigen, tödlichen Instrument herum. Dann rollte sie einen Ärmel hoch und stach die Nadel gekonnt in eine Vene. Ihren Kopf gegen die Wand gelehnt, schloß sie die Augen. Mit einem kleinen Fingerdruck injizierte sie sich den Inhalt der Spritze.

»Es ist gut, Mama ... Ich bin doch da, Mama«, hauchte sie.

EPILOG

Der Wind, der den ganzen Tag über nicht mehr als eine leichte Brise gewesen war, frischte jetzt plötzlich auf und ließ um die grauen Grabsteine herum trockene Blätter geräuschvoll aufwirbeln.

Dora Dalrymple hielt auf dem kleinen Fußweg an, um ihren Mantel enger zu ziehen. Was Gesicht, Größe, Verhalten und Kleidung betraf, war sie ein genaues Spiegelbild ihrer verstorbenen Zwillingsschwester. Mit ihren unverhältnismäßig kleinen Füßchen tippelte sie ausgesprochen sicher den abschüssigen Weg hinunter, was sich nur damit erklären ließ, daß sie hier nun schon seit drei Wochen jeden Abend entlangging.

Das Grab war noch immer ein frischer Erdhaufen. Es war ringförmig von Kiefern umgeben. Im selben Wäldchen stand ein kleiner, noch nicht beschrifteter Marmorblock, der die Stelle kennzeichnete, wo sie eines Tages selbst begraben sein würde. Wie bei einem Ritual nahm sie den Campingstuhl, den sie am ersten Tag nach der Beerdigung dort gelassen hatte, und klappte ihn neben der dunklen Erde auf. Dann legte sie eine einzelne Blume auf die Stelle, wo sie das Herz ihrer Schwester vermutete.

»Es ist eine Chrysantheme, Dotty«, meinte sie, »eine rostbraune. Ich weiß, Chrysanthemen sind nicht gerade deine Lieblingsblumen, aber die hier ist so hübsch und paßt so gut zum Herbst. Du bist doch nicht etwa verstimmt, weil ich heute diese Blume gewählt habe, oder?« Dora machte eine Pause, als würde sie einer beruhigenden Antwort ihrer Schwester zuhören. »Schön, ich habe es mir ja gedacht, daß du das verstehen würdest«, meinte sie schließlich.

»Die Leute im Krankenhaus sind jetzt sehr freundlich zu mir. Ich glaube, sie sagen jetzt auch nicht mehr Tweedledee zu mir hinter meinem Rücken ... Ja, das weiß ich. Ich denke mir, daß es aus Respekt vor dir ist. Dotty, da kam heute ein Anruf aus Detroit von Veilchen. Ich habe ihr gesagt, du seist den ganzen Nachmittag unterwegs und sie solle doch später anrufen. Ich ... ich glaube nicht, daß ich den »Garten Eden« ohne dich weiterführen kann. Ich habe dabei geholfen, sicher, aber ich meine, du warst diejenige, die ihn angelegt und gepflegt hat ... Mit dem Schwesternbund ist es allerdings vorbei. Alle Schwestern, auch unsere Blumen, sind davon benachrichtigt worden. Keine von ihnen will aber, daß der »Garten Eden« stirbt, doch um überleben zu können, müssen wir wachsen. Wie soll ich neue Schwestern finden, die sich uns anschließen wollen? ... Vielleicht. Vielleicht hast du ja recht. Du hast die Menschen immer besser verstanden als ich ... Dafür habe ich besser kochen können? Was heißt das schon? Das bedeutet mir nichts ...

Heute morgen habe ich mit Mr. Stevens gesprochen. Dein Grabstein ist schon fast fertig. Er ist wunderschön, er wird dir gefallen, ganz sicher ... Gut, gut, ich wechsle das Thema. Ich habe eben Angst, eine falsche Entscheidung zu treffen. Du warst ja immer so selbstsicher, so entschlußfreudig ... War das ein Versprechen? ...

Schön, in diesem Fall denke ich mir, daß ich deinen Vorschlag befolge und die hübsche Janet bitten werde, zu mir zu ziehen ... Dorothy, weißt du da eigentlich, was du da sagst? Auf immer ist eine lange Zeit, um jemandem treu zu bleiben ... Schön, in Ordnung. Ich werde Hyazinthe noch heute anrufen. Aber denk dran, wir zählen bei all unseren Aktivitäten auf dich.«

Da die Unterhaltung vorüber war, legte Dora den Stuhl an seine Stelle neben dem Grab zurück und ging zum Auto. Sie bemerkte dabei nicht, daß inzwischen ein leichter Nieselregen eingesetzt hatte.

Daheim in ihrer Wohnung im Tudorstil, die sie und Dotty kurz nach der Gründung des »Garten Eden« gekauft hatten, machte sie sich eine Kanne Tee. Dann setzte sie sich in einen der beiden übergroßen Sessel, die sie selbst entworfen hatten. Fünfzehn Minuten später läutete das Telefon.

»Ich möchte Dahlia sprechen«, sagte die Stimme einer jungen Frau.

»Tut mir leid, aber Dahlia ist momentan leider nicht erreichbar«, erwiderte Dora in eben dem flüsternden Ton, den sie so oft von Dotty gehört hatte. »Hier spricht ihre Schwester ... Chrysantheme. Sie können mir ebenso vertrauen wie meiner Schwester Dahlia.«

»Nun ... schön«, meinte die Frau noch etwas unsicher. »Ich bin Veilchen aus Detroit, vom Saint Bart's Hospital. Mir ist etwas zu Ohren gekommen, was ziemlich interessant sein könnte.«

»Lassen Sie hören.«

»Es handelt sich dabei um eine Frau namens Agnes Morgan. Ihr Ehemann heißt Carter Morgan. Er ist einer der geschäftsführenden Direktoren bei Ford. Sie ist erst zweiundvierzig, aber sie ist in diesem Jahr schon zum dritten Mal in unserem Krankenhaus auf Alkoholentzug. Es geht das Gerücht um, daß ihr Ehemann schon seit Jahren versucht, eine Scheidung zu erreichen, damit er seine Sekretärin heiraten kann. Offensichtlich willigt Mrs. Morgan nicht ein, sondern versucht alles nur Denkbare, um ihn ausbluten zu lassen und seine Karriere zu zerstören.«

»Das klingt ja vielversprechend«, meinte Dora und kritzelte ein Auto auf einen gelben Block. Darüber malte sie ein verziertes Dollarzeichen. »Ich werde mich da etwas eingehender erkundigen und Sie dann wieder anrufen. In der Zwischenzeit könnten Sie versuchen, soviel wie möglich über diesen Mr. Morgan und seine Frau herauszubekommen. Es hört sich so an, als könnte man eine Menge Geld aus diesem Fall herausziehen, vorausgesetzt natürlich, daß dieser Gentleman sich dafür entscheidet, mit uns ins Geschäft zu kommen.«

»Das könnte gut möglich sein«, sagte Veilchen. »Wann werden Sie voraussichtlich wieder von sich hören lassen?«

»Morgen oder übermorgen, denke ich«, antwortete Dora. »Wie Sie wissen, sind wir in Geschäftsfragen sehr zuverlässig. Sie werden die Hilfe bekommen, die sie brauchen.«

Sie legte auf und nahm ein goldgerahmtes Foto von Dotty vom Tisch. Die Ähnlichkeit mit ihr war so groß, daß man dieses Foto für einen Spiegel halten konnte.

»Nun, geliebte Schwester, wir sind noch immer im Geschäft«, sagte sie zum Foto, das auf ihrem Schoß lag. »Ohne deine Hilfe werde ich das aber nicht schaffen. Deshalb denk an dein Versprechen. Dafür sind doch Schwestern schließlich da, oder?«

Knaur

Bailey, Douglass
Shimabara
Japan 1630: Soldaten im Dienste ehrgeiziger Jesuiten kämpfen mit den kaiserlichen Armeen des Shogun. Und inmitten von Krieg, Blut und Gewalt wächst die verbotene Liebe zweier Menschen, die für ihr Glück ihr Leben aufs Spiel setzen …
400 S. [1591]

Africano, Lillian
Straße der Sehnsucht
Nach vielen Ehejahren, in denen sich Kate nur ihrem Mann und den Kindern gewidmet hatte, wird sie von ihrem Partner verlassen. Doch sie geht ihren Weg – aus der Tiefe ihrer Verlassenheit zu Erfolg und Glück. 368 S. [1431]

Demski, Eva
Scheintod
Frankfurt, Ostern 1974. Ein Anwalt der linken Szene wird in seiner Kanzlei im Bahnhofsviertel tot aufgefunden. Natürlicher Tod, Mord oder Selbstmord? Seine Frau, die von ihm seit Jahren getrennt lebte, ist plötzlich gezwungen, sich mit seiner Arbeit, seinem Leben und auch mit ihrer Liebe zu ihm auseinanderzusetzen.
368 S. [1240]

Ferolli, Beatrice
Fährt ein Schiff nach Apulien
Seit Jahren ist Simone, Dozentin an einer Universität, mit Sebastian verheiratet. Als ihr Mann nach Amerika geht und ihr Sohn auszieht, entdeckt sie, daß einige ihrer Studenten sie mehr als nur verehren … 496 S. [1446]

Sommerinsel
Im Mittelpunkt dieses Liebesromans steht die erfolgreiche Bühnenautorin Karen und der berühmte amerikanische Dichter Thornton King – es ist Liebe auf den ersten Blick. Schon drei Tage später ist Karen auf dem Weg nach Amerika, um mit King zusammenzuleben. Doch nicht nur Freunde besuchen die beiden Liebenden auf der Sommerinsel …
496 S. [1401]

Die Kürbisflöte
Das Mädchen Angharad wird in einem englischen Klosterinternat streng erzogen. Erst der Tod des Adoptivvaters beschert dem Mädchen und seiner Mutter in Indien ein gemeinsames, schöneres Leben. Doch die rätselhafte Melodie des Schlangenbeschwörers in Delhi erzählt von drohendem Unheil … 464 S. [1463]

Hunter, Evan
Alles Liebe, Dein Daddy
Wenn der Vater anfängt, sich zu emanzipieren, kommt so manche progressive Tochter ins Schleudern. Die bekenntnishafte Geschichte der spannungsreichen Liebe zwischen Vater und Tochter. 368 S. [1460]

Saat der Gewalt
Terror und Gewalt, Haß und Argwohn erwarten einen jungen Lehrer an der Schule eines der verrufensten Bezirke New Yorks. Doch nach harten Kämpfen gelingt es ihm, seine Schüler in den Griff zu bekommen.
352 S. [1249]

Jong, Erica
Fallschirme und Küsse
Erica Jong beschreibt das turbulente Leben der seit »Angst vorm Fliegen« überaus bekannten Isadora Wing. Voller Klugheit wird der Weg einer Frau zu sich selbst geschildert.
544 S. [1511]

Kary, Elizabeth
Liebe, Ehre und Verrat
Die atemberaubende Geschichte einer großen Liebe vor dem Hintergrund des britisch-amerikanischen Krieges.
512 S. [1502]

Romane

Knaur

Die atemberaubende Geschichte einer großen Liebe vor dem Hintergrund des britisch-amerikanischen Krieges. [1502]

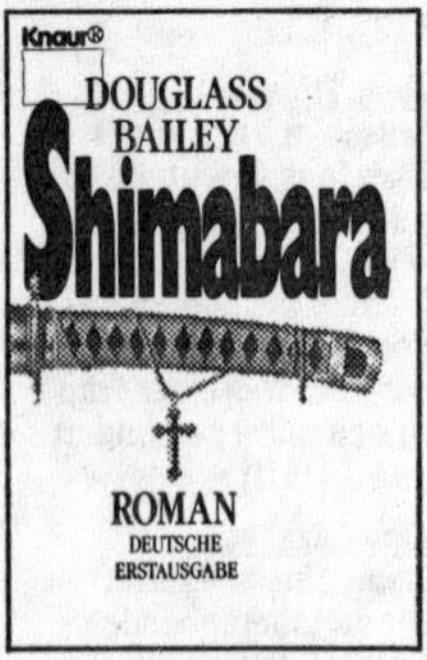

Japan um 1630: Soldaten im Dienst von Jesuiten kämpfen mit Armeen des Shogun. [1591]

Eigentlich wollte er im Westen ein neues Leben beginnen... Doch bei seiner Arbeit in der Welt der Geheimdienste gerät er in viele Verstrickungen. Erscheint Dezember [1593]

Hyde, Anthony
Red Fox
Der amerikanische Journalist Thorne gerät auf der Suche nach einem Verwandten an einen politisch brisanten Fall, der die Aufmerksamkeit des KGB auf sich zieht. 432 S. [1582]

England im 17. Jahrhundert: die Geschichte einer Feindschaft zweier berühmter Familien der englischen Gesellschaft. Erscheint Dez. [1435]

Nach vielen Ehejahren von ihrem Mann verlassen, geht eine Frau ihren Weg – zu Erfolg und Glück. [1431]

Viel Buch für wenig Geld